明亮燦爛的你

REMARKABLY BRIGHT CREATURES

雪比·范·裴特 Shelby Van Pelt——著
汪芃——譯

各界好評

文風生動有趣，處處引人入勝，讀著讀著會忍不住為故事中人加油，希望他們能找到所尋找的東西。角色刻劃深入，有缺陷有怪癖，但是讓這段跨物種友誼更添趣味與歡樂，他們的互動讓彼此益發明亮美好。

——書單雜誌

作者用不完美的角色打造出完美故事，如此暖心，如此神祕，讓人一翻開書頁就墜入其中，不捨離開。

——傑米・福特，《悲喜邊緣的旅館》作者

這故事讓我們看到，輕輕一觸就能破解孤獨的硬殼。作者的奇思妙想與精采文筆，讓我愛上這隻厭世章魚。

——凱文・威爾森，《非普通家庭》作者

令人難忘的溫柔之書。

——華盛頓時報

迷人又暖心的閱讀體驗。

——科克思書評

獨特且光采奪目。

——書單雜誌星級好評

充滿愛、喜悅、幽默，最重要的是，這本書療癒了我。

——今日秀

這是本談論哀傷談得最棒的書，並且找到照亮失落黑暗的光源。上乘之作。

——美麗佳人雜誌

帶著暖心的詼諧，優雅呈現深陷喪偶痛苦的女性在一隻章魚的理解與安慰下，生活開啓新局。這故事引我們深思：泅泳在悲傷中，如何透過連結獲得力量？

——Elle雜誌

本書驚人的地方是充滿了機智巧妙、迷人驚喜，以及擁有最令人喜愛的角色——章魚先生馬塞勒斯。這故事如此美好動人，我保證你一翻開就欲罷不能。

——辛西亞・狄普莉絲・史威尼，暢銷小說《安樂窩》作者

創意十足、無比感人，這是個關於家庭、社區與樂觀光明的故事。讀者們準備好愛上這隻最特別的章魚吧！

——海倫・虹恩，《親吻實習課》作者

CONTENTS

CONTENTS

CONTENTS

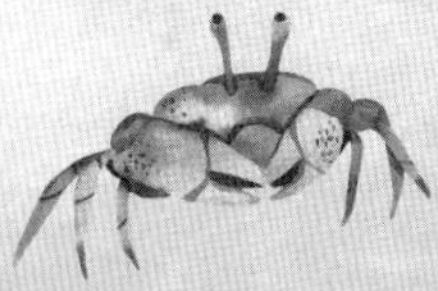

CONTENTS

CONTENTS

致安娜

For Anna

被囚的第1299天

黑暗適合我。

每晚，我等待著頭頂的燈喀嗒熄滅，只剩主水槽發著光。不完美，但足矣。

幾近全黑，就像海洋的中下段。在被抓來囚禁前，我就住在那裡。現在我已經記不得了，但我嘴裡仍能嘗到那味道，那股在冰冷開闊水域中的狂放洋流。黑暗在我的血液中流竄。

你問，我是誰？我的名字叫馬塞勒斯，但多數人類不這麼叫我。通常，他們喊我「那傢伙」。譬如說：「你看那傢伙——在那裡——你看他的腳就在那顆石頭後面啊。」

我是一隻北太平洋巨型章魚。我從我水缸邊牆壁上的牌子得知。

我知道你在想什麼。對，我識字。我能做許多出乎你意料的事。

牌子上還記載了其他資料：我的體型、飲食習慣，以及假如我沒被囚禁此地，本該生活在哪裡。牌子上也提及我的非凡智力和機靈傾向，出於某些原因，這件事似乎令人類吃驚：「章魚是異常聰明的生物。」牌子如是說。牌子上還警告人類，說我善於偽裝，告訴牠們找我時要特別費心，因為我可能偽裝成跟沙子一樣的外觀。

牌子上沒寫我的名字叫馬塞勒斯，但那個名叫泰瑞的人類，就是管理這座水族館的人，有時會跟聚集在我水槽邊的遊客們說這件事。「看到他在那後面了嗎？他叫馬塞勒斯，是個特別的傢伙。」

特別的傢伙。確實如此。

這名字是泰瑞那個年幼的小女兒選的。全名是馬塞勒斯．麥克小管。對，真的是荒謬透頂，害得許多人類以為我是一隻小管，這實在是莫大的侮辱。

你問，那該怎麼稱呼我？呃，隨便你。或許你會跟其他人一樣，就喊我「那傢伙」。我希望你不會，但我也不會這樣就記恨。畢竟，你不過只是個人類呀。

話先說在前，我們相處的時間大概不長。牌子上寫著另一項資訊：

北太平洋巨型章魚的平均壽命，四年。

我的壽命：四年——一千四百六十天。

我在幼年時就被帶到此地，也將死在這裡，在這個水槽內。最長最長，再過一百六十天，我這一生的刑期就滿了。

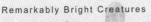

硬幣疤痕

托娃．蘇利文準備開戰。一隻黃色橡膠手套從她後面口袋伸出來，彷彿金絲雀的長羽；而她彎著腰，打量著敵人。

對手是口香糖。

「老天。」她用拖把柄戳戳那團略呈粉紅色的黏糊玩意。口香糖表面被無數雙運動鞋層層印壓，踩上斑斑污垢。

托娃始終不了解嚼口香糖要做什麼，而且大家又太容易遺忘這東西。也許這個嚼的人在說話，滔滔不絕，口香糖便掉出來，被多餘的廢話掃過。

她俯身，用指甲摳那口香糖的邊緣，但口香糖仍緊黏著地磚。這全都因爲某個人沒法多走三公尺到垃圾桶前。曾經有一次，艾瑞克還小的時候，托娃看到他把一塊口香糖黏在餐館桌底下，從此之後她再也不買口香糖給他，儘管他進入青春期後拿零用錢買什麼就完全不在她控制範圍，一如他的許多其他事。

非得派專門武器出場了。或許要鏟刀吧。她手推車裡現有的東西對付不了這口香糖。

她直起身，背部喀啦作響，聲響沿著空蕩蕩的弧形走道發出回音。她往工具櫃方向走，走道一如往常，沐浴在柔和的藍光中。當然，就算她只用拖把拖過那塊口香糖，也沒人會怪她。都七十歲了，他們不指望她能做什麼深度的清潔工作。但她非做不可，至少得試試。

再說，這樣她才有事可做。

托娃是索維爾灣海洋生物博物館最年長的員工。她每天晚上來此拖地、擦玻璃、清空垃圾桶。每隔兩個星期，她會在休息室置物櫃收到一張直接存入帳戶的薪資單。時薪十四美元，得再扣除必要的稅金和扣除額。

這些存根全都拆也沒拆，直接塞進她冰箱上方的舊鞋盒。錢一點點積攢到她在索維爾灣信用合作社的帳戶裡，但那戶頭她根本置之腦後。

這會兒她闊步走向工具櫃，堅定的步伐踩得飛快，以普通人的標準來說已經很了不起，而以這樣一個嬌小、駝背、骨細如鳥的老婦來說，更是極其驚人。在頭頂上方，雨滴打在天窗上，隔壁舊渡輪碼頭的安全照明燈從上方投來刺眼光線。玻璃上銀色的水滴迅速滾落，在起霧的天空底下劃出一絲絲閃亮的絲帶。大家一直說今年六月糟透了。灰暗的天氣並不礙著托娃，不過如果雨能停一陣子，讓她的前院乾透倒也不錯，她的手推式割草機一濕就會堵塞。

水族館是一座甜甜圈形狀的圓頂建築，中央有一座主水槽，小水槽環繞外圍，整棟建築不特別大或氣派，或許正適合索維爾灣，這地方本身也是不大不氣派。從托娃發現口香糖的地點走過來，工具櫃遠在水族館另一端，她的白運動鞋嘎唧嘎唧踩過一塊她已經掃過的地方，在明淨的磁磚上留下糊糊的腳印。不消說，這塊地她會重新拖過。

她在淺淺的壁龕那裡停下。壁龕這裡有一座比照眞實大小的太平洋海獅青銅雕像，幾十年來被孩子們摸呀爬的，光禿的頭和背部都給磨得光溜，上頭的圓滑斑點爲海獅更添幾分逼眞。

托娃家裡的壁爐架上有幀艾瑞克的照片，約莫十一、二歲的他，跨坐在海獅雕像背上，咧嘴燦笑，像要拋繩圈似的高舉起一隻手。海洋牛仔。

那是他最後幾張顯得稚氣和無憂無慮的照片之一。托娃按時間順序保存艾瑞克的照片：這是呈現他蛻變過程的蒙太奇。從大笑露出牙齦的嬰兒，到個頭高過父親、穿著棒球外套擺拍的俊俏青少年；在校友返校日別上花飾；在深藍的普吉特海灣，搭建在岩岸邊的臨時領獎台上，他手握著高中划船比賽的獎盃。經過時，托娃撫摸海獅冰涼的頭部，忍住再次想像艾瑞克現在應該長什麼模樣的衝動。

她繼續前進，一如應當，走過黝暗的走道。來到藍鰓太陽魚的水槽前，她停下。「晚安，親愛的。」

接著是日本蟹。「哈囉，美人兒。」

「你好嗎？」她問候了尖吻斜杜父魚。

狼鰻非托娃所好，但她仍點頭致意。人不能失禮，儘管狼鰻令她聯想到丈夫威爾生前養成習慣在半夜看的第四台恐怖片；那時他因為化療作嘔，夜不成眠。最大的那尾狼鰻滑出牠的岩穴，嘴型固定在牠那戽斗蹙額的經典表情，參差不齊的牙如一根根細針，自下顎暴出。說牠長得不幸是含蓄了。但說回來，外表會騙人，不是嗎？托娃對狼鰻微笑，而牠生得那樣的一張臉，縱使想也不可能回她一笑。

接下來的展示動物是托娃的最愛。她湊近玻璃。「呃，先生，您今天過得如何呀？」

她花了片刻才找到他：一道橘色躲在岩石後方。看得見，但會讓人誤以為是孩童在玩捉迷藏時露出了馬腳：小女孩的馬尾從沙發後面突出來，或一隻穿著襪子的腳丫伸出了床底。

「今晚害羞呀？」她退後，靜靜等待；那隻北太平洋巨型章魚仍動也不動。她想像白天時，大家用指關節敲打玻璃，還看不到，便惱怒走開。這年頭大家都不懂得保持耐心了。

「也不能怪你，那後面看起來真的很舒服。」

那條橘色的觸腕抽搐一下，但他的軀幹仍舊躲在後面。

口香糖英勇抵擋著托娃的鏟刀，但最終還是給刮起來了。

托娃將那團外面結成硬殼的口香糖投進垃圾袋，口香糖劃過袋子，發出令人滿意的微弱嗖聲。

然後她拖地。重新拖過。

濕地磚飄散摻雜檸檬的醋味，瀰漫在空氣中。這比托娃剛上工時，他們以前用的可怕溶液好多了，那鮮綠色的垃圾玩意，都快把她鼻孔給灼傷了。她當下就據理力爭，說第一，那東西讓她頭暈；第二，那會在地板上留下不雅觀的痕跡；而且最糟的或許是，那聞起來像威爾病房的味道，像生病的威爾，儘管托娃將這條抱怨擺在心底。

工具室的架上滿是一罐罐那種綠色的垃圾玩意，但水族館館長泰瑞最後聳聳肩，說她想用什麼就用吧，但是請她自己帶來。想當然，托娃同意了。因此她每晚扛一罐醋和她那瓶檸檬油來。

現在，繼續收垃圾。她清空大廳的幾個垃圾桶、洗手間外的那一個，最後來到了休息室，檯面上有無數碎屑。這不是她分內的工作，該由那些來自艾蘭德的專業清潔人員負責，他們隔週來一次。但托娃總會拿抹布擦擦老舊咖啡機的底座，抹乾淨微波爐裡頭噴濺的髒污；微波爐總散發著義大利麵的味道。但今晚的問題更嚴重：地上有外帶食物的空盒。三個。

「哎呀。」她對著空無一人的房間責罵。先是口香糖，然後又是這個。

她撿起紙盒，扔進垃圾桶，奇怪的是，垃圾桶給從平常的位置推離了幾步。她將垃圾倒進她的收集袋裡，然後把垃圾桶挪回原本的位置。

垃圾旁邊是一張小型午餐桌。托娃將椅子排整齊。然後她看到了。

有東西，在下面。

一團棕橘色的東西，塞在角落。是毛衣嗎？售票口那位討人喜歡的年輕小姐瑪肯西經常把毛衣留在這裡的椅背上。托娃跪下，準備將毛衣撿起來，放回瑪肯西的櫃子裡。然而就在這時，那團東西動了。

一隻**觸腕**動了。

「老天爺！」

章魚的眼睛從一團肉裡浮現，那彈珠般的瞳孔放大，然後眼瞼瞇起來。帶著指責意味。

托娃眨眨眼，不確定自己是否眼花了。那隻北太平洋巨型章魚怎麼會離開他的水槽？觸腕又動了一下。這生物被一團電線給纏住了。她在心裡罵過那些電線多少次？那些東西讓她沒法打掃乾淨。

「你困住了。」她低聲說。章魚舉起圓滾碩大的頭部，扯著他的一條觸腕，而一條細電線，給手機充電的那種，在這條腕上纏繞了好幾圈。這生物再用力扯，電線又纏得更緊，他的肉給一圈圈電線擠得都鼓起來。艾瑞克以前曾經有個像這樣的玩具，惡作劇商店賣的，一小條編織的柱狀玩意，你把兩手食指塞進兩端，然後設法拉開，你越用力，那東西纏得越緊。

她緩緩接近，章魚則用一條觸腕重重拍打亞麻油地氈，好似在說：**這位太太，閃開**。

「好，好。」她低喃，從桌子底下退出來。

她站起身，打開頭頂的燈，讓日光燈照亮整間休息室，然後再次彎下身，這回緩慢些，但接著她的背跟平常一樣，發出了劈啪聲響。

劈啪聲一出，章魚便又是一抽，以驚人的力道揮走了一張椅子。椅子滑到休息室另一頭，撞上對牆，又彈回來。

桌底下，那生物澄澈得不可思議的眼眸閃爍著微光。

托娃心意堅決地爬過去，並努力穩住自己顫抖的雙手。她走過這北太平洋巨型章魚的介紹牌多少次了？她不記得牌子寫到章魚會對人類做什麼危險的事。

她離他不過三十公分遠。他似乎在蜷縮，體色也變得蒼白。章魚有牙齒嗎？

「朋友呀，」她柔聲說，「我現在要繞過你身體，把那條電線拔掉。」她稍微張望一下，看見了那條令他吃足苦頭的電線。近在咫尺。

章魚的眼睛緊追著她的一舉一動。

「我不會傷害你，親愛的。」

他用一隻沒受困的觸腕輕拍地板，宛若家貓的尾巴。

她用力拔掉插頭，而章魚往後縮。托娃也縮了一下。她以爲他會沿著牆往門口開溜，因爲他剛才一直往那邊扯。

想不到，他卻滑過來。

他將一條觸腕蜿蜒伸向她，像一尾茶色的蛇，沒幾秒便纏住她前臂，然後繞上手肘和二頭肌，宛若五朔節花柱的彩帶。她可以感覺到一顆顆吸盤吸著她。出於本能，她設法甩開手臂，但章魚卻纏得更緊，幾乎到了不舒服的程度。然而他那奇異的眼眸淘氣地閃爍，像個小頑童。外帶餐點的空盒。移位的垃圾桶。現在一切都合理了。

接著，頃刻間，他放開了她。托娃盯著，不敢置信，看他悄悄溜出休息室門外，用八隻腳的肥厚部位一路吸附。他的外套膜像拖在後頭，而這會兒他看起來更蒼白了；他走得很吃力。她趕忙追過去，但待她抵達走道，章魚已不見蹤跡。

托娃用一隻手抹自己的臉，由上往下。她在退化，對，就是這樣，都是這樣開始的，不是嗎？竟然產生關於章魚的幻覺？

多年前，她看著已故的母親在生前逐漸喪失心智。一開始是偶爾健忘，熟悉的名字和日期變得模糊。但托娃並未忘記電話號碼，也還不曾在心裡搜尋哪個名字。她俯視自己的手臂，上頭滿是小圓圈。吸盤的痕跡。

她半恍惚地做完這晚的工作，然後一如往常地繞建築走一圈，道晚安。

晚安，藍鰓太陽魚，狼鰻，日本蟹，杜父魚。晚安，海葵，海馬，海星。

到轉彎處，她繼續打招呼。**晚安，鮪魚和比目魚和魟魚。晚安，水母，海參。晚安，鯊**

魚，可憐的傢伙。托娃對鯊魚一直頗能產生同感，看牠們在水槽裡兜圈兜個沒完，她懂那種永遠無法停下來的感受——一停下，你就會無法呼吸。

而章魚就在這裡，再度躲在他的石頭後面，露出一小團肉。比起剛剛在休息室時，現在他的橘色鮮明些，但他依然比平時蒼白。嗯，也許他活該，他是應該動也不敢動。他究竟是怎麼跑出來的？水波蕩漾中，她細細打量，向上端詳水槽邊緣，但看起來似乎一切正常。

「惹事的傢伙。」她搖頭道。她在他水槽前逗留片刻，才下班離開。

托娃按下遙控鑰匙，她的黃色掀背車便唧唧閃燈，這功能她到現在還不習慣。她的朋友們，就是那群一起吃午餐、親暱地自稱為「創意編織團」的女人們，在她開始這份工作時，說服她一定得買一輛新車。她們堅稱在晚上開老爺車有安全疑慮。她們對她嘮叨了好幾週。

有時讓步比較容易。

一如往常，她將醋和檸檬油放進後車廂，因為無論泰瑞告訴她多少次，她可以把這些東西收在工具櫃，但檸檬和醋隨時可能派上用場，誰知道呢。她瞥向長堤那一頭。這麼晚，夜間作業的漁工早走了，長堤空空蕩蕩。舊渡輪碼頭端坐在水族館對面，好似一座年代久遠的破爛機器；碼頭剝落的樁子上覆蓋著藤壺，每當漲潮，藤壺會鉤住一條條海藻，而當海水退潮，海藻就風乾成黑綠色的斑塊。

她走過風化的木板地。一如往常，從她的停車格走到舊的售票亭，不多不少，正好三十八步。

托娃再次打量四周，看還有沒有人逗留在長長的暗影中。她用一隻手按著售票亭的玻璃窗，那道對角的裂痕宛若一條劃過臉頰的舊傷疤。

然後她走上長堤，往外走向她慣常坐的長椅。鹽霧覆蓋的長椅十分滑溜，滴了些海鷗糞便。她坐下，捲起衣袖，看手臂上那些奇異的圓形痕跡，她有點希望痕跡已經不見，然而卻還在。她用指尖摸摸最大的那顆，靠手腕內側，像舊的一美元硬幣那麼大。痕跡會停留多久呢？會有瘀血嗎？這幾年她的身體好容易有瘀傷，眼前這痕跡已變成紫褐色，就像一個血皰。或許這將永遠留著，一個舊美元硬幣大小的疤痕。

霧已散，被風輕輕推向內陸，轉往山麓小丘去。南方停泊著一艘貨輪，船身被貨櫃壓得老低，甲板上排排相疊的貨櫃仿若孩童的積木。海上月光粼粼，如千盞燭光在水面躍動。托娃閉上眼，想像他在海面下，爲她舉著那些蠟燭。艾瑞克。她唯一的孩子。

被囚的第1300天

蟹、**蚌**、**蝦**、**扇貝**、**鳥蛤**、**鮑魚**、各種魚類、魚卵。根據我水槽邊牌子上寫的，這些是北太平洋巨型章魚的食物。

海洋想必是歡樂的自助餐，各式珍饈，任君取用。

可是他們這裡供應些什麼呢？鯖魚、比目魚，還有呢——鯡魚。鯡魚、鯡魚，一堆鯡魚。鯡魚是令人不快的生物，噁心的小片小片的魚，我確定他們這裡之所以供應充足，是因為價格低。主水槽那些乏味的鯊魚能獲得新鮮石斑當獎勵，而我得到的卻是解凍的鯡魚，有時甚至還沒完全退冰。這就是為什麼當我渴求新鮮生蠔的上好質地，當我冀望感受到嘴巴壓碎蟹殼的尖銳爆裂感，當我渴望海參甜美緊實的肉質，我只得親自出手。

有時當囚禁我的人試圖引誘我配合醫學檢驗，或想賄賂我玩他們的把戲，便會扔給我一塊富含同情的干貝，另外泰瑞偶爾會沒來由地塞給我一、兩隻貽貝。

當然，我已經嚐過蟹、蚌、蝦、鳥蛤和鮑魚許多次了，只是非得親自花上幾小時才能弄到手。魚卵是理想的零食，不論風味和營養都是。

或許還可以列出第三份清單，就是那些人類嚷著要、但多數智慧生物視為完全不宜食用的東西，好比：大廳販賣機賣的每一樣東西。

但今晚，另一個氣味誘惑了我。鹹鹹甜甜。我找到那味道源自垃圾桶，剩餘的食物安放在一個軟軟的白色容器裡。

無論那是什麼，嚐來美味極了。但要不是我走運，差點就此命喪九泉。

那位清潔婦。是她救了我。

虛僞餅乾

「創意編織團」曾經有七位成員。如今剩四人。每隔幾年就會空出一張椅子。

「我的天哪，托娃！」瑪麗・安・米涅提把茶壺放到她家餐桌上，眼睛直盯著托娃的手臂。茶壺包裹在鉤織的黃色保溫罩中，八成是當年編織創意團每週午間聚餐仍會編織時某人的作品，這茶壺保溫罩跟瑪麗・安夾在額側茶色鬈髮上的鑲鑽黃髮夾色調十分相襯。

詹妮絲・金一邊將她的馬克杯裝滿茶，一邊打量托娃那隻手臂。「是不是過敏？」她的鏡片給一圈烏龍茶的熱氣蒙上霧，她摘下眼鏡，用T恤褶邊擦拭；托娃懷疑那是詹妮絲的兒子提摩西的衣服，因爲尺寸至少大了三號，而且大大裝飾著西雅圖那家韓國購物中心的標誌；提摩西幾年前投資的餐廳就開在那家購物中心。

「這個印子呀？」托娃邊說邊將毛衣袖子拉下來。「這沒什麼。」

「妳應該去看看醫生。」芭芭・范德胡夫往茶裡咚的一聲扔了第三顆方糖。她的一頭灰短髮用髮膠梳得刺刺的，這是她這陣子特別喜歡的髮型；她最早以這個模樣登場時，還打趣說「芭芭」（Barb）頭長「倒刺」（barb）再適合不過了，逗得所有團員哈哈大笑。這不是第一次了，托娃想像用手指戳這位朋友頭上的那叢尖刺，是會像水族館的海膽一樣扎手，或是一摸就倒呢？

「這沒什麼。」托娃又說一次，耳垂發燙起來。

「嗯，我跟妳說，」芭芭咕嚕嚕啜口茶，接著說，「妳知道我家安蒂呀，她去年復活節回來的時候身體長疹子，先說，我沒真的看過——算是長在不恰當的地方，如果妳懂我的意思，不過先說了，不是那種行為不檢長的疹子啦，只是一般紅疹。總之，我叫她去看我的皮膚科醫生，那醫生很好，但我家安蒂可固執了，妳知道，那疹子就一直惡化，然後——」

詹妮絲打斷芭芭的話。「托娃，妳想要彼得給妳推薦醫生嗎？」詹妮絲的丈夫彼得．金醫師已經退休，但在醫界人脈很廣。

「我不需要醫生。」托娃勉強微微一笑。「只是工作的時候出了點小狀況。」

「工作的時候！」

「出了狀況！」

「發生什麼事?!」

托娃吸了口氣。她仍能感覺到那觸腕纏住她的手臂。過了一晚，那些斑點已經褪色，只是色澤依然清晰。她又把衣袖往下拉。

她該告訴她們嗎？

「用打掃用具的時候出意外啦。」最後她說。

整桌三對眼睛都瞇起來，盯著她。

瑪麗．安拿她的一條茶巾擦拭桌面上不存在的髒污。「妳那份工作呀，托娃。我上次去那家水族館的時候，聞那味道幾乎快把午餐吐出來。妳怎麼受得了？」

托娃從瑪麗．安稍早端上桌的大淺盤裡拿了一塊巧克力豆餅乾。瑪麗．安在大夥來之前把餅乾放進烤箱熱過。她總說喝茶一定要配點自製點心。這些餅乾其實是包裝食品，瑪麗‧安從「愛買家」買的，創意編織團的大家都心知肚明。

「那個破爛地方，當然臭啦。」詹妮絲應道。「但說眞的，托娃，妳還好嗎？勞力工作耶，我們這年紀了，妳爲什麼一定要工作呢？」

芭芭把手往胸前一扠。「睿克走了之後我在聖安尼教會工作了一陣子，消磨時間，他們請我掌管整個辦公室，妳們知道。」

「掌管檔案啦，」瑪麗‧安嘟噥，「妳是負責歸檔。」

「而且因爲他們沒辦法按照妳喜歡的方式整理檔案，妳就辭了。」詹妮絲說，語氣冷冰冰的。「但重點是，妳的工作不是跪在地上擦地啊。」

瑪麗‧安往前俯身。「托娃，我希望妳知道，如果妳需要幫忙……」

「幫忙？」

「對，幫忙，我不曉得威爾當初是怎麼規畫妳的財務。」

托娃身子一僵。「謝謝，但我不需要。」

「是說假如妳需要的話。」瑪麗‧安抿起嘴唇。

「我不需要。」托娃輕聲回覆。而且這是實話。托娃的銀行帳戶能應付她清簡的開銷幾倍有餘，她不需要別人的慈善之舉：無論是瑪麗‧安或其他人。再說，大家會提到這碼子事，全都是因爲她手臂上那幾個印子。

托娃站起身，把茶杯放下，身子往檯面一靠。從廚房水槽前的窗戶能眺望瑪麗‧安的花園，她那些杜鵑花叢蜷縮在低沉灰暗的天空下，每當風吹動枝條，嬌嫩的洋紅色花瓣就像是在瑟瑟發抖，托娃眞想把那些花瓣塞回花苞裡。六月中旬了，這寒意根本不合時節。今年夏天眞是磨磨蹭蹭的。

在窗台上，瑪麗．安擺了許多宗教用品：臉蛋圓滾可愛的小玻璃天使。蠟燭。一小批閃亮亮、尺寸各異的銀十字架，如軍人般排排站。瑪麗．安想必日日擦拭，保持這些東西的光潔。

詹妮絲把手搭到她肩膀上。「托娃？呼叫托娃？」

托娃忍俊不住。詹妮絲說話的抑揚頓挫，讓托娃覺得她應該又在看情境喜劇了。

「妳別不高興，瑪麗．安沒別的意思，我們只是擔心。」

「謝謝妳們，但我很好。」托娃拍拍詹妮絲的手。

詹妮絲那修得乾淨漂亮的眉毛抬起一邊，示意托娃坐回桌前。詹妮絲顯然明白托娃多希望換話題，因爲她換了個最好聊的主題。

「所以，芭芭，妳女兒和孫女最近如何？」

「噢，我跟妳們說過嗎？」芭芭戲劇性地吸了口氣。要想知道芭芭的女兒和孫子孫女們的生活，無須問她第二次。「安蒂本來要帶女孩們上來過暑假的，結果**他們的計畫出了點問題**。」

她眞的就是這麼說：**出了點問題**。」

詹妮絲用瑪麗．安的刺繡餐巾擦眼鏡。「這樣啊，芭芭？」

「他們從去年感恩節後就沒回來過！她和馬爾克帶孩子們去**拉斯維加斯**過聖誕，妳們相信嗎，誰會去拉斯維加斯過節啊？」芭芭吐出這五個字時帶著等量的強調和鄙夷語氣，彷彿她正在談的是**餿掉的牛奶**。

詹妮絲和瑪麗．安都搖搖頭，托娃則又拿了一片餅乾。三個女人都點著頭，全程聽著芭芭滔滔不絕說她女兒一家的事；這女兒住西雅圖，離這裡兩個鐘頭車程，但依照芭芭聲稱能見到他們的次數，你大概會以爲他們遠居南半球。

「我跟他們說呀，我當然希望趕快見到寶貝孫女們，天知道我還能活多久！」

詹妮絲嘆氣。「別這樣說，芭芭。」

「我出去一下。」托娃的椅子刮過亞麻油地氈。

從團名不難猜出，「創意編織團」最早是個編織社團。二十五年前，索維爾灣的一些女人會相約交換毛線，到後來，她們需要逃離空巢，逃離兒女成年離家後所留下甘苦參半的空洞時，這便成了她們的避風港。因爲這個緣故，以及其他因素，托娃一開始很抗拒加入。她的空洞沒有甘、只有苦；那時，艾瑞克已離開五年了。那時傷口還多脆弱啊，結成的痂輕易就能揭開，重新淌出血來。

瑪麗．安這盥洗室的水龍頭被托娃一扭開，吱嘎叫起來。這些年來，她們的抱怨沒改變多少。最早，是**可惜孩子的大學離這裡車程好遠哪**，還有**可惜小孩都只有禮拜天下午才會打電話回來**；現在則是孫子孫女和曾孫曾孫女。這些女人總將人母的身分大剌剌標示在胸口上，托娃卻是將之埋藏，深埋在五臟六腑裡，宛若一枚舊子彈。祕而不宣。

艾瑞克失蹤的幾天前，托娃爲他的十八歲生日烤了杏仁蛋糕，杏仁膏的味道在屋裡瀰漫多日。她仍記得那氣味在她的廚房徘徊不去，像個粗神經的客人，不懂何時該告辭。

一開始，艾瑞克的失蹤被當成離家出走的案子。最後見到他的人，是十一點南向渡輪的一位水手，那艘渡輪是晚上最末班，而那名水手回報沒任何異常情況。艾瑞克應該在那之後將售票亭上鎖，他總是盡忠職守鎖好。艾瑞克很開心他們把鑰匙託付給他，畢竟他只是暑期打工。警長說他們發現售票亭沒鎖，而裡頭收銀機的現金已全數入帳。艾瑞克的背包還塞在椅子底下，他的錄音帶隨身聽和頭戴式耳機、甚至皮夾都在裡面。警長推測或許艾瑞克是暫時離開，還打算再回來。在那之後，警方才排除他殺的可能。

他爲何在値勤時獨自離開售票亭？托娃始終百思不得其解。威爾一直有個理論，認爲這事跟女孩有關，但從來沒發現有哪個女孩（或想多一點，哪個男孩）存在的跡象。艾瑞克的朋友們堅稱他當時沒跟誰交往；如果艾瑞克有對象，全世界都會知道的。他很受歡迎。

一週後，他們發現了船：一艘老舊生鏽的 Sun Cat 太陽能船，先前總是停在渡輪碼頭旁邊，卻沒人注意到這艘船從小船塢消失了。這艘船給沖上岸，錨索齊齊切斷，而方向舵上有艾瑞克的指紋。證據薄弱，但都顯示這孩子是自殺身亡，警長說。

鄰居們說。

報紙也這麼說。

大家都這麼說。

托娃從未相信。沒信過半分鐘。

她將臉拍乾，對浴室鏡子中的倒影眨眨眼。創意編織團是她多年老友了，但有時她仍覺得自己是一塊錯誤的拼圖，拼到了不對的圖案上。

托娃從水槽邊取回她的杯子，給自己倒了些新沖好的烏龍茶，坐回椅子上，重回閒聊之中。大夥正在討論瑪麗．安的鄰居手術開壞了，現在正在控告他的骨科醫師。大家都同意那醫生應該負責。接著是看詹妮絲那隻小約克夏「巧克力」的照片，大夥喔喔哇哇讚嘆了一番。詹妮絲經常把「巧克力」放在手提包裡帶來創意編織團，但今天小傢伙消化不良，留在家裡。

「可憐的巧克力，」瑪麗．安說，「會不會吃壞肚子啦？」

「妳應該別再拿人吃的東西餵巧克力，」芭芭說，「以前睿克老是背著我給我們家蘇莉吃剩菜，但我每次都知道，那屎臭得咧！」

「芭芭拉！」瑪麗．安斥道，眼睛圓睜。詹妮絲和托娃都笑了。

「好啦，我用詞不雅，但那狗的大便可以臭翻整個房間。願那個小寶貝安息。」芭芭雙手像禱告似的合十。

托娃曉得芭芭多鍾愛她的黃金獵犬蘇莉，或許比對她已故丈夫睿克的愛還深。而在去年她失去了他們兩個，前後相隔不過幾個月。托娃有時會想，是否這樣比較好，一個人要經歷的悲劇全擠在一起，好好利用那已然存在的熾烈情緒，一次處理完。托娃知道，絕望的深度是能見底的，一旦悲痛浸透了靈魂，再多就是流掉、溢出，就像從前星期六早上吃鬆餅，如果放任艾瑞克自己倒楓糖漿，往鬆餅上直淋的楓糖漿最後會像瀑布般流淌到桌上。

到下午三點，創意編織團的成員開始從椅背上拿起各自的外套和提包。這時，瑪麗．安把托娃拉到一旁。

「妳如果需要幫忙，一定要跟我們說喔。」瑪麗．安攢緊托娃的手；相較之下，她那橄欖色的義大利肌膚顯得年輕光滑。托娃的斯堪地那維亞基因在年輕時如此仁慈，年歲漸增後卻猛地攻向她。四十歲時，她那頭玉米鬚似的頭髮已經灰白；到五十歲，她臉上的紋路宛若陶土上的鑿痕。如今她有時在商店櫥窗瞥見自己的側影，肩膀都開始顯得佝僂。她會想，這怎麼可能是她的身子。

「眞的不用擔心，我不需要幫忙。」

「如果之後工作太累了，妳會辭掉，對吧？」

「當然。」

「好吧。」瑪麗．安一副沒被說服的樣子。

「謝謝妳的下午茶，瑪麗．安。」托娃套上外套，對大夥微笑。「愉快的下午，每次都很愉快。」

托娃在儀表板上拍了一下，踩下油門，設法讓掀背車再降一檔。車子邊爬坡邊發出呻吟。瑪麗．安的房子坐落在寬闊山谷的底部，這裡曾是荒野，只有成片的黃水仙。托娃還記得自己小時候曾搭車穿越而過，她跟哥哥拉爾斯並肩坐在家裡那輛「帕卡德」的後座，爸爸坐在方向盤前，媽媽在他旁邊，放下車窗，媽媽總用下巴壓著圍巾，免得吹飛。托娃也會搖下車窗，放膽把脖子盡量伸出去。山谷飄送糞肥的甜味，百萬朵黃帽子交融成一片陽光之海。

如今，谷地已成房舍棋盤羅列的郊區，郡政府每隔幾年就會計畫要大興土木修改這條蜿蜒上坡的道路。瑪麗·安老愛寫信向地方議會投訴這件事，她主張：這裡太陡了，容易發生土石流。

「對我們來說不陡啊。」托娃將掀背車開過山頂。

在山的另一側，一片陽光從雲間縫隙擠出來，照在水上。接著彷彿被木偶牽繩拉動似的，縫隙敞開了，清朗日光灑遍整個普吉特海灣。

「喲，不得了。」托娃說著，將遮陽板翻下來。她瞇起眼，右轉駛上灣景路，路邊就是臨海的山脊線。往家的方向。

太陽，總算露臉了！她的紫菀等著她摘掉枯花。這幾週來的濕冷天氣就連以太平洋西北地區的標準來說都反常，連帶也澆熄了她拈花惹草的興致。一想到能做些有生產力的事，她又催了油門。或許能在晚餐前弄完整個花圃。

在走到後院之前，她輕快地走過屋子準備拿杯水喝，中途停下來按了電話答錄機閃燈的紅色按鈕。答錄機永遠塞滿廢話，都是些想賣她東西的人，但她總是先把留言清空。否則有個紅燈在背景裡閃爍，人怎麼能做好事情呢？

第一則錄音是個人在募捐。**刪除**。

第二則留言明顯是詐騙。誰會傻到要回撥去提供自己的銀行帳號呢？**刪除**。

第三則留言是打錯。一陣模糊的說話聲，然後喀嗒掛斷。這是「屁股撥號」，詹妮絲·金總這麼稱呼這種來電，把手機放在口袋裡的荒謬做法會有的風險。**刪除**。

第四則留言的開頭是一段沉默。托娃正準備用手指按下刪除鍵的時候，一個女人的聲音傳來。「是托娃．蘇利文嗎？」她清清喉嚨。「我是莫琳．寇克倫，我從特設村長期照護中心打來。」

托娃將水杯重重放在流理臺上，發出哐噹聲響。

「不好意思，要跟您說個壞消息……」

喀嗒一聲，托娃用力按了按鈕，讓答錄機閉嘴。沒必要聽了，她已經預期會收到這消息好一陣子。

是她的哥哥，拉爾斯。

被囚的第1301天

我都是這麼做的：

我水缸上方的玻璃挖了個讓泵浦通過的孔，泵浦外殼和玻璃之間有個缺口，寬度夠我伸出一根觸腕的末端穿過去，把外殼轉開，泵浦就會漂進我的水槽，空出一條縫隙。空隙很小，大約是人類的兩三指寬。

你會說：**但那很小啊！你這麼大**。

沒錯，但我要改變身體形狀鑽過縫隙並不難，這部分很輕鬆。

我沿著玻璃，往下滑到我水槽後方的泵浦室。這時才是真正的挑戰，也可以說，倒數計時開始。一旦離開水槽，我必須在十八分鐘內回到水裡，否則就會承受「後果」。十八分鐘，這是我可以離水存活的時間。我水槽旁的牌子當然不會寫到這件事，這是我自己弄懂的。

到了冰冷的水泥地上，我就得選擇是要待在泵浦室裡，或闖到門外。兩個選擇各有利弊。

如果我選擇待在泵浦室，可以很容易進到離我水槽最近的那幾個槽，只可惜那些水槽都沒什麼吸引力。狼鰻根本不考慮，原因應該很明顯，牠們那些牙齒！太平洋黃金水母太辣；黃腹紐蟲像橡皮。紫殼菜蛤的風味簡直乏善可陳；而海參雖然美味，但我得運用意志力，因為多吃幾條會招來風險，導致泰瑞注意到我的活動。

有時，若我選擇跑出門去，就能前進走道和主水槽，菜單選項就豐富多了，但也得付出代價：首先，為了出去，我得投資幾分鐘在開門的流程上；然後因為門很重，沒辦法維持在半掩的狀態，回程時我又得花幾分鐘再開一次門。

你為什麼不拿東西頂著門？

這個嘛，顯而易見。

我曾有一次這麼做，拿我水槽下的矮凳。多了幾分鐘的自由，我劫掠了泰瑞留在主水槽活門底下的整桶新鮮比目魚塊。（推測那些魚塊是要當鯊魚隔天早餐的，但那些頭腦不靈光的鯊魚根本分不清晨昏，我完全沒有罪惡感。）

在悠悠哉哉的假象中，那幾乎是宜人的一晚，或許是從我被囚以來最愉快的時光。但回程時，我發現一件直至今日我仍無法理解的事：不知被動了什麼手腳，那凳子竟沒把門頂住。

教訓：頂著的門不可信。

等到好不容易把門打開，我已經十分衰弱，「後果」發威了。

我的觸腕動作遲緩，視力模糊，外套膜變得沉重，直往地上倒。在眼前一片混沌之間，我看見自己的肉體已經褪成慘淡的褐灰色。

我爬過泵浦室時，都不覺得地板冰涼，所有表面全沒了溫度。不知如何辦到的，我總算用不太靈光的吸盤爬上了玻璃。

我使勁挪動觸腕和外套膜，穿過那缺口。到中途，我停了下來，懸在水面上。我的觸腕已完全麻木，毫無知覺。

那個片刻，我考慮了這個選項——既然一切都不怎麼樣；生命的彼岸，會有什麼呢？

水包圍我的同時，我恢復過來。視覺銳利了，眼前是那熟悉水槽內的一切。我用觸腕捲起泵浦，擺回原位，堵住缺口。肢體逐漸恢復血色的同時，我用一隻觸腕穿過縫隙，將泵浦外殼重新轉緊。我游回石頭後的巢穴，迅捷有力，外套膜在冰冷的水中拖移，而肚子給比目魚撐得發疼，暢快。

之後，我在巢穴裡歇息，三顆心臟跳動，愚蠢的如釋重負，乏味的脈動，意外戰勝死亡所觸發的低等本能。我想當我的嘴重重啄下，鳥蛤埋進沙子裡的時候，牠大概也是這感覺吧。過關斬將，像你們人類說的。

「後果」。這不是我唯一一次嚐到後果，我還挑戰過自由的疆界好幾次，但我再也不曾仰仗拿東西頂門去換得那額外的幾分鐘。

想必我不需要解釋這點：泰瑞不曉得有那道缺口。除了我，沒人曉得，我也希望繼續保持下去，在此先感謝您替我守密了。

你問，我答。

現在你知道啦，我就是這麼辦到的。

威利納活動屋營區適合戀人

卡麥隆・凱斯摩爾在擋風玻璃後瞇著眼，抵擋熾烈的陽光。他眞該帶墨鏡出門的。在星期六這要命的早上九點，拖著宿醉的身體跑去威利納……呃啊。他渴得要命，抓起布萊德卡車杯架那罐打開的飲料，咕嚕灌了幾口。某種難喝的能量飲料。他哼一聲，朝敞開的車窗外啐一口，用袖子抹抹嘴，然後將飲料罐壓扁，扔向空蕩的副駕駛座。

稍早，卡麥隆向布萊德借車時，布萊德眨著惺忪睡眼問：「你說要去處理啥？」昨晚「蛾腸」樂團在戴爾酒館超威的實驗金屬演出後，他就借睡布萊德和伊莉莎白家的沙發。

「鐵線蓮啦。」卡麥隆回答。他從珍阿姨來電的驚慌口吻聽出，那個討厭的地主又在爲她的那些藤蔓煩她；上回最後鬧到地主揚言要爲藤蔓的事把她趕走。

「鐵線蓮是什麼鬼？」布萊德微微咧嘴笑了。「聽起來色色的。」

「是植物啦，白癡喔。」卡麥隆懶得補充說明，鐵線蓮是一種會開花和生藤蔓的多年生植物，是毛茛科，原生於中國和日本，在維多利亞時代引入西歐，因爲能攀爬棚架而受到青睞。他爲什麼會記得這種鳥事？要是他可以把這些塞住腦子的無用知識清一清就好了。卡麥隆轉上通往珍阿姨那拖車營區的公路，然後加速，搖下所有車窗，點了根菸，他已經不抽菸了，只有感覺跟垃圾一樣爛的時候會抽，而今早他感覺簡直像熱騰騰的垃圾。煙飄出車窗，拖在後頭，逸散在美熹德河谷平坦灰濛的農地上。

珍阿姨的花園裡，雛菊在風中搖曳。阿姨也種了一大棵矮樹叢，開滿了白花，一閃一閃薄紗似的，還有一座靠六顆ＤＤ電池供電的噴泉，他知道，因為他每次來，阿姨都拜託他幫忙換電池。

還有青蛙。這裡到處是青蛙。小小的水泥青蛙雕像，裂縫裡生了青苔，還有青蛙花盆，以及一個星條旗風向袋掛在生鏽的金屬掛鉤上，掛鉤上有三隻咧嘴笑的青蛙，穿著愛國的紅藍白三色。

因應時節布置的各種青蛙。

要是威利納活動屋營區會頒什麼最佳庭院獎，珍阿姨鐵定會拚命爭取。還會奪冠。但就卡麥隆所知，她這完美無瑕的院子最奇怪之處，就是與拖車內部慘況形成了南轅北轍的對比。

他的工作靴一踩，門廊臺階便嘎吱作響。紗門把手上塞了一張紙，他掀起邊角看一眼：是威利納活動屋營區賓果冠軍賽的傳單。他把傳單揉成團，塞進口袋。珍阿姨不可能去參加那種鬼活動。這地方糟透了，就連名字也是。「威利納」，夏威夷語的「歡迎」。用膝蓋想也知道，這裡才不像夏威夷。

他還沒來得及按下那當然也是青蛙造型的門鈴，吼聲已從拖車後方傳來。

「如果西西‧貝克那老太婆能少管閒事，沒人會想這些有的沒的啦，對不對？」珍阿姨的語氣滿是威脅，卡麥隆已經能想像她現在的樣子：身穿她最愛的灰運動衫站著，雙手扠在酒桶般的臀部上，一臉怒容。他忍不住微笑，一邊邁步繞過拖車側邊。

「珍，拜託，妳好好想想。」地主低聲說，一副高人一等的模樣。吉米．戴莫尼科，百分之百的上流階級混蛋。「其他住戶都擔心可能會有蛇出沒，妳應該能理解吧？」

「這裡沒蛇啦！而且你以爲你是誰，憑什麼管我的樹叢怎樣？」

「這裡有規矩啊，珍。」

卡麥隆快步走到後院。只見戴莫尼科正瞪著珍阿姨，而珍阿姨身上確實穿著那件灰運動衫。她氣得面紅耳赤，用手抓起一小簇濃密蠟亮的藤蔓；那些藤蔓爬滿了她搭在拖車後頭的棚架。牆板上擱著她的枴杖，枴杖腳套了顆綠色網球，已經褪色。

「卡寶！」

全世界他只讓珍阿姨一個人這樣叫他。

他小跑步過去，她很快抱了他一下，他微笑。一如往常，她身上有不新鮮咖啡的味道。然後他轉過去對著戴莫尼科，面無表情，開口問：「所以是怎麼啦？」

珍阿姨抓起枴杖，指著地主告狀。「卡寶，你跟他說，我的鐵線蓮裡面沒有蛇！他想叫我把鐵線蓮拔掉，就因爲西西．貝克說她看到啥東西。大家都知道她眼睛多差，根本看不清楚。」

「你聽到了吧，裡面沒蛇。」卡麥隆把頭往藤蔓的方向歪，語氣斬釘截鐵。藤蔓比他上次來時長得更繁茂了，鬱鬱蔥蔥。那是多久前？一個月嗎？

戴莫尼科捏捏鼻梁。「卡麥隆，我也很高興見到你。」

「我的榮幸。」

「聽我說，這完全是威利納活動屋營區的規章，」戴莫尼科說著，嘆了口氣，「只要有住戶申訴，我就要調查，而貝克太太說她看到一隻蛇，她說就在那堆植物裡，有對黃色眼睛朝她眨眼。」

卡麥隆嗤笑。「她根本在撒謊。」

「根本就是。」珍阿姨附和，然而她偷偷對他投以困惑的眼神。

「啊，是嗎？」戴莫尼科兩手扠胸。「貝克太太在這個社區很多年了。」

「西西．貝克一肚子屁話啦。」

「卡寶！」珍阿姨打了一下他的手臂，責備他的用語。真好笑，罵他的這個女人，當年在他學字母時，可是教他「A就是屁眼（asshole）的A」。

「你說什麼？」戴莫尼科把眼鏡往下拉。

「蛇不會眨眼。」卡麥隆翻翻白眼。「不可能，蛇沒眼皮。你自己去查。」

地主張開嘴，又啪地閉上。

「結案，這裡沒有蛇。」卡麥隆雙手扠胸，他的手臂至少有戴莫尼科的兩倍粗。這陣子健身房練二頭肌的課表超狂。

戴莫尼科確實一副想離開的樣子，他直盯著腳上的鞋，嘟囔道：「就算是真的好了，我是說蛇眼皮這件事……但法規就是如此，你要怪就怪郡政府吧，反正只要有人通報我的地產上有害蟲——」

「就跟你說了沒有蛇！」珍阿姨兩手一揮，枴杖落在草地上。「你聽到我姪子說了，蛇沒眼皮啦！你知道這是怎麼回事嗎？就是西西．貝克見不得我的花園好。」

「好了，珍。」戴莫尼科舉起一隻手。「大家都知道妳的花園很美。」

「西西．貝克是個騙子，而且瞎到頭殼翻過去！」

「就算這樣好了，我們也有安全法規，如果有東西造成危險狀態——」

卡麥隆往他那裡站過去一步。「我覺得沒有誰想要陷入危險狀態。」其實主要是嚇唬他的。卡麥隆討厭打架，不過這小矮子不需要知道這點。

戴莫尼科看起來簡直嚇壞了，一臉滑稽樣。他拍一下口袋，裝模作樣地拿出手機。「啊，抱歉，我得接這通電話。」

卡麥隆暗笑。假裝接電話的老招。這傢伙爛透了。

「珍，妳就稍微修剪一下，好嗎？」他邊轉頭喊，邊沿著碎石子步道吱吱嘎嘎地走向馬路。

卡麥隆花了近一個鐘頭修剪鐵線蓮，得設法在折疊梯上站穩，一邊回應珍阿姨吹毛求疵的指示。「那裡再剪一點，不是，不要剪那麼多！修左邊，不對，是右邊，不，左邊才對。」而在下面，珍阿姨負責將剪下的枝條和紫色花朵收集在園藝垃圾袋裡。

「你說蛇的事是真的嗎，卡寶？」

「當然。」他爬下梯凳。

珍阿姨皺眉。「所以，真的，我的鐵線蓮裡沒有蛇，對吧？」

卡麥隆脫下手套，側頭瞥她一眼。「妳在妳的鐵線蓮裡看過蛇嗎？」

「呃……沒有？」

「嗯，妳自己都這麼說啦。」

珍阿姨咧嘴一笑，打開後門，用枴杖末端將一疊報紙推到旁邊。「進來坐啦，親愛的。要喝咖啡？還是茶？還是威士忌？」

「威士忌？認真的嗎？」現在還沒早上十點呢，想到酒，卡麥隆胃一緊。他低頭走進門框，眨眨眼，適應裡頭的昏暗光線，看到屋內狀態，他如釋重負吐了口氣。狀態當然差，但沒比上次糟。有好陣子，這裡的垃圾渾像一堆慾火中燒的兔子似的，繁殖個沒完。

「那黑咖啡吧。」她眨眼示意。「你老囉，卡寶，都不懂玩了！」

他嘟噥說昨晚玩夠啦，珍阿姨略莞爾地點點頭。很顯然，她看得出他今早可辛苦了。或許他年紀眞的大了，要命的三十歲啊。

在丁點大的廚房流理臺上，她翻動亂七八糟的箱子和文件，尋找咖啡機。她那快散架的小書桌埋在成堆廢物下，而雜物底下某處，一臺古老的桌上型電腦嗡嗡作響。卡麥隆拿起廢物堆最上方的平裝書，一本羅曼史，就是封面有上空肌肉猛男的小說。他把書扔回去，導致堆疊的廢物掉在地毯上。

她什麼時候變成這樣？這樣蒐集東西，按她的說法。他成長過程中，她從不是這樣的。有時卡麥隆會經過他們從前在莫德斯托的社區，她在那棟兩房的房子裡把他養大。那間房總是乾乾淨淨。幾年前，她把房子賣了，支付前一年夏天的醫療帳單。原來呀，在戴爾酒館的停車場被人擊昏會導致傾家蕩產，而那件事甚至不是珍阿姨的錯。當時一些外來的混蛋傢伙在惹事，珍阿姨只是想讓大家冷靜下來。結果不知怎的頭側邊挨了一拳，最後躺平在人行道上。嚴重腦震盪、髖骨粉碎，好幾個月的物理和職能治療。卡麥隆爲了照顧她，放棄了在房屋修繕公司的好工作，原本做下去或許能拜師學藝的。他睡在她家沙發上，好提醒她吃藥，以及載她去看斯托克頓的腦損傷專科醫師。每天下午，他都到門廊上跟郵差見面，開門時盡量安靜，不讓她注意到。他那少得可憐的儲蓄帳戶阻擋了討債員一小段時間。

珍阿姨終於賣掉房子時才剛滿五十二歲，正符合威利納居民的最低年齡規定。她沒買一般公寓什麼的，而是決定用那一小筆剩下的現金買了輛拖車，搬到這裡來，背後原因爲何，卡麥隆至今不得其解。蒐集東西就是那時開始的嗎？是這垃圾場似的拖車營區讓她變成這樣嗎？

她一邊繼續抱怨西西·貝克從去年夏天園區辦百味餐時發生誤會就開始跟她過不去（卡麥隆沒追問細節），一邊把兩杯熱騰騰的咖啡放到茶几上，示意他坐到沙發上她旁邊的位子。

「那最近工作還好嗎？」

卡麥隆聳肩。

「又被炒魷魚了，對不對？」

他沒答話。

珍阿姨瞇起眼。「卡寶！你知道我是在郡辦公室走後門才幫你弄到那案子的。」珍阿姨仍在郡辦公室的櫃檯兼職，她已經在那裡工作許多年。當然，她認識所有人，而且沒錯，那是個大案子，市郊的商業園區。但還是無所謂：他第二天上班區區晚到十分鐘，那個混帳工頭就叫他走人。工頭一點同理心也沒有，能怪卡麥隆嗎？

「又不是我叫妳去走後門。」他嘟囔，然後解釋了前因後果。

「所以你搞砸了，完全搞砸，怎麼辦？」

卡麥隆噘起嘴；珍阿姨應該要跟他同一國的。意味深長的沉默籠罩兩人。她啜一口咖啡。她的馬克杯上畫滿跳舞的卡通青蛙，鮮紅色的字母寫著：「誰把青蛙都放出來了？」他搖搖頭，設法改變話題。「妳的新旗子很好看，外面那張。」

「是嗎？」她的眼睛微微亮起來。「我看型錄買的，郵購。」

卡麥隆點頭，絲毫不意外。

「凱蒂還好嗎？」她問。

「不錯啊。」卡麥隆的語氣一派輕鬆。其實他從昨天早上女友上班前跟她親吻道別後就沒再見過她了。她應該要來看「蛾腸」樂團表演的，但顯然她累得沒辦法出門，然後他後來又在外面待得比計畫中晚，又去借睡布萊德家。不過當然，她一定好的，凱蒂是那種不會惹麻煩的女孩子，永遠好好的。

「人家是個很好的女孩子。」

「對啊，她很好。」

「我只希望你幸福。」

「我很幸福啊。」

「要是你可以做一份工作超過兩天就好囉。」

水。

很好，又來了。卡麥隆怒目以對，舉起一手搓搓臉。他的眼球怦怦直跳。他八成該喝點水。

「你很聰明啊，卡寶，聰明得要命……」

他從沙發站起身，看向窗外。過了好幾秒，他開口：「別人又不會因爲聰明就付你錢啊。」

「怎麼不會，你行的。」她拍拍沙發上她旁邊的位子，卡麥隆砰地坐下，抽痛的頭靠在她肩上。他很愛珍阿姨，無庸置疑，但她不懂這些事。

家裡沒人知道卡麥隆的聰明是從哪來的，他的「家裡」，指的就是他自己和珍阿姨，這就是他的全家。

他幾乎快忘了媽媽的臉。那年他九歲，媽媽叫他收拾東西，去阿姨家過週末。珍阿姨來他媽媽的公寓接他。這事本身並不奇怪，他經常去她家過夜；但這次，他媽媽再也沒把他接回去。他還記得她抱著他道別，淚水混著哭花的妝流下臉頰。他清楚記得，她的手臂摸起來像皮包骨。

週末成了一週，然後是一個月，然後是一年。

珍阿姨的玻璃展示櫃某處，放著他母親兒時蒐集的陶瓷小玩意，一些愛心、星星、動物之類的裝飾品，其中有些刻著她的名字：**黛芬妮．安．凱斯摩爾**。珍阿姨不時會問他想不想要那些東西，他每一次都說不要。他幹麼要她那些舊垃圾？她連不吸毒、好好當他的媽媽都做不到。

至少卡麥隆知道他身上不成材的基因是從哪裡遺傳來的。

珍阿姨向法院申請單獨監護權，毫無異議地拿到了。他還記得那社工低聲說：這樣好多了，讓卡麥隆跟家人在一起，不要「進入體系」。

珍阿姨比他媽媽黛芬妮年長十歲，沒結婚，膝下無兒女，她總說卡麥隆是出乎她想像的福分。

跟著珍阿姨，他的童年過得挺好。她不像他朋友們的媽媽；誰能忘記某年萬聖節他在小學遊行上，他扮《辛普森家庭》的霸子，而珍阿姨穿著自製的整套美枝裝扮現身？但總之，他們過得挺好。

卡麥隆在校功課不錯。他在學校認識了伊莉莎白，接著認識了布萊德。有時他會聽到別人說，他適應良好得驚人，以他這種處境的孩子來說。

至於他的爸爸？卡麥隆的聰明可能就來自爸爸。

說到他父親，什麼都有可能。他和珍阿姨壓根不曉得他爸是誰。卡麥隆小時候，還不懂得生小孩是怎麼回事，以及最少最少必須有個捐精者才能生孩子的時候，他總以爲自己天生沒爸爸。

「你媽媽跟的那些人呀，我看你沒爸爸還好一點。」每當提到這話題，珍阿姨都這麼說，但卡麥隆總是質疑。他確定自己出生時，媽媽還沒染毒。他看過照片，她在公園裡推著坐在嬰兒鞦韆上的他，一頭柔軟的棕色鬈髮。卡麥隆確信，那些嗑藥、那些問題，都是後來才發生的。

都是因爲他才發生的。

珍阿姨作勢起身。「再喝點咖啡嗎，親愛的？」

「妳坐著，我來倒。」他邊說邊甩頭，想把頭痛甩開。他在雜物之間找路走向廚房。他再倒兩杯咖啡的同時，珍阿姨在沙發那裡喊：「哎，伊莉莎白．伯奈特還好嗎？她夏天結束的時候就要生了吧？我幾天前在加油站遇見她媽媽，但沒機會多聊。」

「對，她快生了，但她很好，她跟布萊德，他們都很好。」卡麥隆在自己的咖啡裡倒奶精，奶精轉出白色漩渦。

「這女孩子一向討人喜歡，我真不懂她怎麼會選布萊德，沒選你。」

「珍阿姨！」卡麥隆抱怨道。他一定解釋了上百萬次，他與伊莉莎白根本不是那回事。

「哎，說說而已。」

卡麥隆、布萊德和伊莉莎白自小就是好友，三劍客來著。現在，另外兩人結婚生子，卡麥隆心知肚明，那個小傢伙將會取代他，變成布萊德和伊莉莎白的電燈泡。

「說到這個，我該閃了，布萊德午餐前要用車。」

「啊，在你走之前，有個東西給你。」珍阿姨費力用枴杖把自己從沙發上撐起來。卡麥隆想幫忙，但被她揮手打發。

彷彿過了十年那麼久的時間，她在另一個房間的雜物堆裡推呀翻的，他則忍不住偷翻桌上的一疊文件。舊的電費帳單（已經付了，謝天謝地）、一頁撕下來的《電視指南》雜誌（現在還在發行啊？），還有市區藥局一分鐘門診開立的一疊出院文件，第一頁上面釘了張處方表格。媽的，私人東西。但他還沒來得及拿東西遮住那張處方，就看見了令他臉頰發燙的東西。

這不可能是真的吧。

珍阿姨？披衣菌？

她的枴杖咚咚咚地朝客廳靠近。卡麥隆努力把東西全推回去，卻整疊塌下來，導致他把處方單拿在手裡。他用指尖拎著那張紙，彷彿文件本身染了病似的。一種文具傳染疾病。

「噢，那個呀，」她聳肩，毫不在意地說，「現在營區在大流行。」

卡麥隆感覺五臟六腑顫了一下。他嚥嚥口水說：「呃，這玩意不是開玩笑的，珍阿姨，幸好妳治療了。」

「我當然治療啦。」

「是不是應該做……呃……保護措施啊？」他居然在討論這件事？

「這個嘛，我是戴套派的，但瓦利．帕金斯他不想——」

「不要說了，對不起我不該問。」

她咯咯發笑。「誰叫你探我隱私，活該。」

「同意。」

「好啦。這些拿去。」她用拖鞋輕推腳邊的一個箱子，卡麥隆先前沒注意到的。「是你媽媽的一些東西，我想你可能會想要。」

卡麥隆站起身。「謝謝，不用。」他看也不看那箱子第二眼。

被囚的第1302天

我目前的體重是二十七公斤。我是個**壯漢**。

一如往常，我的體檢從那個桶子開始。聖地牙哥醫師移除我水槽的頂蓋，把那個黃色大桶舉到與水槽邊緣齊高，桶裡有七個扇貝。聖地牙哥醫師用她的網子把我的外套膜勾到水槽邊，但沒必要；有新鮮扇貝，我會自願入甕。

麻醉滲入我的皮膚，甜美如蜜，我的觸腕靜止下來，眼睛闔上。

我與這桶子的第一次接觸在許久以前，是我被囚的第三十三天。當時這感受令我驚惶，但現在我已喜歡上這個桶子。這桶子帶來一種什麼都沒有的感受，在許多方面，這比什麼都要更愉悅。

聖地牙哥醫師將我搬到桌上，我的觸腕拖在水泥地上。在塑膠磅秤上，她將我攏成一團，然後倒抽一口氣：「哇，壯漢耶！」

「多重？」泰瑞問著，用他那永遠沾有鯖魚味道的棕色大手戳戳我。

「比上個月重了快一公斤半。」聖地牙哥醫師回答。「他的飲食有改變嗎？」

「就我所知沒有，但我可以再確認一下。」泰瑞說。

「麻煩你了，這種程度的增重再怎麼看都不正常。」

我能說什麼呢？畢竟，我是個特別的傢伙。

六月陰霾

今晚在「愛買家」幫忙裝袋的是個新來的男孩子。

他把托娃買的草莓和兩瓶柳橙果醬並排放在購物袋裡，托娃看了不禁抿嘴。他又塞進其餘東西，果醬給擠得發出不祥的哐啷聲。有咖啡豆、綠色葡萄、冷凍豌豆、小熊造型罐裝蜂蜜，和一箱面紙，是柔軟、含乳液，貴的那種。托娃從威爾住院時開始買這種面紙，因爲醫院的衛生紙跟砂紙一樣；現在她已經用慣了，沒法換回平價品牌。

托娃出示她的會員卡時，伊森．馬克說：「不用給我看啦，親愛的。」收銀員是個話匣子，有濃濃的蘇格蘭口音，是這家超市的老闆。他用長繭的指關節輕敲太陽穴，咧嘴笑道：「都記在這裡面了，妳剛一走進來我就把妳的號碼輸入了。」

「謝啦，伊森。」

「不客氣。」他將收據遞給她，咧嘴一笑，略顯狡猾卻又和善。

托娃快速看一下收據，確認果醬的特價正確無誤。有了，在這：第二件半價。她不該懷疑的：伊森把店管得很好。自從幾年前他搬來索維爾灣，買下店面後，這家「愛買家」大有進步。他包準能很快訓練那新人學會像樣的裝袋技巧。她把收據塞進手提包。

「這哪裡像六月天啊，是不是。」伊森往後一靠，雙手交叉放在肚子前。這時是晚上十點多，結帳通道都空了，那新人也退到熟食櫃旁邊的長椅休息。

「小雨下個不停。」托娃附和。

「妳懂我，親愛的，雖然我像隻大鴨子，風雨無阻啊，但我都快忘記太陽長啥樣子了。」

「是，哎呀。」

伊森將一疊疊收據攏得方方正正，眼睛盯著她手腕上的圓形吸盤痕跡，在章魚抓了她手腕那裡後，那接近紫色的瘀傷幾乎沒褪半點。他清清喉嚨說：「托娃，聽說妳哥哥走了，妳保重。」

托娃低下頭，但沒說話。

他繼續說：「妳如果需要幫忙，儘管開口。」

她與他四目相接。她認識伊森幾年了，這男人可不會特意避開嚼舌根的機會，她從沒遇過哪個六十來歲男人像他這麼愛八卦，因此他絕對知道她和哥哥已經疏遠了。她控制好語氣，開口說：「我和拉爾斯不太親近。」

她和拉爾斯曾經親近過嗎？托娃確定有，曾經是。小時候一定是的，年輕時多數時間也很親近。在托娃和威爾的婚禮上，拉爾斯與威爾並肩而立，兩人都穿著灰西裝。在喜宴上，拉爾斯發表了動人的致詞，讓在場所有人淚光閃閃，包括他倆堅毅內斂的父親。在那之後的許多年，托娃和威爾每年除夕夜都到拉爾斯位於巴拉德的家過節，吃米布丁，午夜時分拿著香檳杯碰杯，年幼的艾瑞克就裹著鉤織毛毯睡在長沙發上。

但在艾瑞克死後，情況開始改變。時不時，創意編織團的哪個誰就會向托娃探問，問她和拉爾斯之間發生了什麼事，托娃總說：「沒事，真的。」這是實話。事情是逐漸發生的，沒有炸鍋爭吵、沒有握拳顫抖或吼叫。有一年除夕，拉爾斯打電話給托娃，說他跟丹妮絲另有過節安排。丹妮絲是他太太，那時是。他倆還會來家裡吃晚餐的時候，丹妮絲很喜歡在托娃兩隻手肘全浸在洗碗泡沫裡時，逗留在廚房水槽旁，堅決地說，如果托娃**需要聊聊**，她可以**陪陪她**。而當托娃表達惱火，拉爾斯只說：「哎呀，就算是妳跟她不熟好了，她關心妳也不算錯呀。」

草草收場的新年過後，復活節午餐略過了，一場生日派對取消了，接著聖誕團聚也在說說「我們該聚聚」的計畫階段就止步。幾年延伸到幾十年，親兄妹成了陌路人。

伊森把玩著插在收銀機錢箱上的銀色小鑰匙，輕聲說：「不過，家人畢竟是家人啊。」他做個鬼臉，不靈活的身子往下坐到收銀機旁的旋轉椅。托娃碰巧知道他背不好，那椅子有幫助。當然，她對這類小道消息沒興趣，但有時人就是會聽到別人說話；創意編織團總愛聊這些事。

托娃嘆口氣。**家人畢竟是家人**。她知道伊森是好意，但這話多麼荒謬。家人當然是家人，不然還能是什麼？拉爾斯是她最後一個尚在人世的親人。是家人，儘管她已許多年沒和他說過話了。

「我該走了。」她總算回答。「打掃得腳痠。」

「是！妳水族館那份工啊。」伊森似乎很感激話題換了。「幫我跟扇貝問好啊 。」

托娃正經地點頭。「我會幫你問好。」

「告訴牠們，牠們是過著上流生活哪，跟牠們在這裡的親戚比起來，就海鮮櫃那些。」伊森把頭撇向超市後頭的新鮮海產部，那裡販售的除了幾種當地現撈海鮮，多數是冷凍過的解凍海鮮。他把手肘靠在結帳櫃檯上，眼中流露莞爾神色。

托娃這時才意會到他是在調侃，不禁雙頰脹紅。那些冷藏櫃裡的扇貝，一個個瑩白圓滾……幸好索維爾灣這種地方小超市賣不起章魚。她扛起購物袋，而想當然，袋裡東西全往一邊倒，果醬瓶又給撞得哐啷響。

有時事情就是該有正確的做法。

托娃用銳利的眼神瞥了那個新來的裝袋人員一眼，只見他正倒在熟食區長椅上滑手機。托娃把購物袋放下，將果醬移到葡萄的另一側，一開始就該這樣放的。

伊森順著她的視線看過去，接著他起身吼道：「坦納！乳品櫃不是要上架嗎？」

小伙子將手機塞回口袋，怒沖沖地走向超市後方。

伊森看起來頗為得意，托娃壓抑笑意。伊森留意到之後，一手撫過他那短而粗硬的鬍鬚，他的鬍子這些年已然斑白，但還帶著點淡紅色澤。很快，他就會為聖誕節把鬍子留長。伊森．馬克扮起蘇格蘭風的聖誕老人十分有說服力。十二月的每個星期六，他會坐在社區中心的椅子上，身穿聚酯纖維服飾，跟鎮上的小朋友們合照，偶爾也會來一兩隻小狗；詹妮絲每年都帶她的「巧克力」來找聖誕老人。

「年輕人有時需要一點指導。」伊森說。「話說回來，我想我們大家都是吧。」

「應該吧。」托娃重新拎起購物袋，往門的方向轉身。

「如果妳需要幫忙……」

「謝謝，伊森，很感謝。」

開門鈴響時，伊森喊：「那開車小心，親愛的。」

回到家，托娃解開球鞋鞋帶，打開電視，看第四頻道。十一點的新聞只有第四頻道還能看。克雷格・莫瑞諾和卡拉・凱瓊姆，以及氣象播報員喬安・詹尼森。第七頻道全是垃圾新聞，而第十三頻道那個自吹自擂的福斯特・瓦歷斯有哪個人看得下去？第四頻道是唯一理智的選擇。

節目的音樂飄進廚房，托娃在廚房把食品雜貨卸下。她沒買太多；冰箱裡已經塞滿砂鍋燉菜。拉爾斯離世後的幾天以來，創意編織團成員和其他想支持她的人爲了慰問，紛紛做了菜送到她門廊上。

「噢，天哪。」她嘆道，俯身在塞滿的冰箱裡挪來挪去，弄出輕響，設法在一大盤焗烤火腿起司旁邊騰出空間放她的葡萄；焗烤是昨天瑪麗・安送來的。

一陣刮擦聲嚇到她。她站直起來。

聲音來自門廊。又有人送燉菜嗎？都已經這麼晚了。她走過休閒室，這時電視上正嚷嚷播著壽險廣告。她剛把食品雜貨拎進來時還沒關上前門，因此她瞇起眼透過紗門往外看，預期會在門口地墊上看到贈禮，想不到那裡空空如也。車道上也沒車。

她吱嘎開了門。「有人嗎？」

又是一陣刮擦聲。浣熊嗎？還是老鼠？

「是誰？」

一雙黃眼睛。然後是指責的喵喵聲。

托娃吐出她無意間憋住的氣。附近有許多流浪貓遊蕩，但這隻灰貓她沒見過。貓坐在她門廊臺階上，宛若一位高踞寶座的國王；牠眨眨眼，抬頭瞪著她。

「怎樣？」她皺眉，手拍了一下。「去！」

貓把頭一歪。

「跟你說了，走！」

貓伸伸懶腰。

托娃兩手扠在後腰上，貓咪竟漫步走來，細瘦的身軀在她雙腳之間捲繞。她能感覺到牠每一根肋骨擦過她的踝骨。

她咂舌。「唉，我有焗烤火腿，你想吃嗎？」

貓的呼嚕叫聲帶著點高音。迫不及待啦。

「那好吧，但如果被我逮到你把我的花圃當貓砂盆……」她迅速溜回家裡，留「貓咪」在原地；托娃決定這麼喚他。貓咪透過紗門打量著屋內。

托娃捧著一個盛滿的餐盤回來。她在門廊吊椅坐下，看著「貓咪」狼吞虎嚥吃起冰冷的火腿、起司和馬鈴薯。托娃之後把盤子還給瑪麗．安時，絕不會說這菜給誰吃了。

「扔掉太可惜了，很高興可以跟你分享。」她向「貓咪」傾吐。這是眞話。她朋友們以爲她能吃下多少東西呀？她在心裡提醒自己記得早上來拿回「貓咪」的盤子，便走回屋內，順手帶上門。

新聞播報聲從休閒室傳來；廣告時間結束。「哎，卡拉，我知道我準備好迎接西雅圖的夏天了。」播報員克雷格．莫瑞諾咯咯笑道。

「我也等不及了，克雷格！」卡拉．凱瓊姆虛笑回應。接下來，她就會把前臂往播報臺上一擱，對著鏡頭燦笑，然後轉過去面對她的主播搭檔。她會穿著藍色衣服，因爲她似乎認爲自己穿藍色最好看。而因爲今天是下雨天，她的一頭金髮會捲成波浪狀，而不是吹成鮑伯頭。當然，托娃從廚房看不到這些細節，但她能肯定是這樣。

「我們等會聽聽喬安怎麼說，先休息一下！」

這時鏡頭就會切回克雷格．莫瑞諾，而他說到喬安的名字時，聲調會提高那麼一丁點。這狀況是幾週前開始的，八成是從他和那氣象播報員開始發生關係時。

托娃沒繼續聽天氣預報。不需要——包準陰雨不斷。持續的六月陰霾。

追小姐

雖然伊森・馬克最近也挺想曬點太陽，但他並不討厭霧夜。街燈圍著光暈；渡輪喇叭在霧靄中的某處低嚎。他在愛買家店前的長椅坐下，抽著菸斗，午夜寒氣滲入衣領。

嚴格來說，這是禁止的。根據指南，愛買家員工得先打卡下班才能休息抽菸。當然，手冊是伊森自己寫的，儘管如此，他自己平常盡量不犯規。但現在只剩他和坦納兩人，而那小子在店後頭，又搞不清楚狀況。

目送托娃走入夜色，他的心總會揪一下。根據他的警用無線電掃描器，入夜後路上總有些瘋子出沒。她為什麼非得這麼晚出來採購呢？

她開始深夜採購快兩年了。這兩年來，伊森開始在輪班前先把他的法蘭絨衣領熨過。他想把自己打點整齊些，看起來體面一點。

他將菸斗的暖意吸入胸腔，然後吐出。煙溶進霧靄中。

霧總令伊森想起家鄉：克爾伯里，在蘇格蘭西部的侏羅海峽邊。那裡仍是他的家，儘管他已在美國住了四十個寒暑。距離他打包一個圓筒行李袋、辭掉在肯納奎格那份碼頭裝卸工的工作，四十年了。距離他上一次追小姐，四十年了。

他和辛蒂的戀情是逐漸破滅的。一開始的計畫就是胡搞，跟個去度假的美國人同居，然後浪擲積蓄，買了張從倫敦希斯洛機場飛紐約甘迺迪機場的機票。他仍記得透過那扇橢圓小窗，看著家鄉島嶼逐漸縮小。

坦納那顆山羊般的頭探出門外。不知他是否意識到伊森違反了規則，就算有，他也沒表現出來。那小子的腦袋算不上聰明。他問：「你要我把整個冷凍櫃都上架嗎？」

「當然，你以爲我付你錢是做什麼？」

坦納嘟噥著溜回店裡。伊森搖頭。現在的年輕人哪。

一九七〇年代的紐約市粗礪眞實，而伊森和辛蒂很快就有了更遠大的計畫。辛蒂清空了她布魯克林的公寓，換成錢買了輛老舊的福斯廂型車。兩人開車橫越美國，這個國家的廣袤令伊森震撼。賓州、印第安納州、內布拉斯加州、內華達州，任一個州都能容納整個蘇格蘭。

當兩人再度來到海邊，伊森感到如釋重負。他倆在北加州海岸逗留了好幾週，在巨大的紅杉林樹蔭下做愛，然後沿途打工，沿著太平洋海岸公路北上。在靠近俄勒岡州界某處一座搖搖欲墜的禮拜堂，他和辛蒂訂下終身。

幾週後，在華盛頓州的亞伯丁，他們車子的傳動裝置終於壞了。伊森這裡修修那裡弄弄，但終歸無法挽救。而隔天一早，辛蒂也走了。

就是那樣了。

亞伯丁很適合伊森。他從沒去過位於蘇格蘭北海岸的同名城市，但這地名令他感到熟悉。低矮灰濛的天空，冷漠但勤勉的人們。他找了份碼頭裝卸工的工作，在寄宿房租了床位；每天清晨一邊喝著茶，一邊看船桅上霧靄飄動。

工會待他不錯，讓他在五十五歲退休，領一份微薄的退休金。迫不得已，他必須搬到內陸，靠近市區，離物理治療師近一點，他扛圓木上船這許多年，現在得矯正背部。但他退休也閒不下來。愛買家有小夜班的缺，也很樂意為他在收銀臺配一把人體工學椅。而他比他們更大方；他拿出積蓄，頂下這家店。

如今，十年過去，他仍然不怎麼需要這收入。工會退休金足夠付房租、食物，和他卡車的油錢。但這超市的一點點利潤，讓他得以為自己的收藏添購新的黑膠唱片，以及不時買瓶好的蘇格蘭威士忌。像樣的艾雷島威士忌，而不是高地威士忌那種鬼玩意。

汽車頭燈照在濕滑的人行道上，只見一輛車急轉彎駛進停車場。伊森熄滅菸斗，連忙閃進店門。

他在收銀臺就定位的同時，一對年輕男女踉蹌走進來，兩人緊緊相摟，移動起來像是只有一個人。他倆左磕右碰地走過一條條走道，碰到堆成高柱的洋芋片和汽水時趕緊彈開，然後一陣咯笑。兩人在收銀臺摸索著掏出一張簽帳金融卡。他們把車開上馬路，離去時，熾白的燈光照亮店面的玻璃窗。

白癡。他們會撞死人的。就像伊森的妹妹瑪莉雅，剛滿十歲時被卡車撞了。幾個漁夫，剛從酒吧回來。**這世上充滿了白癡**。

想到托娃的掀背車開在那條路上，令伊森心神不安。他眞希望能開車經過她家，確認她的車已經停在那裡。或許她家的燈還開著。

還是別了。他受傷過一次。就因為追小姐。

被囚的第1306天

我善於保守祕密。

你或許會說我別無選擇。我能告訴誰呢？選項少得可憐。

就我能跟其他囚犯溝通的程度，那些乏味的對話往往白費我的力氣。魯鈍的腦袋，原始的神經系統。牠們的構造為生存而設計，或許在生存方面是專家，但這裡沒有任何生物擁有像我一樣的智慧。

這很寂寞。或許我要是能對誰訴說祕密，就不會那麼寂寞了。

到處都是祕密。有些人類腦裡塞滿祕密。他們怎能不爆炸？這似乎是人類這個物種的特徵：糟糕至極的溝通技巧。聽好了，倒不是說其他物種多會溝通，但即便是一隻鯡魚也能看出牠隸屬的魚群要轉向哪裡，也懂得跟上。人類有上千萬的字彙，為什麼無法把心意好好說出來呢？

海洋也同樣善於保守祕密。

特別是其中一個祕密，來自海底，我保守至今。

小蝰蛇特別致命

箱子擱在卡麥隆的流理臺上，原封不動，三天了。

那天珍阿姨自己費勁把這箱子從拖車裡拖出來。**你想丟就丟，但至少先把東西看過一遍。她說。家人很重要。**

當時卡麥隆不禁翻白眼。**家人**。但這位太太一旦堅持起來，跟她爭論是沒用的，因此箱子便跟著他回家了。現在，卡麥隆從沙發打量著箱子，考慮要不要把《世界體育中心》節目關了，去看看那箱子。或許裡頭有東西他可以拿去當鋪賣，很快他就得把七月份自己那半房租交給凱蒂了。

也許等午餐後吧。

微波爐嗡嗡叫，轉著他的杯麵，他等著。用磁爆輻射來烹調，讓食物分子彼此瘋狂碰撞：是誰想出這玩意，以及該怎麼行銷的呢？不管那傢伙是誰，現在八成是躺在鈔票堆裡裸泳，身邊圍著超級名模吧。人生眞不公平。

叮。

卡麥隆取出熱氣蒸騰的杯麵，他正把泡麵端回沙發，小心翼翼不灑出來時，家門咿呀打開，嚇了他一跳。

「該死！」滾燙的液體灑到他手上。

「阿卡！你還好吧？」凱蒂扔下她的外出手提包，飛奔過來。

「我沒事。」他咕噥。週二下午，她怎麼會回家？話說回來，她也可能問他一樣的問題。他的腦袋快速轉動；他有跟她說他今天要工作嗎？她問過嗎？

「你等等。」她說著，低頭走進廚房，她小巧的美臀在灰裙子下輕顫。凱蒂在公路旁那家「假日酒店」的櫃檯工作。幸好她最近都上日班，如果她還在上夜班，他老早被揭穿了。

她拿著兩塊濕布，急急走回來。

她遞給卡麥隆其中一條，他說：「謝謝。」那清涼感在手上很是舒服。然後她蹲下，用另一條布把灑出來的麵湯擦掉。

「妳今天比較早回家耶。」他邊說邊俯身幫忙，語氣盡量漫不經心。

「我下午要看牙醫啊，記得嗎？我上禮拜說過。」

卡麥隆依稀回想起來，點點頭。「喔對，沒錯。」

「我不記得你有說今天休假。」凱蒂撿起掉在地毯上的一根麵條，扔到手上的抹布裡，抬頭瞇眼打量他。

「呃，對啊，今天休假。」他沒補充說：**還有明天，還有後天，還有大後天都休**。

「他們怎麼會讓你休，你才上班第三個禮拜。」

「其實是國定假日。」該死，他幹麼這樣說？

凱蒂站起身。「國定假日？」

「對啊。」狡猾的謊言。「國際承包商節，所有人都休一天。」說真的，不然他要告訴她什麼？實話嗎？他只需要時間，過幾天找到新工作，然後就沒事了。

「國際承包商節。」

「對啊。」

「所有人都休？」

「對。」

「那我們隔壁棟還在修屋頂，還眞奇怪啊？」

卡麥隆張開嘴，但釘槍的砰砰聲從隔壁屋頂迴盪過來，他沒法繼續說。

凱蒂的臉冷冰冰，面無表情。「你又被開除了。」

「我的意思是，嚴格說起來——」

「發生什麼事？」

「呃，我那時候——」

「你打算什麼時候告訴我？」她打斷他的話。

「我現在就想告訴妳，只要妳給我機會說！」

「你知道嗎？算了。」她拿起她的外出手提包，踩著重步走向門口。「我沒時間講這些，看牙醫要遲到了，我也不想再給你機會了。」

機會。假如人生各種機會都有列個帳本，那該還給卡麥隆的機會可多了。凱蒂哪裡懂擁有一個成癮的家長是什麼情形？她哪裡懂他體內那種啃噬的恨意，從來不曾離去？

這個高中畢業爸媽就會買車給她的凱蒂。這個身穿灰色窄裙、一口整齊白牙的凱蒂，現在正由某個小老二的牙醫幫她的牙齒拋光。她看完牙醫還會得到一條免費牙膏，她會原封不動扔進浴室抽屜，反正她會用高級的電動牙刷。

他躺在沙發上看著一部低成本動作片時，她終於回來了。他這才想到已經過了很久，好幾個鐘頭，外面幾乎天黑了，遠超過看牙醫需要的時間——不過他其實也不清楚；他已經好幾年沒看過牙醫。或許凱蒂有好幾顆蛀牙，或許是做根管治療。珍阿姨去年做過一次根管治療，喊疼喊了整個禮拜。想到完美無缺的凱蒂被尖尖的鑽子在嘴裡戳洞，隱約令人滿足，而這讓他覺得自己是個混帳。

「嗨。」他喊一聲，然後暫停，等待她悲嘆一聲，她那種嘆息代表她還生氣，但沒那麼火大了。他會說對不起，她會皺眉，但只是做做樣子。然後他就會把一手放在她腿上，她會投入他懷抱，兩人就在這裡躺著，相互依偎，看完這部蠢電影，然後退到床上，紮實地床頭吵床尾和一番。

然而她沒回話，反倒直接走進臥室。他漾起一點笑意。要省略中間步驟嗎？

然後他聽到第一聲**砰**。搞啥……？他得去一探究竟。

卡麥隆邊走進房間，看著他的一隻工作靴飛越月光照亮的陽臺，落在樓下那一小塊乾硬的草皮上。

砰。另一隻工作靴也摔到步道上，在雜草叢生的縫隙上彈了幾下，鞋帶拖在後頭。

「凱蒂，我們不能談談嗎？」

她沒回話。

「妳聽我說，對不起，我應該跟妳說的。」

依然沒回應。

咻。一頂棒球帽飛過，擦到他的耳朵。他最愛的舊金山四九人隊鴨舌帽。夠了。是，他是該告訴她自己丟了工作，但他們都還沒花幾秒好好講，她非得這樣把他所有東西扔出去嗎？

「凱蒂。」他慢慢說，彷彿她是一隻野生動物，他伸出一隻手，試探地放在她肩膀上。

「不要。」她嘟囔一聲，扭開肩膀。她從衣櫃扯出他的一條四角褲，揉了擰在手裡，然後拋往陽臺門的方向，但扔的力道太輕，內褲散開，掉在地板上。

他彎腰撿起內褲。「我們能好好談嗎？」

「我再也沒辦法了，阿卡。」從她下午離開去看牙醫到現在，這是她第一次直視他雙眼。她的雙眸燃燒怒火，一如他們從前去高原沙漠露營時在他吉普車陰影處生起的營火。但那些日子已然遠去，吉普車幾個月前就被那些討債員拿走。當時卡麥隆已經準備打給銀行，安排他們所謂的還款計畫；他發誓他眞的就要打去了，可是他們卻找那些王八蛋來，拖走他的車，不給第二次機會。他的機會帳上又被扣了一筆。

「我發誓，我打算要告訴妳的，而且又不是我的錯。」

「對，當然不是你的錯，永遠不是你的錯，對吧？」

「不是！」他正因爲她突來的同理心而鬆了口氣，那如釋重負的感覺登時又灰飛煙滅；她當然只是反諷。他臉頰發燙。「我的意思是，事情很複雜。」她當然要趕他出去了，換作卡麥隆，八成也會趕他自己出去吧。

凱蒂閉上眼。「卡麥隆，事情不複雜。我就跟你盡量簡單地說，讓你不成熟的大腦可以理解：我、們、結、束、了。」

「但房租我搞定啦。」他堅稱，腦中又想起珍阿姨那個神祕箱；他說話的聲音流露絕望。他跟著凱蒂從臥室走進廚房，手裡仍抓著那條四角褲。

「這跟房租無關！跟你沒辦法當個誠實的人有關。」她從流理臺拿起那個神祕箱，準備走回臥室，走向陽臺。令他吃驚的是，他感到心頭一緊。

「那個我拿。」

「好，隨便，反正你走吧。」她鬆開手，箱子落在地毯上，發出重重砰的一聲。她的臉色變了，眼中的怒火已然消失。她一臉疲憊。

「妳說現在？」卡麥隆氣哼哼地問。她在開玩笑吧。

「不是，是下禮拜六，我把你東西丟到外面只是丟爽的。」她翻白眼。「對，當然是現在。」

「那我要去哪？」

「你、家、的、事。」她冷笑一聲。「雖然我不在乎了，不過以後你總有一天該長大，你知道嗎？」

這箱子坐起來還算舒服，至少比坐在路邊舒服。暗夜中，卡麥隆坐在他堆成小山的東西旁，等著布萊德來載他。

等了又等。等了一小時。

他偏偏就在這個時候沒有車。

總算，汽車頭燈照亮街角。「發生啥鳥事啊？」布萊德下了卡車，把門一甩。

「你才發生啥鳥事咧！怎麼那麼久啊？」

「喔，我看看，因爲我在睡覺；因爲現在是禮拜二晚上快十一點。」布萊德開始把卡麥隆的家當扔進卡車車斗。「你知道，我們有些人明天是要工作的。」

「去死啦。」

布萊德咧嘴漾出笑意。「還太早囉？對不起啦。」

「隨便啦，可以開車了嗎？」卡麥隆扛起一個裝滿衣服的垃圾袋，抬頭看陽臺一眼。凱蒂露臺的門仍敞開，臥室的燈亮著，她無疑正看著路邊這一幕。他看公寓最後一眼，然後把吉他硬盒放到整堆東西上方，再把卡車的後擋板翻上去。擋板吱嘎響，然後發出金屬的砰聲關上。

「來吧。」布萊打開副駕駛座的門。「上車吧。」

「謝謝。」卡麥隆喃喃說道。他跳上座椅，把那個箱子放在腿上。布萊德和伊莉莎白的獨棟房屋在市郊，那一帶的住宅區就像發疹子似的，在一夕之間全冒出來。不必要的希臘羅馬柱和假磚外牆和四車位車庫。小資情調噁到爆。幾年前，他們倆剛辦完婚禮，伊莉莎白的父母就給了他們一大筆錢當買房頭期款。一定很爽吧。

但在這駛離他公寓的十五分鐘車程中，卡麥隆並未抱怨這些事。應該說他**以前的**公寓。現在是凱蒂的了；租約上只有她的名字。他剛搬進去時，她老是唸他，催他打電話請房東把他的名字加進合約，因為她就是這麼守規矩的人；但過了一陣子，她不再提了。或許她已經預見會有這天。

「箱子裡面是什麼？」布萊德問，打斷了他的思緒。

「小蝰蛇啊，」卡麥隆毫不猶豫、故作嚴肅地說，「有幾十隻。希望伊莉莎白喜歡蛇。」

半小時後，當卡麥隆解釋完整件事，布萊德把一個杯墊從茶几那頭滑過來，然後遞給卡麥隆一個滲著水珠的品脫玻璃酒杯。

「說不定她會氣消。」布拉德打著哈欠說。「給她幾天時間吧。」

卡麥隆抬起頭。「她把我的東西丟到草皮上，就像愚蠢的女性電影的情節。我他媽的全部家當喔。」

布萊德瞥一眼角落那堆東西。「那些真的是你的全部家當嗎？」

「呃，幾乎全部，反正你懂的。」卡麥隆皺眉。那他的 Xbox 遊戲機怎麼辦？還躺在凱蒂電視機下的櫃子裡。當初那款機子剛出的時候，他還透支一些錢去買。但現在可以說是凱蒂的了，他絕不可能回去低聲下氣要回機器的。

或許那兩三袋東西，還有一個可疑的箱子，真的就是他的全部家當。

卡麥隆雙眼盯著布萊德家的特大號廣角窗，繼續說：「又不是每個人都住這種偽豪宅。」

他只是想說笑，話出口卻酸得要命。他設法讓語氣和緩些。「我是說，我在過極簡生活啦。」

布萊德挑眉，盯著卡麥隆良久，然後舉起酒杯。「嗯，敬全新的開始。」

「謝謝你又讓我借住。我欠你一個人情。」卡麥隆跟他碰杯，淡啤酒灑出杯緣，滴在茶几上，布萊德馬上不知從哪變出一張紙巾，俯身過來擦乾淨。

「你欠我大概十個人情吧，超過半夜十二點入住要加價。」布萊德咧嘴一笑，但眼神卻很嚴肅。「還有我知道不需要再跟你說一次，但如果你弄壞什麼家具，要賠我全新的。」

卡麥隆點頭。他上週從酒吧回來這裡睡的時候已經聽過這番訓話。伊莉莎白剛買了新的客廳家具，而顯然這裡該用於坐和休息等正常客廳活動這件事是個敏感話題。他以前來借住時都睡客房，但現在已經爲寶寶改裝了。上個月卡麥隆才剛幫忙修補衣櫥裡的石膏板，報酬是披薩；因爲布萊德爲了安裝一套莫名其妙的置物架，不小心弄破了石膏板。石膏板卡麥隆就算睡著也能補，事實上他眞的在睡著時補過一次，或者該說半睡半醒吧，總之那個工地的工頭當場解僱他之前是這麼說的。

「還有阿卡，認眞的，」布萊德接著說，「就睡兩晚，不能更久。」

「收到。」

「那你之後要去哪？」布萊德把吸了啤酒的紙巾摺起來，整齊地擱在茶几邊緣。

卡麥隆把一腳運動鞋翹到膝蓋上，手指頭扭著一條散掉的鞋帶。「可能去住市區那些新公寓？」

布萊德嘆氣。「阿卡——」

「怎樣啦？我有個朋友之前蓋那些公寓，他說裡面弄得很好。」卡麥隆想像自己坐在寬敞的皮沙發上，光腳踩著全新地毯。當然，還需要一臺平面電視，至少要八十吋。他會把電視掛在牆上，把電線收在後面，不要露出來。

布萊德俯身，兩手交握。「他們哪可能把房子租給你。」

「哪裡不可能？」

「老兄，你失業耶。」

「才怪，我是待業中。」

「你什麼時候不是**待業中**？」

「建築產業是有週期的啊。」卡麥隆坐挺身子，語氣不自覺尖銳起來。布萊德哪裡懂真正的勞力工作？他整天就在個又窄又小的辦公室裡瞎忙，幫本地的電力公司弄些文件。

布萊德以前總說要離開，去舊金山之類的地方。但如今他永遠不可能走了，而卡麥隆知道為什麼。因為他的父母在這裡，伊莉莎白的父母也是，而現在他們四個就快當阿公阿嬤了。他們那個大家庭每週日晚上都會一起吃晚餐，八成吃蜜汁烤火腿那類的鬼玩意。他們怎麼可能會離開？卡麥隆想知道正常家庭的孩子是否理所當然都有某種羈絆，而那是他從來沒資格獲得的。

「阿卡，你的信用分數是多少？」

卡麥隆猶豫了。實話是，他根本不知道。天下紅雨他才可能去查。幾年前買那輛吉普車時，他的信用分數是六百出頭，但那之後又經歷好幾次令人質疑的人生抉擇。他諷刺地假笑答道：「一百二十分。」

布萊德搖頭。「那可能是你的保齡球得分吧，最好可能是你的信用分數啦。」

「嗯，我能說什麼？我打保齡球超強的。」

「對啦對啦。」

卡麥隆手指撫過球鞋側面的一個個凹洞。八成被凱蒂的狗咬了。牠是一隻茶杯犬之類的，很愛啃鞋，尤其是他的鞋。那條狗煩到爆，凱蒂把牠送回去讓她爸媽養，但他們每次來作客都會把狗帶來。至少現在他不用再面對那隻蠢狗了。

「你可以回去唸書啊。」布萊德又提了他先前提過的建議。「拿個專科之類的文憑。」卡麥隆哼一聲。布萊德的腦袋應該夠靈光，知道卡麥隆付不出學費吧。但突然間，卡麥隆確實想到了個主意，一個好主意。「你知道戴爾酒館樓上的公寓吧？」

布萊德點頭。所有常去「補充水分」的常客都知道酒吧樓上那地方，他們有時會打趣說，酒保老艾如果把公寓按小時出租，保證發大財。

「前幾天晚上，我聽到老艾說那公寓現在沒人住，」卡麥隆繼續說，「說不定他會租給我。」

「他可能會叫你先把賒的帳付清，但或許吧。」

「我們下禮拜去表演的時候我再問他。」

布萊德清清嗓子。「下禮拜？」

「好啦，我明天就去。」

「很好。」布萊德說。然後他低下頭。「對了，我有一件事要告訴你，本來想等大家都在的時候，但是……」

「但是什麼？」卡麥隆皺眉。「什麼事快說啊。」

「呃，下禮拜『蛾腸』的表演啊，會是我最後一次表演。」

「啥？」卡麥隆感覺像胸口被人踹了一下。

「對，我要退出樂團了。」布萊德露出苦澀的表情。「小孩快出生了，我跟伊莉莎白覺得我最好——」

「你是主唱耶，」卡麥隆脫口而出。「你怎麼可以退團。」

「對不起。」布萊德彷彿在他的椅子上越縮越小。「你先不要告訴大家好嗎？我本來眞的想等大家都在的時候才講。」

卡麥隆站起身，氣沖沖走到窗邊。

「只是因爲小孩要出生了，這會改變很多事。」布萊德繼續說。

卡麥隆瞪著布萊德和伊莉莎白的前院，院裡發亮的造景燈，高爾夫球場似的草皮，磚砌的步道。令他驚嚇的是，他竟感覺喉嚨一緊。小孩要出生了，布萊德當然會退出「蛾腸」，他早該料想到。「我懂。」他終於說。

「我還是會去看表演。」

卡麥隆忍住嗤笑。少了布萊德，哪裡會再有「蛾腸」的演出。

「伊莉莎白也會去，說不定我們可以帶寶寶去。」布萊德長嘆口氣。「眞的很對不起。」

「沒關係啦。」卡麥隆走回沙發前，開始把裝飾用的抱枕移開，並且特意疊得格外整齊。

「很晚了，我該睡了。」

「好，好吧。」布萊德又杵了片刻，才拿起他倆的空杯子。「等一下，你需要床單。」他說完，身影消失在走道裡。

床單？沙發要鋪床單？從什麼時候開始的？

片刻後，布萊德帶著一包全新未拆的床單回來，扔給卡麥隆。床單是紫白條紋，卡麥隆敢打賭是伊莉莎白挑的。紫色一直都是她最喜歡的顏色。

布萊德仍徘徊不去，像隻該死的蚊子。「要我幫忙鋪嗎？」

「不用。」卡麥隆露出生硬的微笑。「晚安啦。」

「好吧，呃……晚安。」布萊德走到廚房，回頭喊道：「小心不要讓小蝰蛇跑出來。」

卡麥隆沒接話。

被囚的第1307天

人類幾乎沒什麼可取的特質，但他們的指紋可謂是袖珍的藝術品。

我飽覽許多指紋。這大概可算是鎮日與人類打交道的一個附帶好處吧，我整天面對他們顫動的鼻屎和潮濕的腋窩，他們濕黏的手掌散發花香乳液和冰棒殘留物的氣味。

然而每當入夜關門、燈光暗下，在我的水槽前方玻璃上，就出現人類留下的一幅令人驚艷、錯綜複雜的壁畫。

有時我會花好些時間盯著那些指紋，細細研究。一枚枚小巧橢圓的傑作。我用視線描著那些紋路，由邊緣到中心，再回到外圍。每個指紋都獨一無二。我記得每一個指紋。

指紋就像鑰匙，各有獨特形狀。

而我也記得所有鑰匙。

大牙齒

「蘇利文太太？」

托娃正打開後車廂、準備上工時，一個矮小的男人手裡揮著黃色牛皮信封，小跑步穿越索維爾灣水族館的停車場跑過來，穿行在晚間漁民和最後一批慢跑者的汽車之間；一如往常，這時只剩幾輛車了，也都認得出是索維爾灣的車輛，多數是。托娃不知怎的甚至沒注意到那輛陌生的灰色轎車，而這傢伙就從那輛車衝出來。

「托娃．蘇利文？」他邊跑過來邊喊。

她關上掀背車的後車廂。「有什麼事嗎？」

「終於找到妳了，眞高興！」他氣喘吁吁地說。他喘過氣來，露出一個對他的臉來說太大的笑，以及特大的潔白牙齒。他的牙令托娃想起海峽邊長滿海藻的岩石上那些漂得蒼白的藤壺。

他接著說：「妳知道，要找到妳還眞不容易。」

「您說什麼？」

「我用導航找妳家地址，結果一直兜圈，還有妳家電話只會響，沒辦法留言；我還以爲我需要找私家偵探了。」

被暗示沒清理答錄機留言，托娃不禁脖子發燙，而這指控基本上又是事實，更令她臉紅。

但她仍用平緩的語氣說：「你是調查員嗎？」

「我還真的很常被這樣問。」他搖搖頭，朝她伸出手。「我是布魯斯・勒如，是負責拉爾斯・林格蘭遺產繼承的律師。」

「你好。」

「首先，我想說，真是替您難過。」他的語氣聽起來並不怎麼難過。

「我們不是很親近。」托娃解釋。又一次。

「是……那我不會占用妳太多時間，但我需要把這個交給妳。」他把信封塞給托娃。「妳哥哥有些個人資產，妳大概知道。」

「勒如先生，我不知道我哥哥有什麼或是沒有什麼。」她把一根手指伸進信封折口，打量一下裡頭。是一份文件，某種清單，印著恰特村的信頭。

「呃，那妳看到了；之後我們要再找時間見面處理貨幣資產，但現在這份是他的物品清單，只是一些個人物品。」

「了解。」托娃把信封夾在腋下。

「妳可以打電話去，跟他們說妳什麼時候可以去一下，拿那些東西。」

「去一下？恰特村遠在柏令罕，開車要一小時。」

勒如聳聳肩。「聽著，看妳是要去拿東西或是不去，如果都沒人去，過陣子他們就會把東西處理掉。」

如果都沒人去。就托娃所知，拉爾斯跟丹妮絲分開後沒有再婚，但她一直以為他想必交了一兩個女朋友。或至少有親近的朋友吧。這不是大家搬去那種養老院的原因之一嗎？為了社交環境呀？但這個叫勒如的傢伙似乎暗示在拉爾斯過世後沒人會去。或許在他生前也是如此。他死時，陪在身邊的是某個百無聊賴的護士嗎？或是在倒數計時等著輪班結束的護士助手？

「我會去。」她低聲說。

「很好，那我的工作就暫時告一段落了。我會再聯絡妳。」勒如再次咧嘴一笑。「有什麼問題要問我嗎？」

托娃腦中盤旋著諸多問題，但脫口而出的是：「你怎麼找到我在這裡的？」

「噢，山坡上那家超市有個很親切的收銀員，我到妳住址那裡找不到妳，就進去那家店買咖啡，我們聊了起來，他就說到妳會在這裡。很好的人，說話口音很重，很像那種愛爾蘭矮妖精？」

托娃嘆氣。伊森啊。

機緣之下，水族館今晚狀況良好，沒有乾掉的口香糖要對付，垃圾桶裡沒有黏糊糊的玩意，洗手間也沒有難以言表的骯髒。

而且謝天謝地，大家似乎都在牠們該待著的水槽裡。

「我看到你在後面唷。」章魚水槽的前方玻璃沾著幾枚油膩的指紋，托娃噴灑幾下，用抹布擦掉，而章魚則從上方一隅盯著她瞧。她現在已經習慣發現他的水缸空空如也，然後看到他跑到隔壁海參那裡，那似乎是他喜歡的零食。這事托娃不算贊同，卻能令她發笑。是他倆之間的祕密。

他展開觸腕，往前方玻璃漂來，眼睛自始自終盯著她。

「你今天晚上不餓是嗎？」

他眨眨眼。

「一個鐘頭車程，還要開上高速公路。」她邊咕噥邊俯身，擦拭玻璃上的一個頑強污垢。「你知道，我不喜歡開高速公路的。」

章魚以他緩慢、近乎史前生物的姿態，將一隻觸腕貼在水槽內壁上，身體湊近。他的吸盤今晚看上去是藍紫色的，緊貼在玻璃上。

她擰乾抹布。「而且我也不喜歡那種老人院。養老院、護理之家……都一樣，不是嗎？總是有那種病人的味道。」

章魚的眼睛彷彿來自另一個世界的彈珠，閃閃發亮。她把抹布摺起收好，而章魚看著她的一舉一動。

托娃往手推車上一靠。「拉爾斯老是留爛攤子。現在他人都死了，還扔下最後一件事讓我善後。他這輩子一直都有點沒條理。先說呀，我們沒再往來不是因為這個原因，不是這樣的。」

她對自己嘖了一聲。她在幹麼呀，跟這隻章魚講話？倒不是說她沒天天跟這裡的生物打招呼，她一向喜歡牠們；但現在這不同，她是在**聊天**哪。老天，她還是真覺得這隻生物在**傾聽**呢。

這事完全不可能。總之，太沒道理了。**眞的，沒有**。

「好吧，晚安囉，先生。」托娃向章魚禮貌地點頭，便往前走。

在海馬展區，玻璃上貼了張手寫告示。托娃認出那是泰瑞的潦草字跡：**交配中！請勿打擾！**

「喔！」托娃一隻手按在胸口上，在告示前探頭探腦地張望。又到這時節了呀？

去年海馬產卵時，泰瑞還辦了個小小的「產前派對」，找來所有員工，八個人一個不少。瑪肯西在她的售票輪班結束後留下來，吹氣球，畫橫幅布條：「動起來，小海馬！」獸醫聖地牙哥醫師稍早也來過，送來一塊蛋糕，上面用糖霜寫著草寫字：「萬歲！海馬寶寶！」

托娃通常不參加派對，但那蛋糕吸引了她。艾瑞克高二時爲表彰生物學這門課有多讚而做了個厚紙板報告，主題是人腦的海馬迴。他用整整一欄探討這個字的詞源、說明這字源自古希臘文、跟海馬這物種的學名同字，以及關於海怪的神話連結。艾瑞克在餐桌上把大張大張的紙黏上厚紙板時，還開玩笑說：「說不定我們腦袋裡都住了海怪。」

總之，假如泰瑞和瑪肯西今年想再玩一次，那現在一定進行得如火如荼了。托娃還沒聽誰提起過，儘管她確定大家絕不會不邀她。至少不會故意遺漏她。

如果大家確實慶祝了，她應該會在事後看到一片狼藉才對。反正這事也荒唐；去年她告訴創意編織團時，她們就是這麼說的。

也許她是世界上唯一認爲海馬寶寶比人類寶寶更有意思的人。

她走進店裡時，伊森正在擦拭愛買家的收銀機。他對她燦笑道：「托娃！」

購物籃整齊地疊在報架旁，但托娃走了過去，也徑直掠過那一小排依偎在一起的購物推車，直接走向收銀臺。她不是來採買的。

「伊森，晚安。」

他開始臉紅，沒過多久，他的臉就紅得跟他鬍子一樣。

「剛剛在上班的地方有個訪客來找我，關於這件事你知道嗎？」

「是，那個牙齒很大的傢伙。」伊森把抹布摺好，塞進圍裙口袋，一臉窘迫。「因爲他說是重要的事，我才告訴他的，他說是關於妳哥哥的遺產之類。」

托娃咂咂舌。「遺產，他是這麼說的啊？」

「呃，對啊，遺產誰不想要咧？」

托娃嘆氣。鄰里間有什麼戲碼是伊森不急著參一腳的呢？她生硬地接著說：「看起來，我哥在他過世的療養院留了些私人物品，我敢說都沒什麼價值，但現在我得跑一趟去拿。」

伊森看起來眞心懊悔，他那雙睜大的綠色眼眸蒙上悔恨的神情。「該死，托娃，眞對不起啊。」

「至少要開一小時的車。」

「是，滿長的路程啊。」他邊說，邊摳著拇指上的繭。

托娃盯著自己的運動鞋。她不習慣請求別人幫忙，然而伊森那時說他願意幫忙時看起來很眞誠。她想到要開兩小時的高速公路就忐忑不安。「我想讓你幫我個忙。」

「幫忙？」伊森抬頭，聲音聽起來精神了些。

「對，你之前說，**如果我需要幫忙就開口**。呃，現在我是需要幫忙。」

「什麼事都行，親愛的，要我做什麼？」

托娃用力嚥了口水。「載我去柏令罕。」

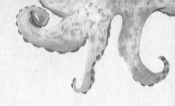

被囚的第1308天

海馬又來了。

那些人類流露出震驚和興奮，彷彿那是個驚喜。我跟你保證，那才不是。海馬在每年的同一時間產卵，我被囚在此期間，已見證過海馬的四次繁殖週期。

海馬會生下數以百計的海馬苗，或許數以千計。起初是一團卵，幾天後蛻變成一團扭動的肢體，與牠們的父母毫無相似之處，說真的，看上去倒像那些潛行在主水槽沙子裡的海生蠕蟲的縮小版。

生物初生時竟可以與創造者如此迥異，真令人著迷。

而人類顯然不是如此。我觀察過各個生命階段的人類，他們在任何時候都無庸置疑地像人類。儘管人類嬰兒脆弱無助，得讓父母抱著，但誰也不會把他們誤認為其他生物。人類會從嬌小長成高大，而有時接近壽命尾聲時又會倒縮回去，然而他們永遠有四肢、二十根指頭，還有長在頭前的兩隻眼睛。

他們依賴父母的時間異常的久。嬰孩需要協助才能完成吃喝拉撒等基本任務自有道理，因為他們的短小身材和笨拙四肢使得這些活動變得困難重重。怪的是，等到身體長大能獨立了，他們依然苦苦掙扎，稍有需求便召喚父母親：鞋帶沒綁、鋁箔包果汁打不開，或跟其他孩子起了小衝突。

年幼的人類在大海裡恐怕會一敗塗地。

我不曉得北太平洋巨型章魚如何產卵。我的章魚苗會是什麼樣子？我們會像海馬一樣轉變形態？抑或像人類一樣單調乏味？我大概永遠不會知道了。

明天，這裡將人山人海。泰瑞甚至可能讓大門開到更晚，讓更多想看海馬產卵的人類進來。那些被通融進來的人會碎步跑過我的水槽，其中多數人對其他東西都毫無興趣。

偶爾，會有人在這裡駐足。我總會跟這些人玩個遊戲。我會把一隻隻觸腕展開，在泵浦的人工水流中飄呀盪的，然後把將觸手一隻接一隻吸到玻璃上，那人類就會湊上前。接著我就把外套膜拉到水槽前方，盯著那人類的眼睛，他就會呼朋引伴來看。我一聽到那些同伴走到拐彎處，就倏地噴射回岩石後方，只留下嘩嘩水流。

你們人類真的很好猜呀！

只有一個例外。那個拖地的年長雌性人類不玩我的遊戲，而是跟我說話。我們兩個會……交談。

快樂結局

不知多少次，伊森的思緒總繞回創意編織團身上。那些女士之中任何一位都可以載托娃去柏令罕；她們肯定知道她不願意開上高速公路。然而她卻向**他**開了口。

今早，他提早一小時起床，這樣才有時間沖澡、修鬍子，把自己弄得清爽俐落。人人都知道托娃多愛整齊乾淨。因爲天亮就起床，他便多喝了一大杯茶，也許這就是爲什麼他的手指會像在即興演奏鋼琴似的，在方向盤上咚咚敲個沒完吧。

「你還好嗎？」坐在副駕駛座的托娃問道；這不是她第一次問了。她把填字遊戲的鉛筆擱在腿上的報紙上，然後把軟墊座椅上的一根棉絨撥掉。他眞該一早五點就滾出被窩，不該睡到六點，那樣除了整理儀容，他還來得及整理卡車。

「還好，沒事啊，怎麼這麼問？」

她臉上漾出美麗的笑容。「蜜蜂手呀。」

「蜜蜂啥？」

「蜜蜂手呀，你知道……很忙呀，以前艾瑞克的手指動個不停的時候，我都這麼說。」

聽她說起這名字，伊森嚇了一跳；他深呼吸，強迫自己手腳別再抖動。「蜜蜂手。說得好。」他在腦中拼湊說法，想解釋自己今早攝取了太多咖啡因，然而片刻後，當他再次看過去，她已經又專注於填字遊戲，一邊用橡皮擦敲著下巴，一邊仔細盯著那張摺起的報紙。

劃掉那個話題吧。他在腦中搜索自己花了大半夜演練過的許多話題，不知怎的一個也想不到；想得到的話題都是禁區：死去的哥哥、死去的丈夫、死去的兒子。哎。他仍對她剛才提起艾瑞克感到震驚，但顯然那個時刻已經過去了。

結果他拋出的一句話是：「妳在玩什麼？」問得多荒謬，誰都知道那是填字遊戲。她皺眉。「昨天的字謎。我恐怕落後了。」

「落後？」他咯咯笑。「意思是妳每天都玩嗎？」

「當然，這是每日填字遊戲啊，我每天都填。」

「那如果少做一天呢？妳……會補上嗎？」

她填入一排字，鉛筆沙沙作響。「那當然。」

恰特村長期照護中心隱身在連綿起伏的碧綠山丘之中，一條長而蜿蜒的車道穿行其間。兩人行駛在園區中，主大道開枝散葉，分出許多較小的車道，每條路都設有路標。**記憶中心**。**網球場**。**急症照護**。**俱樂部**。這地方應有盡有。終於，一個路標指向**接待處**，伊森踩下油門。他把車開進環形車道，經過一對爬滿常春藤的栗色磚柱時，輕吹了聲口哨。高級得要命哩。這裡看起來像是高檔的預備學校或大學，不像老人來打打網球、最後衰老嚥氣的淒慘地方。

「是這裡嗎，親愛的？」

托娃一臉木然。「對，看來是。」

伊森熄了火，疑惑地看她一眼。「妳沒來過嗎？」

「沒有。」

他壓抑住再吹一聲口哨的衝動。托娃說拉爾斯在這裡住了十年。她眞的連一次都沒來過？

她拿起皮包，將報紙塞進去。「下車吧？」

「好。」伊森趕忙下了車，急急繞過卡車，想及時趕到副駕駛座那邊幫她開車門，然而他到的時候，她早已闊步走向那棟雄偉的建築。

頭半個鐘頭，伊森在接待區等著，感覺度秒如年。幾張皮椅豪華非凡，但那些讀物絕對是垃圾。《國家地理雜誌》《美國退休人協會雜誌》，還有幾本枯燥的華爾街爛雜誌。就不能買些稍微有意思的東西嗎，好比《滾石雜誌》，甚至《時人雜誌》？看名人八卦始終是伊森難爲情的樂事。他的蜜蜂手又犯了，不耐地敲打著低矮的茶几。他站起身，去看看大廳角落的茶點桌，令人費解，供應了咖啡，卻不供茶。弄這些個皮革呀常春藤的，卻連一丁點伯爵茶也不供應嗎？眞是亂七八糟！

他還是抽了個紙杯，倒了無咖啡因咖啡，因爲免費。他沒多愛喝咖啡。伊森十九歲那年，在格拉斯哥的親子動物園工作過一段時間，負責清理大象圍欄，有次兩個也在那裡做事的傢伙搞笑，收集了糞便，放進榨汁機裡壓。壓出來的東西看起來像極了……咖啡。從那之後，咖啡在他眼裡就不一樣了。

稍早托娃疾步走向建築內部時，他還要她別急，慢慢檢查她哥的東西吧；但現在他才意識到，自己壓根不曉得那種事得花多少時間。他要在這裡等上一整天嗎？應該帶本書來的。

櫃檯傳來喧鬧人聲。似乎是一些要參觀養老院的人在集合。

帶領團體的女人身穿灰套裝，琥珀髮色的馬尾梳得光潔，她用清晰而自信的聲音向那一小群人說話。「歡迎光臨恰特村！您的快樂結局，包在我們身上。」

伊森差點沒把咖啡吐出來。快樂結局？這句話誰想出來的？

灰套裝對著他皺眉。「先生？」

「怎樣？」伊森用袖子擦掉滴在下巴的咖啡。

「你要參加導覽嗎？」

「我嗎？」他轉頭看看，彷彿可能有另一位「先生」在他背後似的。然後他聳聳肩。「當然，挺好的。」反正能消磨時間。

「那這邊請。」她禮貌地微笑，示意他走向那群人。

伊森不得不承認：住民們看上去確實很快樂。或許那荒謬的口號沒有錯。這裡有撞球間、菜色擺了一兩公里長的自助餐廳，甚至還有泳池和按摩水池。居民可以叫客房服務，床天天有人鋪，用的是六百織的床被單。到導覽進入收尾時，伊森已經半被說服想入住了。好像他住得起似的。他的工會退休金在這種地方可撐不了多久。

一小時後，托娃現身，手裡抱著個箱子，伊森趕緊從接待區的豪華皮椅跳起來。

「親愛的，都還好吧？」

「當然。」身穿紫色開襟毛衣的托娃看起來如此嬌小，而這箱子又使她的骨架更顯纖細。

這一次，他先她一步走到車門前，充滿紳士風度地打開車門，退到一旁讓她上車，她禮貌地謝謝他。然後他拿起箱子，在副駕駛座後方找個位子放。但還有另一件東西。亮面紙張，印著這裡活動中心和網球場的照片；一個滿頭華髮、穿著白短褲的傢伙在照片裡揮著球拍。

托娃忙著繫安全帶時，他又多看了兩眼。

那不僅是一本華而不實的廣告冊子。是一大包文件，一個光滑發亮的恰特村檔案夾，上面印著那句可怕的口號：「您的快樂結局，包在我們身上！」

有張紙沒放好，從檔案夾裡突出來。

那是一張申請表。

被囚的第1309天

你們人類真的很喜歡餅乾。我想你知道我說的是哪種食物吧？圓圓的，大小跟普通蚌殼差不多。有些上面有黑色碎粒，有些則塗色或撒上粉末。有的餅乾軟而安靜，進入人類嘴巴時無聲無息；有的餅乾吵而髒亂，一咬就碎，餅渣滾落下巴，加入地板碎屑中，那個名叫托娃的年長雌性人類就得清掃。我囚禁此地期間，觀察過許多餅乾，是靠近大門的包裝食品機器販售的。

那麼就想像一下，今天傍晚聖地牙哥醫師的言論有多麼令我困惑。

「泰瑞，我能說什麼呢？」聖地牙哥醫師抬高雙肩，舉起雙手。「我看過很多章魚，但你們這隻是一塊聰明的餅乾＊。」

他倆正在討論那個所謂的難題：一個有鉸鏈能開闔的透明塑膠盒，蓋子上還有個門鎖，而盒裡有隻螃蟹。稍早，泰瑞把這盒子放到我的水槽裡，然後他和聖地牙哥醫師俯身在玻璃前觀察。我毫不遲疑地抓起盒子，打開門鎖，掀起蓋子，然後吃了螃蟹。

那是一隻紅黃道蟹，正在脫殼，柔軟而多汁。我一口吃個精光。

泰瑞和聖地牙哥醫師卻很不高興。他倆皺起眉，爭論起來。我推論他們期待我應該花更長的時間才能打開盒子。

我是一塊**聰明的餅乾**。這個嘛，我當然很有智慧，所有章魚都是。我能記得每張曾駐足凝視我水槽的人類臉孔。我很容易看出事情的規律；我曉得黎明時，日出的光線會如何在上半牆嬉戲，並隨著季節的嬗遞逐日移動。

如果我選擇要聽，我什麼都聽得到。在這囚牢以外的地方，我可以根據水沖刷石頭的聲音，判斷潮水退潮的時間。如果我選擇要看，我的視力十分精確。我可以透過留下的指紋，看出是哪個人類摸過我的水槽玻璃。而學習閱讀人類的字母和字詞也很容易。

我會用工具。我會解難題。其他囚犯都沒有這樣的技能。

我擁有五億個神經元，分布在八隻觸腕中。有時我會想，我單一隻觸手是否就比人類整顆頭腦更有智慧。

聰明的餅乾。

我是聰明；但我不是包裝食品機器所供應的零食。

多荒謬的話呀。

＊ a smart cookie，在英文中意指聰明的傢伙。

別去瑪拉喀什

這座「僞豪宅村」太安靜了，沒有公寓那種樓上砰砰砰踩天花板的腳步聲。卡麥隆的手機電池閃著紅色，快沒電了。他在圓筒行李袋底部撈找充電線，但充電線此刻端坐在凱蒂的床頭櫃上。他幾乎能在腦中看到那條充電線，被遺落在那裡，讓他貨眞價實沒了電力。

說不定布萊德或伊莉莎白有多的充電線。他偷溜進他們的廚房，打開一個個抽屜，盡可能不發出聲音。只見刀叉湯匙排得整整齊齊，還有一整個拉籃用來放隔熱手套。誰需要那麼多隔熱手套啊？他們要煮飯給一個步兵團吃嗎？大部分手套都裝飾著字母組成的花押字。伊莉莎白和布萊德利·伯奈特（Elizabeth and Bradley Burnett）：ＥＢＢ。跟英文的「退潮」同字。彷彿他倆正直奔大海，揮手向他告別，留他一個人在岸上。

「嘿。」走廊傳來人聲。

「伊莉莎白！」卡麥隆用力關上抽屜，但抽屜像在嘲笑他似的，緩慢輕柔地掩上，這種高級櫥櫃都是這樣。

「我不是故意嚇你喔。」她微笑，一手拿著空杯子，另一手放在肚子上，她的孕肚儼然快突破那身淺藍睡袍。「我起來喝水，這代表再過一小時我又要尿尿了，現在我的膀胱跟雷根糖一樣小。」她開了燈，輕巧地走到冰箱前，將水杯往飲水機一壓。

「不敢相信你們快要有寶寶了。」卡麥隆說。布萊德和伊莉莎白已經結婚三年了，而想當然，卡麥隆還是他倆婚禮的伴郎，但這一切還是……很怪。伊莉莎白從幼稚園開始就是他最好的朋友，布萊德人很好，但總徘徊在他倆朋友圈的外圍。高中時，他是配不上伊莉莎白的，但不知怎的，幾年後他和她湊在一起了。然後就結婚了。然後就要生寶寶了。

「寶寶？我還以爲只是脹氣。」伊莉莎白擠眉弄眼地打趣。「那你怎麼還不睡？」

「手機沒電。」他舉起陣亡的手機。「你們有多的充電線嗎？」

伊莉莎白用手一指。「雜物抽屜。」

「謝啦。」他拉出一條捲得整整齊齊的充電線。

伊莉莎白皺著臉，費力坐上廚房中島旁的一張吧檯椅，喝了一陣子水。「你和凱蒂的事，好可惜。」

他往她旁邊的吧檯椅一坐。「是我搞砸了。」

「聽起來是。」

「謝謝妳的同情，一粒沙。」

「不客氣，馬卡龍。」她咧嘴笑，用他的兒時綽號回敬。「所以，你現在要怎麼辦？」

卡麥隆開始摳袖口上的磨損處，把那些略呈綠色的線頭聚攏在中島檯面上；這是他最喜歡的一件帽T。「我會找新的地方住，戴爾酒館樓上的公寓吧。」

「戴爾酒館那間公寓？很噁心耶。」伊莉莎白皺起鼻子。「你可以住更好的地方。而且，阿卡叔叔來看寶寶的時候一身臭啤酒味怎麼行？」

卡麥隆把頭一倒，趴在冰涼的花崗岩上，過了一陣子才轉回去面對著她。「我現在也沒多少選擇。」

伊莉莎白靠向中島，把那堆線頭掃進手裡。「順便說，這件運動服也很噁心，布萊德很久以前就把他那件丟了。」

「什麼？爲什麼？」這不算是「蛾腸」的正式行頭，但所有團員都有一件，多年前買的。他們一直打算要用網版印刷加工的。

「這件衣服上一次洗是什麼時候？」

「上禮拜啦，」卡麥隆氣呼呼地說，「我又不是動物。」

「喔，還是很噁心，整件都快散了。而且我實在搞不懂你們爲什麼選那種嬰兒便便的顏色。」

「是飛蛾綠！」

伊莉莎白打量他許久。「你爲什麼不去，呃，旅行之類的？」她輕聲說。「這裡有什麼讓你留戀的？」

他眨眨眼。「我要去哪裡？」

「舊金山啊，倫敦啊，曼谷啊，馬拉喀什啊。」

「喔好啊，我叫我的私人飛機來，飛到地球另一端去。」

「好啦，還是不要去馬拉喀什好了。」她壓低嗓音。「老實說我連那在哪裡都不知道；是昨天晚上《命運之輪》的題目講到的。」

「在摩洛哥。」卡麥隆幾乎是不假思索地回答。雖然那地方他沒去過，也永遠不會去。

「對，聰明鬼，哎，說不定如果我跟布萊德沒看到睡著，我就會知道答案了。」

卡麥隆皺起鼻子。「提醒我永遠不要結婚。」

「如果你結婚我會嚇傻。」她搖搖頭，然後一手撐住她巨大的肚子，皺起眉頭。「好吧，我該回去睡了，好消息是呢，」她走到廚房另一頭，把玻璃杯放進水槽，「我已經又想尿尿了，謝謝你陪我聊天，眞是一石二鳥。」

「不客氣。」他朝客廳的方向走回去，手裡抓著手機充電線。「早上見啦。」

「早上見。」她關了燈，身影沒入走廊盡頭。

一小時。

兩小時。

三小時。

手機螢幕發出泛藍的光線，映在卡麥隆臉上。曾經有個時期，凱蒂讀到某篇文章說手機光線讓人成癮，說會擾亂腦波啥的，之後她就設法禁止在臥室裡用手機。他一直認爲那是胡扯，但此刻他的眼睛被螢幕的光照得灼痛，腦袋也感覺糊成一團。

想當然，所有社群媒體上都沒有凱蒂的新訊息；他滑過好幾次了。她沒封鎖他。還沒。他的食指停留在她名字上方。按下就能撥出電話。但她八成睡了，現在他不在，她八成更能安然入眠吧。

他從未眞正屬於那裡。那從來不是他的家。他得放下那個地方。

他打開一個公寓租售的應用程式，滑著那些照片，一張張平面圖，配有陽光明媚的寬敞窗戶和閃亮的流理檯面。每間公寓的廚房都擺了一盆新鮮水果，兩個柳橙、一根黃香蕉和幾顆紅豔豔的蘋果。都是同一盆水果。就好像他們把這盆水果從一間房子搬到另一間房子。這些照片拍完後，水果會給誰呢？話說回來，誰會吃紅蘋果啊？擺個熱騰騰的披薩和半打啤酒才是更好的行銷吧。

那些高級水果公寓不是給他住的。戴爾酒館樓上那間就夠好了。不過，老艾不是白痴，他會要求付押金。該打開那箱東西了，看看他那遊手好閒的老媽有沒有留下什麼有價值的玩意讓他典當。

他從客廳拿回箱子的同時，外面前院的安全燈亮了起來。卡麥隆一時僵住，但原來只是隻浣熊。那是他看過最肥的浣熊了，在這裡就連有害動物都過得特別爽。他還有點預期那傢伙會透過窗戶瞪他，問他爲啥這麼晚還沒睡，就像個愛看足球的中年老爸。

他用穿著襪子的腳趾挪動箱子，箱子發出輕輕的嘶聲。他噗通坐到沙發上，翻開紙箱的掀蓋，灰塵揚起，令他咳嗽起來。珍阿姨長年乾咳，醫生總歸咎於她的抽菸習慣，但其實至少有一半是因爲那拖車很髒亂吧。這念頭一進入腦中，想抽菸的念頭頓時難以抵擋。他眞該戒菸了。但他捧起紙箱，把他最後一包菸塞進束口褲口袋，走到屋外。

他開始把箱裡的東西一件件擺到戶外桌上的同時，月光照亮箱子的內容物。懸疑感意外令人興奮。也許那些倉庫競標大戰的實境秀是有道理。

然而興奮稍縱即逝。全是些超普通的垃圾。

一盒用過的噁爛口紅。

一個資料夾，裝著一些手寫文件，似乎是高中作文。無聊又沒價值。

一張演唱會票根。一九八八年八月十四日，西雅圖中心體育館，白蛇樂團。完全沒用，而且音樂品味堪虞。

大概有一百萬個髮圈，總之就是女生拿來綁馬尾的玩意。

一堆古早的錄音帶。多半是那種留著糟糕長髮的樂團。有幾捲空白帶，用來錄自製合輯那種。可能很有趣，但現在誰有錄音機啊？而且不管怎樣，毫無轉賣價值。

卡麥隆吸了口菸。真讓人失望透頂。珍阿姨幹麼給他這些垃圾？裡頭沒東西能勾起他對母親的半點好感。而且更重要的是，沒東西能換半毛錢。

他拿起空紙箱，一個黑色小束口袋滾了出來。是首飾，中獎了！四條手鍊、七條項鍊、兩個空的盒式吊墜、一條斷掉的銀鍊子。可惜，沒有鑽石之類的東西，但其中有些似乎是真的金子。不管怎樣，有典當的價值。

他把束口袋壓平，好確定裡頭都清空了，但沒有。底部卡著東西。他甩甩袋子，那東西總算鬆脫，掉了出來。是一團紙……可是太重了，不是紙，不，是一張皺皺的舊照片，捲在一枚碩大笨重的學校畢業戒指上。他把戒指拿到眼前幾公分處，看上面的刻字。

索維爾灣高中，一九八九年畢業班。

他把照片壓平，即使四下昏黑，他仍能看出那是少女時代的母親。她笑著，雙手摟著一個他素昧平生的男子。

布加迪和金髮美女

在威爾還沒生病前，托娃經常準備雙人野餐：起司、水果，有時帶上一瓶紅酒和兩個塑膠酒杯，來到漢彌爾頓公園。若是退潮時，他倆會手腳並用地爬下海堤，坐到海邊。他們會將光裸的腳埋在粗糙的沙子裡，等冰冷起泡的海水沖刷岸邊，舔舐兩人的足踝。

此刻，托娃將掀背車駛入空無一人的停車場。這裡不過是一條狹窄的濕草皮，設有兩張飽經風霜的野餐桌，和一臺永遠故障的飲水機，叫「公園」算是過譽了。

如今托娃來這裡，爲的是與思緒獨處。有時當開著電視也打不破那難以忍受的靜默時，她不想獨自待在自己的房子裡。

野餐桌面摸起來熱得出奇，在已然放晴的藍天下燒燙燙的，沐浴在突如其來的盛夏之中。她把報紙翻到填字遊戲那頁，拍掉橡皮擦屑。此時是退潮，海面平靜，海浪沉重慵懶地拍打岸邊。不消幾分鐘，托娃就覺得眞該帶頂帽子來，實在太熱了，頭頂給陽光曬得發燙。

「來吧。」她面對填字遊戲；半數格子都塡滿了，早上咖啡時光的成果。她接著塡下去：「六個字母：金髮美女的哈利」。

她用鉛筆在這句提示下描啊描的。「金髮美女」搖滾樂團。某年聖誕節，她買過一捲他們的錄音帶給艾瑞克。那時他大約十歲，所以或許是一九七九年或八〇年的時候？他重複播放了好幾個月，直到錄音帶走音。托娃仍能勾勒出那錄音帶的封面：一個紅唇的金髮女郎，身著閃亮洋裝。她沒法想像那女郎的名字叫哈利。所以或許這提示講的不是那個樂團。

托娃繼續努力，一如她的作風。

下個線索是「三個字母：法蘭絨的特色」。「太容易了。」托娃咕噥著填下：N、A、P（絨面）。

一輛腳踏車呼嘯滑過，打斷了托娃的思考，她正推敲著「六個字母：義大利汽車製造商布加迪」。接著是喀嗒兩聲，腳抽離踏板的聲音。男人穿著高級的防滑運動鞋，因此穿過人行道走到飲水機時姿態笨拙。他身形高瘦，但搖搖擺擺的步態令托娃聯想到企鵝。

「那不能用喔。」托娃開口。

「嗯？」男人轉向托娃，彷彿很驚訝她在那裡。

「我說飲水機，不能用。」

「喔。呃，謝謝。」

托娃轉頭瞥著，看他把嘴巴移到水龍頭上方。只見他邊轉動把手邊咒罵。

「鎮上應該要修理吧。」他發牢騷，並摘下太陽眼鏡，眺望海灣，一臉渴得要命的樣子，彷彿在想著海水難道會有多難喝。

托娃從包包底部撈出一瓶未開封的水。她總會隨身帶水，以備不時之需。「你想喝水嗎？」

他舉手示意。「喔不用，怎麼好意思。」

「不會，別客氣。」

「呃，好吧。」男人走過來，防滑鞋在草地上吱嘎作響。他扭開瓶蓋，咕嚕嚕喝起來，沒幾秒就把整瓶水灌完了。「謝謝。外面比我想像的熱。」

「對啊，沒錯，夏天終於來了。」

他把太陽眼鏡往桌上一放，坐到她對面。

「哇，我不知道現在還有人會玩填字遊戲。」他往報紙一靠，伸長脖子看著字謎。托娃心不甘情不願地將報紙轉過去，好讓兩人都能側著看。他們一起盯著報紙。海灣某處有隻海鷗淒鳴，劃破寧靜。一滴汗水自男人下巴滑落，在諮詢專欄的紙面上暈開，托娃忍住想瑟縮的衝動。

「埃托雷。」他突然拋出一句。

「你說什麼？」

「埃托雷（Ettore）啊。六個字母，義大利汽車製造商，就是埃托雷·布加迪（Ettore Bugatti，布加迪公司創辦人）。」男人咧嘴一笑。「很屌的車。」

托娃將字母填入，確實吻合。「謝謝。」她說。

「啊！還有這個是『黛比』，『金髮美女』的黛比·哈利。」

可不是嗎。托娃咂嘴，邊寫邊責怪自己。字母都相符，男人舉起手要跟她擊掌，托娃略微遲疑，然後將她小小的手往他大而潮濕的手掌上拍。

這動作真傻，但她允許自己微笑。

「天哪，以前我超迷黛比·哈利。」他咯咯笑著說，眼角擠出皺紋。

托娃點點頭。「是啊，我兒子也很喜歡她。」

男人盯著她，然後瞪大雙眼。

「我的媽啊。」他低語。

「你說什麼？」

「妳是艾瑞克．蘇利文的媽媽。」

托娃一怔。「對，沒錯。」

「哇。」男人喃喃道。

「那你是？」托娃勉強自己問這一題，壓抑其他很想連珠砲脫口而出的問題：**你認識他嗎？當時你在場嗎？你知道什麼事？**

「我是亞當．萊特。跟艾瑞克是同學，我們有幾堂課一起上，高四的時候，在他還沒……」

「還沒死之前。」托娃再次填空。

「對。我……很遺憾。」他跨上車，兩腳往踏板一扣。「呃，我該走了，謝謝妳的水。」他騎走了，腳踏車的鏈條噠噠響。

托娃繼續坐在野餐桌前良久，眼前是那未完成的謎題；她將所有該問他的問題在腦中過了一遍，然後強迫自己繼續呼吸。

這個亞當．萊特。他來參加告別式了嗎？他參加了在學校足球場上舉辦的點燈守夜活動嗎？

巾。

回到家，待洗衣物等著她。今天是星期三，代表要拆洗床單，還要洗一週份量的毛巾浴巾。

上週從恰特村拿回來的法蘭絨浴袍整齊疊放在洗衣機上。護理師當時解釋：拉爾斯這件浴袍穿了很多年，沒有一天不穿喔。托娃眞希望自己把浴袍留在那裡。她要死去哥哥的舊居家服做什麼呢？他們不能洗一洗留給別人穿嗎？不能捐給慈善機構嗎？不能像她一樣，在衣服超過使用壽命時，就剪成一塊塊抹布嗎？

托娃在猶豫的時候，護理師說：這些東西很多人會很珍惜喔。因此現在浴袍端坐在托娃家中，提醒著她與**很多人**不同。

上週她拿著一把剪刀抵著褶邊，準備做抹布，但後來改變心意，想想家裡現在的抹布也夠多了。

拉爾斯的個人物品中還有一小疊照片。有些年代久遠，是她和拉爾斯的童年片段。托娃把這些歸檔，收進閣樓那一箱箱家庭照片裡，塞在她自己的相簿之間。

也有些照片相對新，裡頭的人托娃都不認識，是拉爾斯在他倆疏遠後的生活片段。一些中年人在雞尾酒會上微笑。一群健行的人在山間瀑布下駐足。那是她不認識的拉爾斯。她把那些照片扔進垃圾桶。

有張照片不隸屬這兩類。相片中，拉爾斯和十多歲的艾瑞克並肩坐在帆船上，兩人的長腿盪著，白晃晃的船身襯著他倆曬黑的膚色。

教艾瑞克駕駛帆船的就是拉爾斯。他向艾瑞克示範了所有招式，包括每一種不太可能出現的航海情境的應對方法。例如，如何將錨整齊割斷。

這張照片教人看了心痛，托娃差點扔進垃圾桶，但在最後一秒收手了。她將照片藏到廚房裡放鍋墊和布巾的抽屜深處，雖然照片其實也不屬於那裡。

被囚的第1311天

若要說有哪個話題是人類永遠講不煩的，那就是他們戶外環境的狀態了。儘管他們已很常討論這個主題，但他們難以置信的地方是……呃，太難以置信了。那話多荒謬啊：**你敢相信現在的天氣嗎**？這話我聽過多少次了？正確答案是，一千九百一十次，平均每天一．五次。別再跟我說人類多有智慧；他們甚至沒法理解可預測的天氣事件。

想像一下，若是我大步走向鄰居，也就是那些水母，然後一邊不可置信地搖搖我的外套膜，一邊發表像這樣的評論：**你敢相信水槽今天排放的氣泡嗎**？何其荒謬。

（當然，這樣問很荒謬也是因為水母不會回答。牠們無法進行這種層次的溝通，而且牠們也教不來，相信我，我試過。）

太陽、雨、雲、霧、冰雹、雨夾雪、雪。人類已用兩腳在他們的土地上行走了幾百萬年，你大概會以為牠們早該相信這些事物了。

今天，人類額頭上冒出鹹味的汗水，其中有些人把入口處發的小冊子弄成扇子在臉前面揮著，而幾乎所有人類都穿著短衣物，露出多肉的腿部，配上那種帶子纏在腳上的鞋，每走一步就啪噠啪噠拍打他們的腳。

而他們仍繼續瞎扯著熱度的事。**你敢相信現在的天氣嗎**？今天共十七次。

季節改變了。季節已改變好一陣子，一如往常，光照時間變長，黑暗時間變短。很快我就會見到一年當中最長的白晝。人類稱之為夏至。

這也將是我最後一個夏至。

浮出水面

隔天下午，在柯蕾特美容院，托娃坐在一架烘髮機底下，緊鄰著芭芭・范德胡夫。這家大門漆成粉色的美容院已在索維爾灣市區屹立近五十年，柯蕾特本人也跟創意編織團一樣七十好幾了，但她不肯退休，仍未完全放手把美容院交給她這些年來僱用的年輕設計師。

謝天謝地。儘管托娃不算是對外表過分講究的女人，但她允許自己這一點小享受，而除了柯蕾特，她不信任其他人能用對的方式打理她的頭髮。才不過幾分鐘前，她在一旁看著柯蕾特用靈巧謹慎的手法替芭芭修頭髮。柯蕾特眞的是這一區最好的美髮師。

「親愛的托娃呀，妳還好嗎？」芭芭在狀似頭盔的烘髮機所允許的範圍內盡可能湊過來，而且過度強調「還好」這個詞，彷彿想先發制人，預防托娃假裝沒事。芭芭總能有效率地扯掉他人的廢話，托娃打從心裡欽佩。

但托娃也以不說假話為榮。她回答了實話：「很好呀。」

「拉爾斯是個好人。」芭芭摘下眼鏡，讓眼鏡垂掛在脖子珠鍊上；她用手帕一角輕按淚眼。托娃壓抑住嗤笑的衝動。這不是她頭一次看著芭芭像這樣把自己安插進他人的悲劇裡了。芭芭頂多只和拉爾斯見過幾次面，那是在早年，托娃和拉爾斯還未從彼此生命中抽離的時候。

「他走得很安詳。」托娃以權威的口吻說，沒補充說明這其實是第三手資訊。但恰特村的那個女人當時確實殷切地抓著她胳膊，向她保證拉爾斯最後是感覺不到痛苦的。

「走得安詳很有福氣。」芭芭捧著胸口說。

「而且那地方滿好的。」

「哦？」芭芭把頭一歪；這對她來說是新資訊。托娃沒跟創意編織團提她去了柏令罕的事，而看來伊森．馬克這次也沒在愛買家一邊結帳一邊多話。

「對，我去拿他的個人物品，也沒多少東西啦，不過那間養老院乾乾淨淨，經營得很好。」

「他住哪裡？」

「恰特村。在北邊柏令罕那裡。」

「啊！」芭芭一把將眼鏡戴回去，翻起腿上的雜誌。「這個地方嗎？」她舉起一面全頁廣告，上頭有張富麗堂皇的恰特村園區照片，草坪綠得不像眞的，上方是萬里無雲的藍天。

「對，就是那裡。」

芭芭把廣告湊到自己鼻子前，瞇起眼看著廣告上的小字。「妳看！上面寫那裡有一個鹹水游泳池，還有電影院。」

托娃看也沒看。「眞的呀？」

「還有SPA！」

「那裡確實比想像中豪華。」托娃附和。

芭芭闔上雜誌，從鼻子噴了口氣。「不過呢，我家安蒂才不會把我送去養老院……」

「那當然。」托娃點頭，她的嘴形半像微笑，半像痛苦。

芭芭拿雜誌搧風。烘髮機的頭罩裡熱了起來。

「嗯。」托娃從烘髮機旁的矮桌上拿了本翻得破爛的《讀者文摘》，假裝讀起目錄來。她自然是知道那些鹹水游泳池、電影院和ＳＰＡ，從恰特村拿的整份文件這會兒正擱在托娃家的茶几上，她已經至少看過三次。

「準備好了嗎，托娃？」柯蕾特興高采烈的聲音從美容院另一頭呼喊著。托娃將那太空時代似的頭盔推起，拿起提包，禮貌地向芭芭．范德胡夫告別，走去把頭髮弄完。

那晚在水族館，泰瑞的辦公室仍亮著燈。托娃探頭進去打招呼。

「嗨，托娃！」泰瑞招手請她進來。一個白色外帶紙盒擱在他桌上一疊文件的最上方，像長觸角似的插著一雙筷子。托娃知道那是這地區唯一一家中餐館的蔬菜炒飯，開在南邊艾蘭德那裡。正是這種炒飯紙盒，那晚將章魚從他的水缸裡引了出來。

「泰瑞，晚安。」托娃微微點頭。

「進來坐啊。」他說著，點點頭示意她坐他辦公桌對面的椅子。他拿起一塊塑膠袋裝的幸運餅乾。「妳想吃一個嗎？他們每次都會給我至少兩個，有時候還三、四個，眞不曉得他們覺得我買這盒炒飯可以給幾個人吃。」

托娃微笑，但仍停在門口，並未坐下。「你眞好，但不用，謝謝。」

「都好。」他聳聳肩，把幸運餅乾扔到那堆東西上。泰瑞的桌面堆得亂七八糟，文件散落一桌，托娃看了總不禁手心發癢。她稍晚推著清潔車過來時要清空垃圾桶，撢撢辦公桌後方的三個相框。泰瑞不滿三歲的女兒坐在遊戲場鞦韆上。泰瑞勾著一位老婦人的肩膀，那是他媽媽，膚色深褐，頭頂深色鬈髮，還有跟泰瑞一個模子刻出來的燦爛笑容；泰瑞的長袍袖子給一股看不見的風吹起，學士帽沿邊著紫金相間的流蘇。這幀照片旁邊就是那學位：泰瑞恩斯．貝利獲華盛頓大學授予海洋生物學理學士學位，以最優等成績畢業。

托娃家的壁爐臺上缺少這樣的照片。要不是那個夏夜，艾瑞克那年秋天要讀的正是華盛頓大學。

泰瑞拿起筷子，夾了一口飯，姿勢流暢專業，自然得令她印象深刻，因為托娃知道，他自小是在牙買加的漁船上長大的。年輕人學東西就是這麼容易。咀嚼呑嚥一陣後，他開口：「妳哥哥的事，請節哀。」

「謝謝。」托娃低聲回答。

泰瑞在一張薄薄的外帶餐巾紙上擦擦手指。「我是聽伊森說的。」

「沒事的。」托娃說。伊森想必不容易，得一邊刷食品雜貨，一邊生出聊天話題。天曉得換成她會多討厭那種工作，得成天閒聊。

「不管怎樣，很高興碰到妳，托娃，我要請妳幫個忙。」

「什麼事？」托娃抬起頭，感謝話題迅速換了。總算有個人不會一個勁嘮叨她喪親的事好幾個小時。

「妳今天晚上有辦法把正面窗戶擦乾淨嗎？擦內側就好。」

「當然，」她回覆，然後又接一句，「我很樂意。」她是眞心的。大廳寬闊的窗玻璃總是沾染污垢，而此刻沒什麼比噴濕玻璃、拿抹布把玻璃擦到不留半點髒點和污痕更令她開心的了。

「我希望這週末大家來的時候看到前面漂漂亮亮的。」泰瑞一手抹臉，看上去十分疲憊。「如果地板掃不完，不用擔心，好嗎？我們可以下禮拜再追上進度。」

七月四日國慶日一直是水族館最忙碌的週末。在索維爾灣的鼎盛時期，鎮上會舉辦大型的海濱節慶活動。這幾年，國慶日只是比平時人潮略多些而已。

托娃戴上橡膠手套。她會清潔完泵浦室，還有前面窗戶。今天會做到很晚，但她從不介意加班。

「妳是我的救命恩人，托娃。」泰瑞對她感激地笑。

「有事情做很好啊。」她回笑道。

泰瑞在桌上的文件和亂七八糟的東西之間翻找一陣，而一個銀色的東西吸引了托娃的目光。那是個看起來很重的夾鉗，鐵條至少跟泰瑞的食指等粗。他漫不經心地拿起夾鉗，又放回去，彷彿那是紙鎮。

但托娃清楚感覺那不是紙鎮。

「我可以問那是做什麼用的嗎？」托娃往門邊靠，感覺一陣反胃。

泰瑞嘆口氣。「我覺得馬塞勒斯又開始惹麻煩了。」

「馬塞勒斯？」

「GPO。」托娃花了點時間分析這個縮寫。北太平洋巨型章魚（Giant Pacific octopus）。

而且牠還有個名字。她怎麼會不知道呢？

「了解。」托娃輕聲說。

「不知道他怎麼辦到的，但我這個月少了八隻海參。」泰瑞再次拿起夾鉗，捧在手心掂著，彷彿在秤重量。「我覺得他會從那個小縫隙鑽出來。我要先去弄塊木頭來蓋住他水槽後面，然後把這夾鉗裝上去。」

托娃猶豫著。她該提起休息室那些炒飯紙盒嗎？她的視線落在夾鉗上，夾鉗這會兒又放回泰瑞桌上那堆亂糟糟的文件上方。最後，她開口：「我不知道章魚能怎麼離開關著的水槽。」嚴格來說，這是實話。她不曉得他是怎麼做到的。

「嗯，他會『動手腳』，原諒我的雙關語。」泰瑞看看手錶。「噢，我現在走的話，今天應該可以趕到五金行。」他闔上筆記型電腦，開始收拾東西。「走在濕地板上要小心，好嗎，托娃？」

泰瑞老是提醒她要小心。他很擔心她會跌倒，摔斷髖骨，然後把水族館告到脫褲子，起碼創意編織團是這麼說的。托娃沒法想像自己會去控告任何人，尤其不可能告這個地方，但她早已懶得去糾正朋友們的話。再說，她這人總是很小心。威爾曾打趣說她的中間名應該就叫「小心」。

她回了實話：「我總是很小心。」

「嗨，朋友。」她對章魚說。一聽到她的聲音，章魚便從岩石後面展開身體，一團橙、黃、白相間的星爆光芒。他漂向玻璃，同時對她眨眼。托娃注意到，他的顏色今晚看起來好多了，比較鮮豔。

她微笑。「今晚沒那麼想冒險是吧？」

他將一隻觸腕吸在玻璃上，圓滾滾的外套膜迅速起伏了一下，彷彿在嘆氣似的，儘管那是不可能的。接著他以驚人的敏捷動作噴射到水槽後方，而一隻眼仍直盯著她，觸腕末端撫摸著那條小縫的邊緣。

「不行，先生，你被泰瑞盯上啦。」托娃責罵，然後她迅速走向一道門。這道門可以通往外牆這區所有水槽的後方。她走進那狹小潮濕的房間，以爲會看到脫逃中的章魚，但令她訝異的是，他仍待在水槽裡。

「話說回來，也許你該享受最後一個晚上的自由。」她說。她想起泰瑞桌上那個沉甸甸的夾鉗。

章魚把臉貼在後方玻璃上，幾隻觸腕往上伸，像個孩子在討抱似的。

「你想握手啊。」她猜道。

章魚的觸腕在水中轉圈。

「嗯，我猜是吧。」她拿了一張塞在長鐵桌底下的椅子，拖過來，邊爬上椅子邊站穩腳步，現在她的高度已經可以打開水槽後方的蓋子。她打開門鎖的同時，想到這章魚或許是想利用她，讓她打開蓋子，他就能逃出來。

她決定賭一把。她掀開蓋子。

章魚在下方漂著，緩慢悠哉，八隻觸腕從身體伸展開來，好似一顆奇異的星星。然後他將一隻觸腕舉到水面上。托娃伸手過去，她手上仍有上次所留下淡淡的圓形瘀傷。他又一次纏繞她的手，彷彿在嗅聞氣味。他將觸腕尖端舉到她脖子的高度，輕戳她的下巴。

她猶疑地撫摸他外套膜的頂部，像在摸狗似的。「你好呀，馬塞勒斯，他們都這樣叫你對吧？」

說時遲那時快，他纏著她手臂的觸腕突然一拽，拉得托娃在椅子上踉蹌一下，有那麼個片刻，她怕自己要被他拖進水槽裡。

她俯身，鼻子幾乎要碰到水，雙眼離他的眼睛只有幾吋。他那像來自異世界的瞳孔深藍得近近墨黑，好似一顆閃爍虹光的彈珠。他倆凝視彼此，彷彿一輩子那麼久，然後托娃意識到章魚又伸出另一隻觸腕，纏上她另一邊肩膀，戳戳她剛弄好的頭髮。

托娃笑出聲。「別弄亂了，我早上才去美容院的。」

然後他放開她，遁入他的岩石後方。托娃瞠目結舌，環顧四周。他是不是聽到什麼聲音？她撫摸自己的頸項，他的觸腕剛才碰過的地方，冰涼濕潤。

他再次現身，漂回水面。他一隻觸腕末端圈著某個小小的灰色東西。他把那東西伸到她面前。獻供給她。

那是她家鑰匙。她去年弄丟的那一把。

被囚的第1319天

當時，在她打掃時暫放東西的地方附近，我發現這東西落在地板上。我不該拿的，但我忍不住。這東西似曾相識。

回到水槽後，我把它塞進我的巢穴，和其他所有東西一起。在空心岩石最深的縫隙裡，有個凹槽，是就連最仔細的水槽清潔工也搆不到的地方，我把我的寶物都藏在那裡。

你問，我的收藏包括哪些？呃，該從何說起？有三顆玻璃彈珠、兩個超級英雄塑膠人偶、一個祖母綠單石戒指、四張信用卡和一張駕照。還有一枚鑲有寶石的髮夾、一顆人類牙齒。為什麼要露出一副覺得噁心的表情？牙又不是我拔的，是前主人在校外教學時扭下牙齒，然後人就走了，還把牙給弄丟了。

另外還有什麼？耳環——許多單邊耳環，從沒有成對的；三條手鍊；還有兩個我不知道人類語言怎麼稱呼的裝置，我想應該是……塞子？人類會把這種裝置塞進幼兒的孔竅裡，讓他們安靜下來。

在我被囚的過程中，收藏大幅增加，我也日漸挑剔。早年我有許多錢幣，但現在錢幣太常見，我不再撿了，除非是特殊款式——外幣，按你們人類的說法。

想當然，這許多年來我也是見過不少鑰匙，鑰匙已經跟錢幣隸屬同個類別，我通常的原則是跳過。

然而如我所說，這一把鑰匙特別有意思，我知道我非拿不可，儘管不明白為什麼。直到當天稍晚，當我用觸腕末端撫過鑰匙突起的稜角，我才了解它為何特別。因為我曾經見過這把鑰匙。或者該說，一把與它一模一樣的鑰匙。

我想，這麼一來，就代表鑰匙跟指紋完全不同。鑰匙是可以複製的。

我很小的時候擁有過這把鑰匙的複製品，在我被抓走之前。那鑰匙連在一個環上，在海底，躺在一團僅能稱之為剩餘人類的東西裡。當然，那東西早已沒有半點骨頭和肉了，那些東西存不了多久，能剩下來的是橡膠運動鞋底、乙烯基鞋帶，還有幾個塑膠鈕扣，襯衫上那種。那些東西全給掃到一堆岩石底下，保存在那裡。那必定屬於她所悼念的那個人。

這些就是大海能留存的祕密。我多希望能再次探索那些祕密啊。假如我能回到過去，我會收集所有的東西——運動鞋底、鞋帶、鈕扣，和那把孿生鑰匙。我會把那些東西統統給她。

看到她痛失摯親我也感到難過。歸還這把鑰匙是我所能盡的棉薄之力。

不是電影明星，但或許是海盜

上午九點鐘，卡麥隆拉了拉戴爾酒館的正門，半預期門仍鎖著。然而門應聲敞開。他眨眼，適應那昏暗的光線。

酒保老艾從店後面探出頭。「卡麥隆啊。」他說，語氣略顯訝異。他濃重的嗓音渾像從黑幫電影裡走出來的，滿滿的義大利和布魯克林口音，在加州中部這地方聽到幾乎令人發噱。

「嗨，老兄。」卡麥隆輕巧地滑上椅凳。後方一角此刻堆滿木頭酒箱的地方，底下就是「蛾腸」表演的小小舞臺；應該說以前表演的舞臺啦，現在樂團已經要被布萊德滅了。撞球桌旁的欄杆上擺了架超老收音機，彎了的天線指向酒吧唯一的窗戶，窗子破爛骯髒。廣播的談話節目正大聲嚷嚷，一男一女火力全開，爭論著利率和美聯儲等無聊的鬼東西。

「老樣子嗎？」老艾扔了張餐巾紙到吧檯上。

「沒啦，是有別的事。」卡麥隆清清喉嚨。「我要給你一個提案，房地產提案。」

老艾往吧檯水槽一靠，雙手抱胸，一邊眉毛挑起。

「你樓上那間公寓，」卡麥隆把身體坐挺些。「那間空屋啊？」

「怎樣？」

「我想租，我都打算好了，我下禮拜就可以弄到第一個月的租金，而且——」

老艾舉起一隻手示意。「別說了，阿卡，我沒興趣。」

「我都還沒說完耶！」

「我對管房客沒興趣。」

「你不用管房客啊！我可以……自己管自己，你根本不會感覺到我的存在。」

「沒興趣。」

「可是那裡根本沒人住！」

「我高興啊。」

「多少錢你肯租？」卡麥隆從帽T口袋拉出黑色束口袋，把首飾全倒在吧檯上。「我付得起啊，你看。」

老艾的目光在那堆纏成一團的首飾上逗留片刻，然後他搖搖頭，拿起水槽裡的灰色抹布。

「你幹了什麼，去搶劫老人啊？」

卡麥隆怒沖沖回道：「我只需要一個地方讓我住幾個月，拜託啦？」

「對不起，小子。」

「拜託啦，老艾，你知道租我沒問題的。」

「卡麥隆，我們實際一點吧。你在這裡賒的帳單，夠我寫出下一本偉大的美國小說。還有你去年耍那什麼特技，整個人從舞臺上跳下來，弄壞的那張桌子你還沒賠咧。」

卡麥隆眉頭一皺。「我那是行爲藝術啊。」

「你那是破壞財物，但我沒計較，因爲你們那些噪音大家好像滿愛的，也因爲你阿姨是個很好的朋友，但我還是有底線。我說，這個鎮上你到處隨便吐口痰都可以吐到一間小公寓吧，幹麼不拿著你的家傳首飾去租一間？」

「呃，因爲……」卡麥隆把沉默當成解釋，好像背景調查和信用紀錄會是問題的這件事應該很明顯。

「隨便你。」老艾聳肩，用抹布在吧檯上一圈圈地擦，並不時暫停，把混濁的水擰進水槽裡。最後他總算停下，將抹布扔回水槽。「那是你老媽的東西是吧？」

「對。」

「阿姨給你的？」

「對。」

老艾拿起一條黃金網球手鍊並舉高。「裡面有些還不錯哩。」接著他拿起索維爾灣高中一九八九年畢業班的戒指說，「嘿，看這個，現在沒人會買這種戒指當畢業禮物了吧？」

卡麥隆聳肩。他哪曉得？他高中沒畢業，老艾肯定知道這點。

「索維爾灣，那是在北邊華盛頓州那裡對吧？」

「對吧。」卡麥隆說。他知道是，當然，他上 Google 搜尋過。那又怎樣？他才不在乎，戒指搞不好是媽媽爲了籌錢解癮，隨機偷的，照片裡那傢伙說不定還是共犯咧。

「你知道嗎，我還記得當年珍去那裡接她。」

「接誰？」

「你媽媽。」

「你在說什麼？」

「你阿姨沒跟你說過嗎？」

「跟我說什麼？」卡麥隆原本手指裡一直揉著的餐巾紙，這會兒倏地滑落到吧檯上。

老艾嘆口氣。「先說了，我跟黛芬妮不熟，只知道她是珍的地獄妹妹。我只知道，她高中的時候逃家，北上去了華盛頓，誰他媽的知道爲什麼？結果在那裡惹了不知啥麻煩事，害珍工作請假，跑去把妹妹拖回家。我還記得有天晚上她來這裡，說到這件事。」

「噢。」卡麥隆只能吐出這個字。他的腦袋感覺異樣麻木。

「好吧，總之。」老艾把戒指捧在掌心，上下拋呀拋，像在掂重量似的。「可能是男朋友給的。我畢業那年也把我的戒指送給情人。」老艾臉上慢慢綻放出笑容。「她用條鍊子戴在脖子上，讓戒指剛好垂到『甜蜜點』，就在事業線上。」

卡麥隆不禁尷尬地一縮。

「對，誰知道，現在八成還在那裡，分手之後我沒跟她要回來。」他粗聲粗氣地咕噥。

大門咿呀開了，一道塵土飛揚的光線由窄而寬灑到酒吧內，兩個老人走進來。卡麥隆認得他們是鎮上的人，白天班的酒客。他們向卡麥隆點點頭，然後搬下幾張椅凳。

沒人開口，老艾自己開了兩瓶長頸瓶裝的啤酒，滑到吧檯那端給兩人，然後對著卡麥隆舉起第三瓶。「想來一瓶嗎？」他又用略柔和的聲音說：「店裡請客。」

「好啊，謝啦。」

老艾愧疚地向他略點點頭，彷彿他把公寓空著硬是不出租的混帳行爲是兩美元啤酒可以彌補的。接著他悄悄走往收音機，拔下插頭，將電線整齊地繞在握拳的手上。片刻後，角落的自動點唱機亮了燈，喇叭傳出吉他的撥彈聲，很顯然，白天班的客人喜歡鄉村音樂，而戴爾酒館正式營業了。

卡麥隆一口氣灌下整瓶冰鎮啤酒，然後將那枚戒指從檯面上掃下來，溜出店門。

索維爾灣高中一九八九年的畢業班在網路上極具存在感，卡麥隆推論是因爲今年再過幾個月就是他們的三十週年同學會。三十年，而他也三十歲。那群青少年畢業的那年暑假，約莫就是他母親懷上身孕的時候。

男朋友的戒指。這些王八蛋裡面是哪一個把他媽媽的肚子搞大了？

有人不嫌厤煩地掃描了一大堆圖片，上傳到這個同學會專頁，幾乎是天殺的整本畢業紀念冊，老人眞的時間多。卡麥隆捲動頁面，瀏覽那些畫質呈顆粒狀的照片，偶爾瞥見像他母親一樣的羽毛狀棕色鬈髮時便暫停下來，但說眞的，他在找的是另一個人：跟他母親在一起的傢伙——就是在他身旁廚房流理臺上那張皺照片中的傢伙。

他把戒指翻過來，訝然發現內側有一道很淺的雕刻。ＥＥＬＳ（鰻魚）。索維爾灣高中的……鰻魚？呃，這吉祥物很怪，不過如果這所學校臨海，倒也合理。怪的是畢業紀念冊的內頁似乎沒以鰻魚爲主題，但話說回來，眞的以鰻魚爲主題會像什麼樣子呢？

他繼續瀏覽這些掃描照片。照片隨機拍攝這些青少年和他們無聊可笑的高中生舉止，他們頂著蓬鬆髮型和庸俗的八〇年代服裝搶鏡頭。接著他的目光被一張照片吸引：媽媽的照片，那是他從未見過的一面。她站在人潮洶湧的碼頭上，同一個男的搭著她的肩膀。那傢伙頭轉向一邊，臉被她風吹亂的頭髮埋住了，看上去就像在親吻她的臉頰。但就是那個人沒錯，該死的錯不了。

他的手指瞬間冒汗；他把圖片放大。照片有文字說明。**黛芬妮・凱斯摩爾和賽門・布林克斯**。

「賓果。賽門・布林克斯。」他沙啞的低語彷彿穿透了聲帶。他旋即開了新視窗，輸入這個人名。

一頁又一頁的搜尋結果拼湊出清晰的輪廓：他是知名的西雅圖房地產開發商，還經營夜店。《西雅圖時報》有一篇專題報導了他的度假屋，一系列照片集，還拍了他那輛該死的法拉利。

這傢伙是個大人物。超大、超有錢的大人物。

卡麥隆發出短促的笑聲，握拳高舉。

賽門・布林克斯。卡麥隆漫步走進客廳，倒在布萊德和伊莉莎白那張簇新的沙發上，仔細端詳那張跟戒指捲在一起的照片。這人真的是他爸爸嗎？這只是一張照片，但已經給了他前所未有的籌碼能走下去。他凝視著母親的影像，那無憂無慮的燦笑，隨風飄揚的秀髮。當然，她又高又瘦，幾乎要比布林克斯高，而他在男生裡面已經算高大了。但令他無法將目光移開的是她的雙頰，豐滿健康，幾乎像嬰兒一樣圓嘟嘟的。這不是他記憶中的黛芬妮・凱斯摩爾；他只記得母親骨瘦如柴、雙頰凹陷的樣子。

他研究照片的背景：有個花團錦簇的巨大花盆，開著水仙和鬱金香。那麼這時該是四月，也可能是三月，或五月，但那兩種花盛開成那樣，照片有很高的機率是在四月拍的。

卡麥隆是二月二號出生的。他計算了一番。他有沒有可能也在這張照片裡？

以妊娠來說，時間是相符的。

「欸。」伊莉莎白從走廊喊他。「你去戴爾酒館談得怎樣？」

卡麥隆站起來，跟在她後面一起進了廚房，重述他沒能成功說服老艾租他公寓的事，以及他發現賽門．布林克斯這個人和他的法拉利。

「你確定他是你爸嗎？」伊莉莎白開始將一顆紅甜椒切丁；本日菜單是墨西哥法士達。她正殲滅一堆紅色小塊，眼睛甚至沒看著，刀刃每次落下都離她的指尖驚人地近。卡麥隆真希望自己能有那種自信。

「不然還會是誰？」卡麥隆舉起那張照片。「妳看著這張照片，跟我說這兩個人沒搞上。」

伊莉莎白挑起一邊眉毛。「呃，很多人都搞上啊，但那不能證明什麼。」

「可是時間點，完全對上耶。」

「可是他跟你長得像嗎？」

卡麥隆歪頭看著照片。「頂著這種八〇年代髮型，看不太出來。」

「你不是整個下午都在網路上偷查他嗎？」

「對，但他現在看起來就像普通中年人，就像個老爸。」

「對，因爲每個老爸都長得一模一樣。」伊莉莎白翻白眼。

「不過重點是，有差嗎？我的意思是，只要他相信我是他兒子……」

「你怎麼可以因為某個人跟你媽出現在同一張照片裡就勒索他啊。」伊莉莎白把甜椒倒進平底鍋，一陣蒸氣湧起，滋滋作響。「再說，你不想知道這男的到底是不是你爸嗎？你不想要擁有一段關係嗎？」

「大家都把關係看得太重了。」他把砧板上剩的一塊甜椒塞進嘴裡。甜得出奇。

「所以確切來說，你打算要……做什麼？北上去華盛頓州找他嗎？」

「那當然，我為什麼不該去？」卡麥隆希望她知道他並不真想要她回答，因為他不該去的理由可多了。其中一個是，他要怎麼去華盛頓？他不覺得布萊德會願意把卡車借他，讓他開一趟上千里的公路之旅。

「嗯，那是大冒險耶。」

「對，沒錯。」

伊莉莎白頂著肚子，到冰箱前俯身取出一包火雞絞肉，然後撕開包裝，倒進平底鍋。「要不是我在孵這隻外星生物，我跟布拉德一定會陪你去。」她攪拌鍋內，肉嘶嘶作響。「還記得我們很小的時候，都會編一些找到你爸的故事嗎？我是說，其實我們都以為你爸應該是海盜或電影明星之類的。天哪，我們那時候好荒謬！」

「賽門．布林克斯絕對不是電影明星，但可能是海盜，不管怎樣我都不在乎，他繼續當個謎團沒差，只要他答應付這十八年該付的贍養費就好。」

「好吧，就算事情沒成，我也聽說西雅圖真的很漂亮。」

「嗯，對啊。」卡麥隆點頭附和。漂亮，有一堆樹，誰在乎啊？華盛頓州西部是全美國最潮濕的地方，而賽門．布林克斯即將爲他降下一場鈔票雨。

伊莉莎白從冰箱抓了罐檸檬水，倒了兩杯，把一杯滑到他前方檯面上，然後舉起了另一杯。「好吧，馬卡龍，敬未解的謎團。」

「敬未解的謎團。」他跟她碰杯。

在加州最後一夜的凌晨，卡麥隆又一次在床上無法入眠，整個人沐浴在手機螢幕的冷光中。

他點兩下，下載他在廣告裡看到的某個旅遊應用程式，廣告的宣傳花招主打保證最低價，但還眞的有用。喜悅航空飛往西雅圖的航班在上午五點從沙加緬度國際機場起飛，也就是三小時後，他應該趕得上，只要他……現在立刻出發。

他匆忙把綠色圓筒行李袋的東西都倒出來篩選一番，然後把他擁有的所有四角褲都扔進去，連同其他衣物和那一小袋首飾。

行李袋收拾好，他就回到手機螢幕前，十指交握祈求信用卡能順利完成交易，然後點擊按鈕，訂了機票。

如果賽門．布林克斯眞是卡麥隆的父親，他將爲過去三十年每分每秒他沒盡到的父職付出代價。

嚴格來說是眞實故事

用小蘇打刷一刷，鑰匙上的大部分鏽痕都除掉了。令托娃驚訝的是，這把鑰匙想必飽經風霜，但插進她家大門卻十分順暢。她將這把原本的鑰匙掛回鑰匙圈上本該屬於它的地方，然後解下開鎖時偶爾會出狀況的備用鑰匙，扔進廚房的雜物抽屜。

她才剛回到早晨咖啡和塡字遊戲前，就被前廊上輕輕的刮擦聲打斷了。她從廚房椅子起身，後腰劈啪作響，她一手撐著腰背，拖著腳走向門口，走到時正好看到「貓咪」一扭一扭從紗門鬆開的一小片紗網底下鑽進來。紗網什麼時候鬆了？又是一個小地方要修理。威爾走後，這些待修的小地方累積得眞快。或許能用強力膠黏好。

她可以去五金行買強力膠。就是泰瑞去買木材來安裝夾鉗的那家五金行。她扔掉那夾鉗時，夾鉗掉進垃圾箱，發出沉重砰響。

貓端坐在門廳中央，尾巴整齊繞在纖瘦身軀的下盤，並對她眨眼，彷彿問她在這裡做什麼，而不是他自己爲何在這裡。

最近這些個生物和小縫隙是怎麼回事？「好吧，來吧，我們到廚房吃早餐，門廊送餐服務恐怕終止囉。」

當晚在水族館，她的腳步聲在空蕩蕩的門廳裡迴盪。她展開例行準備工作，走到工具櫃的途中，她對神仙魚說：「你好呀，親愛的。」接著又有效率地問候了藍鰓太陽魚、日本蟹、尖吻斜杜父魚和嚇人的狼鰻。她混合檸檬和醋，然後將拖把和水桶靠在走廊上。這樣等她回來，就都準備好了。

一如往常，馬塞勒斯窩在他的岩石後面。她低頭走進泵浦室的門，看到他的水槽上方沒有夾鉗，頓時鬆口氣。她心裡湧起一股愧疚感。泰瑞會不會以爲是自己亂放呢？

她腦中閃現她出門時「貓咪」蜷縮在長沙發上的姿態。她在無意中做了不修紗門的決定，至少暫時不修。

就讓這些生物保有他們的縫隙吧。她笑出聲。泵浦咕嚕咕嚕地附和。

她拉出一個老舊梯凳，小心翼翼爬上去，然後滑開水槽後緣上方的蓋子。她低頭鳥瞰，裡頭水面上那種機械式的漣漪令她一陣暈眩，她不禁咬緊牙關。接著，她捲起毛衣袖子，將一根手指伸到水面上，納悶自己的手臂是否夠長，能否戳到躲在藏身處的他。倒不是說她眞會動手。藏身之處應該是神聖不可侵犯的。

但她根本不必考慮那麼激烈的做法，因爲他已經晃出來，往上漂，眼睛直盯著她。他的一隻觸腕來回漂動，托娃想像他是在揮手。她把手探入水中，頓時屛息，或許因爲水冷，或許因爲她在做的事情太荒謬，也或許兩者皆是。幾乎在那一瞬間，章魚便予以回饋，兩隻觸腕纏上她的手腕和前臂，以他那種獨有的方式，令她的手感覺沉重而古怪。

「晚安，馬塞勒斯。」她很正式地說。「你今天過得好嗎？」

章魚抓得更緊了，然而是以彬彬有禮的方式，托娃將其解釋爲寒暄；相當於**很好，多謝您**

問候。

「所以你沒去惹事呀。」托娃說著，讚賞地點點頭。他的顏色看起來不錯；也沒到休息室跟一堆電線亂鬥。「好孩子。」她補了一句，但隨即後悔。**好孩子**是小狗「巧克力」坐下等吃餅乾時瑪麗·安會對牠說的話。

無論馬塞勒斯是否被冒犯到，他總之沒動聲色。他的觸腕末端搭在托娃的肘彎上，然後繞到另一側，輕拍她尺神經上的突起處，彷彿在設法理解那關節如何運作。她的生理構造在他看來想必十分古怪吧，盡是各種凹槽和脆弱的骨骼。他戳戳她手臂三頭肌下垂的肌膚，皮膚被重力拉扯，而且隨著年歲增加，重力是越來越堅持。

「皮包骨呀，創意編織團以爲我聽不到的時候都這麼說。」她搖搖頭。「但都是幾十年的朋友了，以前我們每星期二都一起吃午餐，但現在只有隔週吃一次了。威爾還活著的時候，我每次出門前他都對我咯咯笑說：『不知道妳怎麼能忍受那群老母雞。』」

章魚眨眼。

「她們這群人或許八卦透頂吧，但她們是我的朋友……」托娃語音漸弱，任由自己的嗓音淹沒在泵浦的嗡嗚和咕嚕聲中。她的聲音在這裡面聽起來多怪呀，給濕悶的空氣掐住了。啊，要是創意編織團這會兒看到她，不知要說些什麼呢，那群老母雞肯定要爲此開起同樂會。托娃也不怪她們；她在幹麼呢，竟向這隻奇怪的生物說起自己的人生故事？

章魚仍緊抓著她的手腕，描著她前臂上的胎記。托娃年輕還愛美的時候最討厭那胎記；那時，胎記躺在她光滑白皙的皮膚上顯得格格不入，三個誇張的斑點，個個大如腰豆。而今，胎記混在皺紋和老人斑之間，幾乎注意不到了，然而章魚似乎對胎記很感興趣，又再次戳了戳。

「艾瑞克以前都說這是我的米老鼠痣。」托娃不禁微笑。「我覺得他很嫉妒，他說他也想要有。有一次，他差不多五歲的時候，拿了一枝奇異筆，在自己手臂上畫了一個跟我一模一樣的胎記。」她壓低聲音。「告訴你，他還拿那枝筆裝飾了沙發，那些痕跡一直洗不掉。」

章魚又眨眨眼。

「啊，我那時候多氣呀！但我跟你說，後來過了好多年，我和威爾總算把那張長沙發處理掉的時候……」托娃只點點頭，彷彿這句話理應自己識相地結束。她也沒補充說明，當搬家具的人走出碎石子車道時，她躲進浴室裡了。關於艾瑞克的每件事都是一次新的失去，即便是他那亂七八糟的藝術作品也一樣。

「他十八歲的時候死了，其實就是在這裡，呃，在這兒外面。」她把頭撇向泵浦室另一端，朝著那俯瞰普吉特海灣的小窗子，此時窗外已被夜色籠罩。馬塞勒斯是否曾在窗前撐高身體，設法看看窗外？看見大海會令他感到撫慰嗎？或者像被賞了一記耳光，看著自己的天然棲地那樣近，卻是咫尺天涯？托娃想起舊鄰居索倫森太太以前偶爾會趁天氣好的時候，把她那籠長尾鸚鵡放在門廊上，她解釋說，牠們喜歡聽野鳥唱歌。但是那畫面總讓托娃感到異樣悲傷。

但馬塞勒斯並未隨著她一起望向那面漆黑的小窗子。或許他根本不知道那裡有窗戶。他的眼睛仍緊盯著托娃。

她繼續說下去。「他有天晚上溺死了，他駕一艘小船出去，自己一個人。」她在凳子上轉移身體重心，給她有問題的那邊髖骨緩解疼痛。「大家搜索了好幾個禮拜，最後終於找到船錨，但錨索切斷了。」她嚥口水。「他們繼續搜索遺體，不過我相信那時艾瑞克早就支離破碎了。在海底什麼都保存不久的。」

章魚移開目光片刻，彷彿在爲他的同胞在食物鏈中的位置承擔些許罪疚。

「他們都說是他自己做的，找不到其他解釋。」托娃的呼吸紊亂。「但我一直想不透。艾瑞克很快樂呀。對，他十八歲，所以沒人知道他腦袋裡想的是什麼？還有沒錯，我們那時是吵了架……啊，就很蠢的事，他跟朋友們在家裡踢足球，摔了我的一隻達拉木馬，我最喜歡的那隻，那隻很舊了，很脆弱……我媽當年從瑞典帶來的……木馬的腿給撞斷了。」

她在梯凳上站直了身子。「反正呢，我強迫他去做售票亭的工作，他也很氣我。不然我能怎麼辦呢，讓一個青少年懶散整個暑假嗎？」

艾瑞克的懶散是從威爾那裡遺傳來的。他倆會在休閒室裡閒坐好幾個鐘頭，看美式足球、棒球或隨便哪個正值球季的賽事。事後呢，托娃得拿吸塵器去吸長沙發縫隙的洋芋片碎屑，然後用抹布擦茶几水漬；他們總把冒水珠的汽水罐留在茶几上。甚至在艾瑞克走後，每當有比賽，威爾仍做一樣的事：艾瑞克的座位空蕩蕩，威爾則坐在他那個坐墊上，一如往常地懶散，彷彿一切都沒變。托娃見了就惱火。

找事情做健康多了。

「有理智的父母都會要小孩暑假去打工的。」她繼續說，嗓音輕顫。「當然，假如早知道會發生什麼事……」她沒怎麼思考，就把空著的手伸進圍裙口袋，找到抹布，刷起了水槽黑色橡膠邊緣上結成硬殼狀的白色鈣化物。黏糊糊的鈣化物十分頑強，但最終還是軟化了。章魚仍抓著她另一隻手臂，但眼睛疑惑地閃爍，托娃將之解讀成：太太，**您到底在做什麼？**

她咯咯輕笑。「我就是忍不住，對吧？」

在水槽那頭的另一側，滿是污垢的邊緣她只差一點就能搆著。她移動重心，伸長手臂，此時腳下的凳子突然晃動起來。一剎那，章魚的觸腕從她指間溜走。她跌到堅硬的瓷磚地上，痛極了。

「我的天哪！」她咕噥，並在心裡清點自己的各個部位。左腳腳踝感覺軟趴趴的，但她站起身，腳踝仍能承重。抹布掉到水槽底下，她撿起抹布。章魚從他那塊岩石後面探頭打量，他想必是因爲這一陣哐啷響而躲進去的。她鬆口氣嘆息道：「我沒事。」一切都完好。

除了那張梯凳。

梯凳傾倒，擠在緊鄰水槽泵浦的一堆雜物旁邊，想必是她晃動時踢過去的。現在梯凳最上頭的橫木一端鬆脫了，搖搖欲墜。「啊，老天爺。」她咕噥，一拐一拐地穿過泵浦室去把梯凳搬回來。她設法將橫木卡回原位，但有個零件不見了。她仔細檢視磁磚地板，想找類似螺絲釘的東西，在淡藍色的燈光下，她瞇著眼找，又拿出圍裙口袋裡的眼鏡再找一遍。一無所獲。

她又試了一次想把橫木裝回去，這回更心急了，但仍然徒勞無功。她要怎麼跟泰瑞解釋這件事呢？她不該爬上梯凳，更何況這張梯凳在泵浦室裡。有那麼個瞬間，她考慮要毀屍滅跡，把壞掉的椅凳跟今晚的垃圾一起倒進大垃圾箱；或者直接帶離犯罪現場更好。就帶回家裡，等倒垃圾那天再放到人行道旁。但要是泰瑞開車經過她家，看到梯凳在那裡怎麼辦？想到那情景，她的心怦怦直跳。

「不行，我不能那樣。」她堅定地說。她是真的不能。托娃・蘇利文不說謊的。她必須向他坦白。

或許泰瑞會解除她的職務。他會得出結論：她已經這把年紀，風險太大了。而她不會怪他。

在她背後，有東西在嘩啦拉地翻攪，她轉過身去，只見章魚已經從他的水槽爬出一半。

托娃僵住，看得入迷。「泰瑞說的沒錯。」她低喃，然後看著這生物將他粗大的觸腕伸得扁平，用一種似乎違反物理定律的方式，從泵浦和蓋子之間的窄縫鑽出來，這應該是不可能的，那道縫隙不過幾吋寬。他那差不多像八月西瓜般碩大的外套膜變成看似液態的膠狀物，也一起鑽出了縫隙，這時托娃意識到自己其實正屏息期待。

他沿著牆滑下，她才終於吐了口氣。接著他溜過磁磚地，滑到牆邊的其中一個櫃子底下，旋即不見蹤影。他沒有立刻出來，托娃不知道他是否還會回來，還是他逃走了。她嘖嘖口水，訝異於自己思及此事時，心裡感受到的刺痛。好像他至少該說聲再見才對。

片刻後，他從櫃子下面爬出來，托娃說：「啊，你出來了。」他直視著她的眼睛，滑過來，一隻捲起的觸腕拿了個銀色小玩意，放在她運動鞋的鞋頭。

托娃目瞪口呆。是螺絲釘，那個不見的零件。

「謝謝。」她說。但這時他已快鑽回他的水槽裡了。

隔天一早，托娃醒來，踩進拖鞋時，她再度摔倒在地上。

「到底怎麼了？」她眨眨眼。是左腳踝。她看到左腳上一大片紫青色時，才意識到腳已經抽痛不已。

她第二次試著站起身時已經有心理準備。她皺著眉，拖著腳走過走廊，進廚房煮咖啡。

她一直忍到午餐時間，才開始考慮要不要打電話給雷米醫師。

到下午稍晚，她終於下定決心去拿那本被她塞在休閒室電視櫃裡的電話本。她在沙發上威爾的老位子坐下，把左腳擱在茶几上，腳踝上敷了一包冷凍豌豆，手翻著電話本。然後她又把電話本放到旁邊靠枕上，打開電視。

當她總算撥出電話，已將近五點。雷米醫師的診所五點關門。

「史諾霍米須聯合診所您好。」聲音透露些許不耐。托娃在腦中勾勒出畫面：櫃檯小姐葛瑞琴在桌前俯身，話筒夾到耳邊，費勁拎好早已拿在手上的外套和手提包。或許她不該打去，但她的腳踝已經腫得大小和顏色都像李子一樣，儘管她不願承認，但她可能需要醫療協助。她報上姓名和出生年月日，並簡單解釋她的困境，省略了意外發生在工作期間這件事，而且完全沒提她是在跟北太平洋巨型章魚聊天時弄的。她只說是打掃時從梯凳上摔下來，嚴格說來，這也是實話。

「真嚴重啊，蘇利文太太。」葛瑞琴的語氣軟化了。「妳等一下，我看看能不能攔到雷米醫師。」電話切換成無變化的樂音，某支柔和爵士風的曲子，她推想這音樂是要安撫人的情緒。

櫃檯小姐回來，說話聲音更加專業冷靜了。「醫生說如果現在的痛還可以忍受，他明天早上會第一個看妳，我幫妳預約八點看診。他說把腳抬高，還有盡量不要用那隻腳。」

「當然。」托娃說。

「蘇利文太太，這代表妳晚上不能去水族館拖地喔。」

托娃張嘴想抗議，但又閉上了。她的工作干葛瑞琴什麼事？先是伊森在結帳時對她訓話，現在又來這齣。索維爾灣有誰懂得別管閒事嗎？最後她回答：「當然不會。」

「很好，那明天早上見。」

托娃掛上電話，然後撥了另一個號碼。

她用手指敲著長沙發的靠枕，等泰瑞接電話。他發現泵浦室裡壞掉的梯凳了嗎？她已經把螺絲釘裝回去，但很顯然還需要**另一個**小玩意才能徹底轉緊，所以現在上面那根橫木仍然是歪的。她原本想今晚可以帶威爾的舊工具包去，把凳子徹底修好。現在呢，誰知道啥時才能修？還有地板，今晚誰能擦地？誰會去擦？

馬塞勒斯會想她為什麼沒去嗎？他竟能理解拿回螺絲釘的重要性。托娃到現在想起這事仍覺得驚奇。

「托娃？」泰瑞接電話。「怎麼了嗎？」

她重重嘆息一聲，把她告訴葛瑞琴的事轉述給泰瑞。嚴格來說，那是真實故事。

這是她這輩子頭一次打電話請假。

包袱？

卡麥隆掃視行李轉盤，尋找他的綠色圓筒行李袋。在一堆灰色和黑色的行李箱之間應該很醒目才對，但過了幾分鐘，他到附近長椅找個位子坐下。看來他的行李會最後出來。

他一邊盯著轉盤，一邊拿起手機，查看這裡的青年旅社清單。有一家就在距離索維爾灣幾公里的地方，而他當然就要從那裡找起。他在等待登機的時候調查了郡上的房地產紀錄，賽門·布林克斯在那區有三處房產。他把旅社房間的一張照片放大來看；不是什麼鋪著毛茸茸地毯和平面電視的全新公寓，甚至不如酒吧樓上的鳥公寓，不過看起來還算乾淨，而且夠便宜，用典當首飾的錢應該可以住上幾個禮拜。

說到這個，他的行李呢？畢業戒指放在他口袋，但其餘首飾都塞在行李袋裡。轉盤仍繼續吐出行李箱，但已經零零星星。他在腦中勾勒出那情景：身穿橘色背心的工人將飛機貨艙裡的最後一批行李堆到許多推車上，穿過停機坪運過來。多糟糕的系統啊，一百萬個效率低下的做法，太多處理過程，出錯的機會多得數不清。

「預料之中，對吧？」

一個和他年紀相仿、戴著無框眼鏡的傢伙在長椅另一端咚地坐下。他拆開一個潛艇堡的包裝，把一端塞進嘴裡大嚼起來，連嘴都懶得閉。香料煙燻牛肉的味道陣陣飄來，卡麥隆不禁反胃。誰會在早上八點嗑煙燻牛肉？

「行李會出來啦。」卡麥隆說。

「你不常搭喜悅航空對吧？」香料煙燻牛老兄大笑出聲，嘴裡的酸黃瓜和生菜攪動著。「相信我，他們是出了名的，我們在拉斯維加斯贏錢的機率都比行李現在出現在轉盤上的機率高。」

卡麥隆吸口氣，準備解釋喜悅航空才剛被一家頂級私募基金公司以數十億美元的估值入股，還謠傳將首次公開募股，投資者都飄飄然等著，這一切。就算是一家超級廉價航空，如果老是弄丟客人東西，也是沒辦法做到這些的。然而就在此時，轉盤停下了。

「該死。」卡麥隆嘟噥。

那袋首飾。他爲什麼不帶在身上呢？現在首飾淪落在沙加緬度和西雅圖之間某處，或者更有可能的是塞進了某個行李工人的置物櫃。他把頭埋在手裡，呻吟一聲。

行李轉盤依然像死蛇般動也不動，香料煙燻牛老兄把頭點向轉盤，說：「看吧？我就說。好啦，我們去申請理賠吧。」

卡麥隆打量行李區另一頭，一些人在小辦公室外排起隊來。想當然耳，行李條背面的小字早就載明他們不會賠償托運行李中的貴重物品。那時地勤堅持說他的圓筒行李袋塞不進座位上方置物櫃，把他的行李拉下來時，他匆匆瞥了那些小字幾眼，但他沒想過那些免責聲明可能會用到自己身上。免責聲明應該是寫給別人看的；卡麥隆·凱斯摩爾根本沒有什麼**貴重物品**。

他走到行李辦公室時，已經有二十個人在排隊。香料煙燻牛老兄在他旁邊靠著牆，繼續啃他的潛艇堡。沒完沒了。

「對了，我叫埃略特。」

「很高興認識你。」卡麥隆努力假裝自己正非常專心用著手機，彷彿發生了什麼重大要事似的。

「欸，嚴格說起來，我們還不認識耶，我說了我的名字，但你還沒說你叫什麼。」

這傢伙沒其他更好的事情可做嗎？「卡麥隆。」

「卡麥隆啊。很高興認識你。」他舉起他那令人難以消受的潛艇堡說：「你餓嗎？我分你一些。」

「不用，謝謝，我不太喜歡煙燻牛肉。」

埃略特瞪大眼睛。「噢，這不是煙燻牛肉！這是地瓜堡。」

「什麼堡？」

「地瓜堡！你知道，純素的啊？國會山莊那家店？他們去年在機場這裡開了一個攤位。」

卡麥隆盯著那個油膩的潛艇堡，裡面滿是一片片削得薄薄的……東西。「你說這是地瓜做的嗎？」

「對！他們家的魯賓三明治超威。你真的不想來一些嗎？」

「我pass。」卡麥隆忍住想譏笑的衝動。西雅圖的文青，超符合大家的刻板印象。

「你確定嗎？我這裡還有一半，沒吃過的……」

「好吧。」卡麥隆答應了，主要是爲了結束這對話，但也是爲了安撫大腦深處的叨念：他沒資格拒絕免錢的食物。

埃略特咧嘴笑。「你一定會喜歡。」

卡麥隆咬下潛艇堡，一邊又滑起手機。凱蒂貼了一張她跟狗的自拍照，加上標籤「#養狗單身女」。他沉著臉，但嘴裡令人愉悅的嘎吱聲卻讓他的表情柔和下來。地瓜？真的假的？這其實……不差耶。

他對埃略特點點頭。「老兄，謝啦，這很好吃。」

「你還沒吃過他們家的法式蘸醬三明治咧。」

隊伍前進得慢如龜步。稍後，埃略特總算將油膩的包裝紙揉成團，扔往附近的垃圾桶，空心進籃；而這動作意外讓卡麥隆惱火。

埃略特轉向他。「所以，你好像不是這裡人喔？來工作嗎？還是度假？」

「探親。」

「喔，不錯哦。我呢，我是回家，我南下去加州參加我奶奶的喪禮。」

奶奶死了。一點也不意外的事。卡麥隆咕噥一句：「保重啊。」

「老實說，她人不太好，不過她很愛我們這些孫子。」埃略特用出奇溫柔的聲音說。「把我們寵翻了，就只有阿公阿嬤可以把小孩寵成那樣，你知道嗎？」

「對，當然囉。」卡麥隆邊說，邊把手上的包裝紙丟進垃圾桶。想當然，他從來沒有什麼阿公阿嬤。以前有時卡麥隆去伊莉莎白家，她爺爺也剛好過去的時候，他總會捏捏卡麥隆的臉，給卡麥隆奶油糖。糖太黏，太甜，他捏臉也有點痛，還有他身上總是有種怪味，像尿味混合關節炎藥膏的老人味道。伊莉莎白說，他住的老人院基本上就像停屍間。

「不管怎樣，我想她現在是安息了。」埃略特臉上漾出悲傷的笑容。卡麥隆把視線壓低，再次感覺自己像侵入者窺視標準人類的經驗，像邊緣人偷看那些自己永遠不可得的正常事物。痛失祖父母、擔心行李貴重物品：這些經驗都是別人才會有的。

在隊伍中，他倆拖著腳往前移動，埃略特摘下眼鏡，用衣服擦擦。「你家人一定很高興見到你！他們是在西雅圖嗎？」

「不是，在索維爾灣，是我爸。」卡麥隆覺得這句話說出來，在舌頭上又乾又黏，就像那些老人的糖果一樣。

「不錯喔，來跟老爸培養感情是吧？」

「算是啦。」

「索維爾灣滿好的，那裡眞的很漂亮。」

「我也聽說。」

埃略特把頭一歪。「你從來沒去過嗎？」

「沒有。我的意思是，我爸最近才剛搬去啦，所以囉。」卡麥隆允許自己偷笑一下，他很驚訝這個謊言這麼輕鬆就脫口而出。

「好的。」埃略特說。「索維爾灣，以前觀光超發達，但現在有點破敗了。那裡好像有一間水族館還開著，你應該去逛逛。」

「當然，謝啦。」卡麥隆說。雖然他根本沒打算浪費時間去看什麼魚；他必須找到賽門・布林克斯。隊伍龜速往前移動。喜悅航空的行李辦公室想必是由一群樹懶和蝸牛掌管。他轉向埃略特問道：「你之前有過經驗吧？我們還要在這裡等多久啊？」

埃略特聳肩。「哦，他們通常滿快的，兩三個小時吧？」

「三小時？開什麼玩笑。」

「呃，一分錢一分貨啊，不是嗎？」

電話響到第三聲，珍阿姨接了起來。「喂？」她沒好氣地說，聽起來氣喘吁吁。

「妳還好嗎？」卡麥隆用手指塞住耳朵，擋住旁邊旅行團鬧哄哄的說話聲；他們不知爲何非得聚集在行李區這個偏遠的角落，只差幾公分就會碰到他。

「卡寶？是你嗎？」

「對。」他遠離旅行團一些。「妳在做什麼？爲什麼這麼喘？」瓦利．帕金斯那討人厭的模樣啪地跑進卡麥隆腦中。他不禁發顫，準備結束通話。

「我在清空第二間臥室啦。」阿姨回答。

「大工程耶。」

「嗯，我是想你可能需要地方住。」漫長的停頓。「我聽說你跟凱蒂的事了。」

「消息傳眞快。」卡麥隆咬起指甲。他和珍阿姨需要好好談談，聊一下爲何她從來沒告訴過他，他媽當年懷他的時候根本在另一個州。不過在行李提領處這裡聊並不理想，而且現在她又正在努力想幫他……好吧，他至少得說出他現在人在哪裡，沒選擇。

「珍阿姨，我不可能去住……」這句話他還來不及想完，已經先關起了嘴巴。**不可能去住**

那個塞滿垃圾的超小拖車。雖然他老是搞砸事情，但他始終避免淪落到那個境地。

要是他只需要她幫這個忙就好了。

在電話另一頭，滴答聲以及隨後微弱的嘶嘶蒸氣聲告訴他，珍阿姨正在倒咖啡，接著把咖啡壺放回保溫板上。「我知道，我知道，你不可能跟我一起住在這裡。」她說。「可是卡寶，你也沒有別的計畫啊。」

「我其實有喔！」那一瞬間，卡麥隆考慮把整個大計全告訴她。但不該在機場這裡說。「我真的有計畫，但問題就是……」

「什麼問題？」

「我需要幫忙，非常非常小的忙。」卡麥說著，皺起臉。

珍阿姨的嘆息延著西岸湧過來。「又怎麼了？」

該從哪裡講起？這真是前所未有的谷底，像這樣不告而別，然後又打電話回家要錢。他跟他那個廢物母親也差不多了。但他又有什麼選擇？在走廊另一頭，埃略特正從行李辦公室走出來，然後跨大步朝他走來，一手開心地揮著，另一手拖著一個灰色行李箱。幸運的混蛋。

「卡寶，你怎麼了？」珍阿姨催促。

低矮天花板上的喇叭裡，一個錄音的女性聲音喋喋不休地廣播，提醒大家要隨時注意行李和個人物品。多可恨的諷刺。

他用力吸口氣，然後盡可能言簡意賅地解釋他發現了戒指和照片，臨時起意訂機票，還有住青年旅社的計畫。

一陣難言的沉默後，珍阿姨輕聲說：「啊，卡寶，我應該要告訴你的。」

「沒關係。但屎上加霜的是，」他借用了她最愛的暗喻，「航空公司把我的行李弄丟了。」

廣播聲又在他頭頂響起。

「你說大聲一點好不好？我聽不到！」

「他們把我的行李弄丟了啦！」他不是故意嚷這麼大聲的。好幾個觀光客轉頭看他，然後整團人震驚不已，全往旁邊移動。

珍阿姨發出嘖聲，接著說：「所以咧？你需要襪子和內褲是不是？」

「不只，我身上只剩……大概四美元吧。」

「那我給你的首飾咧？我以爲你一定已經拿去典當了。」

「首飾都在行李袋裡。」

電話那頭安靜了好一陣子。接著珍阿姨又嘆了口氣。「你明明是一個腦袋這麼好的人，可是有時候實在很蠢。」

埃略特身上依然散發淡淡的胡椒和芥末味。他跟著卡麥隆穿過空橋，往停車場走去，問著沒完沒了的問題，卡麥隆都只用一個詞回答，埃略特卻毫不喪氣。喜悅航空眞的不知道他的行李袋到哪去了嗎？**對**。那他要去哪裡？**一個地方**。他要怎麼去？**巴士**。所幸埃略特沒提出那個問題：卡麥隆要用什麼錢來做這些事。因爲跟阿姨借了兩千美元這件事，他沒辦法濃縮成一個詞。

珍阿姨堅稱那筆錢不是借他，是給他的，而在卡麥隆聽來，她的意思就是不指望他有辦法還錢。唉。但喜悅航空不可能永遠找不到他的行李，他會典當那些珠寶，然後把錢直接匯回珍阿姨的儲蓄帳戶，會趕在她的郵輪訂金付款截止日之前。這件事她沒明說，但卡麥隆知道錢就是從那裡來的。珍阿姨一直在存錢，準備去搭阿拉斯加郵輪，存了許多年了，那是她心中的夢幻度假。尾款得在八月下旬前支付，九月出海。卡麥隆就算要賣器官也會還錢給阿姨，絕不會讓她因爲他而去不了。

「你需要搭便車嗎？我可以載你。」埃略特第一百次提議。

「不用，我沒問題。」

「索維爾灣滿遠的耶，你搭巴士要搭一天一夜。」

「我可以在路邊紮營。」卡麥隆用諷刺的平淡語氣說。

「喂！」埃略特小跑步追上他。「我有個很瘋的想法。」

比地瓜做的假煙燻牛肉還瘋嗎？卡麥隆轉頭瞥向他。「啥想法？」

「我朋友有一輛露營車要賣，滿舊的，可是還很好開。你買下來，就有代步工具，也有地方可以睡啦。」

卡麥隆皺眉。事實上，這想法並不糟，但是……露營車？他八成買不起。他從口袋掏出手機，看看他的匯款應用程式：就在這裡，兩千美元。附註裡有個笑臉表情符號，後面接著一句警告：**不要亂買一些狗屎蠢玩意**💩

珍阿姨什麼時候學會用表情符號的？還有露營車算是狗屎蠢玩意嗎？應該吧。主要只是好奇，卡麥隆開口問：「他要賣多少錢？」

「不確定到底多少，兩三千吧？」

「你覺得一千五他會賣嗎？」

埃略特咧嘴一笑。「我應該可以說服他。」

殘而不廢

日落時分，索維爾灣的公共海灘上滿是黃道蟹。艾瑞克小時候的某年夏天，某個晚餐後他們一家去散步，艾瑞克發現一隻命運多舛的黃道蟹，有一側的後腳沒了，想當然，他堅持要把那隻螃蟹帶回家，還幫牠取名叫八腳艾迪，因爲牠本該有十隻腳，但少了兩隻。接下來的幾個星期，艾瑞克和威爾總盯著可憐的八腳艾迪在玻璃缸裡笨手笨腳地兜圈爬，腳下踩著他們從車道挖來鋪在缸裡的碎石子。托娃會留下馬鈴薯皮和櫛瓜丁，以便每晚餵食八腳艾迪。威爾還開車去了艾蘭德那邊的寵物用品店一兩次，買豐年蝦回來，八腳艾迪歡歡喜喜地把那些蝦子吞下肚。

以螃蟹來說，艾迪活了挺久，但某天早上，托娃發現艾迪動也不動，呈現爬到一半的姿態，那兜來兜去的眼球就那樣永恆靜止了。威爾把死螃蟹拎起來，準備扔到花園裡，就在那時，艾瑞克驚惶地從臥室跑出來，堅持要好好埋葬螃蟹。這孩子撲倒在地，抱住父親的腿，緊抓不放，好像那些用鍊子把自己綁在樹幹上的嬉皮抗議人士，矢志阻止眼前的不公不義。

艾瑞克手工製作的紀念碑至今仍端坐在花園裡，就在那些蔓生的蕨類下。「殘而不廢的八腳艾迪長眠於此」。

此刻，托娃在廚房裡一拐一拐，左腳套在那可笑的模製塑膠靴裡，心中前所未有地對那隻可憐螃蟹感同身受。要穿六個禮拜，雷米醫師說。當廢物六個禮拜，她會連大黃菜圃裡的蒲公英都沒辦法拔；要崩潰六個禮拜，她家的走廊踢腳板會蒙上塵埃；難以忍受的六個禮拜，水族館的地板將交到別人手上，不知泰瑞會找誰來補她的缺。

「你有四隻好腿呀。」她邊倒咖啡，邊對「貓咪」發表意見。「我可不可以借一條腿啊？」

「貓咪」的回覆是舔舔腳掌。

她還沒來得及啜飲一口熱騰騰的咖啡，門鈴就響了。

「噢，老天爺。」她努力移動到大門。

「托娃！」詹妮絲尖銳清晰的嗓音響起，透過窗玻璃傳進來。「不好意思來打擾，妳在家嗎？」

托娃不情願地轉開嵌鎖。

「啊，太好了。」詹妮絲說著，端著砂鍋燉菜匆忙走進來。她用她特有的平板語調說：「妳這禮拜沒來創意編織團喔。」

「是啊，我身體不舒服。」

詹妮絲嗤笑道：「最好是！」那種情景喜劇的說話口吻又來了。「發生什麼事啦？妳工作的時候摔到嗎？愛買家的伊森說的。」她把燉菜擱到托娃的廚房檯面上。

托娃感覺臉上的血液彷彿凍結。伊森？他怎麼會知道？

「呃，我沒有什麼意思，」詹妮絲開口，並防衛性地舉起一手示意，「但如果妳需要律師，我認識一個人。」她伸手拿手提包。「我這裡就有他的電話號碼。」

「詹妮絲，拜託，我只是扭傷而已。」

「很嚴重的扭傷。」詹妮絲打量那隻靴子。接著把她那條薄透的粉色圍巾解開，連同手提包一起掛在托娃廚房的椅背上，自個兒邊哼歌，邊捧起那鍋燉菜，端到冰箱前，開始這裡摸那裡弄地找空間冰東西。

「看看最下層可不可以。」托娃咕噥。

「啊哈！可以了。」詹妮絲把手拍乾淨。「那是芭芭做給妳的，好像說是什麼洋芋韭蔥之類的？她一直說這是她在網路上找到的食譜，說個沒完。」

「她對我眞好。」托娃跛著腳走向咖啡壺。「我煮咖啡好不好？」

「不行，妳坐著，把那隻腳抬高。」詹妮絲飛奔到她面前，攔截了玻璃水瓶。「咖啡我來煮。」

詹妮絲煮的咖啡總是偏淡，但托娃聽話坐下，只在詹妮絲量咖啡粉和水的時候忍不住盯著。

「那隻貓要餵嗎？」詹妮絲把她的圓框眼鏡往下拉，懷疑地瞥著「貓咪」；貓咪正駐足在托娃廚房小餐桌的椅子底下。這動作是貓咪想表示義氣相挺。

「謝謝，但他吃過早餐了。」托娃說。接著在詹妮絲還沒想到要煮東西之前，她又補一句：「我跟他都吃了。」「貓咪」翻身側躺，炫耀他新近得到的圓滾肚皮。那些砂鍋菜把他餵胖了，他胖胖的也很好看。托娃親暱地稱之爲「同情肥」。

「好啦，放輕鬆，我只是想幫忙。」詹妮絲把兩個熱氣蒸騰的馬克杯放到桌上，坐下來。「妳去看雷米醫師了嗎？」

「當然。」托娃沒好氣地回答。

「然後呢？」

「剛說了呀，就是扭傷。」

「妳工作要休息多久？」

「幾個禮拜。」托娃實話實說。她略過了雷米醫師要她做骨密度檢查的事。他警告她，以她現在這年紀，他可能不建議她再回去工作。**可能**不建議，他是這麼說的。話還沒說死，所以何必提呢？

「幾個禮拜呀。」詹妮絲複述這句話，懷疑地打量著托娃腳上的靴子。「總之，我來找妳是有一件事，除了要確認妳還……妳知道，妳還活著之外。」

「了解。」托娃小啜一口詹妮絲煮的咖啡，評鑑一番。可以再加一大匙咖啡粉，但滿好喝了。

「應該說有兩件事。」

托娃點點頭，等著。

「好吧，所以我要告訴妳的第一件事是，要是妳上禮拜二有來創意編織團，妳就會聽到瑪麗．安的大消息了，不過因為妳沒去……」

「什麼事？」

「她要搬去跟女兒一起住了。」

「跟蘿拉？去斯波坎嗎？」

「沒錯。」詹妮絲確認。

「什麼時候？」

「九月之前。她要把房子賣掉了。」

托娃緩緩點頭。「了解。」

詹妮絲摘下圓框眼鏡，從托娃的餐桌上拿了張餐巾紙，擦起鏡片。她瞇著眼睛看著托娃說：「這樣最好，妳知道，那房子的樓梯好陡，洗衣房又在地下室……」

「是，挺辛苦的。」托娃附和。瑪麗．安去年跌倒就是因爲地下室的洗衣房，她很幸運逃過一劫，只縫了幾針。「蘿拉接她去住眞是太好了。還有搬去斯波坎，眞是滿大的改變啊。」

「對，沒錯。」詹妮絲把眼鏡戴回去。「我們在計畫特別的道別午餐會，可能再過幾個禮拜吧，看她們進展多快。但妳一定會參加吧？」

「當然，我怎麼可能不去，就算一跛一跛也要去。」托娃說。她說的是眞心話。

「很好。」詹妮絲抬頭看著她，神情深不可測。「妳知道，瑪麗．安離開之後，我們創意編織團就只剩三個人了，總有一天，我們要問問自己，我們的長期計畫是什麼。」

托娃長長吸了口氣，努力想像只有她自己、芭芭和詹妮絲的話，創意編織團要怎麼運作。不再有瑪麗．安，以及她用烤箱加熱的市售餅乾。她們已經聚了幾十個寒暑。創意編織團已經像是呼吸般的習慣。

「嗯，這件事我們三個再聊囉。」詹妮絲站起身，將圍巾披到肩上。她的椅子刮過亞麻油地氈，發出聲響，讓看起來已經睡著的「貓咪」抬起頭，睜開一眼不信任地盯著瞧。「我得閃了，提摩西要帶我去艾蘭德那家新開的德州式墨西哥餐廳吃午餐。」

「眞好。」托娃說，並跟著詹妮絲一起走到大門。詹妮絲的兒子經常帶他媽媽出去吃飯。她想像他倆拿玉米脆片沾同一碗墨西哥酪梨醬的情景。

「啊！我差點忘記第二件事。」詹妮絲短笑一聲，轉過身來，從手提包裡掏出一支手機。「哪，這是妳的。」

托娃瞇起雙眼。「我沒有手機啊。」

「妳現在有了。」詹妮絲把手機推給她。「這是提摩西的舊手機，不是多好的機子，不過發生急事的時候可以派上用場。」她的眼睛下意識地掃向托娃腳上的靴子。

托娃不禁咬牙。「我解釋過多少次？我不需要手機，我休閒室裡就有一支很好用的電話，我不需要在皮包裡再帶一支電話。」

「托娃，妳需要，如果妳要自己一個人住在這裡，就會需要；更不用說什麼時候又要再回去水族館，自己一個人在那邊工作。要是妳再跌倒怎麼辦？我們大家談過了，大家都同意，妳需要一支手機。」

在長長的停頓後，托娃伸手，讓詹妮絲把手機放在她手心上。她低聲說：「謝謝妳。」

「好好好。」詹妮絲微笑。「我再讓提摩西打給妳，稍微教學一下。還有我會再聯絡妳，跟妳說瑪麗・安午餐會的事。同時呢，如果妳需要幫忙……」

「沒問題。」托娃在詹妮絲離開後將門鎖上。

晚餐會是洋芋韭蔥燉菜。芭芭並不以廚藝出名，但這道菜聞起來很美味，托娃透過烤箱門端詳，燉菜冒著泡，十足誘人。無論如何，她晚餐通常吃雞肉配米飯，能換換菜色她挺高興的。她一定要寄感謝信給芭芭。

計時器發出叮聲。托娃俯身，把熱氣蒸騰的燉菜從烤箱裡拿出來。她拿到一半，正小心翼翼用沒受傷的那隻腳踝站穩時，口袋裡突然有東西襲擊她。

滋滋！

燉菜摔到地上，油和起司四濺。**滋滋！**托娃在米色亞麻油地氈上往流理臺方向走了一步，靴子便滑落，她又摔倒了，撞到尾椎骨，一週內的第二次。

滋滋，滋滋，滋滋！

她把那該死的機子掏出來，只見小小條的螢幕上顯示有未知來電者。她不禁咬牙，把手機扔到一旁。

爲什麼大家就是這麼愛管閒事？

但現在她得想辦法站起來，這可不容易。她每次用力，腳就在那一片狼籍中滑動。手機躺在廚房另一側，像隻肚皮朝天的銀色甲蟲。就算她拿得到，也根本不知道該怎麼用。最後她總算想辦法把自己撐起來，坐到餐椅上。

「老天爺。」她咕噥著，用了數量荒唐多的餐巾紙抹掉手上的洋芋韭蔥燉菜。

晚餐吃雞肉配米飯。坐在沙發上吃，盤子擱在大腿上。跟威爾以前有時邊看球賽邊吃飯一模一樣。

「天哪，你看我們，墮落到這種田地，是不是呀，『貓咪』？」她摸摸他柔軟的前額，然後抓了遙控器，打開晚間新聞。

幾個說著話的人頭嗡嗡嗡談著股市和天氣，但托娃沒法專心聽。她的思緒仍盤旋在瑪麗·安的大消息上。瑪麗·安的結束已然開始，這是她人生最後篇章的第一個句子。沒辦法再自己生活了，倒退回孩提時的依賴。至少她女兒蘿拉還懂得要把她接去同住，而不是把她推給老人院。

芭芭會由住西雅圖的女兒照顧。而詹妮絲呢？她和彼得早住在提摩西房子的地下室套房了，妥貼塞在樓上兒子媳婦繁忙生活的底下。每個人遲早都得去某個地方。

男性平均壽命比女性少了幾年，托娃始終覺得這是天地不公。威爾的死直截了當，至少對威爾本人來說是這樣。罹癌、住院、治療：那一切是很苦。然而文書工作、保險理賠申訴，各種事情的安排也幾乎一樣苦。當時托娃獨自一人花了多少鐘頭，在深夜的餐桌前盡可能把一切弄好？哪天她的時日盡了，誰會來回報她的付出呢？或者那如洪水般的文書工作將直接消失在沒有繼承人的虛無之中？

她把那碗雞肉米飯放到茶几上（當然，她放了杯墊），然後走向壁爐架，腳上的靴子磨著地毯。她一手撫過壁爐架的光滑邊角，那是雪松材質，她爸爸手工打磨和染色的。這房子的骨架，都是爸爸執斧劈鑿而成，是舊世界的工藝，優秀的瑞典作品，能屹立好幾個世紀。但她自己還能屹立多久呢？哪天什麼東西將燒旺她衰老的餘燼？是狹窄的樓梯、不平的車道嗎？或是失手的砂鍋燉菜、灑了鮮奶油和馬鈴薯的濕滑地板？

大家會在發現她倒在廚房地上嗎？會叫救護車將她送醫嗎？誰會填寫夾在板夾上的入院表格呢？這些還只是起頭而已。

除非。

她在恰特村拿的那包文件。

或許填寫申請表的時候到了。

特餐

卡麥隆不是露營車的專家，但他相當確定這輛車是爛貨。他嘟嘟行駛在五號州際公路上，引擎嗒嗒作響，鬆弛的皮帶不斷呻吟。埃略特的朋友已經提醒他，車開起來會有點顛簸，甚至指了副駕駛座置物箱裡未拆封的備用皮帶給他看。至少卡麥隆把價格砍到一千兩百美元。

這或許是爛貨，但擁有一輛車立刻讓他感覺很好；即便是用珍阿姨那「不是借他而是給他」的錢付的。

卡麥隆剛花了他剩下約八百元裡的六塊錢，買了杯要價過高的拿鐵，現在他開在公路上，從西雅圖往北開了兩小時，朝目的地邁進。駕駛座椅墊的咖啡色布料刺刺的，還發霉，而且隔著衣服讓他的背部發癢起來。車子後面的床墊也好不了多少，無論是舒適度或氣味。昨晚在西雅圖南方某個有點像工業用的停車場，他把車停在最角落處休息，卻幾乎沒什麼睡。他還在輾轉反側時，聽到了輪胎壓過碎石子的聲音，他猛地起床，透過露營車的狹小窗子看著警車停下，在日出前的微光中，那輪廓錯不了的。他連滾帶爬地坐到駕駛座，夾著尾巴匆忙駛離。

在華盛頓州的第一晚過得不算太好。但今天是全新的一天。

根據剛剛看到的路標，再開三十公里就到索維爾灣了。再開三十公里就找到賽門．布林克斯了。八百美元能撐多久呢？一陣子吧，尤其現在他不必再花住宿費。撐到他找到老布林克斯，或者到圓筒行李袋重回身邊的時候。八百塊行得通的。

毛毛雨落在擋風玻璃上，而露營車的雨刷完全沒用，因此他俯身向前，瞇眼緊盯著濕滑蜿蜒的高速公路。接著，一堆剎車燈染紅了儀表板；前方出現壅塞車陣，他趕緊急剎。至少剎車還管用。他一邊龜步往前開，一邊用指頭輕敲方向盤，眼睛打量著青苔覆蓋的護欄和雜草蔓生的路肩。這裡一切都那麼綠。還有森林，碩大的常青樹木團團簇生，看著幾乎令卡麥隆覺得不舒服，彷彿替它們感覺到幽閉恐懼症似的。

還有十五公里，然後是八公里，然後是三公里。下了高速公路，那「歡迎來到索維爾灣」的標誌已然褪色生鏽。他直驅他所查到賽門．布林克斯的辦公室地址，但那卻是個不怎麼樣的空間，在公路旁的一棟小型商辦建築裡。牌子上寫著：布林克斯開發股份有限公司。看到停車場裡沒有其他車輛，卡麥隆有不好的預感。果然，大門鎖著。

好吧，現在時間還早，或許布林克斯和他的員工不是早起派的。卡麥隆也不是，這顯然是遺傳。

現在怎麼辦？也許去水族館看看？或許那裡有人知道布林克斯開發公司的辦公室什麼時候會開門。

水族館的金屬穹頂長了一條條的霉斑，還點綴著團團青苔和鳥糞，結痂似的。卡麥隆走過停車場，海鷗在他頭上盤旋，而這個停車場同樣空蕩蕩的，十分奇怪。他拉拉大門，發現門鎖著，才明白了原因。

「中午開館」，他喃喃唸著告示上的文字。當然囉。這地方怎麼回事？感覺無精打采的，或者該說死氣沉沉吧。他看著外頭空無一人的木板路。要是卡麥隆不清楚狀況，大概會以爲這附近有污水坑，因爲，那臭味啊。但其實只是岩石上的海草被烤乾的氣味。硫磺味，就像壞掉的雞蛋。碎浪一波波拍打著防波堤。

距離中午還有一小時，不長不短的眞討厭，要吃早餐太晚，吃午餐又太早，不過他可以喝杯咖啡。主街上有熟食店。

上坡時，他的露營車兩度險些熄火。他終於開上坡頂、鬆開離合器時，不禁鬆了口氣。

熟食店附屬於一家小型超市，超市看起來空無一人，走進來彷彿到了另一個時空。過了片晌，狹窄走道的某處沙沙作響，卡麥隆還半想像會看到哪個黑白電視時期的角色蹦出來。然而出現的卻是個紅鬍子、有點老的男人，腰間緊緊繫著一件綠色的「愛買家」圍裙，粗壯的胳臂扛著好幾袋他正在上架的泡麵。

「早，」他開口，「要幫你找什麼嗎？」

「有咖啡嗎？我以爲這裡是餐廳？」

「熟食店在前面，我帶你去。」他把那一袋袋泡麵放到地板上，堆成小山。

「我可以等，」卡麥隆朝那堆泡麵點點頭說，「我其實不趕時間。」

紅鬍子回頭對他說：「沒這回事，我叫坦納出來。」然後他片刻也不停頓地大喊：「坦納！」

在那迷宮般擁擠狹窄的走道某處，一個同樣身穿綠色愛買家圍裙的青少年現身了，他繃著臉，跟在他倆後頭，拖著腳走向店前面。

「就這裡。」紅鬍子說著，打開熟食區的燈。除了一絲漂白水味，還有吃過食物的味道，像胡椒和洋蔥，還有「漢堡排幫手」義大利麵調味包。這氣味令他想起以前的爛公寓，他搬去跟凱蒂同居之前住的地方，在那裡總能從走廊聞到鄰居晚餐吃啥。

坦納遞給他一疊護貝的單子。

「那是菜單。」紅鬍子說。其實根本不需要介紹。「你看完之後，就跟小伙子點菜。」卡麥隆瀏覽菜單。菜單的一角似乎被誰家的狗或幼兒啃掉了。「我來杯黑咖啡就好。」他說，儘管他的胃在咕嚕咕嚕叫。

「坦納，做一份特餐給他。」紅鬍子下達命令，卡麥隆還來不及反對，少年已經傻乎乎地點了頭，大步跑到後面。在視線外的廚房某處，平底鍋鏗鏘作響，設備嗡嗡運轉起來。紅鬍子俯身透露：「是煙燻牛肉起司三明治。」

這麼多煙燻牛肉是怎麼回事？他希望這家店的煙燻牛肉不是地瓜做的。「好吧。」卡麥隆猶豫地答應。

「店裡請客。坦納算新手啦，我一直想讓他在廚房裡多待一點時間，不過這陣子我們沒什麼受害者。」紅鬍子咧嘴笑，輕巧坐到對面的塑膠長椅上，一手摸著他那長了雀斑的光頭顱。

「我能陪你坐一會兒嗎？」

卡麥隆聳肩。

「我對外地人都特別照顧，待客之道呀。」紅鬍子眨眨眼。

「你怎麼知道我是外地人？」

「這裡每個人我都認識啊。」紅鬍子咯咯笑。「你哪裡來的？」

「加州。」

紅鬍子輕吹了聲口哨。「加州呀，別告訴我你是那種口袋很深、搞房地產的混帳，你知道，炒房的那種。」

對於擁有不動產這個想法，卡麥隆不禁發出空洞的笑聲。「嗯，不是啦，我只是北上來找……家人。」

男人把他的光頭一歪。「是唄？就想說你看起來好像滿眼熟的。」

卡麥隆精神一振。他怎麼沒馬上從這個角度想呢？紅鬍子大概六十幾歲吧，所以年紀比他爸大，但應該差不到十歲，而且他又是那種認識所有人的煩人傢伙。他自己說的。

「嗯，」卡麥隆說，「其實我是在找我爸。」

「他叫什麼名字？」

「賽門．布林克斯。你認識嗎？」

聽到這名字，紅鬍子睜大雙眼。「知道，但不認識，不好意思啊。」

廚房傳來砰砰砰的低音節拍，某一首卡麥隆聽過一百萬遍但說不出歌名的歌。年過三十就是這樣嗎？跟年輕人喜歡的音樂脫節？「蛾腸」最近的一場表演上，他注意到聽眾的年紀出奇地大。他們已經變成經典搖滾了嗎？

好吧，他們已經什麼都不是了。

紅鬍子聽到那聲音就皺起眉頭。「我要叫他把那亂七八糟的東西關小聲點。」他準備起身。

卡麥隆舉起一隻手示意無妨，對可憐的坦納油然產生了同理心。「沒關係，我不介意。」

「你們這些年輕人把那種噪音當音樂！」紅鬍子搖搖頭。

「呃，我覺得沒多難聽啊，而且我身爲『蛾腸』的主奏吉他手，很懂音樂的。」話一出口，他就後悔了，提起這件事有夠白癡。

「『蛾腸』？就是那個『蛾腸』嗎？」

「你……聽過我們嗎？」卡麥隆瞠目結舌。他們最後一首單曲的下載量只有一百次，而且他們都以爲那些全是戴爾酒館的常客，但或許紅鬍子也下載了。如果布萊德聽到有千里之外的人也在聽「蛾腸」的歌，保證嚇到挫屎，說不定還會求卡麥隆讓樂團再度合體。

紅鬍子嚴肅點頭。「我非常喜歡你們。」

「哇。」卡麥隆說；他這回是眞的說不出話來。

「噢，不要那種表情，現在我覺得很過意不去了。」紅鬍子的臉現在跟鬍子一樣紅。「我鬧你的。」

「噢。」卡麥隆說，臉頰紅燙燙的。

「所以你沒在說笑啊，『蛾腸』是啥鬼名字？」

蠢到家的名字啊。

坦納出現在他們的沙發雅座旁邊。「本店特餐。」他漠然地嘆口氣，放下一個橢圓餐盤，盤裡著條堆得高高的，而底下應該就是潛艇堡。聞起來美味得不可思議。

「還有咧？」紅鬍子抬頭瞪著坦納。

「還有……用餐愉快？」

「咖啡咧！」

卡麥隆舉起雙手。「嘿，沒關係啦。」

「誰說沒關係。」紅鬍子連鼻孔都張大了。「我們的客人點了黑咖啡不是嗎？快去！」然後他轉向卡麥隆說：「不好意思啊。」

坦納惱怒地走向廚房，估計是要去倒咖啡。卡麥隆希望那小子不會在咖啡裡吐口水。

「嗯，咖啡也免費招待，我走啦，讓你好好享用午餐。」紅鬍子輕巧地從沙發站起身。「祝你找老爸順利。」

卡麥隆離開超市，泛灰的光線使他不禁瞇起眼。怎麼陰天還這樣亮得刺眼啊？他摸索著口袋裡的雷朋眼鏡，或許正因如此，直到穿越愛買家停車場一半，他才發現露營車不對勁。車子往一側傾斜。

「不不不不。」卡麥隆呻吟著，匆忙繞到車尾，結果看到了他害怕的一幕：後輪完全扁了。「媽的！」他大吼，往輪轂蓋用力一踢，結果踢痛了腳大拇趾。

他痛得皺眉蹙額，坐到路邊。他剩下的錢叫完拖車、換完輪胎後就撐不了多久了。他又看了看手機，想看喜悅航空有沒有來電通知他關於行李的最新動態。但什麼也沒有，只有伊莉莎白傳來一則訊息：馬卡龍，一切如何啊？

「很慘，慘翻天。」他喃喃自語地回答。接著難堪的是，他看到紅鬍子站在超市前面，望向停車場這頭，他把手像遮陽帽似的撐在額前，泛紅的髫鬚給風吹得蓬鬆。

「你需要人手吧？」紅鬍子緩步穿越停車場，在卡麥隆面前停下，眞的伸出了他的手。

「對了，我叫伊森。」

「謝啦老兄。」卡麥隆搖搖頭，跟著他走回超市。

被囚的第1322天

我是喜歡指紋，但這有些超過了。

她已經三天沒來打掃，玻璃變得又霧又黏。地板糊糊的，覆滿腳印。這樣不好。

你知道我有三顆心吧？一定覺得挺奇怪的吧，畢竟人類和其他多數物種都只有一顆心臟。真希望我能因為有多個血管室而獲得更高的靈性地位，但可嘆哪，其中兩顆心基本上控制我的肺和鰓，而另一顆叫「器官心臟」，負責驅動身體的其他功能。

我很習慣我的器官心臟停止。我游泳時這顆心會停止運作，而這也是為何我通常避開大大的主水槽：因為需要一直游。爬行對我的循環系統來說溫和多了，而主水槽雖然滿是珍饈，卻有鯊魚在底部巡守。長時間游泳令我疲倦，因此你大概可以說，我很適合在小箱子裡生活。

人類有時會說「我的心跳停了一拍」，用以表達驚訝、震驚和恐懼。一開始我對此困惑不解，因為我每次游泳時器官心臟都會暫停，停許多拍。然而，那天清潔婦摔下凳子時，我沒有在游泳，心跳卻停拍了。

我希望她能康復，不只是因為玻璃髒了。

綠色緊身衣

那天是星期三，艾瑞克死的那晚。

一九八九年時，週三晚間是索維爾灣社區中心「爵士韻律課」的時段，而托娃幾乎從不缺課。在運動褲底下，她穿著一件翡翠綠的連身體操服，包裹著她三十九歲的纖細腰枝。威爾很愛那件緊身衣；他總說那衣服很襯她的眼睛。

就在那個星期三，她回到家，準備脫掉運動服裝，像平常一樣泡個澡，卻被威爾攔截了。白晝的殘餘日光照進臥室窗子，他倆沐浴在飄飄然的光線中做愛。當他們躺在光裸的床單上，威爾對她咧嘴笑著說：**妳想想，很快我們就可以整天獨享這棟房子了**。

艾瑞克本該在那年秋天去讀華盛頓大學。那天下午他人在哪裡？托娃至今仍不曉得。警方再三詢問，但她只能告訴他們，他應該在外頭跟朋友一起。他自然總是在外頭跟朋友一起，他十八歲呀。托娃早在幾年前就不再密切注意他錯綜複雜的社交活動了。他是個好孩子。非常好的孩子。

那個星期三，綠色緊身衣從未進到洗衣籃，一直掛在威爾和托娃客廳角落那張查爾斯頓椅的扶手上；威爾從妻子身上剝下緊身衣後便扔在那裡。隔天一早，威爾和托娃報警，通報艾瑞克去渡輪售票亭值夜班後沒回家，稍後索維爾灣員警來到蘇利文家，那時綠色緊身衣仍晾在原處，在整齊的客廳裡顯得礙眼，成了資料中非正式紀錄的一部分。

托娃仍記得自己在刑警們說話時盯著那件衣服。當時她仍覺得那一切不是眞的。艾瑞克是去了朋友家，睡在哪個人的沙發上，忘記打電話回家。好孩子偶爾也會這樣的，不是嗎？就算非常好的孩子也難免。

緊身衣在某個時間點給放進了洗衣籃。托娃想必洗了，否則還有誰會洗衣服？威爾當然不會洗。然而她記不得了，這件事遁入某種虛空中，一如艾瑞克確認失蹤、被宣告死亡後的許多事。

那張查爾斯頓扶手椅至今仍在，儘管事後幾年，托娃送去給人重新裝了椅墊。她選了藍綠色腰果花圖騰的布料，希望弄得活潑點。但不知爲何，即便椅子換上新裝，仍顯得陰沉。

等要搬家時，她首先就要處理掉那張椅子。

托娃從未想過成年後會繼續住她兒時的家，但話說回來，人生許多事都跟她所想的不同。爸爸蓋這間三層樓房子時，她才八歲。

中間那樓住人。挖進山坡裡的下層是地窖，用來存放蘋果和蘿蔔和一罐罐的北歐鹼漬魚。頂樓是閣樓，放她母親那些行李箱。

箱裡裝滿了托娃父母親捨不得留在瑞典的東西：一些不太適合他們在美國新生活的遺物。繡花床單；女家長代代相傳、已然被遺忘的婚禮瓷器；一些木箱和精心漆了紅黃藍色的小雕像。雨天下午時，托娃和拉爾斯經常爬梯子到閣樓，在光禿禿的椽子下玩耍。他倆在蕾絲花邊的桌巾上野餐，拿達拉木馬當客人，用有缺口的骨瓷杯上茶。

接著過幾年，某年夏天，爸爸決定該是時候把梯子改成樓梯了。他徵召他店裡兩個最好的助手來幫忙，他們從天亮做到入夜。早在那時，爸爸的身體已開始變差；托娃記得當時兩個年輕人往雪松木板上釘釘子，爸爸在一旁走廊椅子上休息的情景。

樓梯搭好後，助手塞爐渣棉到椽子裡邊，將地板拋光；同時爸爸則製作閣樓裡的設施，他建了一座娃娃屋在角落，又做了張結實的桌子放在另一角。他製作了兩把木頭椅，在椅腿上雕了開花藤蔓，椅背上各刻一串星星。

完成後，媽媽拿著掃把來了。一捆編織地毯原本捲起擱在角落，爸爸將上頭的蜘蛛網拍掉，鋪到完工的房間中央。托娃、拉爾斯、媽媽、爸爸，還有兩位助手，所有人一起站在地毯上欣賞那一切。屋頂窗很髒，陽光照不太進來；媽媽拿浸了醋的布一番猛攻，把窗子擦得閃閃發亮。

「好啦，」爸爸拍拍窗框說，「你們小孩子有適合的地方可以玩遊戲啦。」

但他們已經不是小孩子。拉爾斯已是青少年，而托娃也只小了兩歲。他們稍微使用了改造的閣樓，但沒多久，他們對遊戲室的興致便減弱了。托娃覺得爸爸沒能活著見到他倆將他辛苦打造的遊戲室拋到腦後，也算老天垂憐。

說真的，那應該會是孫子的遊戲室，但當然她和威爾不可能有孫子。

威爾和托娃搬回這間房子照顧媽媽時，艾瑞克年紀還小。托娃曾想把艾瑞克的嬰兒玩具捐出去，但媽媽當時堅持：留著以後給妳孫子玩吧。於是托娃將那些玩具塞進閣樓裡。

玩具在艾瑞克死後仍留在那裡。到現在仍在原位。

唯一改變的是屋頂窗。威爾換了窗子。艾瑞克死後幾年，威爾**出了事**。悲痛欲絕的人會出的那種事。托娃不喜歡想到那**事件**；那不是威爾的正常狀態。但說回來，痛失愛子後，哪件事能是正常狀態。

托娃很務實地說，新窗戶是那**事件**的結果。窗子更大，更明亮。現在，當她走向閣樓那端，就感覺彷彿能穿越玻璃、直接走到對面的樹頂似的。這確實是個美麗的房間，擁有絕佳水景。

有回，她和威爾跟一個房仲見面，單純先聊聊。

「不可思議，」房仲用誇張的語氣說，「這整棟房子都不可思議，誰知道這裡面藏著一棟這樣的房子！」

是真的。房子隱身山坡上，藏在陡峭石頭車道盡頭，車道旁長滿黑莓樹叢，大家就算開車經過也可能不曉得旁邊有一棟房子。

房仲用指尖撫過樓梯扶手，對著閣樓高聳的橫梁柔聲讚嘆，那些橫梁如大教堂內結構一般高高矗立、光可鑑人。房仲從閣樓的置物架上拿起一輛缺了個輪子的玩具車。艾瑞克的車。她說：「當然啦，我們上架前，要把這些東西都處理掉。」

他們決定不賣了。

那輛玩具車現在仍在原位。托娃拿起車子，塞進睡袍口袋。

這一次，情況不同了。

托娃準備上床睡覺時已經很晚了。「貓咪」在床罩上睡著，縮成一小團，側腹輕柔起伏。

她小心翼翼地拉開被子，不想吵醒貓。她暗自微笑。她從未想到自己會跟動物同床共枕，但她很高興有貓咪作陪。

她漂流到一個奇異的世界，是夢，該是夢才對，但她沒辦法完全確定，因爲一切感覺那麼平凡尋常。在夢中，她就躺在這張堅固的床上，兩手環抱著自己，接著，手臂開始變長，像嬰兒的襁褓般包裹住她。手臂上長著吸盤，百萬個小小的吸盤，一個個都在吸著她的皮膚，而手臂越來越長，圍成了一個繭，四周幽黑寂靜。一股強烈的感覺席捲而來，過了片刻，托娃才意會到，那是解脫的感覺。大繭溫熱柔軟，而她隻身一人，恬然自得。最後，她向睡眠臣服。

不是光鮮亮麗的工作

卡麥隆坐在伊森家的餐桌前，不確定自己是否該待在這裡或是哪裡。伊森剛打了電話給一個在拖車公司開車的朋友，那傢伙似乎沒多樂意，但仍幫卡麥隆把露營車拖到伊森家這裡，放在車道上，沒收錢，卡麥隆大概謝了他一百萬次。爆胎仍需要處理，但至少他沒困在超市停車場走不了。

然而這些事花了好幾個鐘頭才處理完，這時已經五點，想依原先計畫回到布林克斯開發公司是不可能了。

「確定我車子停這裡沒關係嗎？」

「只要你早上別太吵。」

「我不算是早起的人。」卡麥隆笑著回答。

至少他今晚不用擔心要去找哪個陰暗的停車場過夜了。他又啜飲一口威士忌，感覺雙肩略微放鬆下來。這是他離開莫德斯托以來，幾乎是第一次感到放鬆。

「說老實話，我很高興有伴哩。」

「我也是。」卡麥隆附和。雖然伊森說不認識賽門．布林克斯，但他還是可能幫得上忙；他似乎認識這裡的每個人。這裡的人之間說不定還不到六度分隔？就算是布林克斯那種有錢人偶爾也需要去買個牛奶吧。

卡麥隆突然有個想法。一個絕妙的想法。「伊森。」他鼓起勇氣說。

「怎麼啦？」

「愛買家有缺人嗎？」卡麥隆隔著桌子，俯身向前。「我的意思是，你可以僱用我嗎？」

伊森似乎考慮了片刻。

「我可以做收銀。」卡麥隆這輩子從來沒用過收銀機，但會有多困難？「上架、擦桌子，都可以。」

「這個嘛，抱歉啦，但我們沒那麼多工作可以做。」伊森搖搖頭，「除非我把坦納炒了。」

卡麥隆十分氣餒，乾了手中的酒。「嗯，沒關係。」

「但如果你想找工作，我可能有點頭緒。」伊森又給他倒了杯蘇格蘭威士忌；琥珀色的液體迴旋沖入酒杯，散發溫暖醉人的氣味。「如果你想，我可以幫你聯絡。」

卡麥隆一手握拳，枕著下巴。該死的露營車輪胎。伊森那開拖車的朋友蹲下檢查輪胎時，吹了聲口哨低嘆。說是輪圈裂了，輪艙彎曲之類。不妙。他幾年前弄壞過他那輛舊吉普車的輪圈，修理就花了好幾百美金，更別提現在他的行李還沒找到，還要把郵輪的錢還給珍阿姨。他需要生出錢來。

「那算是工友啦，」伊森補充說明，「不是什麼光鮮亮麗的工作。」

「沒問題啊，」卡麥隆抬起頭說，「你可以幫我牽線嗎？」

「其實咧，我家裡就有應徵表格，我兄弟給了我一疊，讓我放在超市的熟食櫃檯上發。」

伊森站起身，邁步走出廚房，又轉過頭來大喊他馬上回來。

沒多久，他回來了，手上揮著一張紙。

「我現在就填。」卡麥隆拿起桌上的一枝筆。

伊森臉上緩緩綻放笑容。「哎，我推薦，你穩上的，小伙子，所以我們來喝個過癮，你說怎麼樣？」

隔天早上十點四十五分，卡麥隆回到水族館，這回大門開了。顯然伊森一大早就打了電話給他那位「兄弟」，然後十點鐘就用力拍打露營車的門，把卡麥隆從沉睡中挖醒。伊森睜著明亮的綠色眼睛，他倆昨晚熬夜，但他似乎完全不受影響。他說得興高采烈，要卡麥隆一小時後到水族館面試。

「記好了，他的名字叫泰瑞，算是那種魚類書呆子，但他老兄人好得不得了。」感覺伊森解釋了不下十次。「你就放輕鬆，我確定他會當場錄用你。」

結果這個在辦公椅上轉來轉去的傢伙並不是卡麥隆想像的那種魚類書呆子，說他像美式足球中後衛還差不多。他正在講電話，但仍朝卡麥隆點頭，意思是請進來。

他用嘴形說了聲「抱歉」，然後轉回去繼續講電話。

卡麥隆在門口徘徊，進退兩難，不想偷聽談話，又想聽從指示。他可不能在面試一開始就藐視命令。

魚類書呆子壓低嗓音說：「托娃，聽好了，我要說的跟妳上次打來的時候一樣：如果妳的醫生說六個禮拜，那我堅持妳就休足六個禮拜。」話筒另一端不知回應了什麼，使他沉下臉來，眉頭緊皺。「好，好吧，四個禮拜，然後我們再評估。」又一陣停頓。「會，我當然會確定他能勝任。」

停頓。

「是，我知道垃圾桶周圍會有碎屑。」

停頓。

「是，我會確保他用純棉，尼龍會在玻璃上留痕跡，知道了。」

停頓。

「好，妳也保重啊。」他說到這裡，語氣摻進幾絲溫柔，而他說起話來抑揚頓挫，帶著輕微口音，可能是加勒比海地區的，但卡麥隆其實也沒去過加勒比海地區。

魚類書呆子長嘆一口氣，掛上話筒，搖搖頭，然後站起身，伸出一隻手。「我是泰瑞·貝利，你是來面試的對嗎？」

「對啊。」卡麥隆想起了伊森告訴他的話，站直身子說：「我是說，是的，長官，是工友的職位。」他把應徵表格遞向辦公桌另一端。

「很好，很好。」泰瑞坐回位子，開始瀏覽那張文件。卡麥隆也坐下，突然對自己寫的一切感到十分後悔。他和伊森把那瓶威士忌喝了大半瓶，伊森向他保證，他怎麼寫都沒差，自己的推薦包準有效。

或許他倆喝得太過癮了。

泰瑞皺起眉頭說：「你曾經負責『海洋世界』的水槽維護嗎？」

「對。」卡麥隆點頭。

「你還參與建造『曼德勒灣』的鯊魚水槽？是……拉斯維加斯那家嗎？」

「對啊。」卡麥隆感覺自己嘴角抽搐了一下。太超過了嗎？

泰瑞的語氣頓時冷淡下來。「『曼德勒灣』的鯊魚展覽是早在……什麼時候，在一九九四年吧我想？」

「對，超棒的九十年代，老兄。」卡麥隆輕聲笑著，想表現得若無其事。

泰瑞並不買帳。「你那時候根本還沒出生。」

卡麥隆是一九九〇年出生的，但向泰瑞指出這一點似乎不怎麼聰明。因此他決定說：「對，所以有一部分可能是我誇大了。」

「好吧，謝謝你花時間來，你可以走了。」

卡麥隆抬起頭，訝然發現這句話強而有力地刺穿了他。

「我是認眞的。」泰瑞的語氣冷漠。「你在浪費我的時間。」

「等一下！」卡麥隆開口，他被自己可悲的懇求語氣嚇到了。但那個該死的輪胎；珍阿姨的郵輪，他絕對需要弄到錢，而且要快。他指著應徵表格說：「好吧，這些都不是眞的。」

「不然呢。」

「伊森說你會覺得很好笑。」

泰瑞嘆氣。

「但是，老兄，你聽我說，」卡麥隆說，「我現在遇到難關。我可以修東西、當工友，不管你需要什麼都可以……我有很多年建設領域的工作經驗，我在加州那裡幫有錢人蓋豪宅。」

他沒補充說明他被解僱了無數次，不過他擔心這件事已經不言而喻。

泰瑞往後靠，雙手抱胸，挑起一邊眉毛。這是「好吧，我聽聽你怎麼說」的通用代碼。

卡麥隆殷切地往前靠。「我貼過的卡拉拉大理石多到你無法想像。不管你需要人做什麼工作，我都能做，我保證。」

泰瑞盯著應徵表格良久，久得誇張。最後他總算抬起頭。他瞇起眼說：「我不在乎什麼加州還是卡拉拉大理石，我也不喜歡你這些花招。」

卡麥隆打量自己放在大腿上扭絞在一起的雙手。怪的是，眼前這狀況就像以前在看臺底下偷抽菸、被叫進校長室責罵一樣。這八成是他應得的，就像那時一樣。

泰瑞繼續說：「你知道，我當年要申請美國的大學那時，標準化的測驗成績沒那麼好，可是我很懂海洋生物，我真的懂。我是在京斯敦外海的一艘漁船上長大的。」他移動那凌亂桌面上的一疊文件。「我知道我想來這裡學習海洋生物學，而且很多人在我身上賭了一把來讓我實現這個夢想。」

卡麥隆抬頭瞥向辦公桌後面裱框的文憑。**以最優等成績畢業**。看起來，泰瑞不只是個魚類書呆子，他算是魚類天才吧。

「所以你……想要給我一次機會嗎？」

「其實不想。」泰瑞打量著他，眼神銳利。「我覺得你是那種有過很多機會的人，你甚至沒意識到那些是機會，但你都辜負了。」

一箭穿心。

「總之，我會給你一次機會，但不是因為我覺得你值得，只是給伊森一點小恩惠。我前陣子跟他玩撲克牌，讓他輸得慘兮兮，這件事他一直叨唸個沒完。」泰瑞輕笑一聲。

「謝謝你，長官。」卡麥隆說著，坐挺身子。「我不會讓你後悔的。」

「你不想知道這份工作的內容到底是什麼嗎？」

「我以為是工友。」伊森肯定提過卡麥隆的建設工程經驗吧，他想像的畫面是他在修補屋頂和漏水的水龍頭等等。

「呃，對，剁魚餌、洗桶子，諸如此類的。」

「好。」魚餌，能有多糟呢？而且再怎麼說，就做到他的行李出現，或等他找到賽門・布林克斯就好了，看哪個比較快。當然，他可不會向泰瑞提這件事。

「時薪二十美元，每週二十小時。」

卡麥隆在腦裡計算一番，樂觀的情緒頓時下沉。扣掉稅金和露營車的油錢，就算他可以吃伊森從超市帶回家的過期食材來省錢，他也得做到夏天結束才能還珍阿姨錢。夏天結束就來不及繳她的郵輪訂金了。

「我說，如果你願意讓我做，我可以做更長的工時。」卡麥隆說。

泰瑞舉起雙手、指尖相碰，若有所思地停頓片刻，然後說：「小子，你乾淨（clean）嗎？」

卡麥隆反射地低頭看看自己的上衣，也許他早該在伊森家把這件衣服洗一洗。然後他才意會過來，泰瑞指的是什麼。是他的……紀錄。

「呃，算乾淨啊，有兩三次不當行爲啦，有一次啊，酒吧快關門的時候，我——」

泰瑞搖搖頭。「不是，我的意思是，你會打掃（clean）嗎？像是會拖地嗎？」

「噢。」卡麥隆考慮片刻。「呃，會啊，當然會。」

「那我可以給你更多時數，晚上的時間，只不過呢，」泰瑞帶著嚇阻意味地豎起一根手指說，「這部分是暫時的，我只是要找人來幫正職的清潔婦代班幾個禮拜。」

「沒問題。」

「還有，卡麥隆．凱斯摩爾，你聽清楚了，伊森．馬克給人的求職建議或許不怎麼厲害，但他是我非常要好的朋友，我是看在他保證的份上才給你這個機會。」

「了解。」卡麥隆點頭。

「不要讓他失望了。」

卡麥隆等待伊森來接他的時候，漫步走在長堤上。正午陽光在海面上灑了閃亮的銀色條紋。一群玩立槳衝浪的人撥出許多小漣漪，一圈圈往碼頭方向推送。

他手指摸到口袋裡的門禁卡。以前從沒有哪個老闆會把鑰匙交付給他。他掏出門禁卡，拍了張照片，背景是大海，然後把照片傳給珍阿姨。

在他按下傳送的同時，一通來電進來了。卡麥隆旋即認出這個號碼；他這禮拜撥打了大概有一千次，還留了六七通語音留言。他按下綠色按鈕，心跳加速。

「我是卡麥隆。」他用那種談公事的語氣說。

「你好。我是布林克斯開發公司的約翰・賀爾，我從索維爾灣辦公室打來。」嗓音帶著倦意。「你留了好幾通留言，請問有什麼事是我可以幫得上忙嗎？」

「有啊！」卡麥隆吸了一口冷冽的空氣。「我的意思是，有，我想跟布林克斯先生約見面。」

「恐怕現在沒辦法。」

「爲什麼？」

「布林克斯先生大部分時間都在他的西雅圖辦公室上班，我建議你試試去那裡聯絡他。」

「我試了啊！」說得好像卡麥隆會沒想到似的，那是他們該死的官網上的電話號碼耶。「他們說他沒空。」

「這樣啊，那我想他就是沒空。」約翰・霍爾用平淡的語氣說。

「可是他怎麼能沒空！」卡麥隆討厭自己開始出現哭腔，就像他求凱蒂別把他的東西扔出窗外時一樣。「拜託你，是很重要的事。」

在電話那頭，約翰・賀爾正翻著文件之類的東西，遠方還傳來火車喇叭的聲音，卡麥隆敢發誓他在碼頭這裡聽到了同一班火車的聲音。他怎麼能距離這麼近，卻又如此遙遠呢？

最後賀爾總算開口問：「請問你剛說你是誰？」

「我是卡麥隆・凱斯摩爾，是他……他的家人。」

「了解，那好吧。」賀爾停頓了頗長的時間後，用小心翼翼的語氣說，「你可能知道，每年這時候，布林克斯先生都會去他的避暑別墅。」

「避暑別墅？在哪？」

賀爾笑出聲來。「我不能直接把他的地址給你。或許你有**其他家人**可以告訴你地點。」

卡麥隆在腦中理解完這句話時，電話已經掛了。他頹然跌坐在一張長椅上。他到底要怎麼找到某棟度假別墅啊？

他正準備把手機放回口袋時，看到了珍阿姨回覆的訊息：一個香檳的表情符號，後面接著一句：卡寶，我以你爲榮。

被囚的第1324天

泰瑞找了新人。換掉那位老婦人，升級成年輕人，用你們人類的說法大概會是這樣。

他去面試的途中經過我的水槽。他肩膀聳向耳垂的位置，手掌汗濕：顯然很焦慮。他離開的時候，步履輕盈放鬆，我看得出面試很成功。

他走路的樣子令我覺得……很熟悉。真希望我還有更多機會研究，但他太快就離開這棟建築。我想我很快就會有機會，或許今晚就可以。

一天都不嫌早。昨晚，我繞過彎道，去看黃道蟹是否在蛻殼，因為殼還柔軟的時候最美味。然而說實話，地板的狀態令人心驚。我重回水槽後，花了一番工夫才將吸盤間隙沾上的污垢摳除。

希望那個年輕人今晚就上工。黃道蟹還沒蛻殼，但明天就會開始。我不怎麼樂意再踏上那噁心的地板一次。

至於先前的清潔婦，我只能推測她不會回來了。我會想念她。

受傷的生物讓人招架不住

卡麥隆覺得脊椎像是被人用球棒痛毆過似的。剁碎整桶整桶的鯖魚魚餌，然後把桶子在整棟水族館裡拖來拖去可不是開玩笑。他的下背陣陣抽痛，左肩胛骨下面有個煩死人的結節，還有他的頭每次往右轉的時候，脖子就會喀嗒作響，而且這狀況經常出現，因爲露營車副駕駛座那側後照鏡壞了，他必須常常轉頭看。

床墊也是問題來源。卡麥隆睡了幾晚後終於受不了；露營車先前的車主應該是把床墊當成小便斗吧。昨晚，陳年的尿味臭到他把床墊拖出去，扔到伊森家的車道上，他寧可睡在油膩膩的夾板上。當時半睡半醒的他想，能有多糟？結果呢：相當慘。他老了，畢竟也三十歲了。

至少輪胎和輪艙修好了。只花掉他八百元裡的七百。假設他的行李沒有奇蹟般出現，他只能靠最後一百塊錢苦撐了，直到他領到水族館的第一筆薪水，也就是這週五。還有三天。

他最後一次右轉，又弄得脖子喀嗒作響，他痛得臉都扭曲了。他駛進索維爾灣的主要商業區，這裡有一條淒涼的小商店街，伊森說的房仲辦公室就在商店街中段。他在店門前停車，走過一座停車收費錶，但那機器古老到看起來不可能還在運作。他拉開店門，無精打采的鈴聲響起，宛若電池沒電的小孩玩具。

「需要幫忙嗎？」房仲是個中年婦女，一頭漂金的頭髮，細長臉，面無表情。

卡麥隆自我介紹，並解釋他想找賽門・布林克斯。

房仲笑出聲來，搖搖頭。「我的意思是，我看過他的廣告，但沒辦法說我認識他。」

「他做房仲業，妳也做房仲業，妳完全沒辦法幫我聯絡上他嗎？」卡麥隆低頭瞥瞥桌上的名牌。**潔西卡．史奈爾**。「可以的話就眞的是幫我大忙了，潔西。」

「是潔西卡。」她冷淡地說，而視線在空蕩蕩的辦公室裡飄移。牆上釘著某家戶外活動專門店贊助的月曆，已經翻到八月，上面印著划艇上有個長長的人影，在霧濛濛的湖面上揮出魚竿。現在才七月第二週而已，過早翻面的日曆不知為何令他超受不了。

「拜託妳？」卡麥隆露出和善的微笑，雙手合十。「我眞的必須找到他。」

房仲瞇起眼，一張臉皺成沒好氣的模樣，她那薄透如紙的肌膚太容易起皺，像他的舊棒球手套一樣。她調整一下眼鏡說：「你說你是誰？」

他挺直身子，重新說了自己的名字，並在猶豫幾秒後，補了一句：「我是布林克斯的兒子。」

「兒子？」

「應該是，或者，有可能是啦。」卡麥隆抬頭挺胸。「我的意思是，我有充分的理由相信他是我爸爸。」

潔西卡．史奈爾挑起一邊眉毛。

「明確的證據，我有明確的證據。」

「那我就不懂你為什麼還需要我幫助了，」這房仲聳肩道，「問你其他家人不就好了嗎？問你媽啊？」

「我媽在我九歲的時候拋棄了我。」

「天哪，太慘了。」她雙眼略微睜大，下顎線條放軟。徹底上鉤。顯然他現在是那張照片裡的釣魚客，而她是等在湖裡的孔雀魚。

「我其實也沒有其他家人，妳知道嗎？」卡麥隆說著，在背後交叉手指祈禱。珍阿姨肯定能理解吧，這種狀況下，稍微扭曲一下事實也是不得不。

潔西卡．史奈爾點點頭，流露出同情的眼神。

「所以沒錯，我從來沒見過我爸，」卡麥隆繼續說，「我媽不讓我們相認。」呃，這也是事實，不是嗎？她在卡麥隆身邊的九年之間，大可告訴他一些關於他爸爸的事，任何事。而那之後的任何時間點，她也大可聯絡上他，至少試著修補她搞砸的一切，至少讓卡麥隆有機會問她這個問題。所以，沒錯，卡麥隆說的是事實。這件事就像其他諸多事情一樣，就是他媽媽的錯。而且，從隱喻的角度來說，確實**就是**他媽媽讓他們父子失散；假如她沒那麼糟，或許賽門（或不管是哪個人，假如他爸爸不是照片中那傢伙的話）就會留在他們母子身邊。

潔西卡咬著她薄薄的下唇，很快打量了一下左右兩邊，好像準備做一件壞事似的。「你看這樣行不行。去年啊，我沒辦法去參加區域大會。」她氣憤地澄清說：「我的意思是，我本來有辦法，我甚至在名單上了，但後來我女兒有鋼琴獨奏會，雖然說那個大會是這地區最大的貿易展覽會，但這些事情就是很難取得平衡，你懂嗎？」

卡麥隆堅定地點頭，彷彿他對這個兩難的處境深有同感。他低頭，看到潔西卡的辦公桌上有個陶瓷紙鎮，是隻長相嚴肅的綠色大青蛙，底座用俏皮字體寫著：**這裡不吹肚皮**。珍阿姨肯定會喜歡這隻。

房仲再次推推眼鏡。她爲什麼不把眼鏡調整得符合臉型呢？用精密螺絲起子弄很容易的。

她接著說：「對，所以這個大會，我沒去，但我確定布林克斯去了，就我所知，那些是他的生命啦，他很愛免費酒吧，謠傳啦。」她伸長小指和拇指，假裝露了底牌的樣子。

那隻「不吹肚皮」青蛙的渾圓背部蒙著一層灰，卡麥隆硬是忍住想用手指去摸的衝動。他再次點點頭。

「總之，他們把出席名冊寄給名單上的所有人了，我可以查到他。」

「說眞的，很感謝妳，這對我來說意義重大。」卡麥隆笑得更燦爛些，潔西卡的臉頰微紅起來。

「你坐，給我一分鐘，我去把名冊挖出來。」

潔西卡的身影消失在後面小房間裡，而卡麥隆坐下。他腦中開始播放這樣的場景：身著剪裁考究西裝的灰髮男子招手示意他走向光可鑑人的桃花心木吧檯，並叫來酒保。「你該過好日子了，兒子。」男人如是說，將一隻手肘靠在光潔的吧檯上，並拍拍身旁的椅子，上頭鋪著潔淨無瑕的酒紅色皮革，不像戴爾酒館的硬板凳，都給永久磨上了髒兮兮的屁股印。男人對卡麥隆露出溫暖笑容，左邊臉頰上有個跟他一樣的酒窩，而卡麥隆感覺身體裡彷彿有東西在冒泡，即將滿溢出來。他花了好段時間才意會過來，那是混合了喜悅和寬慰的瓊漿玉液，濃烈醉人。金黃色液體無聲注入兩只酒杯，或許是干邑白蘭地，或是像伊森請他喝的那種頂級威士忌。酒液傾洩在特大號的冰塊上，而男人伸出手，準備慈愛地拍拍他的背，就在這時——

叮咚！

他猛地轉頭張望，只見一個女孩站在房仲辦公室門口，拳頭緊握，秀髮濕透。她非常辣，很可能是他在索維爾灣看過最有魅力的人。不知為何，那怒氣沖沖的表情使她更加性感。

女孩吆喝：「潔西！」她那種又煩又火大的樣子，讓卡麥隆覺得這狀況不是第一次發生。

他一邊欣賞著這個闖入的女孩子，一邊得意自己猜對了那房仲的小名。

他用拇指往後頭房間一指。「她在裡面。」

「喔，那你知道她什麼時候會出來嗎？」她的聲音透著不耐。她雙手抱胸，把小巧但很挺的胸部擠向圓領背心的領口，卡麥隆立刻發覺自己在椅子挪動起來。他是怎樣，才十二歲嗎？但說真的，他離開凱蒂已經三個禮拜了。

他咬咬牙。「不知道，很快吧？」

「她去做什麼？」

「呃，服務我啊？我是……客戶啊？」

女孩大笑出聲，朝他走過來。她身上有防曬乳的味道。「你是她客戶？」

「為什麼不可能？」

「哦，不曉得耶，可能因為潔西卡．史奈爾都賣好幾百萬的房子吧？你比西雅圖海鷹隊打到第四節的體育館廁所還臭，而且你下巴還沾到咖啡色的東西——為了你好，我真的希望那只是巧克力。」

卡麥隆趕緊抬起手去擦，腦裡想起早餐吃的巧克力蛋白棒。露營車裡根本沒啥能照的鏡子，他哪會知道啊？

「好啦，我不是來買豪宅的，但潔西在幫我一個忙。」

「隨便。」她咕噥。她伸手撫過自己的濕髮，然後將鬈髮從脖子上撩開，露出繫在後頸的粉紅色比基尼綁帶。

女孩把下巴轉向後頭房間的方向，再次吆喝：「潔西！」

「老天爺，艾芙莉。」潔西卡從走道那端闊步走來，表情又回到那張渾然天成的臭臉。

艾芙莉一點也不拐彎抹角。「妳又亂調熱水了。」

「我把儲水桶的溫度調冷了。」

「是想要多冷，副北極嗎？」

「我只是想節省水電費。」

「我寧願多給天然氣公司幾塊錢，好過在沖澡的時候凍死！」

女孩。**淋浴**。卡麥隆努力在腦中召喚別的畫面，隨便什麼都好，最後想到了威利納活動屋營區的披衣菌感染。

潔西卡．史奈爾雙手往後腰一扠。「這個嘛，大部分人不會在他們的營業場所洗澡。」

「噢，拜託，」艾芙莉說著，發出尖銳的笑，「妳知道我早上都會玩立槳，然後沖個澡再開店。我剛剛差點凍死。」

潔西卡．史奈爾抬起下巴，用鼻孔看著那年輕女生。卡麥隆現在已經推斷出來，那女孩應該是隔壁店的；他記起曾看過那裡有家衝浪店。潔西卡發出嗤聲說：「租約可沒保證無限供應熱水。」

「我想租約都假定鄰居應該是文明人。」艾芙莉望向卡麥隆，懷著希望，像是期待他會英勇地替她出頭。

但房仲潔西卡手上拿著那張紙：一張路線圖，通往他那或許怠忽了親職的父親。他聳聳肩，誰也不偏袒。

艾芙莉瞪了卡麥隆一眼，然後怒視潔西卡。「隨便，總之多的錢我付，妳把水開熱一點。」然後她身上傳來一陣椰子香味，接著又一次粗魯的開門鈴噹聲響，她氣沖沖地衝出去，砰一聲甩上店門。

「抱歉啊。」潔西卡緊張地笑笑。

「沒事。」

「嗯，好消息，我找到賽門．布林克斯的地址了。」她遞來文件，柔聲補了一句：「祝你好運，我會替你祈禱的，希望你跟爸爸快樂團圓。」

卡麥隆再次感謝她，便將文件塞進口袋。

「那是巧克力啦。」卡麥隆在人行道上漫步一小段距離，走到艾芙莉身旁；她正架起一個A型招牌架，在那家不知是衝浪店還是什麼店的門外。

「什麼？」她瞇眼看著他，舉起一手遮擋明亮的早晨陽光。

「我臉上咖啡色的東西啊，那不是大便，是巧克力。」

「感謝你通知我。」她用冷淡到不行的語氣說。

「呃，妳剛剛好像很關心我的狀態啊。」

「OK。」她拍拍手上灰塵，大步走向敞開的店門。店面窗上裝飾著醒目的標誌：「索維爾灣立槳衝浪店」。他跟著她走進店裡，映入眼簾的店面一側是一排排衝浪板，高而厚實的板子排得整整齊齊，另一側牆邊則疊著塑膠划艇和獨木舟。

「我的意思是，我不是怪人。」他又再強調；但他此刻所作所爲就像個怪人，而且他似乎停不下來。還有那個該死的床墊！他身上大概眞的有尿味。他後退一步，站得離艾芙莉遠些，她背對著他，穿著一件完美合身的毛邊短褲。

她轉過來面對他，面無表情。「你有什麼想買的東西嗎，還是……？」

「我逛逛可以吧。」

「好，你就逛吧，但不要把東西弄壞了。」

「是怎樣，我是三歲小孩嗎？」

艾芙莉嗤笑。「你臉上沾滿巧克力，身上聞起來像尿褲子，是事實就接受啦……」

「好啦，我什麼東西都不會碰，妳可以讓妳老闆放心，商品不會被我玷污。」

「我就是老闆啊。」她把頭一歪。「這是我開的店。」

卡麥隆張開嘴巴，卻意外想不出回嘴的話。她的年紀不可能比他大多少；他名下只有一輛噁爛的露營車，她卻擁有一家店。

「聽好了，我知道你這種人。」這時她的語氣變得尖銳，兩手緊緊交叉在胸前。「我不曉得你的目的是什麼，不過你要潔西，好爲了讓她幫你，我看得很明白。」

「妳幹麼要在意？妳們兩個又不是什麼好鄰居。」

「我在意是因爲我受不了玩弄別人的人。」艾芙莉上下打量他。「而且你到底是誰？我從來沒在附近看過你。」

「我只是想讓那個房仲幫我。」卡麥隆說，接著停頓幾秒後又補了一句：「我在找我爸。」

「啊。」艾芙莉的聲音稍稍溫柔了些，雙手也放鬆，垂到身體兩側，讓卡麥隆更能好好欣賞她那小而美的胸脯。她深吸口氣。「對不起，我不是故意一開口就攻擊人；實在是我今天一大早就被澆了滿頭冷水。」

「我完全懂那種感覺，眞的。」卡麥隆微笑，艾芙莉又軟化了些。他自我介紹，她伸手跟他握手。他鬆手時，該死的脖子又發出那種骨頭相碰的喀啦聲。

艾芙莉聽到聲音，瑟縮了一下。「天哪，你還好嗎？」

「嗯，應該沒事吧，昨天晚上沒睡好。」話才出口他就後悔了。年過三十後搭訕可以講這種臺詞嗎？抱怨背痛？當然，他沒多說他不適的源頭是一輛全世界最噁心的露營車。太陽在半晌午的天空中繼續爬升，暖和的陽光灑進商店窗戶。卡麥隆想到他今早出門前應該用水管把床墊沖一沖的；今天這麼熱，搞不好床墊就乾了。爲什麼這種事他在當下總想不到？

「所以是落枕，我有東西可以治，你等一下。」艾芙莉閃身到櫃檯後，兩秒後跳出來，遞給他一小罐東西。是某種藥膏，盒蓋上貼著亮橘色的價格標籤：十九．九五美元。「這是純天然的，」她解釋，「每次我立槳玩太久，痠痛的時候都擦這個。」

卡麥隆感覺自己一邊眉毛挑了起來。花二十美元買一罐有機凡士林。他勉強微笑一下說：「謝謝，但我不用。」

「免費送你的。」

「眞的，不用啦。」

「你就收下可以嗎？」艾芙莉咧嘴大笑，把小罐子推給卡麥隆。「受傷的生物最讓我招架不住了。」

一陣子後，卡麥隆走出那家店，脖子上塗滿了要價不菲的油膏，而且手機裡已經輸入了艾芙莉的電話號碼。

卡麥隆把車停進車道時，伊森正坐在他家前廊上。卡麥隆朝房子走去，心知肚明自己臉上掛著大大的傻笑。

「剛才有人打電話找你，」伊森開口，「好像航空公司打來的？留了一支號碼，要你到家的時候回電。」

「謝啦伊森。」卡麥隆心跳加速。是他的行李袋。幸好他上次追蹤進度的時候把伊森的市內電話新增到他的案件資料裡；最近他的手機電池大概只能撐兩秒吧。之前想換手機根本不可能，但現在他裝著首飾的行李快到了，加上又有工作，他可以去看看今年春天出的新款了，那款有六個鏡頭還是啥的手機，大概有煮晚餐的功能吧。

他一臉的笑意止不住，低頭上了露營車，撥打電話。

「喜悅航空行李服務。」接電話的是位女性，聲音聽起來一點也不喜悅。

卡麥隆報了案件編號。「所以我的行李什麼時候會送到呢？」

「請稍等，先生。」她敲著鍵盤，感覺像是過了一小時那麼久；鍵盤聲透過他的手機喇叭迴盪出來：喀噠、喀噠、喀噠、喀噠。她在寫長篇小說嗎？最後她總算開口：「對，我們是找到你的遺失物了。」

「很好，妳需要我的地址嗎？」

「先生，恐怕你的東西在那不勒斯。」

「……是佛羅里達州的那不勒斯市嗎？」

「是義大利的那不勒斯。」

「義大利？」卡麥隆的嗓音高了八度。「喜悅航空有飛義大利嗎？」

「先生，請稍等……我查一下資料。」不知爲何，女人敲鍵盤的聲音現在聽起來更有侵略性了。「啊，我知道發生什麼事了；你的東西不知道爲什麼被轉給我們一家歐洲合作夥伴。」她低聲吹了口哨。「哇，眞的很糟糕，就算以我們的標準來說。」

「對，是吧？」卡麥隆竭力保持語氣冷靜。「所以我怎樣才能拿回行李？裡面……有些……很重要的東西。」

「先生，我們都建議乘客在托運前要拿出貴重物品——」

「但我那時候沒有選擇啊。」卡麥隆爆發了。「登機口的人叫我把隨身行李托運，其他一百萬個乘客的行李也是，因爲你們的機艙置物櫃跟火柴盒一樣小，設計你們飛機的人到底知不知道一般的行李箱通常多大啊？」

停頓許久後，專員開口了。「先生，我必須把你轉給我們歐洲合作夥伴的辦公室，他們會指派一個新的案件編號。我現在就可以開始文書工作，然後把你轉接過去。先請問您貴姓呢……」

碑文和筆

托娃的一天開始得很早。她有許多事要完成。

首先，她驅車前往市區，把車停好了。這絕非易事，因爲有一輛巨大的破爛露營車停在房仲辦公室和隔壁的立槳衝浪店前面，占了兩個車位，擋住了視線，害她看不到來車。倒不是說週四上午九點的索維爾灣市區會有多少來車，但小心駛得萬年船呀。

她心緒不寧地再次怒視那輛笨重的露營車一眼，然後拖著腳走向目的地。她走進門，潔西卡．史奈爾好奇地歪頭。

「蘇利文太太，有什麼事需要我幫忙嗎？」

「對，沒錯。」托娃冷靜地複述了她已經事先排練過的說法。三十分鐘後，她離開這間辦公室時，已約好讓潔西卡當天下午到她家初步視察。

接著，她沿著街區走，來到銀行。申請入住恰特村需要一張銀行本票和她的帳戶餘額證明。托娃想，這是要確定她負擔得起吧。她眞希望他們能相信她說的話：她的財務不是問題。她在索維爾灣社區銀行的帳戶一直很穩健，母親遺產留給她爲數可觀的金額，這些年來幾乎未曾動用。托娃的開銷向來不多。

她拉開銀行大門，走進大廳，大廳一如往常，散發新鮮墨水和薄荷糖的味道。就在這時，她想到拉爾斯去住恰特村，肯定把他從父母那裡繼承的一半遺產花得差不多了，那個律師後續跟她討論的剩餘資產不過數百美元。實際上，拉爾斯死時身邊就只剩一件浴袍。有那麼個片刻，她猶豫了。恰特村推廣的實在是一種奢華的生活方式，那不是她的作風。但至少那裡乾乾淨淨。再說，拉爾斯在那裡住了超過十年，月費累積起來才會如此可觀。

「謝謝你，布萊恩。」她對銀行出納員說。出納員把本票遞給她，隱約抬起一邊眉毛。布萊恩的父親西薩爾從前常跟威爾一起打高爾夫；不知道布萊恩是否會打電話跟爸爸說今天的這筆交易。

她決定別去在意。這類事情免不了的；大家就是會說些什麼。索維爾灣的人總會說些什麼。

她的下一站是詹妮絲．金的家。詹妮絲的兒子有一部高級的電腦掃描器，托娃今早打電話去詢問能否借用，詹妮絲立刻答應了。

「妳這樣沒問題吧？」詹妮絲壓低眼鏡，狐疑地打量托娃那隻靴子。托娃鮮少臨時登門造訪。

「當然沒事，爲什麼這麼問？」托娃保持語氣平穩。申請入住需要她的駕照影本，但托娃講起這事時沒提這文件的用途。

詹妮絲幫忙她掃描駕照，並示範該按印表機的哪些按鈕。印好後，詹妮絲問：「要不要留下來喝杯咖啡？」

托娃已料到這點，早把詹妮絲喝咖啡耽誤的時間排進行程表了。

一小時後，托娃離開金家，驅車南下前往艾蘭德。如果開州際公路，只要十分鐘車程，但托娃一如往常選擇走小路。半個鐘頭後，她來到史諾霍米須郡電話簿中列入「可拍護照照片」的一家連鎖藥局。申請入住需要兩張護照照片，托娃從未申請過護照，因此沒有這種東西。

一個覺得自己工作無聊至極的年輕女子將托娃帶到一面白牆前，並指示她摘下眼鏡，她無異議地照做，把眼鏡抓在手裡，相機閃爍兩次，她瞇著眼直視鏡頭。

「一共十八塊五十美分。」店員說著，遞給她一張對摺的紙片，裡頭夾著兩張方方正正、毫無笑容的照片。

「十八塊？」

「和五十美分。」

「老天爺。」托娃從手提包裡抽出一張二十元鈔票。誰想得到兩張小不啦嘰的照片貴成這樣？

然後她要辦最後一件事，回到索維爾灣北端的費爾悠紀念墓園，從艾蘭德開來要近一個鐘頭。午後這時很是美麗，天空晴朗無雲，雙開的大門在蒼穹下敞開，如同展臂歡迎一般。一條步道繞著墓地草坪蜿蜒前行，柔和的弧線呈之字形，毫無直線，彷彿設計的人故意讓漫步路線盡可能柔和。精心修整的草皮完美無瑕，圈著一塊塊如出一轍的墓碑。

她在草皮上跪下，用手描著墓碑上的雕刻，光滑碑石沐浴在七月的炙熱陽光下，讓手指也暖呼呼的。**威廉・派崔克・蘇利文。生於一九三八年，卒於二〇一七年。人夫、人父、人友。**

當年托娃將這碑文交給費爾悠紀念墓園的專員時，那女人竟問她確定不加點內容嗎；她解釋，這個方案最多可用一百二十個字元，托娃才用了一半。然而有時候，簡單就是美。威爾是個簡單的人。

威爾的墓碑旁邊是艾瑞克的。那時托娃並不想設墓碑，是威爾堅持要。他們在這裡紀念艾瑞克，在這片綠草如茵的空地上，只是他的身體從未上岸，這事始終令她心裡很彆扭。但墓碑就這樣端坐於此，上頭用花哨過頭的字體寫著：**艾瑞克．厄尼斯特．蘇利文**。威爾不知找誰來弄的，那人甚至沒認真把艾瑞克的名字寫好；艾瑞克應該有第二個中間名，是托娃的娘家姓「林格蘭」。她老幻想著要把艾瑞克的墓碑偷走，扔到碼頭盡頭，但當然，人不能做這種事。

這一排的第三塊墓碑沒寫字，是留給她的。恰特村的申請書裡也有一系列關於後事的問題。心願、喜好等等。應該是除了法律安排以外的補充說明，托娃猜想。當然，她已經在文件裡表明了自己的喜好，但假如有人設法堅持要辦儀式怎麼辦？她完全可以想像芭芭會做出這種事。托娃必須在離開前設法跟她討論這話題。立個標誌無妨，但她不想要儀式。

草皮另一頭傳來說話聲。她轉過頭去，只見柯瑞奇老太太正漫步從步道另一端走來。天哪，這位老太太也九十好幾了吧；但她看起來走動還挺靈活的。她今天帶了曾孫女一起來，一個小馬似的女孩，一雙腿像編織棒針一樣又長又直。

她倆經過時，女孩開口說：「哈囉，蘇利文太太。」柯瑞奇老太太則點點頭，與托娃四目相接的時間恰好足以傳達她同情的眼神。

「妳好。」托娃應道。

女孩纖細的手臂勾著個籃子，兩人往前走了六格停下，布置了野餐，她們坐下安頓好的同時，托娃聞到了熟食店雞肉的味道。接著兩個女人就跟家裡死去的男主人閒聊起來，對她們與工整草皮和冰冷灰墓碑說話這件事毫不難爲情。與空氣的單向對話。

托娃從未對著威爾的墳說話。何必呢？他疲憊的病體已在地底化爲塵土，無法聽聞了。那罹癌的肉身無法回應。她也沒辦法效仿瑪麗．安．米涅提。瑪麗．安把丈夫的骨灰甕放在家中壁爐架上，每天跟他說話，她總說「他在天上可以聽到我說的話」，而托娃僅點頭表示同意，只因這樣能帶給朋友安慰，而且也沒傷害到誰。眼前柯瑞奇祖孫的情況也是如此，那麼爲何當她們與死者閒扯、彷彿他跟她倆一起坐在紅白格毯子上啜著檸檬水，托娃會巴不得自己能隱形起來呢？

凡事都是一回生二回熟吧。兩位柯瑞奇女士最後終於起身離開時，午後日光把她倆身影拉得老長，而那個曾孫女疲憊地揮揮手道別。托娃得咬牙把她來這裡要做的事做了。她把注意力集中在威爾的墓碑上，舔舔嘴唇，低聲說出一句話來：「老公，我要把房子賣了。」

她用一根手指輕撫墓碑，彷彿這動作可能讓她的眼睛流下淚水。

當晚，潔西卡．史奈爾前來參觀完，托娃吃了復熱的燉菜當晚餐，然後整理起申請書和她收集好的各種文件。

十分鐘後，她又開車上路了。因爲她看申請說明的第一行就碰上難題：**請用黑筆填寫**。所以今天的任務又多了一件：得買枝對的黑筆。她試了家裡所有能寫字的筆，確定那些都不是眞正的黑色；在嚴謹的人眼中，最接近的那幾枝其實也只是深灰色。

「托娃！親愛的，晚安哪。」伊森．馬克從愛買家的熟食區大聲招呼；他在那裡擦桌子。

「嗨，伊森。」

食品雜貨區的正前方就是生活百貨展示區，筆也在這裡。她看了一下選項：要鋼珠筆或簽字筆、中性筆或原子筆呢？

伊森把抹布塞進圍裙口袋，晃了過來，進到收銀臺後方就定位。「妳受傷的腿怎樣啦？」

托娃靠在枴杖上。這根枴杖是她的讓步。「跟預期一樣康復中，謝謝你。」

「太好了！現代醫學很棒對吧？妳可以想像在穴居人的時代嗎？扭到腳踝可能就被丟下餵恐龍了！」

托娃挑起一邊眉毛。他認眞的嗎，恐龍從來沒跟所謂的穴居人或任何人類共存過，恐龍跟人的年代相隔了六千五百萬年。但話說回來，或許伊森從未有機會學到這些。一如所有養過小男孩的母親，托娃在艾瑞克年幼時接受了關於恐龍的完整教育。她的借書證還一度被圖書館凍結，只因爲艾瑞克借了太多恐龍書籍。

伊森動動雙腿，顯得窘迫。「好吧，要我幫妳找什麼東西嗎？」

「我要買黑筆。」

「筆？我才不會讓妳付錢買枝筆！哪，給妳。」他從耳朵上面拿出一枝筆，那筆先前想必藏在他濃密毛躁的紅髮底下。「不過我不記得這枝是藍筆還是黑筆了。」他在收銀機旁的一張紙上一陣亂塗，想把墨水畫出來；他聚精會神，舌頭微吐。

「謝謝你，但我要買這些，我也很樂意付錢。」托娃把一包兩入的經典原子筆放在收銀臺上。

伊森的筆聽話了，在紙上畫出亂七八糟的筆跡。「呃！反正這枝也是藍筆，不過給妳沒關係，當備用嘛，筆這種東西不嫌多！」

托娃輕笑。「恕我不同意！威爾還沒走之前，經常從餐廳和銀行櫃檯拿筆回家，我們家的雜物抽屜裡永遠滿滿的筆。」

「是唄，不意外，這些年來他也從熟食區拿走過一兩枝原子筆，我都睜隻眼閉隻眼；他以前每個禮拜會來這裡幾次，吃個三明治，看看書，但我相信妳也知道吧。」

托娃的笑容僵住好一段時間，彷彿不確定該不該消失。最後，她和氣地回答：「是啊，他很喜歡出門透透氣。謝謝你沒有因為筆的事去報警。」

伊森拍拍手。「他是個很好的人，威爾．蘇利文。」

「是啊，沒錯。」

「好吧。」伊森的語氣讓托娃聯想到開始塌陷的舒芙蕾。「我猜妳絕對不需要這個。」他把原本給她的筆塞進圍裙口袋。

「謝謝你的好意，不過我的表格特別註明要用黑筆寫。」

「表格？」伊森臉色一白，語氣登時變得警惕。「親愛的，是什麼表格？」

「是申請書。」她鎮定地回答。

「我就知道！」伊森啪啪啪說個沒完，「妳要去了，搬去那個……老人院。托娃，親愛的，那個地方！那裡……不適合妳。」

「你說什麼？」

伊森吸吸鼻子。「我的意思是，那地方配不上妳。」

「恰特村是全州數一數二的養老機構。」

「但索維爾灣是妳的家啊。」

托娃驚恐地發現自己眼眶發熱，刺痛起來。她咬緊牙關，硬是將淚水壓了回去。她鎮定地解釋：「馬克先生，我是個務實的人，這也是務實的解決方法，我不年輕了，我現在，嗯……」她的目光飄向那隻靴子，伊森也跟著往下看，托娃敢發誓她看到他一臉大鬍子底下的下巴在顫抖。她伸手按著他長了斑的前臂，粗硬的汗毛扎得她手心發癢。他的皮膚暖得驚人。

「伊森，我又不是立刻要搬走。」嚴格說來，這是真話。還得等些時間，房子才能賣掉，還要等待恰特村審核她的銀行證明、要價十八美元的照片，以及黑筆填寫的表格。

伊森只回了聲「是」。

「而且這也是正確的安排，」她又補了一句，「否則誰要照顧我呢？」

這問句在空氣中懸宕了許久。最後伊森開口：「好吧，這是重要的申請書，那妳不能用這種筆。」他對著那包兩入的筆點點頭。「這種筆是垃圾。」他的手指在商品之間搜索一番，拿出另一種包裝，這款有著更閃亮的標誌。「哪，這是筆裡面的勞斯萊斯。」

「那我就拿這款吧，謝謝你。」

「別客氣，親愛的。」

她清清喉嚨問道：「多少錢？」

他拍了拍手。「我說啦，我不會讓妳付錢買筆的，店裡請客。」

「不行不行。」這是本日第二回，托娃從手提包裡抽出一張二十元。「你再結帳吧，零錢你留著，當作答謝你的推薦，謝謝。」

「妳想感謝我的話，」伊森脫口而出，「也許哪天跟我一起喝杯茶吧。」

托娃愣住。「喝茶？在這裡嗎？」她視線掃向熟食區。

「呃，不是，不要在這裡，說老實話，這裡的茶很難喝，不過如果妳想，在這裡也行；這部分我其實還沒想清楚。」伊森咬了下唇，厚實的手指往收銀機上直敲。「去別的地方喝吧？還是別喝了，當我沒說，什麼垃圾想法。」

「不是垃圾想法。」聽到自己說出這樣的用語，托娃十分吃驚。詹妮絲就是這樣養成情境喜劇的說話方式嗎？她還來不及懸崖勒馬，已經脫口而出：「當然我們可以找個時間喝茶，或是喝咖啡。」

伊森搖搖頭說：「你們這些愛喝咖啡的瑞典人哪。」

托娃感覺自己滿臉通紅，想著是否該拿他的蘇格蘭人身分來開玩笑，但還沒想到該說什麼，他已經遞給她一張紙條，就是他剛才畫過的那張紙；他在背面用藍筆寫下自己的電話號碼。

「親愛的，妳再打給我吧，我們再約，趁妳還沒……離開之前。」

托娃點點頭，低頭走出了愛買家，內心訝異自己竟突然難以正常呼吸。

這會兒已是十點多，天空中的最後一點日光終於消逝。在返家路上，托娃心血來潮轉了個彎。

良心使我們成爲懦夫

卡麥隆眨眨眼。他皺著臉，揉揉太陽穴，想必是他跌倒時撞到了桌子，太陽穴陣陣作痛。他用衣服擦掉血跡，然後報復性地往那壞掉的梯凳踹了一下。如果他想要，他八成可以把這間水族館告到脫褲子。設備維護不周、職業傷害……但假如有人要他解釋他爲何進來這裡，又該怎麼說呢？

「你。」他一邊站起身，一邊怒視著那隻生物說。那東西動也不動，蹲踞著，彷彿一隻巨無霸版的狼蛛。剛剛卡麥隆試著用掃帚柄把章魚趕回水槽，牠往上爬，躲進了水槽上方架子最角落，躲在一堆管子、罐子、泵浦零件之間。這會兒他又拿掃把戳向那生物，並對他說：「老兄，你有什麼問題啊，我是想幫你耶。」

牠碩大的身體上下起伏，就像在嘆息。至少牠還活著，但大概撐不了多久了。章魚離水後可以存活一陣子（以前某個自然頻道上有一部紀錄片講過），但這隻章魚已經上岸將近二十分鐘了，這還是從卡麥隆發現牠試圖溜出後門的時候算起。稍早卡麥隆用東西頂著後門，沒關上。

應該要有人警告他展覽的生物可能會逃出來才對。應該說，這種事根本不該發生吧？像這種觀光型水族館，水缸安全可靠應該算是合理的期待吧？說眞的，這讓他對那些在中央大水缸裡盤旋的鯊魚開始感到不安了，尤其現在他的頭還在流血。鯊魚隔著玻璃能聞到血的味道嗎？

「來啦，兄弟。」他央求著，頭仍陣陣抽痛。剛才那隻東西試圖勒住他的手腕，之後他便戴上手套。他調整手套，又把掃帚柄伸上去些，希望這樣章魚就能……能怎樣？像消防員溜滑桿那樣順著滑下來嗎？但他不能放任那個頑固的蠢蛋就那樣死在上面，但他也不想再碰到牠了，就算隔著手套也不要。牠看起來像是想殺了他。「出來，快，回你的水槽啦。」

一隻觸腕的尖端抽搐著，十足挑釁，推動兩個薄薄的金屬罐頭，摔到了地上，撞得哐啷響。

這會害卡麥隆被炒魷魚的。一個人一輩子能被解僱多少次？應該要有法定上限次數吧。他背後傳來輕巧的喀嗒聲，然後是一個女人的聲音，顫抖但清晰。「嗨？誰在裡頭？」

他手裡掃把差點掉了。他轉過身，只見門口站著一位嬌小的女性，小得不得了：她至多只有一百五十公分出頭吧。她上了年紀，或許比珍阿姨老些，可能六七十歲了，身上穿著一件紫色襯衫，左腳踝上包裹著步行支架。

「噢！呃……哈囉，我只是在——」

婦人倒抽一口氣，尖銳的聲音打斷了他的話。她看到了蜷縮在高處架子上的生物。

卡麥隆扭著雙手。「對啊，所以我只是想幫——」

「借過，親愛的。」她擠開他，走上前去。這會兒她的聲音低而輕，不復見一絲驚懼。她飛快上前，速度超乎他的想像，她那把年紀了，又套著那靴子，卻三個箭步就穿越房間。途中她看了看那把壞掉的凳子，搖搖頭，接著以令人難以置信的姿態爬到桌面上，並站直身子，她的臉幾乎跟章魚等高。

「馬塞勒斯，是我呀。」

章魚從角落略微往外挪，眨著那隻詭異的眼睛端詳她。這位太太是誰？再說她又是怎麼進來的？

她點點頭，鼓勵道：「沒關係的。」她伸出一隻手，而令卡麥隆震驚的是，那生物伸出一隻觸腕，繞上她的手腕。她重複道：「沒關係的，現在我要幫忙把你弄下來，好嗎？」

章魚點點頭。

等等，不，不可能，章魚眞的點頭了嗎？他揉揉眼睛。**這裡的通風管道會吹出幻覺劑嗎？**這樣今晚的一切就合理了。

章魚纏著嬌小婦人的手臂，沿著置物架爬行，女人則一瘸一拐地沿著桌子長邊走著，哄著。她一讓那傢伙爬到空蕩蕩的水槽上方後，就對卡麥隆點頭。「麻煩打開蓋子，好嗎？」

他照她的話做，滑開蓋子，敞開到最大。

「進去吧。」女人低語。

那生物撲通一聲跳回水槽中，冰冷的鹹水四濺，卡麥隆反射動作地顫抖轉頭。他再轉回來時，章魚已經消失無蹤，只有水槽底部牠巢穴外圍的那些石子有些翻攪。

女人蹲低身子，桌子吱嘎作響，卡麥趕緊隆衝過去，抓著她的手肘，扶她下到地面上。

「謝謝。」她拍掉雙手的灰塵，調整一下眼鏡，打量起他。「親愛的，你受傷了嗎？那割傷要處理一下。」她拖著腳走過去，撿起她進門時扔在地上的錢包，翻找一陣子，然後遞給他一塊OK繃。

卡麥隆揮揮手打發她。「沒怎樣啦。」

「胡說，快拿去。」她很堅持，語氣聽起來毫無商量餘地。他接過ＯＫ繃，拆了包裝，將霓虹粉色的ＯＫ繃貼到太陽穴上。這什麼德性。呃，反正今晚除了伊森他也遇不到別人。

「很好。」她點點頭，然後用平穩的聲音說：「好了，結束了，那你能不能解釋一下剛剛這裡發生了什麼事？」

「我什麼也沒做！」卡麥隆用手指戳了一下水槽。「那東西逃走，我是想把牠弄回水裡好不好。」

「他的名字叫馬塞勒斯。」

「好啦，那個**馬塞勒斯**想要詐，我是想幫他。」

「拿掃帚攻擊他是幫他嗎？」

他嗤之以鼻。「又不是每個人都是章魚溝通師，我的意思是，我已經盡力了，要不是有我，那隻章魚現在已經游到海中央了。」

「什麼意思？」

「我的意思是，我發現他的時候，他正要從後門溜出去。」

老婦人不禁張了嘴。「天哪。」

「對啊。」或許他們不會解僱他，或許他們會幫他加薪。畢竟要是沒有他，他們就得換隻新的章魚了。一隻北太平洋巨型章魚要多少錢？八成不便宜。

老婦人的語氣尖銳起來。「後門爲什麼開著？」

「因為我在倒垃圾啊？妳知道吧，我是在工作啊？沒人跟我說不能把門頂著。」

「了解。」

「但從現在起我會把門關著。」

「對，聰明。」

她講到最後這句話時，卡麥隆已經不自覺站挺身子。為什麼她感覺像是他老闆一樣？還有她來這裡幹麼？他最好弄清楚。他最不需要的就是讓泰瑞怪他在值班時放個不知哪來的老太婆跑進館內。他再次仔細打量她。她體重不超過三十五六公斤吧，看起來不太像竊賊。此外，她和那隻章魚有一段歷史，也許她是退休的海洋生物學家，或志工，銀髮族服務之類的。

「可以請問妳來這裡做什麼嗎？」他盡可能問得客氣些。「我的意思是，妳看起來人很好，不過這裡不該有其他人來，他們沒跟我說會有人來。」

「天哪，當然，我肯定嚇著你了，對不起。我是托娃・蘇利文，清潔工。」她指指腳上的靴子，薄薄的嘴唇彎出一抹緊繃的微笑。「受傷的清潔工。」

「啊，很高興認識妳。」他嘴上這麼說，心裡想的卻是**該死**。這個孱弱嬌小的婦人跟他做一樣的工作，而他卻做得這麼勉強，感覺就像跑了馬拉松一樣累？已經兩週了，他每天下班後雙腳依然痠痛。他接著說：「我是卡麥隆・凱斯摩爾，現在的清潔工，或嚴格來說，是臨時清潔工啦。希望妳的傷勢還好，泰瑞錄用我的時候，說妳應該會休息幾個禮拜。」

「我還好，是出了個愚蠢的意外。」托娃視線稍稍瞥向那壞掉的梯凳。「卡麥隆，我很高興泰瑞找到你。在我看來，你的技能很足夠。後來因為一些不相干的原因，我可能得休比原本預期更長的時間，這樣安排或許挺好的。」

卡麥隆停頓片刻，消化資訊。在這裡多做一陣子也不是什麼世界末日。已經兩個禮拜了，跟剛來這裡的時候比，他找賽門・布林克斯的事毫無進度。潔西卡・史奈爾給他的聯絡資訊一定是舊的，因爲卡麥隆打電話去的時候，那個號碼已經停話。「嗯，太棒了，這工作不差啊。」

「這工作很好。」托娃笑道，但笑容緊繃，彷彿壓抑著悲傷。

好吧，她人是好，但哪個腦袋正常的人會這麼喜歡拖地和刷地板呢？他侷促地動動雙腳。「所以……妳就是有時候沒事來逛逛嗎？」

「我是來看馬塞勒斯的。」她壓低聲音。「還有我知道我這樣請求可能不恰當，畢竟我們幾乎不認識，不過我希望你守口如瓶。」

「爲什麼？」該死。這事最後還是會讓他跟泰瑞之間有麻煩。

托娃深吸口氣。「先說，我是不能容忍說謊的，但馬塞勒斯挺喜歡晚上出來遛達，雖然直到今天晚上我才知道他想離開水族館。」她皺眉。「這件事我完全不曉得，也讓人傷腦筋。但他會出來散步的事我已經知道好一陣子了，他異常擅長逃離水缸。」

「然後其他人都不曉得。」卡麥隆點點頭，開始理解了。

「應該說沒人確定，泰瑞是起疑了。假如他確定有這回事，肯定會出手的。」

「譬如說他會把水槽上面釘死嗎？」

托娃點點頭。「那樣馬塞勒斯會崩潰的。但我擔心的是更糟的狀況。馬塞勒斯已經老了，卡麥隆，而且一隻會亂跑的章魚是累贅。」

她真的在暗示他所想的事情嗎？泰瑞這個魚類書呆子會處死他的動物嗎？真殘酷。但假如章魚在白天跑出來，鎖定某個來校外教學的小朋友怎麼辦？這位太太說累贅大概沒錯。他雙手抱胸。「馬塞勒斯是妳的朋友。」

「對，我想是吧。」

「妳爬上去救他的時候，一點都不怕他。」

托娃嘖一聲說：「當然不怕！他很溫柔的。」

「呃，妳那樣還是滿強的。」

「謝謝你稱讚。」

她稍微低頭看了一下地板，又抬起頭望著他，她那雙澄明的眼眸灰中帶綠。「所以？就當這是我跟你的祕密好嗎？」

卡麥隆猶豫了。可以肯定，假如泰瑞發現他是同謀……不管共謀的是啥事，這份工作肯定完蛋，而還錢給珍阿姨的希望也會破滅。還有找賽門．布林克斯的事呢？完蛋中的完蛋。他不能被解僱。這次不能。

但一想到這位可愛嬌小的老太太會失去她朋友，他就非常難受。還有那隻章魚用那古怪、人類般的眼睛怒視著他的模樣，以及安樂死的威脅……他聳聳肩。「好，就當祕密。」

「謝謝你。」她頷首道謝。

卡麥隆撿起剛剛扔掉的掃帚，再把壞掉的梯凳推到牆邊，等待別人之後修理。「良心使我們成為懦夫，是吧？」

她頓時怔住。「你說什麼?」

「良心使我們成爲懦夫。」他感覺自己的臉漲紅起來。爲什麼他總會在聊天的時候不小心掉書袋啊?他開口解釋:「很無聊啦,就莎士比亞寫過的一句話,那部作品是——」

「《哈姆雷特》,」她輕聲說,「我兒子以前很喜歡那部作品。」

要料到會有料不到的事

對於從瑞典來的那趟旅程，托娃只剩支離破碎的記憶，畢竟那時她年僅七歲，而拉爾斯也不過九歲。從烏普薩拉搭火車出發；在一家子住的哥特堡飯店裡與父親拘謹道別；他要提早幾週先搭飛機到美國，好將大家的文件和住宿安排妥當。那飯店有厚實的純白床被單，帶著薰衣草香氣，桌上擺了架電視；在等待啓程日到來的期間，托娃和拉爾斯天天看上好幾個鐘頭的電視。飯店大廳有一間餐廳，供應用無柄高腳杯盛裝的巧克力布丁；有回拉爾斯吃了太多，鬧肚子疼，還嘔吐在白床單上。她記得在一九五六年一個陽光燦爛的五月早晨，當司機放他們下車時，碼頭邊停靠的「瓦德斯塔納蒸汽號」看上去就像個巨大的灰色千層蛋糕。兩個月後，他們抵達緬因州的波特蘭，在那裡的公寓住了兩年，然後再次離開家園，搬到華盛頓州，來到索維爾灣。表面說法是要跟一些遠房親戚住得近些，不過托娃是從未見過那些所謂的親戚，他們自始至終都只有一家四口。

搭遠洋客輪的那幾個禮拜在托娃腦中幾乎是一片空白，挺可惜的，因爲那八成是她這輩子所做過最冒險犯難的事了。

她對瓦德斯塔納蒸汽號船上的日子只有少數幾個清楚的回憶，其中包括「海象」先生。他當然不是眞叫這名字，但托娃和拉爾斯都這麼喊他。他兩邊嘴角垂著長而灰的八字鬍，渾像一對長牙。

海象先生愛打牌。晚餐後在起居室裡，當拉爾斯拿著玩具兵在紅天鵝絨卡座沙發上排排站時，海象先生就努力哄托娃和媽媽玩「金拉米」。一開始媽媽說女生不應該參與撲克牌遊戲，但最終她屈服了。在玻璃燈昏暗光線下，托娃學會玩金拉米、傷心小棧和二十一點。有時候，海象先生會狡猾地眨眨眼，在洗牌時穿插些撲克牌花招，激她猜他手指夾著哪張牌，然後翻牌證明她猜錯，接著又從衣領或袖口下拿出她說的那張牌。

每當小托娃沉下臉，氣自己又被耍了的時候，海象先生會咯咯笑著說：「孩子，永遠要料到會有料不到的事。」

此刻，托娃看著這年輕人撿起兩個摔落的罐子擺回架上，似乎不在意上下放顛倒了，托娃感覺自己又沉下了臉。過去兩週以來，芭芭．范德胡夫和伊森．馬克等人一直在嚼舌根，談論這個加州來的傢伙，這個替她代班的**流浪漢**。但卡麥隆有乾淨的指甲和潔白好看的牙齒，很顯然還熟知莎士比亞的作品。他還答應替她保守祕密，而出於某種她不太明白的原因，她喜歡他，甚至或許還有點信任他。

他是她預料不到的事。

在泵浦室的陰濕環境中，那片粉紅OK繃已經有些翹起，這會兒黏在潮濕的太陽穴上歪歪扭扭的。托娃壓抑衝動，忍著不伸手去把OK繃重新壓牢。他發現她正看著她，難爲情地咧嘴笑了。「不好意思啦，我發誓我通常不會到處引用死掉的吟遊詩人的話，是今天晚上感覺太怪了。」他眨了眨眼，彷彿想著這一切是否眞的發生了，而這感覺托娃很能體會。

她目光越過卡麥隆，凝視馬塞勒斯的水槽。泵浦旁的水面上微微閃爍著波光——看不見章魚本尊。假如她沒來，剛剛會發生什麼事呢？

「確實。」她清清喉嚨，站直身子。「不管怎樣囉。你覺得這地方狀況如何？泰瑞有沒有訓練你？還有你需要……一些用品嗎？」那種腐蝕性的綠色爛清潔劑散發刺鼻臭味，已開始滲進來，用她後車廂的那罐醋可以解決這問題。

「呃，算有吧？拖拖地也不算什麼高深技術。」

托娃咂咂嘴。「也許不算，但事情有正確的做法。」

「我有什麼事做得不……正確嗎？」

「這個嘛，我們來看看吧，來吧，親愛的。」托娃打開門，示意卡麥隆跟著她進到弧形走道。地板如她進門時注意到的，看起來不錯，然而水槽正面玻璃上有一條條絨毛痕跡，托娃伸出手指摸了摸。「擦玻璃要用棉布，不能用聚酯纖維。」

卡麥隆防衛地把雙手抱在胸前。「我看沒怎樣啊。」

「你要看仔細點。」

「妳是什麼，玻璃清潔專家嗎？」

托娃咂舌。「幾十年的經驗哪。」

「呃，沒人跟我說過什麼聚酯纖維或棉布之類的事，」卡麥隆惱怒地說，「我都用這裡的抹布，我哪會知道啊？」

他說得有道理。如果這男孩子有可能接替她成為正職，那她得跟泰瑞談談訓練的事。她走到一個垃圾桶前，手指著邊緣。「還有，看到這個了嗎？垃圾袋要整圈套好，不然垃圾一滿，袋子就會脫落，垃圾會直接丟到桶子底下，就更髒亂了。」

「噢，拜託，我知道怎麼裝垃圾袋好嗎。」

「你顯然不知道。」托娃的語氣尖銳起來。「我不知道加州那裡的人都怎麼裝垃圾袋，但是──」

「等一下，什麼？」卡麥隆打斷她的話，「你怎麼知道我是加州來的？」

「索維爾灣的人喜歡東說西說。」托娃抿起嘴。她真希望能收回那句話；她自己有多常成為鎮上嚼舌根的目標呢？

「對，我注意到了。」卡麥隆停頓片刻，接著眼睛一亮。「我看八卦大隊又有得忙了，如果他們知道妳今天晚上來這裡找章魚朋友的話。」

托娃的嘴登時張開，然後又迅速闔上。

「放心啦，我不會告訴別人，都答應妳了。」他咕噥。他繼續說下去時，托娃仍瞇著眼睛端詳他。「還有其他有趣的工作祕訣要告訴我嗎？」

托娃站直身子。「有，還有一件事，門的事。我想你也同意，讓館裡最受歡迎的展覽生物差點跑出去，不太像樣。」

卡麥隆翻了個白眼，快得幾乎難以察覺，並像是備受困擾似的大嘆一口氣。那模樣抽出托娃記憶深處的一根絲線；這幾乎跟十幾歲的艾瑞克氣她時的反應一模一樣。她再次咂舌，年輕人哪。雖然從外表看來，這孩子肯定至少有二十五歲，但托娃能明顯感覺到，他還需要成長。

「怎麼會有人覺得這是我的錯呢？」卡麥隆突然劈哩啪啦開口。「也許某人應該要提醒我可能會遇到放養的海怪吧？還有也許牠的水槽上應該裝個鎖吧？」

「馬塞勒斯會開鎖，」托娃指明，「不然你覺得他怎麼跑出泵浦室的？」

男孩皺起眉頭；他想不到能回嘴的話，便問道：「那他爲什麼要跑出去？」

托娃靜默，思考這點。這問題她問自己許多次了，總想不出清楚的答案。她只能說出她的猜測：「我認爲他覺得無聊吧。」

卡麥隆聳肩。「我猜一輩子都住在一個小小的水槽裡是很悽慘。」

「是啊。」托娃附和。

「尤其如果他很聰明的話。」

「馬塞勒斯非常聰明。」

卡麥隆閃現驚恐的眼神。「如果再發生一次，我該怎麼辦？我的意思是如果我在這裡打掃，然後他又逃出來的話？」

「當然就是別理他。」托娃說。不然她還能怎麼回答呢？讓這男孩子拿著掃帚對章魚揮舞是行不通的。

「好，不要理他。」卡麥隆戒備的目光飄向走道另一端，彷彿馬塞勒斯可能潛伏在那裡。

但托娃腦中有個念頭盤纏不去。當初她是在休息室桌子下發現馬塞勒斯絕望地纏在電線堆裡，假如那時她沒出手，他的下場會如何呢？在今晚馬塞勒斯試圖離開水族館之前，她認爲他應有足夠的常識，避免那種大膽技倆，只在夜遊時維持一慣做法：逗逗海馬、在海參水缸裡閒晃找宵夜。她一想到馬塞勒斯可能獨自死去，便被一股突來的憂慮籠罩，她隱隱惋惜自己竟無力避免，即便她仍繼續在這裡工作也一樣，畢竟馬塞勒斯有可能在夜裡任何時刻溜出水缸，在空無一人的水族館裡遭遇險境。

或許讓馬塞勒斯逃出水族館會是一種慈悲。讓他游到大海深處，到普吉特海灣的海床上，去看看艾瑞克。這想法實在太不像樣，她不禁笑了。

男孩子歪頭看著她。「妳笑啥？」

「不重要的事。」

「來嘛，托娃，跟同學分享一下。」卡麥隆眼眸閃現微小的火花，善意的揶揄。

「眞的，就不重要的事。」

「沒有什麼事是不重要的！」卡麥隆朝她咧嘴一笑。他沒那麼輕慢時眞是個可愛的年輕人。

艾瑞克也是這樣。以前他的態度就常令她和威爾舉雙手投降，但同時又很討人喜歡，輕鬆自然，就是那種大家都跟他想交朋友的人。

她腦中跳出個念頭。「你跟我來，」她招招手，拖著腳步走回泵浦室。「我有個計畫。」

「計畫？什麼計畫？」

「教你下次再碰到馬塞勒斯跑出水槽的時候要怎麼辦。」

「我記得妳剛說叫我不要理他。」卡麥隆小跑步跟在後面。「妳要示範給我看怎麼抓他嗎？」

她轉身面對他。「不算是。我要教你怎麼跟他作朋友。」

「作朋友?」卡麥隆停在原地。「應該很難吧,我剛剛跟那隻『海妖斯庫拉』相處的時候,他對我可沒有親親愛愛。」

「親愛的,要料到會有料不到的事。」托娃微笑。

被囚的第1329天

人類的許多說法都是胡說八道，但在他們吐出的諸多廢話之中，最可笑的或許是他們習慣美化自身愚蠢的說詞。我指的是像「不知道就不會受傷！」或更糟的「無知是福！」等等謬論。

有鑑於我被囚禁在這可怕的地方，你或許會反對我思忖「幸福」這個主題。被囚的頭足類生物哪懂得什麼是喜悅？我將永遠無法再體會在開闊大海中狩獵的刺激；我將永遠不會在月色從無邊夜空灑入水裡時，沐浴在那片銀白閃爍的月光海中；我將永遠無法交配。

但我擁有知識。對於像我這樣的生物來說，我所能擁有的快樂就在知識之中。

一如你已知道的，我善於學習。我已經輕鬆解開泰瑞提供的每一個益智遊戲和智力測驗：裝著扇貝的上鎖盒子、終點放著貽貝的塑膠小迷宮。全是些「小把戲」，用人類的說法大概是這樣。然後我學會了打開水槽頂部，以及解開泵浦室的門鎖。我學會了精確計算我能冒險到多遠的地方、待多久的時間，並且免於承受「後果」。

這或許稱不上幸福，姑且不論世間是否真有幸福這種事；但擁有了這些知識，我已經到達近乎滿足的狀態。或者，更精確一點說，是暫時減輕了悲慘的感覺。

啊，人類啊人類，光是無知就能獲得幸福！在動物界這裡，無知是凶。被扔進水槽的可憐鯡魚沒意識到有鯊魚埋伏在下方，你去問問鯡魚牠不知道的時候會不會受傷吧。

但人類的無知也會令他們受傷。他們不曉得，但我曉得。這是常有的事。舉個例子，好比我最近目睹的一對父子。他們在我的水缸前聊起即將到來的球賽，那父親拍拍少年的背，確信兒子會獲勝，他告訴孩子：「你有我的投球神手啊，我當年是代表全州的四分衛。」我不知道四分衛是什麼，但我可以告訴你一件事：那少年跟男人沒有遺傳關係。那父親**戴綠帽**了。我得承認，這是我最愛的人類詞彙之一。

片刻後，孩子的媽也來了，三人拖著腳步往前走，去看隔壁展出的尖吻斜杜父魚，對於那某天將使他們家庭分崩離析的背叛渾然不覺。

你問，我怎麼知道的？我會觀察。我非常敏銳，或許超出你能理解的範圍。

數以千計的基因形塑了後代的生理特徵，這當中許多路徑之於我就像白紙黑字之於你一樣清晰明瞭。在這一千三百二十九天的苦牢期間，我已練就了出色的觀察力。以那個打球的兒子和那戴綠帽四分衛監護人的特殊案例來說，那些特徵族繁不及備載，隨便提幾項吧：鼻子形狀、眼珠顏色、耳垂的精確位置、語調的抑揚頓挫，還有步態。啊，步態！這點非常容易辨別。人類走起路來的相似度（或在這個例子該說「差異度」）遠超乎他們能意識到的程度。

但那前任清潔婦和接她工作的人。**他倆走起路來一模一樣**。

還有他們左臉頰上都有個心形酒窩，而且他倆的這項特徵，位置都特別低。還有他們的眼睛都有帶綠的金色斑點。他們拖地時都會平板地哼哼唱唱（說實話，聲音挺煩人的，所幸我泵浦的嗡嗡聲能蓋過一些）。

你會想揮揮手打發：**那都是間接證據**。**純屬巧合**。遺傳有各種奇妙的運作方式。你會提出「分身」現象：出生在世界兩端的人類，沒有血緣關係，卻長得近乎雷同。

你跟我都清楚，那婦人沒有存活的後代，她的獨子三十年前死了。你也知道她的悲痛，那悲痛形塑了她的人生，驅使她現在離群索居，而我擔心最終甚至會驅使她走往更糟的境地。

你的懷疑很可以理解。這件事看似違背邏輯。

我大可以提供更多證據，儘管現在我得休息了。這些溝通使我筋疲力竭，而這次溝通又拖得特別長了。

然而當我告訴你這事，你最好相信我：最近接手打掃工作的年輕男性，是那名腳受傷清潔婦的直系後裔。

用力左轉，再往右切

七月底的一個早晨，卡麥隆算找到一條有希望的線索。難以捉摸的房地產大亨賽門．布林克斯一到夏天便會前往他位於聖胡安群島的莊園度週末；那是一棟托斯卡尼風格的奢華別墅，隱身崖上，俯瞰某片鮮爲人知的海峽。卡麥隆在某個鮮爲人知的網站上挖到的雜誌舊文如是說。只要他有了城鎮名和照片，要找到地址就容易了。從索維爾灣開車過去要兩小時車程。

光開車來回就要四小時。卡麥隆捲動他手機上的通訊錄，拇指懸在艾芙莉的電話號碼上方。

一起去勒索一個可能是他生父的男人，這是不是個很古怪的約會？是。艾芙莉是否古怪到可以接受這種事？有可能。在艾芙莉身上，所有事似乎都是一半一半的機率，儘管他們已經約喝過幾次咖啡，還有一次很晚的晚餐，約在艾蘭德那裡的一間酒吧，但有半數她都會行程出問題，必須取消。以一個單身女子來說，這情況似乎是複雜得奇怪。卡麥隆假定，應該是立槳衝浪店有事吧，關於經營生意，他懂什麼呢？他屏住呼吸，撥了電話。

「嘿，你呀。」她聽起來很開心接到他的來電。

「我今天要去小冒險一下，妳想來嗎？」卡麥隆說明了他的計畫。

手機那頭傳來艾芙莉的嘆息。「不行耶，我在顧店；但我們這禮拜過幾天應該約一下。」

「好啊，過幾天。」

「我說眞的。」她認眞地說。「我們可以去玩立槳衝浪，我再看一下我的行程。」

他跟艾芙莉說再見，然後把手機放到露營車的保險桿上。他正坐在伊森的草坪椅上，雙腳翹在車子保險桿上。他初來乍到時，這裡陰雨連綿，但現在天氣完美極了。所有色彩看起來都鮮豔得不可思議，從遼闊藍天到蓊鬱綠樹，完全不像莫德斯托，那裡一到夏天就成了大烤箱，炙熱逼人，塵土飛揚。他展開右手，看著指頭，接著曲起手指，往萬里無雲的夏日晴空揮了一拳。

生活總算如他所願。

第一，有艾芙莉。他以前從未吸引過像艾芙莉這種女孩子的注意，而且不知爲何，她那種奇怪的難以捉摸更增添了她的魅力。

再來，他就快要跟一個或許是他爸爸的人面對面了。

還有第三點，他已經做一份貨眞價實的工作好幾個禮拜了。他甚至不討厭那工作，誰想得到？剁魚內臟，還有打掃！不太光鮮亮麗，但獨處很適合他，尤其在夜裡。打掃時，有半數時間他是水族館裡唯一的一個人。那些夜晚，他會狂拍販賣機，拍到有東西掉下來，一包餅乾或不新鮮的零食蛋糕，總之也沒人想買。他會戴上耳機，一邊刷洗地板，一邊走神。另一半時間呢，那位奇怪的太太會來。托娃。儘管她應該休假養病，卻三天兩頭跑來；卡麥隆承諾不會把這件事說出去。他不介意有她在身邊。她對那隻章魚的痴迷異乎尋常，而他跟馬塞勒斯「交朋友」這件事也沒什麼進展，但有她作伴卻出奇愉快。

他背後傳來紗門砰地闔上的聲音，一兩秒後，伊森出現在露營車的車尾。他身穿一件褪色微緊的齊柏林飛船T恤，瞇眼看著卡麥隆：「早上天氣眞好，是吧？」

「是啊，那你知道嗎？」卡麥隆重述一次關於賽門·布林克斯的新發現，以及隨後他跟艾芙莉的對話。伊森點點頭。

「嗯，那我們走吧，開我的卡車。」

卡麥隆歪頭。「什麼？」

「你耳朵塞棉花了啊小子？我說我們開我的卡車去！」

「你要跟我一起去嗎？」

「當然啊！你以爲我會讓你自己去賞那王八蛋耳光啊？」他眉開眼笑地說。「感覺挺讚的哩，要是你問我的話。」

「好吧，」卡麥隆緩緩地說，「那我們一起去。」

「反正那路線也很美，特別是每年的這個時節。就把這當成我們的一趟冒險吧？我當你的導遊。」

導遊？

「其實咧，」伊森繼續說，「北上的公路邊有一家很棒的小店，賣炸魚薯條的。」

炸魚薯條？誰在乎炸魚薯條啊？「好啦，但我們要先去找布林克斯。」

伊森格格笑了。「先去勒索，再吃炸魚薯條。」

卡麥隆似乎仍無法理解這裡海的形狀。這海，彷彿一頭怪獸，長了數百根長長的指頭，緊抓著大陸邊緣，深藍色的捲鬚以各種意想不到的方式切進暗綠的鄉野。他不斷訝然發現水出現在車子左側，然後拐個彎，又出現在右側，然後隨著伊森沿著一條永無止盡的兩線道高速公路駛過一座座橋梁（一個人可以越過同一片水域幾次？），路肩上滿是魚餌店、加油站和小餐館，那些館子看上去都很破爛，令人對炸魚薯條的計畫不太有信心。

「就快到囉。」伊森大聲說，直接藐視他架在儀表板上的手機所顯示的小地圖；地圖指出他們的抵達時間遠在一個小時後。伊森壯碩的手肘擱在打開的車窗邊上，好似一條斑斑點點的香腸；他堅持開著車窗，因爲「這眞是適合兜風的好天氣」。時速八十公里的大風配上伊森的口音，要聽清楚更不容易了。

他手心汗濕，緊攢著那枚畢業戒指，腦中已不止上千次勾勒編排那即將到來的對峙。有一種可能是這樣的，而或許是最理想的狀況：賽門．布林克斯看到他時非常震驚，他張大嘴巴，立刻認出卡麥隆。儘管他有可能是那種會矢口否認的人渣，但卡麥隆口袋裡有照片爲證。然後布林克斯就會坦承一切。

比較不理想的狀況則是，布林克斯瞇起眼打量他，旋即說起什麼律師、DNA檢測之類的，然後在一切獲得證明之前緊閉嘴巴，什麼也不說。

但如果獲得證明了，然後布林克斯想跟他培養關係呢？伊莉莎白每次打電話來問近況時總會這麼說。伊莉莎白似乎堅信賽門．布林克斯有某種潛藏的父性，一旦失散多年的兒子現身就會被激發出來，像電影情節一樣。但人生並不是什麼俗套的好萊塢劇本。

珍阿姨也一再嚷嚷父子關係這件事，儘管卡麥隆懷疑珍阿姨內心深處並不相信賽門．布林克斯那種人會跟她妹妹交往。但上次聊天時，卡麥隆提到如果能讓布林克斯開張支票給他，他會立刻搭機回家，當時珍阿姨不以爲然地嘆氣說：「如果你需要就待一陣子吧，你都買那輛莫名其妙的露營車了，不如就好好利用吧，再說，那裡的生活好像滿適合你呢。」

嗯，這點倒是沒錯。

然而卡麥隆不想跟什麼想當他父親的人培養關係。他想要的是那個不老實的渾球付清欠了十八年的養育費。去他的，卡麥隆會接受一次付清。一萬？還是兩萬美元？他可以直接把錢匯給珍阿姨。卡麥隆欠她超多，因爲這些年來她爲他吃了這麼多苦頭，更別提他買露營車時她幫他墊的錢了；他已經還了快一半，但那仍是一大筆金額。

「嘿，你看！」伊森稍微踩了煞車，指著公路旁岔出的一條泥土路。「如果你想去賞鯨，那裡有個很棒的地方。我帶一個女生朋友去過，我們看到虎鯨像小貓一樣玩耍，很壯觀。啊，那晚我們做愛做到——」

「呃，謝謝噢。」卡麥隆打斷他。這些老人戀愛起來到底是怎麼一回事啊？「我會記得。」

「嗯，我只是說說，我知道你有個喜歡的女孩子。」

「我覺得艾芙莉不會想開那麼久的車來這裡看鯨魚。」

「你至少要先試過吧？虎鯨是很雄偉的生物。」伊森轉過頭來，眨眨眼，卡車飄過了中間的分隔線，說時遲那時快，前方彎道蹦出一輛來車；伊森及時拐回原本的車道。「渾蛋！要專心開車了。總之，那裡還有很美的沙灘，很適合去散步挖寶，有很多海星和沙錢。」

「如果我要給艾芙莉看海星和沙錢，幹麼不直接帶她去上班就好？」卡麥隆用諷刺的平淡語氣指出。「我們館藏的原生棘皮動物是全州最多耶，至少托娃是這樣說啦。」

伊森把頭轉向卡麥隆，盯著他好一陣子，那眼神令卡麥隆心驚。伊森毛躁的鬍子突然抽搐，好像在底下咬緊了嘴唇。卡麥隆不自覺用手抓緊排座的邊緣。剛說好的「專心開車」咧？

終於，大個子重新把注意力轉回儀表板。兩人靜靜開車好一陣子。接著伊森才低聲問道：「你見過托娃．蘇利文了？」

完蛋了，祕密。托娃會去水族館的事不該讓人知道的。這不是第一次了，卡麥隆老是疑惑這件事為何非得保密。思考片刻後，他決定根本沒必要保密，老人有時就是怪怪的吧，而且伊森又怎麼會在意呢？停頓一下子後，他答話：「對，托娃有時候會來幫忙。」

「我以為她在休病假。」

「她是啊，當我沒說喔。」

「她還好嗎？」伊森的語氣帶著默默的敬意。

「還好啊，她的腳應該有比較好了。」

「太好了。」伊森咕噥。他紅潤的臉頰比平時更紅了。

卡麥隆咧嘴笑了。「我的老天，你**喜歡**她耶。」

「呃，誰會不喜歡她啊？」

「少講屁話，你臉上明白寫著你喜歡她。」

這會兒伊森連耳朵也紅得發紫了。「她是一位可愛的女士。」

「她是一位可愛的女士。」卡麥隆模仿這位蘇格蘭佬的腔調重複道。他伸手過去，輕拍一下伊森的肩膀。「拜託，老兄，說嘛，你們兩個有一段過去還是怎樣？」

「過去？」伊森嚴肅地抿起嘴。「我不追有夫之婦的，蘇利文太太一直是有夫之婦，直到不久以前。」

「噢。」卡麥隆身體一沉。「我不知道這件事。」

「對啊，她先生是個好人，幾年前胰臟癌死了。」

卡麥隆把雙手交疊在腿上，眼睛盯著手。不知何故，得知托娃這件事，他感覺心被刺了一下。因爲這麼基本的資訊，她竟沒想過要告訴他。

伊森接著說：「她一輩子都過得很辛苦，她兒子的事，還有那一切。」

「你說什麼事？」

「你不知道？嗯，我猜也是，地方上大家都知道，但你來這裡沒多久，而且大家也不像以前那樣常提起了。」

卡麥隆一陣戰慄，回想起托娃那番話。**索維爾灣的人喜歡東說西說**。他咕噥道：「我不知道她有兒子。」

「這不是我該講的事，但我想從我這裡聽到，總比從其他人那裡聽到要好吧。」伊森深呼吸。「一九八〇年代末期，她兒子在渡輪碼頭工作，艾瑞克，他叫艾瑞克。頭腦聰明得要命，是他們那屆畢業生代表，運動也很厲害，帆船隊隊長，這樣你大概懂吧。」

「嗯，當然。」卡麥隆說。每間高中都有個艾瑞克。

「總之，他那時……啊，該死，我錯過出口了嗎？」伊森抓起手機，瞇眼盯著螢幕。「欸，朗妲？妳怎麼沒提醒我？」

卡麥隆挑眉。「朗妲？」

「我都這樣叫那個報路線的女生聲音啊，而且她這次會搞砸。」手機哐啷扔進了杯架。「你老爸的房子就在後面一兩公里的地方。」他說著，用大拇指往後方指。

「剛還沒說完耶？托娃的兒子怎麼了？」卡麥隆緊抓住車門把手，指關節都發白起來，因爲卡車急轉彎，晃得厲害；這樣迴轉絕對不合法。

「啊，當我沒說啦。」

「吼，拜託！」

「我根本不該提起，很傷心的。」卡車往南加速行駛，輪胎在柏油路面上嗡嗡作響。細長條的淡藍海水，從濃密樹頂的空隙透出來。「她兒子死了，溺死，十八歲那年。」

「噢天啊。」卡麥隆吐出一口氣。「太可怕了。」

「是，」伊森輕聲說。「嗯，到了。」他將卡車駛離柏油路，開上一條無標示的碎石子路，塵土飛揚，令兩人咳嗽起來。

卡麥隆把車窗往上搖，遲懷地打量這條路；路面坑坑窪窪，雜草叢生。「你確定嗎？」

伊森拿起手機，再次檢查地址。「是啊，錯不了。」

狗屎，絕對不是這裡。

這裡確實可以蓋億萬富翁的度假別墅。這空蕩的峭壁三面環海，俯瞰底下的深藍水色；然而這裡沒有托斯卡尼風格的別墅，沒有遊手好閒的億萬富翁準父親躺在泳池邊，拿著黃金酒杯啜飲，放眼望去只見一片暗沉沉的碎石子地，讓卡麥隆聯想到某種電影場景，那種年輕人前一秒還在車裡親熱，下一秒就被連環殺手砍死的場景。

「狗屎。」他咕噥著，用腳把一顆松果往泥土地另一端踢。松果消失在邊緣，滾下懸崖。

「所以不是這裡啊。」伊森說了一句毫無意義的話。

「絕對不是。」

或許卡麥隆的網路偵查技巧沒他自以爲的強吧。兩人回到卡車上，開始沿著崎嶇不平的路緩慢往前開。

伊森開到一處不平的地方，明明該加速衝過去，他卻踩了煞車，典型的菜鳥反應。但現在他們卡住了。伊森猛踩油門，輪子徒然空轉。

「啊，冷靜，你開進溝裡了。」卡麥隆耐心解釋。當然，路是有點顛簸，但這對四輪越野車來說只是入門等級。在他的舊吉普車被強制收回之前，他和凱蒂開那輛車征戰加州沙漠，相較之下現在這根本是小兒科啊。

「這該死的凹痕。」伊森咬著牙說，同時更加用力地踩油門。卡車的傳動裝置嗚嗚呻吟，彷彿也厭倦了這趟冒險。

卡麥隆嘆了口氣。「讓我試試？」

「你？」伊森皺起眉頭，但又睜大了雙眼，出於好奇，或許也出於希望。「呃，好吧。」

他熄火，將鑰匙扔給卡麥隆。

「好，來吧，我們下車。」

「下車？」

「對，下車。」卡麥隆努力按捺語氣中的不耐，一邊爬下駕駛艙。「我們要看看下面是什麼狀況，可能會需要增加後面的抓地力。你能找個什麼當成楔子頂住車嗎？」他掃視道路，只見路的盡頭是幽暗茂密的樹林，絲毫不像加州的遼闊沙漠。然而路邊有一顆頗大的岩石或許有用。他頭往石頭的方向一撇，發號施令：「去拿那邊那塊石頭。」

伊森看起來很訝異，甚至有些欽佩。卡麥隆放任自己微微一笑。「我以前偶爾會在沙漠裡越野漫遊。」

「是。」伊森點點頭，大步跑向那顆被欽點的石頭。待他回來時，卡麥隆已經在後輪前方墊了一層厚厚的乾土，這會兒正往底盤下看，把兩隻手掌的邊緣當成小量角器似的在估算角度。

卡麥隆解釋原理。「首先，我們把卡車往前推，就算只有三五公分都好，然後把那顆石頭卡在右邊輪胎後面。然後我們就用力左轉出來，等後輪抓到地之後，再往右轉。」

「左轉？」伊森往左看，望向那排連成一道牆的樹。前保險桿的側邊距離第一排粗大樹幹或許僅只有五六十公分。「不行，我覺得不行。」

「可以啦，這只是物理學。」以前跟一起玩四輪驅動的朋友之間的對話，卡麥隆還記得許多。那些人都沒辦法像他一樣看明白，是什麼作用力能讓車子動起來，即便有時看似不可能；

他們就坐在那裡空轉，車輪和他們自己都空轉。他殷切地望著伊森狐疑的臉，又補一句：「相信我啦。」

「好唄。」

左轉，向右急轉彎，後視鏡裡碎石泥漿飛濺，接著猛推一下，震動五臟六腑，連卡麥隆自己都嚇到了，卡車便衝上路面。他們一脫離那道溝，便齊聲大笑。他都忘記這有多好玩了，這輛貨卡雖然不是吉普車，但開在崎嶇地形上也還不差。他轉頭瞥伊森一眼，看到他嚇得幾乎要尿出來。卡麥隆彎起嘴角賊笑，故意把前輪開進草地上的一個坑洞，震得兩人都彈起來。「想再玩一下嗎？」

副駕駛座的伊森頭往後仰，發出一聲近乎犬吠的奇異嗥叫。「來吧！」

卡麥隆用力踩下油門。這可比炸魚薯條有意思多了。

被囚的第1341天

海洋生物是偽裝大師。相信你對鮟鱇魚很熟悉，這種魚會潛伏在陰暗水域，舉著發光的誘餌吸引獵物湊上前來，再張口吞下肚。我們這裡沒展示鮟鱇魚（我甚感欣慰），但大廳裡曾有一張迷人的海報介紹過這種生物。

我們撒謊欺騙都是為了獲取所需。海馬假扮成海帶。鯽魚冒充清潔魚，待良機一到便狠咬牠親切的宿主。就連我自己的變色能力，我的偽裝，說穿了也是一種造假。然而這個謊言恐怕已是日暮途窮，因為我越來越難模擬周遭環境的顏色了。

人類是唯一會為了娛樂而扭曲真相的物種。他們稱之為笑話，或有時叫雙關，就是嘴上說某件事，但實際指的是另一件事。他們會笑，或出於禮貌假笑。

我沒辦法笑。

但我今天聽到一個我認為很巧妙並且適時的笑話。先警告你，這笑話的笑點頗令人毛骨悚然。

一個年輕的家庭停在我的水槽前，那父親（因為通常都是父親，我想這就是人類有時稱這種笑話是「老爸笑話」的原因）轉過去對著他的小小孩說：「老虎的尾巴被割草機夾住的時候會說什麼？」

（別問我為何叢林貓科動物會出現在修剪草坪的機器旁。笑話通常很荒謬。）

那孩子已經咯咯笑著說：「我不知道！說什麼？」

那父親回答：「不會多長了。」（It won't be long now，亦指不會多久了。）

我真想大笑出聲，假如我能笑的話。

不會多長了。這是真話。我能感覺到自己的細胞執行各項例行功能時變得費勁。明天，新的一個月就要開始了，而那或許會是我最後一次看泰瑞把他牆上的月曆翻面。我無可迴避的結局已然迫近。

三杯馬丁尼的眞話

瑪麗・安・米涅提的歡送午宴在一個炎熱八月天的正午展開。托娃提早十分鐘來到艾蘭德牛排館。無情的豔陽襲擊她的眼睛，在這艾蘭德海濱區最高檔的地帶，她瞇著眼爬上餐館正門的臺階。她的腳踝仍一碰就痛，而且因爲套了好幾個禮拜的靴子還有些肌肉萎縮。

「蘇利文太太！」後頭有個熟悉的聲音喊道。一隻手臂穩穩攙上她的手肘。

「蘿拉，親愛的，妳好嗎？」托娃對瑪麗・安的女兒點頭致意，四十多歲的苗條婦人。她接受這年輕女人的協助，爬上樓梯。

據瑪麗・安說，蘿拉上禮拜就來了，來幫媽媽作各種準備，而這場午宴也是蘿拉籌辦的，是她選了這家高檔餐廳。托娃確信瑪麗・安本人應該寧可請大家到她家喝咖啡，儘管這現在已經沒可能了，因爲房子已在收拾打包，準備交給房仲。

「很好啊。」蘿拉點點頭，打開門讓托娃進去，她才跟著進去。「而且很高興看到妳比較好了！媽媽跟我說妳跌倒了。」她挑起一邊眉毛，看著托娃的腳。

「只是扭傷而已。」

「我知道，但妳這把年紀了……」

這時站在迎賓臺的一位年輕小姐歡樂地問候，讓托娃省得回話。小姐舉起一疊厚得不可思議的菜單，領她們穿過整個餐館，來到一張空桌前。這張長桌與成排窗戶相毗鄰，可眺望海面。至少這裡的景色很迷人。

「妳們的服務生馬上就會來，現在我可以幫妳們先點飲料。」領檯小姐邊說邊繞桌子一周，在每個位子上放一份菜單。這裡至少有三十個位子。老天爺，蘿拉邀請了多少人？

「太好了，麻煩給我一杯琴湯尼。」蘿拉把皮包扔在桌上，嘆了口氣。「我整個早上都在幫我媽打包她住了五十年的房子，還是做雙份琴湯尼吧。」

「沒問題，小姐。」

托娃在靠近桌尾的一張椅子坐下，腦中想像著瑪麗．安那些瓷偶和光亮的十字架，在她家廚房水槽上的置物架待了一輩子，如今包上棉紙、裝入紙箱，很可能從此塵封多年，直到哪天某個年輕一輩的不幸家人偶然發現，並且不得不決定該如何處置那些東西。她對領檯擠出微笑，對方似乎在等著她點飲料。「請給我一杯咖啡就好，黑咖啡。」

領檯點點頭，旋即轉身離去，獨留兩個女人相對無言；托娃真希望自己帶了編織用品來。最後，她開口問：「女孩們都還好嗎？」

蘿拉跟女兒泰妲姆和小孫女依莎貝兒一起住在斯波坎，而現在，年僅七十歲就當上外曾祖母的瑪麗．安也將搬去與她們同住。當然，泰妲姆生小孩的事不在計畫中，但托娃仍不禁對情況演變成如此感到驚奇。四代女性同住一個屋簷下。

蘿拉點點頭。「女孩們都好，非常好。依莎貝兒已經會走路了。」

「太棒了。」托娃說。

「對呀。」蘿拉微笑，但沒繼續說下去，大家在托娃面前談到兒女的事總是如此。這情況有時利弊參半。

兩人再度陷入尷尬的沉默，因此托娃問：「妳的工作怎麼樣啊，親愛的？」

「工作……就那樣囉。」蘿拉發自內心地咯咯笑，滔滔說起了大學在今年夏天展開的科技更新；她在州立大學教心理學。托娃不時點點頭；整件事聽起來確實像一場惡夢。蘿拉同情地嘆口氣，解釋道：「所以我們才急著讓媽媽搬去，總之要趕在秋天開學之前。沒辦法讓阿姨妳們好好道別，我很過意不去，我知道妳們感情有多好，幾十年的朋友了。」

「還是可以打電話囉。」

「我們會幫媽媽弄個平板電腦，這樣她就可以用虛擬的方式出席你們『創意編織團』的聚會啦！」蘿拉燦笑，看起來十分滿意自己想出來的解決方案，無論她說的到底是什麼意思。

「那妳呢？什麼時候回水族館工作？」

托娃坐挺身子，把她最近跟泰瑞的對話向蘿拉重述一次。泰瑞同意讓她回去「幫忙新人」，這是他的說法。托娃對這個安排再滿意不過了，這樣她可以指導新人用正確的方式做事。在月底搬去恰特村之前，她應該有足夠的時間可以教他。她沒提的是，她其實也頗喜歡跟那個男孩相處。

「媽！這裡！」蘿拉對瑪麗・安大喊。瑪麗・安在餐館另一頭揮著手，跟在她後面的是芭芭・范德胡夫、詹妮絲和彼得・金。

大夥兒走向桌子這裡的同時，芭芭揮動雙手喊：「哈囉！」她穿著一件胸前緊繃的亮片上衣。「你們看看，多高檔啊！」她擁抱蘿拉。

詹妮絲坐進托娃旁邊的位子。「還好嗎，托娃？」
「妳腳踝還好嗎？」彼得．金也在妻子旁邊坐下。
「很好，謝謝你們。」托娃答道，並希望她的傷不會成爲今天下午的話題。
「眞是好消息，但妳的手臂怎麼了？」
托娃拉拉衣袖，試圖蓋住那排最近新吸出來的瘀痕。「沒什麼呀，太陽曬出來的吧。」
彼得皺起眉頭，托娃看得出他正轉換成醫生的身分，準備追問下去；但老天保佑，他被今天的主角打斷了。
「噢，天哪，謝謝你們大家來！」瑪麗．安發出少女般的嬌笑，坐進桌子中央的指定席，同時更多客人陸續就座。托娃認出一些鄰居，還有幾個聖安尼教會的教友；瑪麗安在聖安尼擔任委員多年。不消幾分鐘，多數座位都有人坐了，只有托娃另一邊的兩個座位還空著。旁邊的人沒出席，托娃感到如釋重負，並把皮包放到其中一張椅子上。
「嗯，你們這群人看起來很熱鬧喔！」一個有著深褐膚色和閃亮眼眸的年輕人拿著兩壺水走過來，根據他的名牌，他叫奧瑪。「幸好我今天穿運動鞋，因爲看得出來你們會讓我忙個沒完！」讚賞的笑聲此起彼落。
「我們要來狂歡的！」芭芭．范德胡夫扭動肩臀。
奧瑪雙手比出手槍的姿勢，瞄準她。「這種精神就對了！」
「我們的好朋友瑪麗．安要搬走了。」芭芭朝著瑪麗．安比了一下，瑪麗．安雙頰飛紅。
芭芭說：「搬到斯波坎。」

「噁！斯波坎！真可憐。」奧瑪做出像是剛嚥下了檸檬的怪相，但雙眼仍炯炯發亮。

「喂喂！我就住在斯波坎耶！」蘿拉笑出聲，把她喝完的高球杯往空中揮。

托娃的咖啡總算來了，由一個看起來忙昏頭的傳菜員送來。她端詳那濃黑的液體，啜飲一口。又熱又濃。她拿起菜單端詳，那些敘述令她咂舌，淨是些像「羅勒奶泡」和「傳家寶蘿蔔濃縮」之類的玩意。湯和沙拉在哪裡？能來一杯玉米巧達濃湯就夠好了。

正專注看著菜單時，一個略微耳熟的低沉嗓音打斷了她。「這裡有人坐嗎？」她抬起頭，眼前是個身材高大的人。少了自行車短褲和太空時代的太陽眼鏡和安全帽，他看起來沒那麼奇怪了，但他就是亞當．萊特，幾星期前在漢彌爾頓公園幫忙她填字謎的傢伙。「啊！妳好啊。」他也認出她，臉上綻放笑容。

「很高興又見到你。」托娃把她的手提包從椅子上拿起來。亞當的身邊是一位留著紅褐色鬈髮的嬌小女人。

「她是珊蒂．休伊特。」他說著，跟女伴一起入座，同時輕按一下女伴的手臂。「珊蒂，這位是托娃．蘇利文。」

「妳好。」托娃點點頭說。傳菜員用托盤端著兩杯馬丁尼回來，小心翼翼地把酒放在這對男女面前。

亞當一連喝了幾大口，令托娃想起他在公園咕嚕咕嚕灌下她那瓶水的那天。「我跟蘿拉以前一起在聖安尼教會上主日學，」他解釋，「她聽說我搬回來了，就拉著我幫忙她媽媽搬家的事；然後現在我也把我的另一半拉進來了。」他對珊蒂眨眨眼。

「幸好她們有找他。」珊蒂咧嘴笑，擰擰亞當的二頭肌。「我也很樂意幫忙，雖然我沒辦法搬什麼重物就是，但蘿拉很好心邀我一起來午餐。能一次見到這麼多索維爾灣的人眞好。」

托娃啜一口咖啡，答道：「是啊，蘿拉邀的客人眞是多到出乎意料，不是嗎？」

「應該吧。」珊蒂歪著頭。「那妳和亞當怎麼認識的？」

托娃清清喉嚨，低聲說：「亞當以前是我兒子的朋友。」

亞當抿唇，低頭湊到珊蒂耳邊低語解釋，大部分托娃都聽不清楚，只聽到他說：「以前有個十幾歲的……」

珊蒂睜大了雙眼，同情地看了托娃一眼，接著便全神貫注研究起菜單來。她順順頭髮，在椅子上坐挺身子，雙手交疊，然後歡快地對全桌的人說：「嗯，有人決定好要點什麼了嗎？聽說這裡的側腹橫肌牛排好吃得要命！」

玉米巧達濃湯並不在菜單上，而更令托娃意外的是，奧瑪推薦的一道咖哩南瓜湯相當美味。她用隨附的一大塊酸種麵包把濃湯沾得一滴不剩。一旁亞當・萊特和彼得・金正隔著托娃和詹妮絲抱怨著西雅圖水手隊的連敗，托娃對這話題絲毫不感興趣。

「棒球，誰在乎啊，對吧？」詹妮絲說。

托娃微笑，然後用餐巾擦擦嘴角。「唯一比看棒球更無聊的事就是聊棒球了。」

彼得・金鬧著玩地捏捏妻子的肩膀。「對不起無聊到妳了，老婆。」

「喂，說不定我身上有魔咒。」亞當・萊特笑出聲來。「我一搬回來，他們就突然變爛了，我應該留在芝加哥才對。」他將馬丁尼一飲而盡，然後對珊蒂微笑，一邊從劍形塑膠叉上咬下一顆肥大的綠橄欖，然後把另一顆給了珊蒂，一邊胳膊搭到她的椅背上。

詹妮絲湊向珊蒂問道：「你們找房子有什麼進展嗎？」

「噢，有！」珊蒂眉開眼笑。「我們決定挑新建案，索維爾灣最南邊的那個住宅區。」

「這樣很理想，可以完全照自己的想法裝修。」

「沒錯！亞當打算在地下室打造一個男人窩，看棒球賽用的。」

彼得．金開心起來。「太好了！有比賽的時候我就過去！」

四人呵呵大笑。

珊蒂轉向托娃。「那妳呢，蘇利文太太？」

「我怎樣？」托娃挑起一邊眉毛。

「妳的房子啊？有人出價了嗎？」

詹妮絲放下叉子，轉頭盯著托娃。

「過戶的時候，潔西卡．史奈爾提過，說妳的房子剛開始出售。當然，對我們來說不適合，我們至少需要五間臥室，孫子們來玩的時候要睡。」

「以後有孫子的話。」亞當糾正她。「假設的孫子。」

托娃在大腿上擰著餐巾。

「但那房子眞的好美，」珊蒂喋喋不休地說，「潔西卡說她覺得不會賣多久的，肯定很快被搶走。」

「是，我想是吧。」托娃低聲說。

「托娃，」詹妮絲嗓音尖銳，「她在說什麼事啊？」

「啊，我以爲……？我是說，妳們都還不知道嗎？」珊蒂兩頰通紅，紅得像亞當那杯新鮮馬丁尼裡的甜辣椒。

「沒關係。」托娃清清喉嚨。「珊蒂說的沒錯，我的房子在出售，我已經申請了柏令罕那邊恰特村的住房。」

全桌的人頓時沉默下來。

「什麼？」瑪麗．安倒抽一口氣。

「妳爲什麼沒說？」芭芭質問。

「那房子呢？」詹妮絲湊向前問。

「那麼漂亮的房子！妳爸爸的房子！」

「還有妳那些家當，托娃！」

「妳那麼多漂亮的東西！該不會要全部處理掉吧？」

「那妳所有的東西要怎麼辦？」

「那個閣樓，我無法想像。」

「妳媽媽的行李箱，那些雪松木的箱子，多可惜！」

「我完全有辦法好好處理我的東西。」托娃聲音十分緊繃，使得連發的評論應聲而止。總之，創意編織團的這些人有什麼資格來評斷她的東西呢？瑪麗．安有那麼多小塑像；詹妮絲的房子有一整個房間專門用來放電腦設備，其中似乎多數沒有實際用途。至於芭芭呢，天哪，因爲某個她從未好好解釋的原因，她從還單身時就開始蒐集大象，整間客房擺滿了大象紀念品。她們有什麼資格朝她扔石頭呢？

詹妮絲把手搭在托娃肩上。「妳不需要這樣，妳知道的，我和彼得一直說，妳可以跟我們一起住，妳可以——」

「絕對不行，我絕不會給你們添那種負擔。」

詹妮絲搖搖頭。「托娃，妳永遠不會是負擔。」

服務生開始清理桌面，而瑪麗．安繞場一圈，感謝每個人來。詹妮絲和彼得．金解釋他倆的陶藝課快遲到了，便向眾人道別。芭芭．范德胡夫和她那身過緊的亮片衣晃晃盪盪出了餐館，前往她每週一次的治療師門診。奧瑪拿帳單來讓蘿拉簽名，還打趣說瑪麗．安會在斯波坎惹麻煩。亞當．萊特將他第三杯馬丁尼底下的渣滓一飲而盡，然後兩手握住瑪麗．安的前臂。「眞謝謝妳招待我們！」

「很棒的一頓飯！」珊蒂也附和，好像已經忘記自己剛才丟出的震撼彈。所幸全桌的人似乎也將那件事拋到了腦後；儘管托娃逮到詹妮絲和芭芭低聲說著什麼「勸她回心轉意」。

瑪麗．安在托娃身旁的空椅子暫時坐下，臉上笑容有些勉強。「這個週末我離開之前，我們還會見面吧？」

「當然，我會去妳家。」

「太好了。」瑪麗．安的聲音有些顫抖。蘿拉快步走過來，站在母親背後，一手摟住母親肩膀。

「妳接媽媽去住眞的太好了。」亞當轉向瑪麗．安，同時身體又靠回椅背。「啊，眞高興我有小孩，雖然這樣我永遠擺脫不了我前妻啦。因爲孤單終老根本是地獄，就是這樣大家才生孩子對嘛！」

珊蒂戳了他一下。「親愛的，別胡說八道了。」

蘿拉用銳利的眼神打量他，沒回話，只伸手到他面前拿起他那杯所剩無幾的馬丁尼，遞給一位經過的服務生。

「我眞是白癡。」亞當舉起一手，然後又放下。「托娃，對不起，我不是那個意思，妳不會孤獨終老，就算艾瑞克不在了。」

「不要緊，」托娃低聲說，「事情都過那麼久了。」

「但我還記得像昨天一樣清楚。」亞當說話的聲音變清楚了些。

瑪麗．安一手捂住嘴，蘿拉則把兩手插在屁股後方，瞪著他，凌厲的眼神能把石頭粉碎。然而托娃轉過去面對亞當，同時赫然意識到自己的心臟在襯衫底下狂跳。「我向來喜歡聽大家記得什麼事。」

亞當用手抹抹臉。「我說，我相信都是妳已經知道的。我還記得最後一次見到他的事。那天下午，他要打工之前，我們在小吃店吃了墨西哥玉米片，那時候我們計畫隔天要去我家的小屋，他說要從你們家冰箱偷拿一些啤酒去，跟平常一樣。」他一臉窘迫。「呃，抱歉啊。」

托娃手一揮。「沒事。」

「總之呢，」亞當繼續說，「他想讓那個女孩子印象深刻嘛，我忘記那女生叫什麼名字，反正他想帶她去小屋。」

托娃冷冰冰地咯笑一聲。偷冰箱啤酒？聽起來像是她兒子會做的事，但其他事，眞的可能嗎？她搖搖頭說：「我不記得艾瑞克那時候有女朋友。」

「嚴格說，我不知道她算不算女朋友，但他們兩個算是在一起。」亞當皺起臉，挑起一邊眉毛。「該死，她叫什麼名字？」

蘿拉伸出一手搭在托娃肩上。「妳還好嗎？」

「托娃？親愛的？」瑪麗．安也附和她女兒的話。

「我好得不得了。」托娃的聲音聽起來像是從山洞中傳來。她站起身，感謝蘿拉的午餐，並匆匆抱了瑪麗．安一下，然後聽到自己向亞當．萊特和珊蒂．休伊特道別。

喀噠、喀噠。她的涼鞋在餐廳硬木地板上踩出聲響，彷彿在將她推離那張長桌。室外，傍晚的陽光襲來，她一手遮著臉，直直穿越艾蘭德牛排館的停車場，走到自己的車子前。一直到坐進駕駛座，發動引擎，開了廣播，她才意識到自己一直屏住呼吸。她吐氣，暖熱的氣息急衝出來，將她的眼鏡蒙上霧氣。

所以威爾說的沒錯。

那時確實有個女孩子。

碼頭的陰影處

艾芙莉的房子小小的，有黃色的聚乙烯牆板，位於郡公路旁的一個住宅區，離市區很遠，難怪她早上玩立槳衝浪後在店裡沖澡，即使水冷得要命也不開車回家。她家車道的一側堆滿了園藝用具和丟庭院垃圾的大袋子，剩下能讓卡麥隆停露營車的空間小得可憐。

艾芙莉出現在前門口，手裡抓著個咖啡杯，臀上套了件低低的跑步短褲，褲帶和無袖圓領背心之間，淺棕色的肌膚忽隱忽現。該死。突然間，他很高興她提議他倆約在這裡玩立槳衝浪，而不是在她的店那裡。她那時聲稱是因爲她不喜歡在休假時還去工作。但也許她打了其他算盤？

她瞇眼望向陽光中，開口說：「你來了！」

卡麥隆從駕駛艙跳下來，把鑰匙塞進口袋。「不然咧？」

她咧嘴一笑。「老實說，我通常不會跟比我年輕的男生約會；以前好幾個傢伙對我直接搞失蹤。」

「比妳年輕？妳覺得我幾歲？」

「二十四歲？」

「猜三十歲看看。」卡麥隆一步跳上僅有幾階的前臺階。「但我原諒妳啦，我散發青春光采又有運動細胞，很難看出來年紀。」

艾芙莉翻了白眼。「等我讓你站上槳板你再吹噓，到時候我們再討論你有沒有運動細胞。」

「我肯定是天生好手，一定的啊。」

「嗯哼。」艾芙莉臉上掛著壞笑，並朝著敞開的門示意。「要不要進來坐坐？我還需要準備一下。」

「當然好。可是妳呢？」

艾芙莉轉過來面對著他，一臉困惑。「我怎麼樣？」

「妳幾歲？」卡麥隆的聲音透著一絲焦慮。

「我上個月剛滿三十二歲。」她看到卡麥隆作出鬆了口氣的表情，笑出聲來，然後彎腰去撿超耐磨地板上的一隻襪子。「怎樣，你以爲我幾歲？」

「喔，當然是二十出頭啊。」

她用那隻襪子打了他一下。「少來。」

卡麥隆露出他最好看的笑容。「我是說眞的啊，妳很……」

另個房間傳來不勝其擾的哼聲，打斷了卡麥隆，不一會兒，一個青少年大步跑出來。他幾乎跟卡麥隆差不多高，頂著一頭蓬亂深色鬈髮，擁有跟艾芙莉相同的橄欖膚色。他看也不看卡麥隆一眼，舉著一個穀片盒子發牢騷：「媽！我們的『脆穀樂』燕麥圈沒了。」

卡麥隆的下巴簡直要掉下來。孩子？十幾歲的孩子？

艾芙莉臉上閃現驚訝的神情，僵硬地吸口氣。「卡麥隆，他是馬可。」她轉向少年，而他盯著卡麥隆，表情彷彿看到一坨剛拉出來的大便。「寶貝，這是我的朋友卡麥隆。」

「嗨。」卡麥隆點了一下頭。

「喲。」馬可抬起下巴。

「別在意他，他十五歲。而且我還以爲他十分鐘前騎腳踏車出門了。」艾芙莉維伸手拂亂馬可的頭髮，他忍耐了幾秒，便躲開她的手。卡麥隆在腦裡反覆計算了三次，想確保自己沒算錯。十七歲。艾芙莉十七歲就生了孩子！

「馬可，寶貝，我們的『脆穀樂』吃完的時候該怎麼辦？」

馬可翻白眼。「寫清單。」

「對，我們要寫進購物清單。」她語氣犀利。「我相信在這期間你可以找到別的東西吃。」

馬可嘟噥道：「我們的洋芋片也沒了。」

「噢，好慘喔。」艾芙莉用假裝平淡的俏皮語氣說。「好啦，我看看晚點能不能跑一趟超市。我跟卡麥隆要去水上玩，我不在的時候你不要在家裡搞破壞，可以嗎？」

「我晚點可以找凱爾和奈特來嗎？」

「只要你答應不要打一整天的電動就可以。你們去騎腳踏車！草坪也需要修剪。」

「好啦，我會弄。」

「太好了，玩得開心。」她把襪子扔給他。「這隻在去洗衣籃的路上迷路了。」

最後這句話讓卡麥隆心頭一驚。這正是以前他把衣服扔在臥室地上時，凱蒂會對他說的話。

「我應該要告訴你的。」艾芙莉咬著嘴唇，從露營車的副駕駛座盯著窗外。「對不起。」

「不！沒關係啊，很酷。」卡麥隆把手臂擱在敞開的車窗邊上。他眞的覺得很酷嗎？令他驚訝的是……沒錯，也許他眞的覺得。出於某種原因，看到艾芙莉爲人母的那一面，使他對她刮目相看，比以前對一般女孩子的印象更深刻。他轉下高速公路，駛向海邊，長長的山路蜿蜒曲折。降檔時，變速器劇烈振動，該死的鬆弛皮帶發出尖厲聲響，使他對自己堅持開車這件事產生疑慮，不過他是想炫耀這輛露營車的，車子現在看起來不錯。他用醋和檸檬把內部整個刷洗過，就連車窗都一塵不染；他還掏腰包買了張便宜但全新的床墊。

她瞟了他一眼。「我有小孩你覺得沒關係嗎？」

「呃，這應該代表妳很容易上手吧？」他回答，說到最後還特別加強語氣。他的笑話會不會越界了？然而艾芙莉哈哈大笑，還開玩笑地推了他的肩膀一下。

「你一定要下水，我會親手推你下水。」

「不行啦！我沒有泳褲。」

是眞的。卡麥隆的所有衝浪褲在被凱蒂從陽臺扔下樓之後，全塞在一個黑色垃圾袋裡。那垃圾袋現在八成被移到布萊德和伊莉莎白家的地下室了。

艾芙莉不敢相信地望著他。「怎麼會沒有？」

「我就現在手邊沒有啊。」

「你知道我們店裡有四角泳褲吧。」

「對我來說太高貴了，妳以爲我在那邊剁鯖魚、把地上內臟擦乾淨可以賺多少錢？」

「亂說什麼，我可以免費送你一條啊！」

「不要，我被施捨夠了，不過妳給我那個擦脖子的鬼東西真的超神。」

「好吧，」她微笑搖頭，「那只能希望你會喜歡全身又濕又冷。」

小小的海浪拍打礫石海岸。這能有多難？儘管如此，艾芙莉還是爲他進行了實況解說。「所以呢，你的腳要放在這裡，」她指著他的槳板中央，「然後像這樣握著你的槳。」她邊說邊示範。

她繼續講接下來的一百萬個指令，卡麥隆點頭聽著，卻心不在焉。

「還有最後一點，」她唧唧喳喳說著，邊優雅地將她的槳板滑入海中，「就是不要跌下去！」她跑步短褲的下緣被一陣風撩起，使他分心。

「不會啦。」他保證道，並按照指示趴著，將槳板從岸邊滑進水裡。但他才剛跪坐起來，準備站立時，整個人就開始踉蹌，接著一陣令人羞愧的水花四濺，他摔到十幾公分下的粗礪海沙裡。「媽呀！」他倒抽一口氣。海水冷得令他停止呼吸。驚人的寒冷。

「五秒鐘。」艾芙莉轉過頭來，挑起一邊眉毛。「破紀錄耶。」

「我只是測試一下好不好。」

「腿站開一點試試看。」

卡麥隆費勁一陣，用兩隻腳站在槳板上。而且艾芙莉說得對，開一點比較好。她意有所指地說，要帶他去她平常帶初學者去的路線，他也隨她了。普吉特海灣寒冷徹骨。

他跟著她繞過弧形長堤。在最外邊的一顆岩石上，一隻海鷗正歪著頭，滑稽地怒視前方。他看著那隻態度很差的鳥，差點又摔下水，但這次他恢復了平衡。每划一下槳，他就感覺更加穩定。

他倆前往突堤碼頭的半途中，艾芙莉放下槳，盤腿坐到槳板上。卡麥隆瞪大雙眼。這他也得照做嗎？

她咯咯發笑。「沒有看起來那麼難，就一邊慢慢坐下，一邊維持重量平衡。」卡麥隆屏住呼吸，依樣畫葫蘆，很快就順利坐下，隨著海浪緩緩起伏。

「感覺眞好。」他說。

「是吧？」艾芙莉往後一躺，兩隻手肘撐著身子。她的上衣撩起，露出完美的小巧肚臍。「索維爾灣是整個普吉特海灣裡很平靜的一段，這也是我搬來這裡的一個原因。」

「妳什麼時候搬來的？」

「好像五年前吧？對，沒錯，馬可那時候十歲。我們從西雅圖北上搬過來。」

「一定很辛苦。」

「他還好啦。他爸爸那時接了一份在阿納科提斯的工作，索維爾灣就在中間。」她伸出一手滑過水面。「加上我一直想開立槳衝浪店，但在西雅圖開不起。」

「那妳以前做什麼工作？」

「打一些零工，不過馬可還小的時候，我基本上就只是在當媽媽，他爸是拖網漁船的船員，所以行程很亂。」她盯著海灣。「他夏天都不太能跟馬克見面；但他其實人不壞。」

「前任不都很壞嗎？」卡麥隆把一條腿慢慢移向槳板邊緣，把腳浸到水裡。水依然很冷，但海上豔陽熾烈，感覺幾乎算舒服了。

艾芙莉微笑。「其實呢，我和喬許是好朋友，我們甚至沒有約會過，只在我高三的時候搭上一次，然後咻！就生了孩子，把我們一輩子綁在一起了。」

「咻！生小孩，就像那樣嗎？」

「相信我，你不會想知道生小孩是怎樣。」艾芙莉翻身趴下，兩手托著下巴。「對不起啊，馬可剛才對你那種態度。老實說，我不常帶男生回家，少數有帶回家，也都不太順利……」

「沒關係，他才十五歲，他有資格像芝麻街的『垃圾鬼奧斯卡』一樣。」

「垃圾鬼？你看他的房間會覺得他根本是垃圾魔王！我現在都不進去他房間了。」

卡麥隆笑出聲，回答她：「相信我，這樣是對的。」海灣外，一艘快艇飛快駛過。過了片晌，一連串的小浪使他的槳板輕碰上艾芙莉的板子；他倆這會兒已經快漂到碼頭邊。在這串修長木造結構的末端，一些青少年正在胡鬧，其中幾個踮著腳踩在傾斜的欄杆頂上，走鋼索似的。艾芙莉瞇起眼，盯著他們看。

「至少馬可不會玩那種白痴的特技。」她搖搖頭。「那下面大概有十公尺深吧，看是漲潮還是退潮，而且底下還有很尖銳的大石頭，一些舊的地樁，只要掉到錯的地方，人就完蛋了。」

「哎唷。」卡麥隆很怕高。

艾芙莉划槳進入碼頭陰影處，海水染得墨黑的地方，卡麥隆跟了過去。這裡底下的海水帶著冰冷的油味，水面下一根根映成冷棕色調的樁子上附著許多海藻。

突然，艾芙莉開口：「我阻止過一個人跳下去。」

「跳下去？」

「一個女的，想從碼頭跳下去。」她用槳戳著一根長滿藤壺的樁子。

「哇，妳怎麼阻止？」

「我就把槳板拖上岸，上去幫她，跟她說話。」艾芙莉不禁顫抖。「把她勸下來。」

「如果要叫我勸人下來，我連怎麼開口都不知道。」

「我其實主要只是聽她說話。」艾芙莉聳聳肩。「但很奇怪，我之前從來沒見過她；索維爾灣這麼小的地方，有新的人出現就是新聞了。」

「我有注意到這點。」卡麥隆不禁想起托娃和她那些團員，什麼創意亂編團之類的。還有伊森從超市回家後老愛跟他說鎮上的祕密八卦。「所以，妳把她勸下來之後做什麼？」

「送她回車上。我其實應該可以報警吧，可是……」她長嘆口氣，然後擠出個笑容。「總之，我幹麼跟你說這些？我本來只是想說，假如我發現馬可在那裡胡搞瞎搞，他會被禁足一輩子。」

「他很幸運有個好媽媽。」

「對啊，我媽也是不會讓我亂來，我想我就是這樣被養大的吧。」

「真希望我也是這樣被養大。」卡麥隆視線盯著海水，告訴艾芙莉他媽媽把他留在珍阿姨家，從此一去不返的事。

「天啊，卡麥隆，你辛苦了。」她舉起槳，放到他的槳板板頭上，把他的槳板拉過來。兩人的槳板輕輕相碰，她把一手放到他膝上。

有人砰砰踩在他倆上方的碼頭上，木板內迴盪著腳步聲。某個青少年尖叫一聲，有那麼一秒，卡麥隆以為會看到一個被罪固酮驅使的身體躍入底下的黝黑海水。但接著只傳來一陣笑聲。

他打了個寒顫。「有時候我會想，不曉得她是不是還活著？」他的嗓音變得低沉。「但我又會想，如果她還活著是不是更慘？假如這些年來她人還在，卻從來沒努力要再來當我的媽媽，妳懂嗎？」

「你阿姨也都沒有她的消息嗎？」

「沒。」

艾芙莉伸出一根手指撫過她的板緣，留下一道細小水珠。「你媽媽一定覺得很困難。」

「**她**覺得很困難？」

「我的意思是要離開很難啊。把你留給一個更能好好照顧你的人。」

卡麥隆輕哼一聲，準備反駁，卻想不到能說什麼。當然，他以前就聽過種種說法，大家會說他被媽媽丟給珍阿姨，其實是因禍得福，甚至說那是一種慈悲。就連珍阿姨自己以前也這麼說。那些話聽起來就像一流的鬼扯，空泛的陳腔濫調，只是安慰他罷了。但不知怎的，聽到艾芙莉這麼說，這番話給人眞誠實在的感覺。

他還小的時候，曾想像過有媽媽的生活會是什麼樣子，但在那些幻想中，那媽媽的形象總是……呃，很典型的媽媽，類似伊莉莎白的媽媽，家裡有那些有氧運動錄影帶，還有出名的奶油餅乾配方。當然，失去那樣的母親，會是要命的痛，但也許艾芙莉說的沒錯；他所想像的母親並不眞實存在。

「我發現懷上馬可的時候經歷了一些很狗屎的事，」艾芙莉接著說，「你知道，要做一些決定，而我那個討厭的大家族裡每個人都對這件事有意見，好像覺得不管我怎麼做，都會毀掉自己的人生。」

「別人和別人的意見通常都很煩。」卡麥隆說。「而且鄭重聲明，妳把妳的人生過得很好。」

「嗯，沒錯，算是吧，對不對？」她臉上閃過一絲半謙虛的笑意，旋即又恢復嚴肅。「但那時我才十七歲，完全不曉得自己在做什麼。我決定要留下肚裡的孩子，但這一路上有時候，我會想——爲了馬可，或者是爲了我自己——或許把他給別人會更好。」

「妳想過要把他出養。」

「眞的差點就要送走了。」她將膝蓋抱到胸前。「我家人，他們都一直說那樣對大家都好，而你知道，以我的例子來說，他們錯了；但我能理解他們的論點，那有可能是對的決定。」

卡麥隆腦中又浮現艾芙莉摸摸兒子頭髮的自信模樣；她不容忍髒襪子扔在地上的模樣。他自己連買一輛破爛露營車的錢都湊不出，還要挪用他那過度慷慨的阿姨的錢，而同時呢，艾芙莉已經養大一個人類，更別提還買下一棟房子和一間立槳衝浪店，而且想都不想就把一罐要價二十美元的有機凡士林免費送給像他這樣的蠢貨。她才是眞正對受傷的生物招架不住。

「我朋友伊莉莎白和布萊德快生小孩了，」他說，儘管他不確定自己爲何提起這八竿子打不著的話題。「是我的好朋友，我們三個一直很要好。」

「眞好。」艾芙莉說。

「是啊，很棒。」卡麥隆緩緩點頭。「嗯，他們完全不曉得自己在做什麼，但我想他們會搞清楚的。」

「當然，有幾十億的人都搞清楚了。」

卡麥隆微笑。「妳一定會喜歡他們，呃，布萊德是個呆瓜啦，但他這人靠得住，而且我覺得妳跟伊莉莎白可以當好朋友。」他一手探入沁冷黝黑的海水。「眞希望妳可以認識他們，我的意思是，以後有機會的時候。」他摸摸突然漲紅發燙的後頸。

「當然，我很樂意。」艾芙莉跪坐起身，將一支槳探入水中。「我們回去吧？這下面好冷。」

一小時後，他們晃回突堤末端，那隻忿忿然的海鷗再次怒視他們。「開心點嘛，兄弟。」卡麥隆對自己咯咯發笑。他被伊森傳染了。

海鷗往後仰，尖喙大開，發出了一隻鳥所能發出最響亮憤怒的刺耳叫聲。

卡麥隆只不過一腳往後滑了幾公分，重心一偏，就水花四濺，嘩啦落海。又一次。

他浮出水面，喘著氣大喊：「媽呀，還是好冷！」

艾芙莉去哪了？他踩著凍死人的水，左右轉頭尋找她。他看起來八成像隻天殺的海豹。還是海獅？他忘了哪一種鰭足類是原生在太平洋西北地區的動物了。他已經冷到頭腦都不好使了嗎？是體溫過低嗎？

「需要幫忙嗎？」她出現眼前，在她的板子上划著槳過來。她也喘著氣，笑到喘氣。

「我可以。」他嘟噥著，試圖爬回濕滑的槳板上。就在他一邊膝蓋爬上去時，槳板滑了出去，他再次落水。

他重新浮上水面，艾芙莉下了一連串難以理解的指令。「移動重心，那邊膝蓋用力，核心收緊，不是，是另一邊膝蓋，用那邊手肘，用那手抓，不是，是你的右手，不對，是另一隻右手啦……」

他終於成功翻上槳板，像個傻瓜似的坐在上面，淌著水，喘著氣，這時那隻海鷗從突堤飛了起來，滑翔經過他倆。

「你這個長羽毛的小混蛋。」他揮拳咕噥道。

艾芙莉總算笑完了。她撩起衣服下襬擦眼睛。「離岸邊超近！你差點就成功了。」

「天啊，謝謝妳對我有信心。」他嘴角揚起笑意。「那，既然我已經濕了……」他跳進冰冷的水中，直直衝向艾芙莉的槳板，用力推了一下，她尖叫著摔到他懷裡，把他往下推，她嘴裡的警告淹沒在水中，而槳板在一兩公尺外浮了起來。

他浮出水面，咧嘴笑了。「現在我們兩個都濕了！」

「你死定了。」她的嗓音粗礪，眼眸卻閃動光芒。他一手摟住她的腰，將她攬入懷裡，她的身體在水中幾乎沒有重量。她雙腿勾上他的大腿。火辣得要命，儘管這時他腋窩以下都冷到麻木了。

「妳沒帶衣服來換。」他說著，牙齒格格發顫。「我看到妳沒帶包包來。」他的雙唇離她的只有一息之遙。

她低聲回答：「因爲我從來不會跌下水。」

「幸好我露營車後面有毯子。」

她大笑，稍微抽開身子。「卡麥隆，如果你敢說什麼我們應該把濕衣服脫掉的話……」

他裝出一副被冒犯的樣子。「呃，眞的應該啊，不是嗎？」

「還有如果你敢說什麼幸好我們有開露營車來，因爲馬可和他朋友在我家……」

「怎樣？妳不覺得幸好嗎？」

「覺得啊。」她再次湊近，吻了他，一開始十分輕柔。她的唇帶著鹹味，微微發顫，但當她張開嘴，嘴裡是溫熱的，甜而醉人。然後她嗖的一聲彈走，抓住漂走的槳板，朝他挑釁地燦笑，那笑容幾乎要讓他再次掉進水裡。她說：「最晚回到岸上的人是臭雞蛋。」

那時有個女孩子

那時有個女孩子。

這念頭彷彿一株毒藤，纏繞進托娃日常生活的所有層面。她一早鋪床的時候：**那時有個女孩子**。等待咖啡濾煮的時候：**那時有個女孩子**。擦拭踢腳板的時候（畢竟又是星期三了，就算世界已經天翻地覆也一樣）：**有個女孩子、有個女孩子、有個女孩子……**

雖然艾瑞克很受歡迎，但他並不隨便跟人交往。他中學期間是有幾個紅粉知己，而警方也跟她們一一詳談過。當然，不是把她們當成嫌疑犯，只是因爲她們曾經跟艾瑞克很親近，或許會知道他那天晚上在做什麼，知道他是否在玩什麼遊戲，或是逃家，或者是……

那時有艾希莉．貝林頓，她是艾瑞克前一年秋天參加索威爾灣高中返校日舞會的女伴，但她一無所知，當晚她跟家人去搭郵輪，不在索維爾灣。還有珍妮琳．梅森，是他幾個月前春季舞會上的女伴，她也幫不上忙，因爲當晚她南下西雅圖參加一個社交聚會，在一個朋友家過夜。另外還有斯蒂芬妮．李。在警方追問下，托娃說出這同學那年春天曾來過家裡幾次，所謂的「一起唸書」。但斯蒂芬妮說她當時在家睡覺。起初刑警對這說法不以爲然，但最後判定是眞的，那女孩無法提供任何資訊。

那時有個女孩子。她怎麼會不曉得呢？托娃努力專注在攤放眼前的報紙上，看著報上的每日塡字遊戲，但雙眼卻像打了結似的。「五個字母：異於尋常的技藝」。她知道答案是

「STUNT」（特技），但她的鉛筆想寫的卻是「A-G-I-R-L」（一個女孩子），或更理想的是，那女孩子的名字。她叫什麼名字？那名字是否埋藏在她的記憶深處？可能她曾經聽過，但不曉得那名字很重要？亞當．萊特是否曾回想她的名字？他有努力回想過嗎？她曾翻閱電話簿尋找亞當．萊特的電話，但他的聯絡方式不在上面，這也合理，因爲他才剛搬回來。話說回來，說不定他連他們在艾蘭德牛排館的對話都不記得了；那時他喝了好幾杯馬丁尼。

這點也使托娃困擾。誰眞的了解亞當．萊特這個人呢？一個午餐時間就貪杯的傢伙，酒後回憶往事，誰知道他的回憶有多可靠？他是艾瑞克學校的朋友，但不是多親近的好友，他自己也這麼說。

她摳著廚房餐桌一角剝落的美耐板邊緣。摳東西眞是壞習慣，她應該立刻用強力膠把桌子黏好才對。然而她繼續摳著。爲何一切事物都開始分崩離析呢？

假如那天她沒帶塡字遊戲去漢彌爾頓公園，沒跟他因爲「金髮美女」的黛比．哈利而有了片刻的交會，老天爺，居然因爲這種事……那麼他還會在艾蘭德牛排館認出她嗎？

爲什麼他到現在才回憶起關於那天晚上的細節？

爲什麼艾瑞克要開船出去？

爲什麼亞當記不得那女孩子的名字？

爲什麼艾瑞克沒跟她說過那女孩子的事？

爲什麼這一切現在全蹦出來了？

「爲什麼？」她問「貓咪」。「貓咪」正躺在亞麻油地氈上的一塊陽光裡，他舔舔爪子，瞇起了眼。

托娃已經許多年不曾面對這麼多跟艾瑞克有關的問題了。這令她筋疲力竭，累到她午餐後躺到長沙發上小睡，她已經許多年不曾這樣。

電話鈴聲劃破了托娃的酣夢。她手忙腳亂地抓起話筒，險些沒拿好。她用粗啞的嗓音說：「喂？」

「我有好消息！」是個女人的聲音，有那麼個萬分之一秒，托娃腦中又浮現**有個女孩子**。然而那是潔西卡·史奈爾，那位房仲。

「哦？」托娃坐起身，揉揉太陽穴。

「有人出價了，比開價高了一萬美元！」潔西卡·史奈爾滔滔不絕，連珠砲似的說了買方的詳細資訊和他們的出價，並指示如果托娃想接受這出價，下一步該怎麼做。「先說，我們都還沒開放參觀，所以如果妳想拒絕，我也不怪妳……但我可以跟妳說，這出價很好，我們定的價格已經很硬了。我們可以還價，就可以直接下架，不用開放參觀了，妳覺得呢？」

「好，好。」托娃抓了筆和一疊報紙，將那些數字草草寫在報紙空白處，旁邊就是昨天玩到一半的填字遊戲。最近她就是沒辦法把填字遊戲玩完，不曉得爲什麼，這件事感覺不像以前那麼重要了。「好，我們就還價吧。」

「太好了，那我把文件發到妳電子信箱，我看看，妳的……我們檔案裡沒有妳的電子信箱耶？」

托娃嗤之以鼻。「我沒有電子信箱。」

「噢，沒錯，妳那時候是直接把委售契約送來我辦公室。」潔西卡接下去說，沒停頓半秒。「沒問題，我們就這樣做，我晚上送一份還價的紙本去妳家，好嗎？」

「很好。」

掛上電話後，托娃緩緩吐出一口氣。對方會接受還價。合約會簽好。這間房子會賣出去。她到廚房，從咖啡壺倒了杯冷掉的咖啡，放進微波爐加熱，然後走出後門。在後門廊上，「貓咪」正躺在一塊陽光裡。托娃看到他，苦澀地嘆了口氣。她在那張小小的庭院長椅坐下，貓隨即跳到她腿上，貓爪搭在她胸前，頭顱蹭著她下巴。

「我們該拿你怎麼辦呢，小傢伙？」托娃撫摸他耳後特別柔軟的毛皮。「我想你應該沒辦法再回去住在外面了。」

貓咕嚕回應。或許改天再解決這問題吧。

有個女孩子。

托娃簽潔西卡·史奈爾的文件時，關於那女孩子的念頭在她的意識邊緣嚙咬不休；在她做晚餐時，這念頭在她的腦中敲呀敲的；在她下山去水族館的短暫車程中，這念頭盤旋著，彷彿一隻陰魂不散的蒼蠅，以致進停車場的拐彎處倏地出現在眼前，而托娃差點錯過了這個她至少開過一千字的轉彎處。

發瘋。發瘋就是這樣開始的。她正逐漸失去理智。就因爲一個喝太多馬丁尼的傢伙漫不經心說了幾句話。

卡麥隆今晚似乎心不在焉，兩人靜默無語地做事：她把桶子裝滿醋水，而他清洗和扭乾拖把。他們打掃到水族館最東側時，她終於開口問：「親愛的，有你爸爸的消息了嗎？」

「沒。」

「眞可惜。」她把嗓音拉高到異常愉快的語調，接著說下去：「你總有一天會找到他的，等你找到了，他肯定開心得不得了。」

「對，可能吧。」他在她前面打掃，在弧形走道那裡。

她追上他，然後停下腳步，望向馬塞勒斯水槽前方的厚玻璃。馬塞勒斯從石頭後面漂出來，眨眼問候，然後將一隻觸腕貼到玻璃上。他沿著光滑的玻璃表面噗唧噗唧地移動，那些渾圓的吸盤看上去宛若一個個迷你的瓷餐盤，專供娃娃兵使用。

她腦中靈光一閃。有件事可以讓這男孩子回過神來。

出乎意料的寶物

「**我們用**另外那張凳子，好嗎？」

卡麥隆狐疑地看著托娃把老舊損壞的梯凳搬走，換來新的那張。那把壞掉的舊凳子該處理掉，或許他今晚離開時就順便拿去扔大型垃圾箱。

「上次他躲著，」卡麥隆指出，「妳爲什麼覺得今天晚上會不一樣？」

「今天他心情比較好呀。」

「噢，拜託，心情比較好？」**就算她是章魚溝通師，也沒辦法分辨無脊椎動物的心情吧？**卡麥隆端詳水槽內，馬塞勒斯看上去跟平時一樣，像隻詭異的外星人漂浮著，他那令人緊張的眼睛像是有自己的思想似的。假如有人把馬塞勒斯開膛破肚，發現體裡全是電線和電路，卡麥隆也絕不訝異。一個被遙遠星系派來臥底的海洋機器人，不是有電影這樣演嗎？就算沒有也該要有。或許他可以寫這樣一個劇本。

他站在凳子前猶豫再三，眼神瞥向隔壁的水槽。說眞的，狼鰻是卡麥隆這輩子見過最醜的魚了；此刻有兩隻在外面，停在一塊石頭旁，狼鰻可怖的牙齒從戽斗的下顎突出。「還是我們跟狼鰻玩？看起來似乎也挺親切的。」

托娃不理會他的譏諷，逕自爬上梯凳，伸手探入水槽。卡麥隆看著馬塞勒斯用觸腕纏住她手腕。托娃摸摸他外套膜的頂部，而章魚似乎也抵著她的手，這令卡麥隆想起以前凱蒂那隻誇張的小狗坐在她腿上時，就是這麼吸引她注意。

「那你跟我的朋友卡麥隆打招呼吧，這次要親切一點唷。」托娃對章魚說。她示意卡麥隆站到她現在的位子。他翻翻白眼。但那章魚似乎聽了話，放開了她的手臂；他那神祕莫測的眼睛望向卡麥隆，身子漂浮在那冰冷碧藍的水槽裡，像是殷殷企盼著。

「好吧。」他咕噥著，脫下那件他最愛的帽T，扔到檯面上，然後爬了上去。他一手探入水中。水十分冰冷，比普吉特海灣還糟；在跟艾芙莉出遊後，卡麥隆現在認爲自己對海灣的冷已經瞭若指掌。

那生物將一隻觸腕往上移動，輕拂過他的手。

「啊！」出於本能，他將手從水裡抽出來，托娃在下面看見了，不禁輕笑起來。

「有點驚慌不要緊的。」她說。

「我不是驚慌，」卡麥隆咕噥道，「只是覺得很冰而已。」

「再試一次。」她鼓勵道。

他再次嘗試時，逼自己這次把手留在水裡，讓馬塞勒斯戳他手背上的血管，摸索他的指關節。接著，說時遲那時快，章魚的觸腕末端纏上他手腕，每個吸盤都感覺像是隻小小生物，卡麥隆還沒會意過來，已感覺像有數以百計的小生物爬上他的手臂。

令他吃驚的是，他居然笑出聲來。

托娃也笑了。「感覺很怪，對不對？」

「對。」他低頭看進水裡。馬塞勒斯那隻眼睛不知怎的閃爍光芒——彷彿正與他們一同大笑。這生物肌肉發達的觸腕此刻繞得更緊了，直纏到他的手肘。這傢伙到底有多強壯？

卡麥隆只管注意自己手臂的血液循環，沒留意到馬塞勒斯的另一隻附肢繞過他背後，輕拍他另一邊肩膀。他轉過身去，想當然撲了個空。這章魚是故意的嗎？他在開玩笑嗎？

「啊，他騙到你了！」托娃眼神發亮。「我哥以前常這用這招騙外甥，就我兒子，這是老招了。」

章魚鬆手。卡麥隆邊踩下椅凳，邊檢查手臂內側的吸盤痕跡。

「很快就會褪掉。」托娃安慰他。

「妳的沒有很快褪掉啊。」卡麥隆指出。

「親愛的，我這是七十年的老皮啦，你的皮膚會恢復得比較快。」

有什麼關係？這些痕跡看起來滿酷的，就像紋身，說不定艾芙莉會覺得很酷。他抓了架子上的一捲衛生紙，把手臂擦乾，接著準備轉身，用罰球的方式投到這狹窄泵浦室角落的垃圾桶。就在此時，章魚水槽裡有個東西吸引了他的目光。在那生物片刻前遁入的大石頭後方附近的沙子裡隱約透出某個閃亮的東西。

「那是什麼？」他問托娃。

她抬頭望著他，困惑不解。

「那個亮亮的東西啊。」他蹲下，盯著玻璃裡頭，托娃也照做，並調整她的眼鏡。

「天哪，」托娃皺起眉頭，「我不曉得。」

恰恰在此時，章魚將一隻觸腕從他的岩石巢穴裡蜿蜒探出，並用尖端戳著沙子，令卡麥隆想起珍阿姨，每當她在沙發上睡著，弄掉了眼鏡，就是這麼半盲地在靠枕之間四處摸索。

「我覺得他在找那個東西。」卡麥隆說著，同時對自己嘴裡講出的話感到難以置信。這生物在聽他們說話嗎？

托娃還來不及回答，章魚摸到了那個謎樣的東西，並將上面的沙子掃開。卡麥隆透過玻璃瞇眼端詳。那是個水滴狀的銀色玩意，約莫兩三公分寬。是釣魚的假餌嗎？不，是耳環。一只女人的耳環。

章魚嗖地把耳環掃進巢穴。

不知爲何，托娃仰頭大笑。

「有什麼好笑的？」

她一手捂著胸口。「照我說，我們家的馬塞勒斯可是個尋寶大師。」

「尋寶大師？」卡麥隆隨著托娃走出泵浦室，托娃邊走邊告訴他一個故事，就是章魚某天晚上把她弄丟的家裡鑰匙還給她的事，章魚顯然從他水槽裡挖出了那把鑰匙。卡麥隆邊聽邊點頭，但他不確定自己是否眞的相信。托娃是個很好的老太太，而且他今晚確實是見識到一些事，但這些關於章魚的怪事實在有夠誇張。最後他倆總算重回舒服的緘默，繼續工作。卡麥隆任由自己的思緒再度漫遊，重播他與艾芙莉共度的夜晚，她躺在他的枕頭上時，頭髮散發洗髮精的水果香氣。他不要再看手機，看她是否傳了訊息給他。不行。他也不要在晚上下班後路過立槳衝浪店，儘管他知道店早已打烊。絕對不行。他一邊心不在焉地收集垃圾、更換垃圾袋，一邊對自己許下承諾。

「別忘了邊緣要整圈勾好。」托娃從走道另一邊喊。

她怎麼看到他的？後腦杓長了眼睛嗎？或許她是來自遙遠星系的間諜機器人。這可以當他劇本裡超棒的劇情轉折。

他指著垃圾桶邊緣。「整圈都勾好啦，妳看。」

「再往下拉一點，就幾秒鐘的工夫。」

「這樣已經很好了！」

「這樣垃圾一多就會開始往下滑。」

「嗯，那到時候就會有人來弄啊。」

托娃轉向他，兩手抱胸。「你媽沒教你做事要一次就做好嗎？」

卡麥隆盯著她。「我沒有媽媽。」

托娃臉上頓時沒了血色。

「她……我是說，她有點問題，有藥癮，我九歲之後就沒見過她了。」

「啊，天哪，卡麥隆，對不起。」

「沒關係。」他邊嘟囔邊把垃圾袋整圈拉好，而且發現確實只要幾秒鐘的工夫，眞討厭。

他抬起頭，只見托娃正拚命擦著玻璃上不存在的污痕，不肯看他的眼睛。

「眞的，沒關係啦，」卡麥隆又說，「妳事前又不知道。」

「不，眞的有關係，我說話應該小心點才對。」

「不是，是我不該因爲這件事對妳發火，我只是太累了。」卡麥隆嘟著嘴吐出一口氣。「泰瑞要我今天多剁一些鱈魚給鯊魚吃，還有瑪肯西生病沒來，所以我邊做事邊顧售票口，又一直有人打電話來，還有……總之今天很累。」

「你在這裡工作很努力。」

「應該吧。」這句話滲透他胸臆，緩慢而溫暖，就像冷天的熱雞湯一樣。這或許是他這輩子收到最好的稱讚。

「真的。」托娃對他微笑，讚賞地微微點頭，又繼續擦拭玻璃水槽。

「其實呢，我沒有媽媽，但我有一個珍阿姨。」他遲疑地說，同時拿起拖把，開始沿著踢腳板拖地。「我媽媽離開之後，是她把我養大。」

托娃抬起頭來。「我很想聽你說她的事。」

「她是世界上最棒的人，不過妳可能不會喜歡她。」

「我怎麼會不喜歡她？」

卡麥隆賊笑。「我相信她從來不知道怎麼把垃圾袋鋪好。」

托娃大笑，笑聲在空蕩蕩的走道上迴響。

被囚的第1349天

他們沒發現。

他們倆已經共事好幾個禮拜，怎麼還看不出來呢？

我已經在我的收藏裡搜索許多次，思考著這些物品裡有哪一樣可以為他們指點正確的方向，然而全都徒勞無功。現在我的收藏變得一團糟，散落到巢穴外，凌亂無序。太危險了。如果我再不小心點，下次水槽清潔時，我的收藏會曝光。況且我也怕下次水槽清潔時，我可能已經不在了。

我得撐下去，為了他們。我不能忍受這故事像現在這樣沒個完結，也擔心如果我不插手幫助他們了解實情，未來也永遠不會有結局。

人類的妊娠期大約是兩百八十天。受孕必定發生在那男孩遭遇不測那晚的不久前。但母親要等好幾週才會意識到自己體內有了胚胎；若是生產後代並不在計畫中，有時更需要再過數月才會發現。在被囚期間，我觀察來來去去的訪客，已見過這種情形無數次。

假如托娃知道他的出生日期，他的姓氏，這樣就行了嗎？我得試試。

為何我這樣深深在意，希望她知情呢？我不太確定。但我的結局已經迫近，她在這裡的時間也快到了盡頭，如果他們不快點弄清楚這件事，涉及此事的每個人都會留下……空洞。

通常情況下，我喜歡空洞。我水槽上方的空洞給了我自由。

但我不喜歡她的心有空洞。她只有一顆心，不像我有三顆。

托娃的心。

我將盡我所能，幫她填補心的空洞。

有些樹

茶巾堆成了高塔，托娃再放上一條後便搖搖欲墜。她的閣樓地板上堆滿像這樣成疊的物品。在頭頂上，午後陽光從大觀景窗流瀉入屋，像教堂裡才有的高聳梁柱光可鑑人，沐浴在日光中。然而托娃的心情沒這麼晴朗。一堆堆東西令她受不了。

威爾是惡名昭彰地愛堆東西：收據、舊廣告郵件、已經讀過兩遍的雜誌、隨手寫下卻連自己都看不出寫些什麼的紙條。在威爾看來，那些東西都需要保存。每當托娃叨唸他把東西堆得亂七八糟，他就把四散的物品聚集成疊，邊角收攏整齊，咚地放到某個檯面或櫥櫃邊上，然後得意地說：「看到沒有？整整齊齊。」

托娃會等到他在躺椅上打瞌睡，再嘆口氣把那些垃圾送到該去的地方，偶爾是檔案櫃，但通常是扔進垃圾桶。當威爾的癌症製造出許多文件，把那小小的檔案櫃塞滿時，托娃買了個新的，擴充她的歸檔系統，讓每張保險公司文件、每份醫療帳單都有歸宿。照顧丈夫，看著癌症侵犯他的各個器官，這事或許曾一度占據了她的生活，但她絕不會容忍文件占據她的廚房檯面。

「貓咪」啪嗒啪嗒地爬上閣樓樓梯，托娃對著他說：「真是災難啊，對不對？」片刻後，那灰尾巴像問號似的現身在一只箱子後方。貓纖細的身軀繞行在一疊疊物品之間，優雅得不可思議，連一粒灰塵也沒揚起，最後來到托娃身邊的一塊陽光下，百無聊賴地瞟了一眼，側身躺下，閉上他黃澄澄的眼眸。

托娃微笑，心中的不悅情緒略微消退。「我想你砰砰砰爬上來就是爲了在我工作時，陪在旁邊睡覺，對吧？」她摸摸貓咪的側腰，便開始有低沉穩定的呼嚕聲傳出來。

閣樓裡終於分出了三大類，不管怎樣，算是個起頭，有了套系統。明天芭芭和詹妮絲，還有詹妮絲的兒子提摩西和他的兩三個朋友都會來，大家自告奮勇要來幫忙整理和搬東西。托娃允諾幫大家訂披薩，儘管冷凍庫裡塞滿燉菜還叫外送食物似乎很奢侈，但她確實需要幫忙，也最好是認識的人來幫，而不是讓陌生團隊來碰她家族的祖傳東西。再說，芭芭和詹妮絲電話打個沒完，一直說要幫忙，這樣能安撫她們。

第一類物品遠遠少於其他兩類，是她要帶去恰特村的東西：兩三部艾瑞克的舊玩具車、幾張照片、她母親的陶瓷茶具還完好的幾件，她想她會偶爾拿來喝咖啡。挺可惜，多年來這些茶具幾乎都沒使用，幾十個寒暑哪。

先前用來包裹茶碟的棉紙現在揉成團，扔到最靠近門邊的那區：垃圾。同樣在這區的，還有大量照片和其他紀念物品。雖然把這些東西丟掉感覺很奇怪，因爲一直如此精心保存著，然而這些東西還能去哪呢？詹妮絲建議租個倉庫，但何必呢？這世上已經沒有人會想要這些東西了。

然後是最大的一堆：捐贈堆。地方上的二手商店預定下週派卡車來收。艾瑞克的多數玩具都在這一堆；或許會有哪個人的孫子孫女可以玩這些玩具。放在舊玩具旁邊的，是她母親的骨瓷餐具。這套餐具曾挺過漂洋過海的旅程，應該也能熬得過前往市區二手商店的路途。到那裡後，有沒有人會買則是另一件事了。最早她試過要送給詹妮絲，但詹妮絲說她沒空間。同樣地，芭芭的空間顯然放她那些大象飾品就滿了。她考慮過送給在水族館櫃檯工作的瑪肯西，甚至是潔西卡．史奈爾辦公室旁邊那位開立槳衝浪店的小姐。但現在的年輕女性已經不想要骨瓷了，瑞典的舊玩意對她們來說毫無用處。她們有自己的餐具，很可能來自宜家家居吧。瑞典的新玩意。

同樣在捐贈區的，還有五隻達拉木馬，這些腿直直的小雕像，以黃、藍、紅三色繪製，漆塗精美。艾瑞克弄壞的那第六隻木馬已經不見許多年了。她總以爲或許哪天能找到，修理好，但現在何必多費事呢？她拿起其中一隻仔細端詳。如果她把木馬帶走，全數都會留在恰特村，讓某個人處置，屆時即便再來個大牙律師和他的私家偵探，也沒法找到想要這些東西的人。

儘管如此，這些達拉木馬還是移到了另一堆。木馬將隨她一起去養老院。

她拿起一疊泛黃的枕頭套；這些褶邊的玫瑰是她母親手工繡製的。托娃將枕套扔到最近的一堆布單上，枕套散發一陣霉味，這些得在捐贈前先洗過，想當然耳。

這些東西都長年收藏，全是等著她的家族樹開枝散葉後再傳下去的遺物。然而這株家族樹許久前便停止生長，樹冠已然稀疏破碎，老朽的樹幹分泌不出半點樹汁。這世上有些樹就是沒法生出新的嫩枝，只能堅忍地矗立在林地上，默默凋零。

她攤開下一件要放進捐贈堆的東西：一件亞麻圍裙，結實的布料皺巴巴的。這是她母親烘焙時會穿的圍裙。托娃將圍裙捧到面前；圍裙聞起來發酸，像壞掉的麵粉。她摺起磨損的綁帶，並努力將整個下午縈繞她心中的念頭拋到腦後。**那時有個女孩子。**

假如艾瑞克那晚沒死，那女孩可能會是她的媳婦。托娃自己或許會穿上這圍裙，教兒子的妻子烤他最愛的奶油餅乾，然後等時候到來時，將圍裙傳給她。

這種荒誕的念頭得停止。無論那女孩子是誰，艾瑞克並沒有喜歡她到願意告訴媽媽。

這最後的念頭一如其他許多事，刺痛了她。

「貓咪」的午睡結束了，因爲一隻馬蠅撞上窗戶，引誘熟睡的灰毛獵人熱切地狩捕奔跳，儘管這行爲說穿了毫無意義。托娃看著貓跳向窗子、抓著玻璃，而那馬蠅仍在外頭盤旋，不以爲意。

「我懂你的感覺。」她同情地點頭說道。明明知道有東西在那裡，卻抓不到摸不著，這確實是一種折磨。貓咪帶著敵意嗚咽一聲走開，再次穿梭在迷宮般的成堆物品之間，然後下了樓梯。

托娃看看手錶：快五點了。「該想一下晚餐了。」她對著空氣咕噥著，從低矮的椅子上站起身，將發疼的關節伸展開，從亂糟糟的東西之間小心翼翼地走出去。事情做到一半就抽身，這不像她的作風；她轉身離開那堆未整理完的東西，心裡湧起一股叛逆的感覺。她下了樓梯，盡量不用那隻碰了仍會痛的腳踝使力。

今天的晚餐菜單是蛋沙拉三明治……又是蛋沙拉，整星期都在吃這玩意。（上週廣告傳單裡有張優惠劵：買一打送一打。）但今晚，她實在不想再吃一個鬆鬆散散的三明治了。

沒錯，最近她都在早上採買。並不是因爲她要躲伊森邀她喝咖啡。當然不是。她又看看錶：她相當肯定他現在正在值班。她用一手抹抹臉，感覺自己的臉就像閣樓裡的遺物一樣憔悴，彷彿每道褶痕和皺紋裡都積了塵埃。現在如果能和那位蘇格蘭人友好地聊聊天倒是挺好的。

「我去『愛買家』囉。」她知會貓咪一聲，此時他正蹲坐在長沙發的扶手上，肯定會留下一層灰毛，托娃待會兒得用除毛刷清理。啊，好吧，她反正不會把這沙發帶去恰特村，這是當然的，太大了，而且再說，比貓毛討厭的事可多了。

悶熱厚重的霧氣籠罩整個索維爾灣，幾個百無聊賴的青少年駐守在超市前面的路邊，給太陽烤得慵懶，攤著手腳，令托娃聯想到一堆瘦條條的蟲子。她走向大門，跨過一個年輕人伸得老長的腿，嘴裡嘖了一聲。

門發出叮響，伊森．馬克從收銀機後抬起頭來，咧嘴笑喊：「午安，托娃！」冰涼的冷氣襲來，托娃手臂上登時起了雞皮疙瘩。她該帶上毛衣的。

「你好啊，伊森。」她突然想不到其他話可說了，便匆忙走向放蔬果的走道。這裡的溫度更冷，她撈了一整袋光潔閃亮的白櫻桃放進籃子裡，接著猶豫片刻後，又裝了一袋。櫻桃的產季太短了，而這些櫻桃看起來又很吸引人。

「哇，一磅才三塊錢！根本像送的。」

托娃轉身，看見一個很面熟的女人正啃著一粒櫻桃，花了片刻才認出她是瑪麗．安午宴上的那位珊蒂，就是亞當．萊特的女朋友。那位**在電話簿上找不到的**亞當．萊特。

「啊，蘇利文太太對不對？」她用手背抹掉嘴上的櫻桃汁液，然後窘迫地咧嘴笑。「又遇到妳真好。我這樣算是被妳逮到吧。」

「不用擔心，我不會報警。」托娃說著，淺淺一笑。「很高興遇到妳，珊蒂，希望妳和亞當在這裡適應良好。」她湧起一股內疚，想到自己先前開車穿越那個新成屋社區，老盼著能看到亞當或珊蒂出來拿郵件或修草坪。人們應當在自宅享有隱私的，尤其她比其他人更該理解這點。況且她就算眞碰到他倆，關於艾瑞克那個謠傳的紅粉知己，誰敢說亞當能記得比午宴上透露的更多呢？畢竟那晚已是三十年前的事。

然而托娃卻無法將他的話拋到腦後。她又打了個冷顫。

珊蒂又從櫻桃堆裡抓了一顆，把梗摘掉。「謝謝，而且眞的，開始有家的感覺了，這裡實在很美，可以遠離吵鬧的大城市很好。」她將櫻桃咬成兩半，取出櫻桃籽，喉嚨裡發出低沉的「嗯」聲，並聚攏指尖，像大廚般陶醉地親吻一下。「說眞的，妳應該吃一個看看，好吃得不得了。」

「嘿，妳！不能試吃！」伊森衝進蔬果區，邊搖著他肥厚的手指邊走過來。珊蒂面色如土，但托娃笑著搖搖頭。伊森的眼神閃閃發光。

他用肩膀輕碰可憐的珊蒂一下。「逗妳的啦，妳拿幾顆也沒人會知道。今年的櫻桃產季特好，不是嗎？」

珊蒂發出緊張的笑聲。「呼，我還以爲我要被鎭上唯一的超市驅逐了。」

「當然不會，我們鎭上的人最親切了，對不對呀，托娃？」

托娃歪著頭。「應該是吧。」

伊森咯咯發笑，兩手拇指勾著圍裙的綁帶。

「好吧，我就讓兩位小姐繼續採購和試吃，妳們要結帳的時候再喊我一聲。」他愉快地點頭致意，轉身緩步走向陳列在附近的哈密瓜，忙著整理起那成堆的瓜果。

「這小鎮眞是有些特色人物，對吧？」珊蒂望著他，沉思說道。「亞當老是努力想形容索維爾灣的……呃，特別之處，但我得承認，來到這裡親身體驗後我才眞懂了。」

「是，這個嘛。」托娃凝視地磚。她八成也被當成這鎮上的特色人物之一吧。

「妳知道，我從沒想過自己會住在小鎮裡，小鎮的大家都好友善，但也很……怎麼說，愛管別人的事吧？」

「我們會說這是關心彼此。」

珊蒂那珊瑚色的嘴唇露出一絲緊繃的淺笑。她將一袋櫻桃放到鄰近的蔬果秤上。「亞當一直說我會適應的。」

「我相信亞當沒說錯。」托娃擠出笑容。恰特村的人會聊什麼呢？她在那裡也會是特色人物嗎？或許她會遇到個跟拉爾斯有交情的人。那會是好事還是壞事呢？

「說到亞當。」珊蒂湊近托娃，穿著鑽飾涼鞋的雙腳侷促挪動，彷彿突然不想置身在這鎮上唯一一間超市的蔬果區。「他那天在牛排館的行爲，我覺得我應該替他道歉，大中午的就喝成那樣！但他最近壓力很大啦，搬家，還有工作，還有——」

托娃打斷她的話。「沒事的，親愛的。」這是眞心話。

「好。」珊蒂仍然一臉窘迫。「不過有另一件事，關於那天……聊到的事。」

托娃等著她說下去，不自在地感受到自己的心跳加速。

「他想起了她的名字，我是說妳兒子當時交往的那個女孩子。」

一堆堆的櫻桃糊成了旋轉的粉紅色汪洋。托娃登時頭暈目眩，倚著蔬果秤撐住身子，腦袋此刻瘋狂繞著這句話打轉：**那女孩子有名字**。

「蘇利文太太？妳沒事吧？」

「沒事。」托娃聽到自己用嘶啞的聲音說。

「好。」珊蒂遲疑著，聽起來不太相信。「亞當覺得我不該多說，但我覺得如果我是妳……我的意思是，如果我失去了孩子，然後有些我不知道的事，就算只是小事……」

妳一定會想知道。托娃放任眼皮闔上，設法減緩這天旋地轉的感受。

「總之，她的名字叫黛芬妮，至少亞當是這麼說。他不記得她姓什麼，但他說過她跟他唸同一間高中。」

「黛芬妮。」托娃複述道，這名字在她嘴裡糊成一團，彷彿一塊久嚼的口香糖。

很長一段時間過去。珊蒂終於喃喃道：「嗯，我想現在妳知道了。」

托娃看著她拎起購物籃，她睜大淚光閃閃的眼睛。「謝謝妳，珊蒂。」

珊蒂侷促地點點頭，很快碰了一下托娃的臂膀，便閃身走向前面的收銀機。托娃從眼角餘光看到伊森正盯著自己。

他手裡仍拿著個哈密瓜，走了過來。「剛才珊蒂．休伊特跟妳說什麼？」

托娃皺眉。她突然感覺自己像一朵玫瑰花蕾，頂著寒冷陰霾的天空，緊閉不開。「沒什麼。」

「她說了個人名。」

「只是很久以前的瞎話。」

「她說了黛芬妮，不是嗎？」

托娃舉起她的兩袋櫻桃。「我要結帳了，你可以幫我把這些拿去收銀臺結帳嗎？」

今天不可能吃晚餐了。

兩磅正值盛產季節的白櫻桃，連同一些其他匆促拿了的食品雜貨，此時全遺棄在托娃的廚房檯面上。她的手提包也斜躺在超市商品旁，隨意扔著，沒好好掛在門邊掛鉤上。

在樓上閣樓，托娃奮力穿過一堆堆亞麻布料和瓷器，此時她已幾乎沒意識到眼前的凌亂。在窗邊的最後一個層架，底排正是那本冊子：**索維爾灣高中一九八九年畢業紀念冊**。

三十年前，她曾仔細鑽研這本紀念冊，想找出些什麼，什麼都好。而且絕不能漏說一點：幾十年來，偶爾當懷舊之情泉湧，衝破她或威爾築起的高堤，兩人便會重溫這本畢業紀念冊。整本紀念冊裡所有包含艾瑞克的照片，她都牢記在心。

但這次，托娃找的不是艾瑞克。

她翻到索引頁，同時感覺口乾舌燥，嘴裡發麻。字體好小，她得戴放大眼鏡。她從襯衫胸前口袋裡摸出眼鏡，塞到鼻梁上。她看到了那個名字，猛地倒抽一口氣，然後就這樣憋著氣，手指繼續滑完所有欄位，讀著每一個字，如飢似渴，從 A 一直到 Z 開頭名字的結尾，才不順暢地吐出氣來。就只有一個人叫這名字。

黛芬妮．安．凱斯摩爾。

第十四、六十三和一四八頁。

太扯的卡紙

「別再那樣看我啦。」

而章魚的回應是，一邊繼續盯著卡麥隆，一邊用觸腕尖端勾上水槽後方泵浦過濾器上方的狹窄縫。這是威脅。

「我知道你聽得到我說話。」卡麥隆疲倦地揉揉額頭。他到底在說啥？章魚才聽不懂英文咧，也聽不懂其他語言，是吧？「你會餓嗎，老兄？剛剛我拿著一桶鯖魚繞水族館一圈，那時候你去哪了？鯖魚你看不上眼啊？」

這生物對他眨眨眼，一臉無辜，忸怩作態。他把觸腕鑽出縫隙，只有尖端的部分。

「噢，不可以，今天晚上不可以去冒險。」卡麥隆衝向後面的泵浦室，導致放在弧形走道上的拖把哐啷落地。他應該要修理那個蠢水槽，讓水槽撬不開，雖然托娃說那隻鬼東西需要所謂的自由。可是她根本不在這裡呀。她沒來倒是很怪。他不覺得她是那種一句話也沒說就直接搞失蹤的人，不過夜已經深了，很顯然她是不會來了。

可能就因為這樣，那隻該死的海怪才看起來那麼憤怒。

「不准動。」他下令，同時把在櫃檯上找到的一小段麻繩穿過上蓋的縫隙，然後繞到水槽旁的支柱上，打了個牢固的結。章魚漂向縫隙，凝視卡麥隆的手藝，然後一隻眼狠狠地瞪了卡麥隆許久，才噴射回他的巢穴，在背後遺留一串氣泡。

「你也晚安囉。」卡麥隆咕噥。他感到微微的內疚，但也只能這樣了。想到要在沒有托娃幫忙的情況下自己對付趴趴走的章魚，實在很嚇人。一定是因爲這樣，當他突然聽到叮的一聲，才會整個人嚇一大跳。

是手機，他的新手機，他還不太習慣這手機的聲音。他捨不得砸錢買超高檔手機，但這支也還不錯。至少電池可以撐超過十分鐘。

有可能又是艾芙莉嗎？光想到就令他心跳加速。他倆整天都在傳調情的訊息。但他看了手機，訊息不是艾芙莉發的。是伊莉莎白，而且只有幾個字：打給我。

是寶寶。預產期什麼時候？他彷彿昨天才來到索維爾灣，但其實已經兩個月了。他把手機放在工具推車上，塞了耳機，撥電話給她。

「哈囉。」伊莉莎白旋即接起電話。

「一粒沙？妳還好嗎？」卡麥隆發覺自己的心跳依然飛快。生小孩可能出各種狗屎問題。

「我還好，馬卡龍，呃，算是還好啦，我醫生叫我臥床安胎。」然而她輕聲笑了，八成代表她現在並沒有在醫院病床上大出血。

「臥床安胎？」

「對啊，我子宮一直收縮，他們希望這個小外星人可以再孵幾個禮拜。」

「哎唷。嗯，畢竟沒人想要一隻孵到一半的外星人。」

「所以我現在就被困在床上。」

「妳的意思是妳現在整天躺著嗎？聽起來超棒啊。」卡麥隆擰乾拖把。

「很慘好嗎！我超無聊的。」

「至少布萊德現在應該無微不至地侍奉妳吧？」

「他有一次想做烤起司三明治給我吃，結果消防隊就來了。」

耳機裡傳來伊莉莎白的笑聲，聽起來好近，霎時間，卡麥隆感覺一股難受的空虛感湧入五臟六腑。

「總之呢，」伊莉莎白繼續說，「我前幾天看了旅遊頻道的一個節目，因爲我現在就是這樣度過每一天的，我發誓我每天看十四個小時的無聊電視。」

「聽起來還是很棒。」卡麥隆說著，彎腰撿起地上的一張糖果包裝紙。

「很慘好不好，不過我是要說，賽門・布林克斯上了那個節目。他們訪問他關於度假屋銷售趨勢之類的無聊事情。我本來沒認眞看，但後來聽到這個名字，我就想到你，想打電話看看你找得怎樣。」

「可惜在賽門・布林克斯這方面我沒什麼進展。」卡麥隆跟她說了自己目前碰壁的情形。

「但至少你喜歡在那邊的生活嗎？」這句話問到一半，被令人心驚的呻吟聲打斷。「對不起，我的背快痛死了，剛剛要翻身。你就想像一頭鯨魚在海灘上想辦法翻身的樣子。」

「媽呀，一粒沙，好有畫面。」他笑出聲。「但是，沒錯，我想我滿喜歡這裡的生活。」他停頓片刻。「我認識了一個女生。」

伊莉莎白尖叫，接下來卡麥隆一邊跟她說起與艾芙莉交往經過的普遍級版本，一邊飛快完成了拖地工作。

待他們掛上電話，他已經繞完一整圈，又回到章魚展區。那隻大傢伙正在水槽下方角落閒晃，眼睛盯著他，觸腕在水中輕盈漂蕩。

「好孩子，乖乖章魚。」他嘟噥。

前面大廳傳來鑰匙的叮噹聲響。

「托娃？」他很驚訝自己竟然喜出望外。

然而接著傳來的腳步聲太沉，步伐也太快。片刻後，從拐彎處闊步走來的人是泰瑞。卡麥隆努力隱藏失望的情緒。

「嗨，小子。」這位老闆笑容滿面。「都還好嗎？」

「嗯，都很好。」卡麥隆抬起下巴，盡量表現出專業的模樣。幸好他沒被抓到在跟伊莉莎白講電話。

「很好，我只是來突擊檢查一下。」

卡麥隆瞪大雙眼。

「開玩笑的！我有東西忘在辦公室啦。」泰瑞咯咯笑道。

「很好笑，長官。」

「那你加油囉，小子，我繞另一邊，不要弄髒已經拖乾淨的地板。」他快要拐過彎去的時候又轉身。「啊，卡麥隆，我一直想問那份文件的事，你填了嗎？」

「呃，還沒。」泰瑞已經不時催他填一份清潔庶務人事表格好一段時間了。

泰瑞兩手往胸前一扠。「已經兩個月了。」

「我知道，對不起。」

「盡快寫一寫。」泰瑞說。「我知道很麻煩，但我已經讓你拖得夠久了。規定就是規定。」

「我今天晚上就填。」

「啊，還有，可以麻煩再給我一份駕照影本嗎？我知道你剛到職的時候我們印了一份，但我好像找不到。」

卡麥隆拍拍後面口袋。他的皮夾就在口袋裡。「呃，沒問題。」

「很好。」泰瑞說。「你晚上下班前放到我桌上，可以嗎？」

「沒問題，長官。」

填寫文件並不是卡麥隆的強項。他坐在水族館大廳的桌子前，水槽的藍色光芒映照著皺巴巴的聘僱表格，他的筆卻懸在表格上方。他不禁想起當年美熹德谷科大的風波。

美熹德谷科技大學雖不是什麼常春藤名校，但那所學校曾經招募卡麥隆去就讀，提供他全額獎學金，他只需要填些文件。簽幾張表格就有天上掉下來的錢，供他讀書。

當時卡麥隆瀏覽了課程表，選了課，他尤其期待哲學課。然而他就是把那些獎學金表格堆在茶几上沒去處理，任由文件沾上披薩餅皮的油污和啤酒罐的一圈圈水漬。

珍阿姨氣炸了，罵他自毀前程，他只要填幾張該死的表格！不過二十分鐘就能寫完。「**你是哪根筋不對勁？**」她問。

這是個好問題。

十分鐘後，水族館的人事表格填好了。卡麥隆把文件放到泰瑞桌上，想起了還要影印駕照。影印機坐落在泰瑞辦公室一隅，蒙著一層灰，他喚醒機器，機器發出一連串的嗡鳴和嗶聲，彷彿一艘要起飛的太空船，卡麥隆邊等邊從泰瑞桌上的小罐子裡拿了顆薄荷糖。

影印機總算就緒，他把駕照放到面板上，按下大大的綠色按鍵。結果看來觸發了一系列的嗶嗶警示聲。

卡麥隆看到超小的螢幕上寫著：C紙匣卡紙。他蹲下，瞇眼看著紙匣，只有兩個紙匣：A和B。

太扯了。

他把所有能看到的標籤、紙匣和門都拉開，就是找不到C紙匣，也沒有半點卡紙的跡象。他再用力按了一次綠色按鍵，但螢幕只是閃爍相同的訊息。他關閉影印機，又打開，重複了三次。機器仍然毫不退讓，堅稱那個不存在的紙匣卡住了。

「哪來的白痴設計。」卡麥隆嘟噥著，把駕照從面板上拿起來，最後一次關閉影印機。

他聳聳肩，把駕照放在泰瑞桌上的表格上方。他可以明天晚上再回來拿。

被囚的第1352天

啊，我確實很喜歡讓那男孩子保持緊張感。請相信我沒有惡意。事情恰恰相反。有些人類需要這樣，這才是對他們好，他們需要受到挑戰。這我可以理解。我的腦是強大的裝置，但卻受到環境妨礙，而他也差不多。

當然，我希望他最後能獲得幸福，還有托娃也是。你可以說這是我的遺願。

總之，說回今晚的主題吧，也就是文件。人類和他們的文件：實在浪費時間。倘若他們的記憶力充足些，或許就不需要那麼多文字紀錄。

但今晚，我得感謝文件。

他安裝在我水槽上的繩子根本不成阻礙。他完成清掃並離開後，時機一到，我便解開繩結，一如往常地開了蓋子。他太低估我的能力，我該有被羞辱的感覺嗎？

到泰瑞辦公室的路上滿是誘惑，但近來「後果」越來越早出現，因此我放棄了沿途所有誘人的軟體動物。館裡展示的象拔蚌今晚看起來應該可以收成了，人類在英文裡叫牠們「軟黏鴨」（gooey duck），但牠們的質地其實緊實美味。

但今晚不能吃軟黏鴨。我有更重要的計畫。況且老實說，我最近食慾相當差。

我沿著泰瑞桌子的側邊爬上去，找到了這趟任務的核心物品。

一張駕照。跟我收藏的那張一樣。上頭載明了人類的全名和出生日期。

時間分秒流逝，「後果」已然迫近，我拿著那張塑膠卡片爬過走道。待抵達目的地，我已經虛弱不堪。我費勁將卡片塞到海獅雕像的尾巴下。

回程漫長而艱難。拖著沉重身軀走在水泥走道上時，我不只一次思考就此喪命的可能性。就在那一刻，就在原地。此後再嚐不到扇貝的滋味，再無法感覺觸腕吸盤吸在冰涼玻璃上，再品嚐不到她手腕內側的人性，以及觸摸我收藏的寶物。假如我今晚死了，跑這趟路值得嗎？

當然值得。

托娃今晚沒來。或許明天也不會來，但她總會來的。我有信心她不會不告而別。

她抵擋不住拿抹布去擦海獅尾巴下方的誘惑。她總是會擦。她知道她是唯一會擦那個位置的人。

等她擦拭那個地方，就會看到我留給她的東西。然後她就會明白。

空頭支票

伊森將拉弗格單一麥芽威士忌澆在兩顆冰塊上，然後坐到他那張笨重的小沙發上。夜色潛入了客廳，白晝的光線從前窗緩緩流逝，跟他啜飲杯裡威士忌的速度一樣慢。

凱斯摩爾。

從最初卡麥隆自我介紹時，這個姓氏便一直煩擾著他。這個姓他很熟悉，但究竟爲什麼呢？直到今早刷牙時，舊日記憶才突然浮現。

是一張空頭支票。

當年不時會有這種事，在大家還經常開支票買食品雜貨的年代。誰的支票跳票了，就會被公布。那應該是九〇年代。

伊森記得當年買下「愛買家」時，櫃檯收銀機下方釘著一些皺巴巴的陳年支票，都是客人開的空頭支票，那是警告。其中有些支票已經釘了許多年，好比這一張。黛芬妮・凱斯摩爾這名字印在地址欄上方的角落。這張支票的金額小得可憐，只有美金六塊多。

當年伊森立刻將那些支票拿掉。他不要那樣做生意。然而他在心裡記住了那些名字。

從黛芬妮連到卡麥隆相當簡單。伊森幾個月前買了家譜網站的高級會員資格，他按幾下便找到黛芬妮・凱斯摩爾（她後來結婚，成了黛芬妮・史考特），還找到她同母異父的姊姊：一位六十歲的珍・貝克，住加州的莫德斯托。貝克女士在網路上相當活躍，主要歸功於她涉足的幾個收藏和寄售社群。伊森知道這類專以買賣垃圾爲嗜好的人。卡麥隆抱怨過他阿姨有囤積東西的毛病。一切全兜起來了。

伊森將杯中剩餘的蘇格蘭威士忌一飲而盡。他很高興現在的人不開支票了；看那些所謂的騙子被公告，他們的羞恥遭到公開……多殘忍哪。而其中黛芬妮・凱斯摩爾的空頭支票，又特別令他爲開支票的人感到難過。因爲那樣低的金額就被狠狠懲罰。如此微不足道的六塊錢食品雜貨採購之旅，竟讓她在超市眼裡就此萬劫不復。

她萬劫不復的終點想必不遠。

總之，從卡麥隆提過他媽媽的片段判斷，情況似乎就是如此。那小子說到媽媽就閉上嘴巴，但伊森從聽到的事，能推斷情況涉及吸毒。這能怪卡麥隆不願多談嗎？他媽媽遺棄了他。

此時客廳已一片漆黑。伊森走向廚房，準備再倒一杯拉弗格威士忌，結果差點被自己稍早脫下的運動鞋絆倒。他腦中有一部分聲音認爲自己該把鎮上的流言蜚語告訴卡麥隆，因爲既然珊蒂・休伊特在愛買家的蔬果區正中央開口說了，這事肯定會傳開來。那小子遲早會聽到這件事：謠傳他母親或許知道三十年前一名少年失蹤的事。她或許知情，但從未說出來。她在卡麥隆心中的形象會更敗壞嗎？畢竟看起來，這事發生在他出生的許多年之前。

或者沒差很多年呢？

卡麥隆幾歲？伊森記不得他是否提過自己的年紀，但他絕對沒有二十五歲吧？

然後是托娃的事。

幫一個人打包她採購的食品雜貨這麼多年，能了解她多少呢？足以確定她現在正在追查黛芬妮·凱斯摩爾的資訊。在她找到這個女人之前，她不會停手；她認爲黛芬妮可以告訴她那些不可說的事情。托娃從未接受關於艾瑞克之死的官方說法，伊森能確定這點。

接下來會發生什麼事？

他該告訴她卡麥隆是黛芬妮·凱斯摩爾的兒子。這件事該由一位朋友跟她說。這兩人很合得來。那小子怎麼有辦法突破托娃的心防，伊森百思不得其解；他自己想突破托娃的心防都花了將近一年。但假如卡麥隆的媽媽可能與托娃兒子的事有關，未來每當托娃看著卡麥隆，她心裡將作何感想呢？

現在晚上十點多了，但托娃·蘇利文是個夜貓子。他收拾思緒，拿起電話。他要邀她來家裡吃晚餐。

免費食物的壞處

卡麥隆把一顆咬了一口、乾軟噁心的桃子扔到長堤末端的垃圾桶。伊森會送他過期食品，這是幸也是不幸。但至少讓卡麥隆省下不少，並且在今年夏天存上一堆錢，除此之外，他的露營車也免費停在伊森家車道上。他絕對欠伊森人情。

普吉特海灣的上空繁星點點，銀白星光映在墨黑海水上，構成美麗隨機的圖案，令卡麥隆想起艾芙莉鼻梁上深棕色的雀斑。他轉身背對海水，走回露營車，他的手機放在車上充電。這不是第一次了：他想著如果能把車停在這岸邊，每天醒來就看到擋風玻璃外的海景，不知是怎樣的感覺。他想過要試試，但伊森說索維爾灣的夜間巡警——他那個名叫麥克的兄弟，想必會磨拳擦掌把停在公共停車場的露營車拖走，這樣可憐的老麥克在乏味的凌晨時段就有事可做。或許，有一天他會在這裡定居，擁有一間有海景的房子。或許會，要是他能找到賽門．布林克斯的話。

但那是美好的願景。今晚，他會開過上坡，把車停回伊森家車道，不過在那之前，他登入了銀行應用程式，看看最新一筆薪水是否已經入帳。入帳了。這是他要還給珍阿姨的最後一筆錢。他點選完成轉帳，多加了些錢，因爲他有能力這麼做。他發訊息給阿姨，傳了個愛心符號，興奮之感奔湧而上。但她八成睡了，現在已經過十一點。

剩下幾百塊錢，他該全部存起來，絕對應該，但他上了個熟悉的網站，這網站販售獨立樂團的音樂。以前上面也有「蛾腸」的歌，不過他上來不是要找他們的歌。出於好奇，他搜尋了自己的名字，但搜不到東西。好吧，不意外，布萊德八成已經撤下他們樂團的東西。好吧。他繼續搜尋，找到兩個默默無聞的即興樂團，那兩個團他知道很不錯，就像「死之華」，像「費西合唱團」那種，很伊森的風格，不過是新的團。儘管卡麥隆．凱斯摩爾很可能是個渾身沒勁的魯蛇，住在破爛露營車上，但他懂得好音樂。他買了這兩個團的數位專輯，並在收件地址輸入伊森的電子郵件。

這只是個開始。

手機嗡嗡震動時，露營車窗外仍是一片黑茫茫。卡麥隆伸手四處亂拍，才摸到了手機。他看到螢幕上是珍阿姨的號碼，不禁胃一沉。上次她半夜打來，是人在醫院裡，頭上凹了個洞，髖部骨折，病房裡還有兩個條子要做筆錄，調查在戴爾酒館起口角的前因後果。

「喂？」他接起電話，無法呼吸。那次他衝去醫院，只開二十分鐘就到，現在呢，他不敢想車程要多久。

「我沒事啦，卡寶。」阿姨說，她顯然聽出他焦慮的語氣。

「那妳為什麼現在打給我？」他看看時間。「半夜一點耶？」

「我吵醒你啦？」

「呃，對。」

「我以為你可能還在外面酒吧之類的。」

「沒有，我睡得超熟，我今天工作累死了。」

「對不起。是想跟你說，我收到你的轉帳了，你轉太多啦。」珍阿姨吹了聲走調的口哨。她在喝酒嗎？背景中隱約有男人的聲音在移動，卡麥隆想著瓦利．帕金斯是否跟她一起在拖車裡。

卡麥隆坐起身，揉揉眼睛。「多出來的是利息啦。」他沒補充他是根據目前的基本利率和她可能可以從債券賺到的錢去計算出來的，前提是她會用這筆錢投資債券。雖然不可能，但那重要嗎？

「我們從來沒說到什麼利息的事。」她的語氣冷冰冰的。

「但這是我欠妳的啊。」他沒有再補一句：**而且我還欠妳更多**。

「你沒有欠我什麼。」她說起話來眞的糊成一片。絕對喝了威士忌。「你知道我從沒想過眞的要你還錢。」

「我當然一定會還啊。」卡麥隆遲疑片刻，踢開毯子。「說眞的，我在想等賽門．布林克斯欠我的帳都算清楚之後，我們可以拿那筆錢當頭期款。」

「頭期款？」

「給妳啊，回市區買棟房子，妳就不用再住那個拖車營區。」

「但是我很喜歡這個拖車營區。」

在後頭，有個老邁的男性嗓音開口。「怎麼啦？」

「瓦利，你知道我們住在垃圾場裡嗎？」

卡麥隆連珠砲似的回：「我又沒說那裡是垃圾場！」

「是沒有明說啦。」珍阿姨淡淡挖苦道。「我說，我很高興你現在突然錢多到可以買房給不需要房子的人了。你爲什麼不把錢留著，好好過自己的人生呢？」

「不然妳覺得我現在在努力做什麼？我拿到一手爛牌又不是我的錯。」

「不是，拿到那樣的牌不是任何人的錯，總之你可以控制這場牌怎麼打。」液體潑灑和冰塊碰撞的聲響傳來，接著停頓片刻，又是一陣聲響。肯定是又倒了兩杯酒。

卡麥隆猛地推開露營車後門，踉蹌下了車，在伊森家車道上踱起步來。在他的赤腳之下，路面仍殘留著炎熱夏日的溫度。「我已經把我的牌盡量打好了。妳大可以告訴我我來自索維爾灣。」

珍阿姨用鼻子噴了口氣。「那樣對你有什麼好處？」

「那樣我可能可以早點找到爸爸，不用等到三十歲之後。」

「那男的不是你爸。」

「妳怎麼能確定？」

「卡寶，她是我妹妹耶。」珍阿姨的聲音此刻已然疲憊，幾乎像被擊垮了。「你媽媽是有不少缺點，但她不是笨蛋。假如你爸是什麼商業大亨……應該說，即便他只是社會上一個稍微有生產力的人，或該死的，那怕是只要他還活著……我不知道，卡寶，我覺得假如事情這麼簡單，她不會讓他在你的人生中缺席。」

「她自己都在我人生中缺席了。」卡麥隆踢了長在伊森車道縫隙裡的一簇螃蟹草。「感覺離開人對她來說是很容易的事。」

「離開，」珍阿姨幽幽地說，「可能是最難的事。」

卡麥隆感覺自己的臉不由自主地扭曲成怒容。之前他和艾芙莉在突堤碼頭下玩立槳時，艾芙莉基本上也說了一模一樣的話，但不知怎的，這話從珍阿姨口中說出來，卻令他想往水泥地狠踹一腳。

「好啦，我要掛電話囉，」他說，「早上要上班。」這不是實話，他中午才要上工，但似乎一個負責任的人在大半夜想掛上電話就會用這種藉口。

珍阿姨按住話筒幾秒，跟瓦利．帕金斯又說了幾句話。「好吧，卡寶，但我們下個月搭郵輪之前去西雅圖的時候我想看看你。」

我們？

「好啊。」卡麥隆說。隨便啦。他掛上電話，把露營車的門重重一甩，倒回床上。

不是約會

接下來的星期六下午五點鐘，托娃來到伊森家。

這不是約會。

她把玻璃酒瓶夾在肘彎處，就像不太熟練抱嬰兒的動作那樣，讓瓶子抵在她光裸的胳膊上，冰涼涼的。她覺得用這方式將禮物呈現在伊森眼前，比芭芭塞給她的方式要來得好。那時芭芭無禮地抓著瓶子頸部，嚷著這是伍丁維爾市那間酒莊上季的卡本內弗朗，還強調說「好喝得不得了」，她一定得帶來約會。

「不是約會。」托娃強調了一次又一次。換成卡麥隆的說法會是，「講了一百萬次」。這只是一頓普通的晚飯。

簡便的晚飯。她答應邀約時已經說明這點，說她還得繼續打包忙搬家。事實上呢，她把空閒時間都用來搜索史諾霍米須郡立圖書館的各種書冊，看哪本書可能查得到關於黛芬妮．凱斯摩爾的資訊。然而研究停滯不前，托娃沒查到什麼有用的東西。暫且休息一晚，跟朋友吃頓飯也沒什麼不好吧。

朋友？伊森是她朋友嗎？

無論如何，到別人家不帶禮物很沒禮貌。托娃自己不太喝葡萄酒，但大家作客時都帶葡萄酒。她心中仍有一小部分很感謝芭芭這樣趕鴨子上架；如果沒有這瓶酒，她可能會失禮地空手上門，而且就算她想要自己去買，她也不能闊步走進「愛買家」買瓶酒給伊森吧。

她昂首闊步走過短短的車道，走向那矮墩墩的平房。她的腳踝已差不多痊癒，只剩下一點小問題。一株灌木叢蔓生得過於茂密，開滿小長春花，占據了小小的門廊。托娃撥開一根擋路的枝條，並在來不及改變心意之前，按了門鈴。

「托娃，妳好呀。」伊森說，並往後退，示意她進屋。他的聲音異常輕柔。她把酒遞給他，他道謝，並提議幫她拿皮包，用手指了指角落一個略歪斜的衣帽架。

「謝謝，但我拿進去沒關係。」托娃把皮包緊抓在下身，像聖經裡的無花果葉似的，彷彿沒了皮包她就會赤身裸體。

「那好。」伊森說。

走過時髦整潔的地毯，托娃不禁盯著屋裡的主要特色看：客廳有一整面牆擺滿了唱片，上頭廉價層架的塑合板貼皮已然剝落。假如這是她家，威爾一定會把那些鬆脫的美耐板釘牢。托娃抵擋著想去摳那些貼皮的衝動。半掉的貼皮就像半掉的痂，最好弄掉，才不會勾到東西。

進入別人家終歸是種很親近的舉動。她環顧四周，想看看有沒有照片，但沒有。牆上倒是裝飾著裱框精美的演唱會海報：死之華、吉米·罕醉克斯、滾石樂隊。這風格應該適合青少年的房間，不知怎的卻跟伊森很相襯。

兩人一邊寒暄，她一邊跟著他走進廚房。這小小的廚房意外整潔，飄送著燉蘑菇的香氣。托娃從不愛閒聊，這會兒已經詞窮了。當伊森把芭芭那**好喝得不得了**的卡本內弗朗盛了滿滿一杯遞給她，她滿懷感激地接過來。

「親愛的，敬妳。」他說。

「敬你。」托娃附和，輕碰他的酒杯。

過了一陣子，在又啜飲幾口酒之後，她拿起檯面上的一副太陽眼鏡，認出那是卡麥隆的。

「你很好心，讓他待在你家。」

伊森倒了點紅酒到平底鍋裡，鍋子發出嘶嘶聲，散發大量蒸氣。「說老實話，有個伴挺好的。」

托娃點頭。她懂他的意思。有卡麥隆在水族館陪她也很愉快。「是啊，我同意。」

「妳知道嗎，我家有十四個人，十一個兄弟姊妹。我還是小孩的時候，老想像自己成年後家裡會有多到滿出來的人。」

托娃任自己微笑。「我還以為愛爾蘭家庭最會生。」

「呃，我們蘇格蘭人也不差。」他朝她咧嘴一笑，並將蘑菇醬刮到兩塊肥嫩多肉的雞胸上，雞肉分別擺在兩個盤子上。令托娃吃驚的是，她竟開始分泌口水。多久沒人為她好好煮上這樣一頓飯了？

他們品嚐到最後幾口時，紗門傳來砰的一聲。片刻後，只見卡麥隆箭步走進來，面色陰沉。他見到托娃跟伊森一起坐在餐桌前，暫時一掃惱怒，取而代之的是困惑的表情。

沒多久，他又恢復怒目橫眉，但只對著伊森一人。「嗨，老兄，我想跟你聊一下。」他聽起來咬牙切齒。

「當然，說吧。」伊森說。

「我剛在立槳衝浪店，然後在你超市工作的那個坦納，他跟朋友進到店裡，你知道他們說了什麼嗎？」卡麥隆的語氣冷冰冰的。「說你講到我的——」

「好吧。」伊森手一撐，從椅子上站起來，意有所指地注視卡麥隆一眼，領他往客廳走。伊森轉過頭來，說失陪一下，要托娃繼續享用餐點，或總之是剩餘的一點食物，說他兩分鐘就回來。兩人消失在這小房子的另一頭，推測是裡面的臥室，說話不會被聽到的地方。

那孩子怎麼了？一股內疚感在她心裡拉扯。假如她沒錯過最近這兩次打掃，或許她就會知道。

「兩分鐘」不斷延長。托娃決定盡點棉薄之力，開始收拾廚房，至少有點事做。而這廚房煮完飯後還眞是災難現場呢。由於喝了酒，她感覺有些輕飄飄。她想找廚房海綿，但在水槽周圍遍尋不著，不禁咂嘴。伊森拿什麼洗碗呢？放眼望去沒看到海綿或洗碗布。

找找水槽旁的抽屜似乎合乎邏輯，但那抽屜看起來像是放雜物的。她又開了旁邊的抽屜，但裡頭也塞了各種文件、工具和怪東西。托娃嘆氣。爲什麼男人都這樣？假如讓威爾隨心所欲，他會讓家裡每個斗櫃都淪爲雜物抽屜的狀態。她輕聲咯笑，想起了馬塞勒斯和他的收藏，那些塞在他巢穴礫石底下的怪東西。很顯然，雄性收集無用廢物的傾向是跨越物種的。

水槽底下該有可以用來洗碗的東西吧。但托娃打開櫃門，映入眼簾的卻是幾盒穀片和一堆杯裝的微波速食飯。她的下巴簡直要掉下來。

誰會把食品櫃設在水槽底下？

腎上腺素直衝她的腦門，令她頭暈目眩。這裡有好多她可以做的事。重新整理整間廚房。把櫥櫃抽屜裡頭統統擦過。伊森可知道他多需要像她這樣的人嗎？

她閉上眼，深呼吸，讓自己安定下來。現在，她應該先專注在洗碗這件事。

她再次檢查水槽下方的櫃子，發現一塊抹布。仔細查看下，原來那是一件舊T恤，白色的，印刷已經褪色，很顯然是當抹布用了。拿來洗碗再適合不過。

最後一個盤子安放到瀝水架上後，她用那件T恤擦了流理臺，也把伊森漫無章法倒酒時灑到檯面上的一灘卡本內弗朗酒擦掉。酒滲入濕漉漉的棉布，她在水槽裡清洗抹布並擰乾，酒漬褪成了柔和的紫羅蘭色。她審視光可鑑人的廚房，自豪感油然而生。恰好在此時，另一個房間傳來說話聲。兩個男生回來了，或許他們已經平息了爭執。

卡麥隆沒看她一眼就閃身從後門離開。片刻後，露營車嗚咽的點火系統劈啪啓動。

「托娃，親愛的。」伊森開口，嗓音緊繃。

「你們沒事吧？」托娃冒昧地問，並朝他走近一步。

「我應該跟妳說件事。」他不安地挪動雙腳，似乎根本沒注意到托娃清理了整間廚房。

「嗯，什麼事呢？」托娃追問，但旋即不知道自己是否該問。突然間，她好想回家，坐在自己的沙發上，看晚間新聞，聽克雷格·莫瑞諾、卡拉·凱瓊姆和氣象播報員喬安·詹尼森有條理、可預測的說笑。她把揉成一團的舊T恤抹布放到流理臺上，兩手交握。

伊森的視線停留在檯面上的抹布，然後瞪大雙眼。「搞什……？」他穿過廚房，拿起那條沾了紅酒的抹布，紅潤的雙頰登時沒了血色。

托娃挺直身子，緊張起來。

「妳做了什麼？」

「洗碗。」托娃兩手往後腰一扠。「我清了廚房，洗了碗，擦了流理臺。我還眞想開始清理你水槽下面亂七八糟的東西，不過——」

「啊。」伊森的聲音啞了。他把T恤抹布扔到桌上，然後坐到椅子上，把他大大的頭埋進雙手裡。他壓低了嗓音說：「死之華，在紀念體育場，一九九五年五月二十六日。」

「什麼意思？」

他抬起頭，兩眼炯炯。「這是他們在西雅圖的最後一場表演，是傑瑞．加西亞人生中最後幾場演出。」

「我不曉得……呃……。」托娃感到天旋地轉。傑瑞．加西亞是死之華的主唱，在一九九五年過世，這她很確定。設計塡字遊戲的人偶爾會把這當成提示，但她總覺得以對流行文化的致意來說，這挺平庸的。

「這就是那場演唱會的T恤，很稀有珍貴啊。」伊森站起身，吐出長長一口氣。

「可是這件T恤放在水槽下面。」

伊森伸出一手揮向櫃子。「對，我放在那個衣櫃裡。」

「那不是衣櫃，是櫥櫃。」

「都是有門的櫃子！有什麼差別？」

托娃雙手抱胸。「嗯，大部分的人會在水槽下面放清潔用品。」

「誰管大部分人怎麼做？」他捏捏鼻梁。「紅酒漬，洗得掉，對吧？」

「可能可以漂淡一點，」托娃說，「用沒稀釋的漂白劑。」

「可是那樣會……」

「對，」她承認，「其他顏色也會褪掉。」

伊森不發一語，沉重地站起身，漫步走到流理臺前，將芭芭那瓶卡本內弗朗剩下的全倒進杯子裡，一飲而盡。托娃看著他，突然感覺像是嘴巴給黏住，雙腳像是不知怎的釘在地上。誰會把珍貴的衣物塞在廚房櫃子裡？而且衣服狀態那麼糟，褪色破爛成那樣？

不，不是破爛，是他愛穿常穿。

「眞的對不起，伊森。」

他挺起雙肩。「嗯，沒關係，親愛的。」

「我要走了。」托娃顫抖地說。「謝謝你的招待。」

「請等等，我有一件重要的事要告訴妳，今天晚上邀妳過來，其實是因爲……」

然而托娃已經把皮包抓在腿側，走到房子中間了。她走出大門，把門輕輕關上。

稀有

托娃向來沒有多喜歡搖滾樂，至少現代搖滾樂她不愛。她年少時當然喜歡查克．貝里和小理查。還有眞正的搖滾之王——貓王。新婚時期，威爾常在週六晚上帶她去市區舞廳跳舞，兩人會跳吉魯巴跳到腳腫。但艾瑞克十幾歲時房間手提音響轟隆播放的那些呢？那是噪音，百分之百的噪音。

這會兒從詹妮絲．金的筆記型電腦喇叭飄出的吉他和鼓聲呢，介於兩者之間。主唱在唱什麼托娃大半聽不懂，但他的聲音聽起來很舒服。這音樂聽起來像在閒晃、漫步。不會讓人覺得難聽。

「等一下，我把音量調低。」詹妮絲邊說邊按鍵盤。「妳會不會很討厭一些網站嵌入自動播放音樂？」

「喔，是啊。」托娃回答，雖然她不確定那是什麼意思。在房間另一頭，趴在軟墊上的小狗「巧克力」抬起頭來。這隻嬌小的狗打哈欠，站起來，甩甩全身，小跑過來。詹妮絲把他捧起抱到腿上，托娃則伸手過來摸摸他那絲般光滑的頭。

「啊，找到了，這件就是妳要找的對吧？」詹妮絲把一張圖片放大，圖片上是個瘦巴巴的男人拿著一件褪色白T恤，正是托娃昨晚在伊森家毀掉的那件。托娃回到家時，伊森已經在她的答錄機留言，要她別擔心衣服的事。今早他也傳了簡訊到她手機上，爲昨晚後來的不開心道歉，並求她回電。她想過要回電，但她不知道如何回覆簡訊，再說呢，聯絡詹妮絲請她幫忙似乎更重要。

那是人家心愛的衣服。托娃必須好好彌補。

「對，就是這件。」她看著詹妮絲點開這件衣服的其他幾張照片，正面和反面，攤開在一張木頭餐桌上。

「這個拍賣網站我不熟，」詹妮絲瞇眼盯著螢幕說，「不過這網站有安全加密，所以我想應該是正派經營的？」

「對。」托娃點頭。幸好對於托娃爲什麼想買死之華一九九五年演唱會的紀念T恤，詹妮絲沒多問什麼問題。打從托娃宣布要搬到恰特村之後，創意編織團的團員們面對她似乎都如履薄冰，小心翼翼。

「好，那就在這裡輸入妳的信用卡號碼。」詹妮絲點擊到下一個畫面。新網頁載入，詹妮絲皺起眉頭。「不對，怎麼可能。」

「怎麼了？」

「上面寫這件衣服要兩千美元。」

「巧克力」尖聲吠叫，顯然感染到詹妮絲的驚恐。

「了解。」托娃壓抑住倒抽一口氣的衝動，接著故作平靜地說：「對呀，嗯，這件很稀有。」

詹妮絲瞇起雙眼。「妳什麼時候開始蒐集演唱會紀念品了？托娃，妳到底想做什麼呀？」

「沒什麼，」托娃揮手打發道，「我只是想把一件事情做對。」她伸手進提包裡，翻翻錢包，找出她唯一一張信用卡。她只有在沒法選擇付現金時才會用上這張卡。

「這個賣家肯定會覺得妳做得很對。」詹妮絲嘀咕著，接過托娃的信用卡，輸入號碼。按下綠色的「立即購買」按鈕前，她最後一次懷疑地看托娃一眼。「妳確定？」

「對，買吧。」托娃不確定自己爲何心跳加速。她只是要把一件被她毀掉的東西買回來，而且兩千美元之於她的銀行帳戶只是不痛不癢的數字。

筆記型電腦螢幕中央的小圓圈轉了幾秒鐘，接著詹妮絲說：「好，行了。」同時，一個感謝畫面出現。「等收據寄到電子信箱我就列印出來；看起來應該會在兩三個禮拜內出貨。」

「三個禮拜！」托娃搖搖頭。「不行，我等不及三個禮拜。」

「妳等不及三個禮拜？爲了這件髒兮兮的舊衣服？」

「不是。」托娃咬牙。這也是網購熱潮很蠢的另一個原因。誰會想等三個禮拜才拿到自己買的東西呢？

「呃，上面說可以自取。」詹妮絲捲動網頁，圖文快速往上滑動。她狐疑地瞥了托娃一眼。「他們的倉庫在塔克維拉。」

塔克維拉在西雅圖南邊，靠近機場。從索維爾灣開車去要三個小時，最少三小時，考量西雅圖市區的交通或許還要更久。

「我寧願跑一趟，妳可以改嗎？」

詹妮絲張大嘴巴。「妳認眞的嗎？」

「我認眞的。」托娃鸚鵡學舌似的說。

「好吧。」詹妮絲滿臉懷疑，又按了幾個鈕。片刻後，她的印表機嗒嗒甦醒，吐出一張紙。她把「巧克力」放到地上，走過去把那張紙拿回來，交給托娃。紙上有一張小而模糊的地圖，以及一個位於塔克維拉的地址。

「太好了，謝謝妳幫忙。」托娃說道，堅定地點點頭，並將紙折起來，塞進手提包。

「妳要自己開那麼遠去嗎？」詹妮絲問。

「是呀。」

「妳上一次開車穿過西雅圖是什麼時候？而且還是開高速公路呢，托娃？」

托娃沒回答，但上一次是威爾接受最後一次治療期間。他去看華盛頓大學的一位專科醫師，但不幸的是，那種實驗性藥物對威爾沒什麼幫助，但他們當然得試試。

「我跟妳一起去，」詹妮絲說，「我叫彼得一起去，他開車。我看一下我的行事曆，我們挑一天，然後——」

「不用，謝謝。」托娃打斷她的話。「我可以自己去，我想今天就辦好這件事。」

詹妮絲兩手在胸前交叉。「好吧，我相信妳知道自己在幹麼，就小心一點囉，要帶著手機。」

州際公路上塞滿汽車，密密麻麻地停著，彷彿罐頭裡的鯡魚。雨刷抹掉綿綿細雨的同時，濕漉漉的擋風玻璃上閃爍著紅和粉色的煞車燈光。這天氣在夏天真不尋常，這季節通常滿乾熱的。托娃兩年來第一次開車上高速公路就碰上下雨，還真巧。

托娃的掀背車龜步前行。她所在的中間車道上，幾乎每輛車都想轉到右側車道。或許左側車道出事塞住了。當她正要打開方向燈時，放在杯架裡的手機響了。

托娃往螢幕一戳。「喂？」什麼事也沒發生。詹妮絲示範過怎麼把手機的聲音放出來，但現在她不記得要按這些小圓圖示裡的哪一個了。她試試另一個圖示，又一次用更大的聲音說：「喂？」

「請問是蘇利文太太嗎？」手機裡一個男性聲音劈哩啪啦問道。

「對，」托娃說，「我就是。」

「您好，我是恰特村入住組的派屈克，您好嗎？」

「很好，謝謝。」托娃斜眼看照後鏡最後一眼，閉氣凝神，小心翼翼將車開到右側車道。她呼出一口氣，不知道派屈克在電話另一頭聽不聽得到。

「很好，我打來是想確認現在可以處理妳的最後訂金了。」

「了解。」托娃回答。

「我們還沒收到您的授權書，可能寄丟了嗎？」

「啊，嗯，你也曉得這年頭的郵局。」

這時所有切到右邊的車輛都爭先恐後想開回左邊。爲什麼大家沒辦法拿定主意呢？這些車令托娃聯想到一群軟弱的魚，動作整齊劃一地躲避掠食者的攻擊，渾然不覺自己閃過一邊的鯊魚，卻可能給另一邊的海豹吞下肚。

派屈克清清喉嚨。「所以我打來是因爲我們需要這筆最後的訂金才能幫妳敲定入住日期，也就是——稍等，我查一下——啊，是下個月。」

托娃踩了煞車，力道比預期的稍大。「對，應該沒錯。」

「難怪我們主管會特別標註起來。嗯，基於目前的情況，我可以接受您口頭授權來做這筆匯款，這樣可以嗎？」

托娃繞過一輛聯結車，回到另一條車道，這條車道現在正飛快往前移動，而另一條車道則動也不動。這種事情多奇怪呀。關於選擇哪條車道的每一個小小決定，決定了你會如何到達想去的地方，以及何時抵達。威爾在世時，常會陪托娃去採買食品雜貨，而他每次都選到比較慢的收銀隊伍。他們總打趣說他真有本事。

艾瑞克過世當天下午，她和威爾正好去超市。托娃記得他倆買了一盒那種塡滿鮮奶油的廉價零食蛋糕，是艾瑞克喜歡的。威爾那天是否選到了比較慢的結帳隊伍呢？要是他選了比較快的，他倆能在艾瑞克出門去渡輪碼頭上班前趕回家見到他嗎？他們會逮到他偷拿冰箱啤酒嗎？他會提起自己在跟一個女孩子交往的事嗎？他會告訴托娃女孩叫黛芬妮，還有他很想帶她回家吃晚餐嗎？

這些可能會改變什麼嗎？

「喂？蘇利文太太？妳在嗎？」

「在。」托娃對著杯架裡的手機眨眼，回過神來。「我在。」

「妳還好嗎？」派屈克的聲音有些擔心。托娃想像著他站在辦公桌電話前；她去恰特村參觀時曾經過那間玻璃牆辦公室。

「沒問題，」她說，「請幫我處理。」

連生日卡也沒有

卡麥隆在水族館拖地拖了一半時，托娃慌亂地疾步走進大門，她遲了快一小時。

「對不起，我遲到了。」她說。

「沒關係，我們已經確認我可以自己包辦這些事了。」他笑答，但沒說出當托娃再次爽約，他其實悵然若失，還有他其實很期待與她共度每天晚上，雖然她是個好奇怪的人。而且今天又有點孤單。自從跟伊森吵架以來，他幾乎沒跟伊森說過兩句話。伊森顯然在鎮上傳那些無聊話……一點道理也沒有，什麼空頭支票，都幾百年前的事了。好像卡麥隆還需要別人提醒他老媽有多失敗一樣。

托娃點點頭，神祕兮兮地湊過來說：「我這次不會再檢查垃圾袋了，我相信你。」

卡麥隆假裝震驚地倒抽一口氣。「妳相信我可以自己鋪垃圾袋！哇，我成功了。」他大笑，托娃也跟著笑了。「好啦，那妳去哪裡了？」

「哦，嗯，我去冒險了。」托娃拿起抹布，開始擦拭藍鰓太陽魚展區前側的玻璃牆，一邊重述那簡直不可思議的故事，關於「死之華」的紀念品和網路拍賣，以及塔克維拉一間倉庫的某個傢伙差點不把她買的東西給她，只因為她沒辦法確認朋友的電子郵件地址，而她借用朋友的電子郵件是因為她自己沒有。她邊說邊擦玻璃上的一枚指紋，雙頰飛紅，非常不「托娃」。

「老天爺，」她輕笑道，「你看看我，碎唸個沒完。」

「不會啊，超精采的。」卡麥隆咯咯笑。「而且我可以幫妳弄個電子郵件，如果妳想的話，電子郵件是免費的。」

「我沒有電腦。」

「我也沒有，電子郵件會寄到我的手機。」

「你的手機呀。」她不以爲然地揮揮抹布。「你們這些年輕人的手機。」

「呃，妳用智慧手機的話，搬走之後也比較好聯絡啊。」

聽到這話，托娃繃起了臉。他不該提這件事嗎？托娃要離開是個大祕密嗎？但怎麼可能呢？伊森都已經隨口提起好幾次了。這件事是伊森不滿的源頭；他單戀的對象要搬到州北部去了。

「智慧手機，也許吧。」她微笑。「那晚在伊森家，可惜我們兩個沒機會打招呼。」她彷彿讀到了他的思緒。

「你們要約會伊森超興奮，結果還順利嗎？」

托娃站直身子。「那不是約會。」

「好吧，就是……一起吃飯。」

托娃將抹布折起，塞進後面口袋，人往推車一靠。「你知道，在威爾走之前，我跟他結婚了四十七年。我沒辦法再跟人約會。」

「爲什麼？」

她嘆口氣，彷彿問題的答案根本無從解釋。兩人一起沉默打掃了一陣子，沿著弧形走道掃，然後停在海獅雕像前。卡麥隆特別仔細地拖地，連壁龕角落、長椅底下和垃圾桶後面都不放過。

托娃用抹布把光禿禿的海獅頭擦得發亮。「親愛的，尾巴下面一定要擦到。」

「什麼尾巴下面？」

「雕像的尾巴下面，來，我示範給你看。」她拿了她的除塵抹布，把抹布滑到光滑的黃銅尾巴下面。卡麥隆使勁壓抑想翻白眼的衝動。那種地方怎麼可能會弄髒？

「我知道，我知道，做事情有正確的做法。」卡麥隆嘟噥，但托娃沒在聽。她正瞇眼盯著某個東西，在雕像和地板之間的窄縫裡。

她緩慢站起身，視線仍盯著那個她抓在手裡的東西。是一張信用卡嗎？從她的表情看起來，他預期她會說出**老天**或**啊**或**天哪**，但好一陣子過去了，她不發一語。

「這是你的駕照嗎？」她總算舉起那張卡片，低聲說道。

那確實是他的駕照。他原本打算今晚離開前去自己的櫃子拿，因爲泰瑞說會把駕照放在那裡。駕照是怎麼跑到這裡來的？

「對，是耶。」他伸手想拿，但她卻緊抓不放，湊近端詳。

「卡麥隆，」她慢慢地說，「我知道你來索維爾灣是要找爸爸，我也知道你和你媽媽沒有往來，不過她叫什麼名字呢？」

他皺起眉頭。「妳爲什麼問？」

托娃耐心等待。

「她叫黛芬妮。」

「黛芬妮·凱斯摩爾嗎？」

「呃，對。」到底發生什麼事？他再次伸手想拿回駕照，這回托娃給他了。她的臉削瘦蒼白，一如天窗流瀉而下的月光。

「她那時在跟他交往。」托娃輕聲說。「你媽媽就是那個女孩子。」

聽托娃親口說艾瑞克失蹤的故事，與從伊森那裡聽到的感覺截然不同。他倆坐在壁龕長椅上，各坐一頭，但隔著海獅的光滑背部與彼此面對面。托娃的嗓音低而平穩，向卡麥隆娓娓道來，說她兒子高中畢業那年夏天去渡船碼頭打工，在七月某個夜晚上工後再也沒回家。那艘沒人注意到的失蹤小船，以及錨上被切斷的繩索。

「我一直都不相信，」托娃搖著頭說，「我一直不相信他是自殺。當我發現艾瑞克那時可能有交往對象，跟一個他朋友都不太曉得的女孩子……」

「等一下，這個女孩子，妳怎麼知道就是我媽？」

托娃擦拭長椅上的一個黑色污漬，八成是誰留下的鞋印。「一個他以前的同學，遺忘多年的記憶。」

「警察沒找這個同學談過嗎？」

托娃咂嘴。「亞當不是他的好朋友，而且當年調查一開始是很詳細，但沒有目擊者，沒有半點線索……嗯，我想他們是想結案吧。」

「妳覺得我媽可能涉入……？」卡麥隆低聲噓嘆。

托娃抬起頭，表情令人難以捉摸。「我不知道，但看起來，她那時候在跟他交往，那天晚上她可能跟他在一起，她可能可以告訴我……」托娃的聲音微弱下來，然後她嚥嚥口水，補了一句：「你知道我要怎麼樣才可能聯絡上她嗎？」

他搖頭。「我九歲後就沒看過她了。」

「你都沒有她的消息嗎？連一張生日卡都沒有嗎？」

這些話像利刃般撕攪著他的五臟六腑。他自己想過同樣的事多少次？珍阿姨總堅稱他媽媽很愛他，說她離開是因爲這樣對他最好，說或許哪天她能戰勝心裡的魔鬼，準備好重拾與他的關係。但哪種魔鬼的力量會強大到讓一個人連買張九十九美分的生日卡、貼張郵票寄出都不肯？他多常對自己說，媽媽其實是死了？因爲比起相信媽媽毫不在乎他，這樣還比較不心痛。

「沒有，連生日卡都沒。」他起身，走出壁龕。他的雙眼燒灼，沉重濕潤，他不想她看到。用力眨一兩下就可以把眼淚壓下去了。

假如事情這麼簡單，她不會讓他在你的人生中缺席。珍阿姨這番話劈進他腦裡。**你媽媽是有不少缺點，但她不是笨蛋**。如果他的爸爸死了……在這兩人十八歲的時候死於意外……嗯，這會是她沒辦法讓卡麥隆的爸爸參與他人生的充分理由。他緊閉雙眼。這有可能嗎？這代表托娃是他的……不，不可能，她身材這麼嬌小，而且個性那麼古怪。他家族裡沒有人是身材嬌小或個性古怪的。而且這也代表他的媽媽並不糟糕，不是受害者，甚至可能如烈士般可敬，媽媽不是帶給他一連串苦難的肇事者。他絕對無法處理這資訊，因此這想法被他逐出腦中。

托娃走過來，站到他身旁，在偌大的中央水槽前。他倆看著一群鱈魚被水槽的人造水流推動著，漂游而過。卡麥隆知道，如果他們再等四分鐘，鱈魚又會游過來。那是怎樣的生活啊，無止盡的兜圈。

「你辛苦了。」托娃說。她把一手搭到他肩膀上，沒有撫摸也沒有輕捏，就只是搭在肩上，彷彿這樣碰著能夠把他的痛苦吸走一點。這種碰觸極其溫暖，幾乎帶著母性……不，他推開這個念頭。她只是想安慰他吧，因爲她這個人就是這樣，性格好得不得了，儘管她一開始披著那樣堅毅內斂的外殼。他低頭看她，被這嬌小婦人的堅韌所震懾，這副四十公斤的身軀承受了多少悲痛，而現在她還在吸收他的苦痛。

一個人可以承受多少苦？

水槽裡，一頭偌大的灰色六鰓鯊正游過來，圓鈍的鼻尖在沙子上劃出悠緩的弧線，彷彿在尋找什麼。

「艾瑞克的事，妳也辛苦了。我也很抱歉我媽可能跟這件事有關。」卡麥隆說。

「親愛的，那又不是你的錯，但謝謝你。」

六鰓鯊圓滾滾的眼珠注意到他倆，牠停下一兩秒，又往前游。

托娃擠出一抹緊繃的笑。「我們該去掃地板了吧。」

卡麥隆下班回到家時，伊森已經熄燈，破壞了他想和好的打算。原來伊森那難以理解的胡說八道竟然有些憑據，而卡麥隆在內心深處強烈懷疑那不只是謠言。他媽媽確實與這鎮上最大的悲劇有關。

他等待著這資訊帶給他悲傷或憤怒的感覺，理應如此吧，然而他再怎麼努力，似乎都無法讓那些情緒湧現。那又有什麼關係呢？謠言要傳就傳吧。關於黛芬妮．凱斯摩爾的市井閒話傷不了卡麥隆的。黛芙妮．凱斯摩爾干他屁事。

他翻翻露營車上的迷你冰箱，找出一個塑膠盒便當，裡頭有鹹餅乾、起司和熟食肉。伊森上星期從超市帶回一堆便當，堅持卡麥隆拿幾個走。伊森解釋，便當已經過期，店裡不能再賣，但這些超級加工品根本不可能壞掉。卡麥隆撕開塑膠封膜，方格裡的一小疊沙拉米肉腸飄散著胡椒味。他把幾片肉腸放到餅乾上，正準備咬下去時，手機發出了叮聲。

是艾芙莉傳來的：你還沒睡吧？

剛下班回到家。

接著他打了一大串字，解釋關於他媽媽和托娃和艾瑞克那些亂七八糟的事，想到什麼打什麼，很快打滿了整個螢幕。但後來他改變主意，按倒退鍵把整串話刪除。這事太複雜，不能傳訊息講。

艾芙莉回傳：這禮拜要去玩立槳衝浪嗎？週三下午怎樣？你週三休假對吧？

卡麥隆對著陰暗的車內咧嘴傻笑。他輸入：幾點？

四點？在店裡見，我可以早點開溜。

至少她沒約一大清早。下午四點，他可以的。他回傳一個拇指比讚的符號。

記得帶衣服來換。不然……不換也可以。艾芙莉還補了個眨眼的表情符號。

卡麥隆鑽進被窩，而一股暖意，或者是滿足感，湧上了他的心頭。

假如

已將近三年前的事了，一天下午，創意編織團得知瑪麗·安·米涅提那不滿二十歲的孫女泰妲姆懷孕了。突然這回憶砰地掉進托娃的意識中，彷彿是昨天才發生的事。

當時，創意編織團的其他成員表現出該有的驚駭反應。但托娃羞愧的是，她自己只覺得欽羨。

十八歲，泰妲姆才十八歲，而她自然面對了艱難的抉擇。編織團的大夥兒爲了她這特別的難題爭辯了一番，但托娃滿腦子卻只想著：**假如**。

假如艾瑞克當年跟泰妲姆的處境一樣呢？當然，他會是遺傳物質交換現象的另一端，但假如他十八歲就當了爸爸，在他少年早逝之前呢？托娃會有一個孫子，那將是多大的恩賜。

泰妲姆把孩子生了下來。對於這意外的孫女，瑪麗·安的女兒蘿拉協助了育兒工作，而就托娃看來，她們的生活也順利地過了下去。當然事情並不總像這樣。瑪麗·安的家庭算是有資源能幫忙照顧寶寶，泰妲姆也想留下寶寶，而且就托娃所知，孩子的父親還算鼎力支持，也有參與。這眞是很理想的結果。但類似情形的其他狀況呢？其實有各種可能性。

卡麥隆駕照上的出生日期深深烙印在她腦中。他是翌年二月出生的。

而他的媽媽，無論她是誰，她那時在跟艾瑞克交往。應該是。

假如卡麥隆在尋找的爸爸根本不是他爸爸呢？

她在腦中爬梳她所能記得與這男孩子的所有交談，關於卡麥隆在找的那個男人，他可能說過哪些事。一個地產開發商，那個廣告看板上的傢伙。卡麥隆提過戒指和照片的事，但托娃想不起其他細節了。卡麥隆的話從未令她想到艾瑞克。而且不管情況如何，卡麥隆都堅信自己找對了人。自信到了極點。

艾瑞克也是那樣自信。

托娃用一隻指頭撫過折疊躺椅的扶手，指甲描著木紋。月光下，花園裡，晚風輕輕吹拂向日葵，花兒搖頭晃腦，彷彿是她個人的觀眾，贊同她所有一廂情願的念頭。但那些全是妄想。艾瑞克不可能有孩子。十八歲的黛芬妮・凱斯摩爾要跟幾個男孩子交往都可能，無拘無束的十八歲啊，高中畢業後的夏天，誰能說她那樣有什麼不對呢？

這種事如果真的發生在她身上，實在是非凡的運氣。但黛芬妮・凱斯摩爾想必會設法找到她吧？哪個媽媽會剝奪孩子擁有爺爺奶奶的機會呢？而且，托娃怎麼也難以相信有非凡的運氣這種事。

「貓咪」躍上露臺欄杆，歪頭看她。她再度思考該拿他怎麼辦才好。她的房子即將交屋給別人，她也快搬到恰特村，這些都迫在眉睫了，而恰特村不能養寵物，她已經打電話問過。

「貓咪」一副要跳到托娃腿上的模樣，但最後他跳到了地上，縮在她腳旁邊。彷彿他已經開始要跟她保持距離。

極好的骨架

托娃正洗著「貓咪」吃完早餐的碗時，詹妮絲打電話來，邀她共進午餐。星期一就出門吃飯？會是爲了什麼事呢？詹妮絲建議在愛買家的熟食店見面，托娃提議改約在艾蘭德那家德州式墨西哥餐廳，詹妮絲聽起來很驚訝。

「眞的嗎？好吧。我順路去載妳。」詹妮絲說。

她倆在舒適豪華的沙發雅座坐下，中間桌上擺著墨西哥玉米片和莎莎醬，這時詹妮絲總算提起那件事。

「這禮拜就是妳最後一次參加創意編織團聚會了吧？」

托娃點頭。

「我猜妳以爲我們只剩三個人，就會省了妳的歡送會吧？」

「啊，說什麼呢，我不需要什麼歡送會。」

「嗯，芭芭說她會帶蛋糕來。」詹妮絲拿一片玉米片沾莎莎醬。「所以我們至少會有蛋糕。」

「芭芭眞貼心，」托娃說，「蛋糕聽起來很棒。」

「很棒啊。」詹妮絲複述。「托娃，不好意思，我講話難聽，但妳可不可以別再說廢話，老實告訴我妳爲什麼覺得非得這樣不可？」

噢，所以就是爲了這件事。「非得怎樣？」

「這一切！」詹妮絲雙手往四周揮舞，彷彿這掛著奇妙流蘇花邊壁毯的餐廳內裝就是冒犯她的罪魁禍首。「賣房子！搬出索維爾灣！妳在這裡住了一輩子啊。」

「恰特村很好呀。」托娃溫和地說。

「或許吧，但我們正要過退休的好日子了，妳爲什麼想跟一堆陌生人一起過呢？」詹妮絲的聲音斷啞起來。「那我們呢？」

托娃準備回應，話卻卡在喉嚨裡出不了口。

「而且，」詹妮絲接著說，同時嚴厲地舉起一根手指，就像她愛看的法庭劇裡的法官那樣。「伊森．馬克怎麼辦呢？」

托娃開口了。「他怎麼了？」

「托娃，他迷妳迷得咧，妳爲什麼不能給他一個機會呢？」

「伊森是個很好的男人，但是我已經跟威爾結婚了四——」

「噢，別說了，聽好了，我知道我沒經歷過妳的處境，可是我和彼得聊過，哪天我們其中一個走了，另一個一定要往前看。托娃，我們沒那麼老，我們還有好多年要過，甚至可能還有幾十年，現在的七十歲就是以前的六十歲！」

托娃忍俊不住，咯咯笑了幾聲。「這話妳從哪聽來的？那些談話節目嗎？」

「隨便啦。拜託，托娃，再考慮一下吧，如果這眞的是妳想要的，那好，就去吧。可是這不是唯一的出路。」

「詹妮絲，妳要了解一件事。」托娃雙手交疊在大腿上。「我跟妳和瑪麗．安和芭芭拉不同。哪天我跌倒，沒有兒女會來跟我住，我也沒有孫子孫女會時不時來幫我通排水管，或看我有沒有好好吃藥。而我也不想讓把這個負擔加到我朋友和鄰居身上。」

「妳又來了，」詹妮絲柔聲說，「老愛假設這是個負擔。」

「恰特村或許不是唯一的出路，不過是最好的出路。」托娃咬緊牙關。「再說，木已成舟，我禮拜三就要簽賣房子的文件了。」

「妳什麼時候要搬去恰特村？」

「下禮拜，不過我會先去埃弗里特那裡找間旅館住。」

詹妮絲苦笑著說：「那等妳搬進恰特村，我和芭芭一定要去看妳，妳可以幫我們預約那裡的豪華SPA。」

「當然好。」托娃說。

片刻後，來了一位十分歡樂的女服務生，她開朗地咧嘴笑著，連珠砲似的介紹一串招牌瑪格麗特口味。詹妮絲點了無糖汽水，托娃點了黑咖啡，服務生點頭離去，但不久又回來道歉，說目前店裡沒準備咖啡，下午點咖啡的人很少，托娃想等十五分鐘等黑咖啡煮好呢？或者她有興趣喝義式咖啡吧的哪款飲品嗎？要卡布奇諾、拿鐵或摩卡？

「那就小杯拿鐵吧。」托娃有些不情願地說。義式咖啡吧。眞享受呢。

星期二下午，托娃準備出門，去愛買家，自從到伊森家吃了那頓災難性的晚餐後，這是她第一次去。

或許也是最後一次了。她只需要買幾樣必需品。冰箱仍是半滿的，而且搬家日期已然逼近。她從沒想過自己能這麼久才去採買一次食品雜貨，但冷凍庫那些砂鍋燉菜還有得吃呢。那些馬鈴薯、麵條、肉汁和起司已經讓托娃的臉頰添了點肉；她今早泡澡後還不知不覺在浴室鏡子前欣賞起自己豐腴的臉頰。她換好衣服後，甚至在顴骨上擦了點腮紅。

出發前，她檢查了整整四次，確認「死之華」的T恤衫放進了手提包裡。畢竟她這趟不只是要去採購。她走出前門，看到大門腳踏墊上仍躺著一份報紙，捲在那裡等待，她有些吃驚。今早一忙，都忘了要拿報紙。其實她訂的報紙應該已經取消了，但前幾天她向送報的年輕人指出這件事，他卻聳肩說，只要她還住這裡，他就多送一份給她也沒差；反正他每天都剩下一堆報紙。托娃笑著向他道謝。他是個好孩子，而且去年聖誕節她給了他很多小費。

無論如何，她玩填字遊戲的需求現在可以透過其他管道滿足了。上週，她手機跳出訊息，是詹妮絲發來填字遊戲比賽的挑戰，只要按一下按鈕，小螢幕上能變出數不清的填字遊戲。非常非常多，想要有多少就有多少的填字遊戲。實在了不起，不是嗎？

當然，目前爲止每一場比賽都是托娃贏，但詹妮絲進步神速。

到了愛買家，托娃走進商店時，伊森正在熟食店值班。他耳朵後面塞著一枝筆，跟客人一句話說到一半便停住，直向著她揮手。

「嗨，伊森。」她喊道，語氣平靜。她從店門口的成疊購物籃上拿起一個。

「午安啊，親愛的。」他說道，並對她做出一個莫可奈何的表情，才繼續幫那群剛擠進沙發雅座的客人點餐。

托娃採購時深思熟慮，放每一件物品到購物籃裡都格外審慎。果醬正在促銷，買一送一，但托娃不需要兩瓶，甚至可能連一瓶都吃不完。當然，她到恰特村之後就不需要自己的果醬了，儘管她的套房裡有小廚房，附了冰箱。最後她挑了小罐的覆盆子果醬，如果這禮拜沒吃完還可以帶去。

她買完時，有兩條結帳通道開著，而她看到伊森已幫熟食部那批客人點完餐，現在在左邊的通道收銀，她鬆了口氣。當然要選那條通道，就算那條排了比較多人。她把爲數不多的食品雜貨排到輸送帶上，然後小心翼翼把整齊捲妥的T恤放在最後面，塞在一夸脫的鮮奶和蠟亮的橘色葡萄柚之間。

「恭喜妳房子賣出去了。」伊森清清喉嚨，彷彿想咳掉尷尬的氣氛。他刷了麵包、果醬、咖啡和雞蛋的條碼。他低著頭，幫她那包威化薄餅刷條碼，秤了單一顆青蘋果的重量。最後，他拿起白色T恤，用左手翻過來翻過去，右手拿著條碼掃描器瞄準，尋找商品條碼，接著臉上才浮現認出來的表情。他張大了嘴，任由原本捲著的T恤鬆開來。

「妳到底去哪裡弄來……？」他的聲音聽起來像被網子纏住似的。「我是說，妳是怎麼找到……？」

托娃挺直身子。「我上網買的。」

「妳**啥**？」

「網路拍賣，詹妮絲・金幫我買的。」她坦承。

他登時嚴肅起來，開口問道：「托娃，妳買這件花了多少錢？」

「呃，這你不需要操心吧。」

他將T恤重新捲好，憂心忡忡地甩了甩。「這些衣服很貴，好幾千塊錢。」

這時托娃後面已經排了三個客人，其中兩位伸長了脖子，眼巴巴想看這場好戲。

「你不用不高興，」她斷聲道，「我只是把我弄壞的東西賠給你而已。」

伊森把衣服拿到胸前，咕噥道：「這只是一件T恤而已。」

「對你來說很重要啊。」托娃用顫抖的聲音回答。

「很多事對我來說都很重要。」

「對不起。」托娃低聲說。

「別這樣說，親愛的。」他大大的碧綠眼眸顯得沉重。「我寧願用一百件這些鬼衣服去換在我家重新吃一次晚餐的機會。」他再次把T恤舉高，凝視那「死之華」演唱會的圖案，然後對托娃微笑。「妳真的是在網路上買的呀？」

「對，而且我開車去塔克維拉取貨。」

伊森瞪大了眼。「妳大老遠開到那裡去？」

「沒錯。」

「開高速公路嗎？」

「嗯，也沒有其他路線可選吧。」

「妳眞是個了不起的女人，托娃，妳知道嗎？」

托娃不知該如何回應，便遞出一疊鈔票付錢。然而當她回到家裡，在威化薄餅上抹奶油，以及切開那一顆青蘋果的時候，他說的話一遍遍在她腦海中重播。

週三上午十一點，托娃依照指示到艾蘭德的一家律師事務所跟潔西卡．史奈爾碰面，準備把成交文件裡她該簽的部分簽妥。

結果文件沒準備好。想到或許今天不需要簽約，托娃胸中的結稍稍鬆開了些。然而只是影印機出了小問題，只會耽擱幾分鐘。接待員對這個問題再三賠罪，並說要請潔西卡和托娃喝咖啡。潔西卡拒絕了，但托娃欣然接受。咖啡很淡，而且紙杯有蠟味，但托娃仍小口喝了。她倆在一間小會議室等待時，潔西卡跟托娃說了關於買方的詳情，托娃其實沒想要問那些資訊。對方是從德州搬來的一家人，家裡有三個小朋友，那位丈夫因爲工作調過來，便跟妻子在今年夏天來這裡考察房地產。他們對托娃的房子一見傾心，景觀、建築都是，他們說雖然他們應該會翻修好些地方，但這房子的骨架極好。

「我爸爸聽到了一定很高興。」托娃客氣地說。

文件總算登場。一位穿著長褲和哈蜜瓜淺橘色襯衫的女性坐到托娃身邊，一步步指導她塡寫表格。托娃簽了自己的名字，筆在紙面上刮擦。

「買方很感謝您願意這麼快成交，」潔西卡說，「他們的仲介請我轉達的。」

「當然沒問題。」托娃說。快速成交也正合她的意。何必拖延呢？況且那些德州人也很友善，肯配合她在恰特村的入住日期，讓她晚幾天交出鑰匙。

「還有提這件事可能有點怪，不過他們說，在檢查的時候注意到，那房子實在乾淨整齊得不得了。」潔西卡帶著眞誠的笑容說。「他們的仲介告訴我，那位太太說房子看起來簡直像雜誌上的房子。我想妳聽到這件事應該會很開心吧。」

托娃輕笑出聲。「我相信妳一定也知道，我這人就是愛整潔。」

「索維爾灣的每個人都知道。我們會想念妳的，托娃。」

穿淺橘襯衫的女人微笑道賀，並握了她的手，然後潔西卡・史奈爾也握了她的手。托娃向來不喜歡跟別人握手，至少不喜歡跟人類，章魚另當別論。但她仍然握了。

就這樣，完成了。

當天下午稍晚，托娃鼓起勇氣上了閣樓，這時閣樓裡成堆的亞麻織品和照片已經所剩無幾。該是收尾的時候了。

在天花板上，整排屋椽在午後陽光中閃耀。托娃緩緩躺到地板上，仰望著屋梁，就像她十多歲時那樣。就好像這棟房子是巨大的木頭怪獸，而她正從怪獸體內仰望牠的肋骨。這房子確實有極好的骨架，可以成爲一個好家園。一個德州家庭的家。他們的三個小朋友的家。

那些孩子會把這閣樓當成遊戲間嗎？托娃希望會。她在腦中勾勒出三個快樂的兄弟姊妹，在屋椽下齊聲歡笑，用微微的德州腔跟彼此說話。或許還會有更多孩子；或許那對父母還沒生夠，家庭將繼續成長，塡滿這間房子，多到滿出來，一如伊森那未竟夢想中的龐大家族。那對父母將在他倆打造出的家庭巨山上走向垂暮，而就算那座山偶有一小部分崩塌了，剩餘的部分仍能支撐住他們。

他們倆不會淪落到哪天得獨自一人打包茶巾。

她吸了口長長的氣，坐起身。「夠了。」她自言自語。夠了，別再讓一九八九年的一個夏夜形塑她人生的方方面面。夠了，別再尋找不復存在的答案。夠了，別再跟這些幽靈同住在這棟屋子裡。恰特村將是新的開始。

接下來兩小時，她打包了剩下的毛巾、床單和其他雜物。有箱她準備留著的書，她只放了半滿，以免太難搬。她把那本讓她找到黛芬妮・凱斯摩爾的索維爾灣高中畢業紀念冊也放進箱子裡。

她記得那張相片，那名年輕女子的笑臉，如今給壓在厚重的書頁之間。試著找她會是徒勞嗎？或許吧，但她怎能不試試看？無論黛芬妮・凱斯摩爾人在哪裡，無論她是誰，她就是艾瑞克在世時最後一個見到他的人。托娃這輩子只要在人群中見到有幾分神似那畢業紀念冊影中人的臉孔，她都會移不開目光的。

觀景窗外，海上萬里無雲的藍天引人注目，一艘快艇在海灣上劃出楔形的航跡，水面上波光瀲灩。到恰特村該是多麼奇怪呀，那綿延數公里的園區在內陸，一早醒來看不到海，該是多麼怪的感覺。

「真希望你能告訴我。」她對海灣說。這將是她永恆的心願。然而即便得知那晚發生什麼事，也不可能把他帶回來了。

沒有什麼能把他帶回來。

她闔上紙箱，封上膠帶。

漫天大謊

「蛾腸」樂團每場表演的最後都會演奏同樣的幾首歌。卡麥隆用他的芬達吉他彈著最後一首歌的開場和弦，雖然吉他沒插電，琴音仍在伊森家小小的客廳裡迴盪。卡麥隆的衣服正在樓下烘乾，而他攤在沙發上等著。畢竟今天是禮拜三，而托娃總說禮拜三是洗衣日？這想法顯然已經鑽進卡麥隆的腦袋裡，因為他今早醒來，想都沒想就一把撈起露營車地板上的髒衣服，拿了他那罐山寨版「汰漬」洗衣精，直直前往伊森家地下室的洗衣間。

他華麗地一撥，完美奏出一個頗難的和弦。爽，他還是很強。他今年夏天幾乎沒碰過琴，吉他粗硬的金屬琴弦壓在柔軟的指腹上很尖銳，但這是一種舒服的疼痛。

他打了呵欠，把吉他擱在兩個枕心已經結塊的沙發靠枕中間，然後吃了幾口邊桌上碗裡的早餐穀片，用手背抹掉下巴的牛奶，接著站起身，晃晃悠悠地走向前面窗戶。他的露營車從這裡看起來有點髒，擋風玻璃的污垢在豔陽下無所遁形。也許他下午會先洗個車，再去跟艾芙莉衝浪約會。

伊森家稀疏的前院草皮正褪成棕褐色。大家一直在說最近天氣有多乾熱。在莫德斯托，所謂的「乾熱」是另一種境界，但近來卡麥隆發覺自己會點頭附和大家的話，彷彿莫德斯托正慢慢從他腦中流逝。這是什麼時候開始的？

「早啊。」伊森穿過客廳，留下香皂的氣味。卡麥隆跟在他後面進了廚房。伊森的鬍子看起來濕濕的，而且他還設法把粗硬的鬈髮往下梳順，平時都飄在他那顆差不多全禿的光頭上。他沒穿破爛的搖滾樂團 T 恤或那些經常穿的法蘭絨襯衫，而是套了件條紋 POLO 衫。卡麥隆從不知道伊森也有這麼……這麼正常的衣服。他的 POLO 衫塞進一條略短了兩三公分的卡其褲裡，啤酒肚底下還繫著一條編織皮革腰帶。

「你怎麼穿得像《瘋狂高爾夫》裡的臨時演員啊？」卡麥隆勾起一邊嘴角揶揄道。「你又要跟托娃約會嗎？」

伊森在水槽裡把茶壺裝滿水。「托娃？沒有。」他喀嗒開了爐火，把茶壺放到圈狀的爐架上。「我這禮拜當然會找一天去她家跟她道別啦。」

「噢，嗯。」卡麥隆真希望能收回剛剛用《瘋狂高爾夫》酸他的話。

「我今天要在超市接受訪問。」伊森說著，從碗櫃拿下一個隨行杯，往杯裡丟了個他通常喝的英式早餐茶包。「我要僱新的日間店長，不然至少要找個短期的。你聽說梅洛蒂．派特森的事了吧？她兒子生了很嚴重的病，住進西雅圖那邊的兒童醫院了，她要請長假照顧他。」

「太慘了。」卡麥隆說。他是真心的；梅洛蒂．派特森是個好人。然而扎到他心裡的，其實是伊森開頭的話，那兩句話切穿梅洛蒂的不幸悲劇，迎面劈向他。

找店長。伊森到底有沒有想過要讓他來做這個職位？他想起剛到這裡的第一晚，喝昂貴蘇格蘭威士忌喝到醉的那天，他也問過伊森超市是否缺人。

伊森滔滔說起梅洛蒂的老公，還有他們的保險如何「討厭透頂」，很難給付孩子的醫藥費。那些細節根本干他鳥事，但伊森平常刷著鮮奶條碼、秤著番茄重量，一邊跟客人聊天時，顯然不懂得界限。

「喂。」卡麥隆打斷他的話。「你還在徵人嗎？」

「店長的職位嗎？應該吧，怎樣，你有人選呀？」

卡麥隆雙耳熱燙燙的，簡直紅得發光。「當然就是我自己啊。」

「你？」伊森看上去眞的十分驚訝。「呃……可能吧。」然後他搖搖頭。「你聽我說，這是店長的缺，通常要找有多年經驗的人，要熟悉所有系統，庫存啦，銷售時點情報系統啦，甚至要會點記帳，不是隨便能做的。」

「你眞的以爲我沒辦法做……」卡麥隆把即將脫口而出的話嚥下。**你眞的以爲我沒辦法做你的工作嗎？**他換個說法。「聽著，我或許沒有多年經驗，甚至也沒有學位什麼的，不過你我都知道我很聰明。」他的聲音發顫。「我眞的很聰明。」

伊森瞪大雙眼。「我沒說你不聰明，卡麥隆。」

「那，對啊，我可以學習。」

「是，你是可以學。」伊森啪地打開隨行杯蓋。「如果你眞的想做超市業，我可以手把手教你，我再開心不過了。可是現在這職位，我需要找的是……已經很有資歷的人。」

「喔，拜託。」卡麥隆跺步走向廚房窗戶，途中險些被廚房椅子絆倒。「在愛買家工作到底需要什麼資歷？要整天講話講個不停是不是？」他轉身瞪著伊森。

伊森平時就泛紅的雙頰此刻更加通紅了。

卡麥隆知道該住嘴，卻繼續往火上澆油。「亂講全鎭人的醜事嗎？」澆呀澆。「講別人私生活的閒話嗎？」澆呀澆。「亂傳我媽的謠言嗎？」

「我是想找到她。」伊森的聲音小但堅定。「我只是想幫忙。」

「我從來沒請你幫我。」

「我不是爲了你。」

卡麥隆正準備反擊，但伊森緊接著說下去。

「我是爲了她，」伊森說，「爲了托娃，讓她能有個……了結。」

地下室傳來的乾衣機蜂鳴聲，給廚房地板擋住了大半。衣服烘完了。

「隨便啦。」卡麥隆咕噥著，闊步走向露營車。晚點回來再收衣服吧。

他睡得很差，睡睡醒醒，但至少有睡比沒睡好。珍阿姨總說，一早發生鳥事的時候就去睡個回籠覺，再重新開始。

今天大概就是這樣。

但到了某個時刻，卡麥隆想必進入了沉睡，因爲當他被沒完沒了的蜂鳴聲吵醒時，已經不是早上了。午後的陽光灑進露營車的窗戶。他瞇著眼，在被窩裡翻找手機。

該死。艾芙莉。衝浪約會。現在超過四點了嗎？這時露營車裡十分悶熱，每次曬了一整天的太陽後就是這樣。他的手機到底跑到哪了？他設定的鬧鐘咧？

最後，他總算在地板上找到手機，藏在一隻今早洗衣服時沒拿到的髒襪子底下。他正準備接起電話，睡眼惺忪、口齒不清地吐出連串道歉，這才發現此時不過三點而已。接著他注意到來電號碼。是西雅圖的區碼，但不是艾芙莉。

「喂？」

一個女性的聲音回應：「是凱斯摩爾先生嗎？」

「嗯，對啊？呃，沒錯，我就是。」

「太好了，很高興可以聯絡上你，我是布林克斯地產開發公司的蜜雪兒‧葉慈。」

卡麥隆立刻坐起身。

「我知道您已經多次聯絡我們想約布林克斯先生，很抱歉拖到現在才聯絡您，因爲他最近人在外地。不過他現在回來了，而且剛好他今天晚一點的行程有空檔。我知道很臨時，不過不曉得您能跟他見個面嗎？」

「見面？跟……他？今天嗎？」

「您是開發商卡麥隆‧凱斯摩爾沒錯吧？」蜜雪兒的聲音流露一絲懷疑。

好吧，他當初是說了點瞎話。

蜜雪兒繼續說：「你幾週前留了幾次訊息，說想跟布林克斯先生見面，討論一個合作機會，對嗎？」

好吧，也許他是在捏造事實沒錯。

卡麥隆清清喉嚨。「哦，對，沒錯，就是我。」他不敢相信自己留言編造的故事奏效了。居然眞的有用。這麼多個禮拜以來，他親自跑去那些沒開的辦公室和沒用的鳥地方，結果最後有用的居然是這個，一個漫天大謊。他忽略縈繞不去的罪惡感，回答她：「可以，我可以去，幾點呢？」

蜜雪兒請他六點到，然後給了他一個西雅圖的地址，他抓了張加油站收據，在背面潦草記下。「請你搭電梯到地下室。」她補充說明。卡麥隆覺得很奇怪，辦公室在地下室？

卡麥隆掛上蜜雪兒的電話後，隨即打給泰瑞。響到第四聲時，泰瑞接起電話，聽起來心不在焉。

「不好意思，」卡麥隆開口，「我想問我今天下午能不能請個假？我晚上還是可以過去打掃，只是下午有個……事情。」他吸口氣，然後用他希望算是專業的說法，跟泰瑞說明了賽門・布林克斯這件事的詳情。

「沒問題，卡麥隆。」泰瑞聽起來仍然心不在焉。卡麥隆說的話他到底有沒有聽進去半個字？

「謝謝，長官，還有，呃……我們之後可不可以談談讓我做正職打掃的事？你知道，就是，不要當臨時工？」

「當然，當然。」電話那頭傳來一陣模糊的人聲。「嘿，小子，我要去忙了，你不用擔心今天晚上，慢慢來，好嗎？」

「好。」

卡麥隆掛了電話，沒多想泰瑞的奇怪表現。八成只是打去時泰瑞剛好在忙吧。接著他打開地圖應用程式，輸入蜜雪兒給的西雅圖地址。要兩小時車程。這代表四點時他得在路上，不能在槳板上。

艾芙莉會諒解的。他會在離開索維爾灣前去店裡一趟，親自跟她說。

快四點時，他推開索維爾灣立槳衝浪店的門。

在店裡最遠處的角落，一個身影從一整架的濕衣服後面站起身。令卡麥隆驚訝的是，那不是艾芙莉。

是她兒子馬可。

少年朝他冷冷地點點頭，又蹲回衣架後面，不發一語。

「呃，嘿，」卡麥隆開口，「你媽媽在嗎？」

「她去辦事了。」馬可正跪坐在光潔的木地板上，腳邊有個打開的箱子。他手上拿著個黑色的塑膠玩意，上面有個扳機，而前端垂著一張帶光澤的薄紙片。是標價機。

「我都不知道你在這裡打工。」卡麥隆說著，用手戳戳店裡展示的亮橘色蛙鞋。這些蛙鞋是他上次來之後新放上來的，一雙雙從小到大，排得整整齊齊，看起來像鴨子一家的腳被偷來掛到了牆上。

馬可哼了一聲。「我沒得選啊。」他啪地在一件氯丁橡膠救生衣的標籤上貼了張價格貼紙，然後把救生衣頂端的環掛到牆壁的長金屬釘上。

「噢，義務童工，成長的必經之路。」卡麥隆笑出聲來。

馬可沒回應。

「那，你知道你媽什麼時候會回來嗎？」卡麥隆望向店門口。「我們本來約四點在這裡見面。」他看了時間，還有五分鐘。

馬可抬起頭。「本來約在這裡？」

「對啊，我們本來要去玩個立槳，不過我……臨時有事。」卡麥隆咬住下唇，沒將整件事告訴馬可。他不需要跟一個青少年解釋這些。

「你要放她鴿子。」馬可用冷冷的語氣說。

「當然不是，她會諒解的。」

馬可又打出另一張標籤。「對啦對啦。」

「而且我親自來這裡跟她說耶。」卡麥隆又看看時間。四點要上路，這是他人生中最重要的會面，他不能遲到。他清清喉嚨。「問題是呢，我現在就要走了，你可以跟你媽說我有來過嗎？跟她說我臨時取消很抱歉。」

「好啊，我再跟她說。」

「謝啦，老兄。」卡麥隆走出店面。四點整時，他已驅車駛向高速公路。

啜泣

西雅圖是個令人眼花撩亂的迷宮，有不計其數的建築和分流道路、各式隧道和小路，還有宛若建在公路上的摩天大樓，渾像從不可思議的樂高積木組裡跑出來的。有左側出口、右側出口、高架橋和快車道，高架道路和地下道像大把的巨型混凝土義大利麵條交疊纏繞成團，挨著從海面陡然上升的山脊。

他曾經驅車通過西雅圖，從機場過來的時候，但此刻他更清楚見到西雅圖的風貌。與莫德斯托相比，這眞是個截然不同的世界。

他看到國會山的出口已在眼前，便打開方向燈。靠右行駛，然後左轉，開三條街，再右轉。他已經背下這一連串的轉彎，以及下高速公路後在城市街道中的路線，以防萬一。

最後他轉彎來到了這條正確的街道，開始找門牌號碼，以龜速前進，招來路上車輛惱火的喇叭聲。他的視線掃過櫛比鱗次的店面、咖啡館、果汁鋪，還有商品滿到外頭人行道架上的古著店。再十分鐘就六點了，再美好不過的八月傍晚，這個社區熱鬧滾滾，潮男潮女和牽著狗的鄰里居民熙來攘往；通勤的人背著郵差包，目標明確地邁步。

這就是蜜雪兒．葉慈給的地址了。他又再確認一次，因爲眼前是一道樸素的灰門。努力約了這麼多個禮拜……而這裡就是布林克斯地產開發公司嗎？他原本預期看到的是閃亮的辦公高樓，但或許西雅圖的成功人士就是這樣吧。用地瓜片代替煙燻牛，用不起眼的店面代替鋼骨摩天大樓。

奇蹟似的，他繞這街區第二圈時，剛好看到正前方有車位。

他熄了引擎，看看手機。仍然沒有艾芙莉的消息。他該傳訊息嗎？不了，之後再打給她吧，到時他就有關於他爸爸的故事可以講了。他用力甩上駕駛艙的車門，但聲音淹沒在城市的喧囂中。他從中控臺挖出兩枚沾滿碎屑的二十五美分硬幣，投進停車計費器。

卡麥隆訝然發現，那道素樸的灰門沒上鎖。打開門，裡頭是個平凡無奇的門廳，看起來是棟公寓建築。左邊牆上是成排略微破舊的金屬信箱，一共六個，地上散落著好幾張廣告傳單和垃圾郵件。

右手邊有一道樓梯，只通往樓上。正前方有一座電梯，而卡麥隆注意到電梯有上樓和下樓的按鈕。蜜雪兒說過，要搭電梯下地下室。

電梯發出叮響，他對著自己說：「要進兔子洞囉。」

才出電梯，他立刻聞到一種奇特的氣味，蠟質的辛辣味，像肉桂，在這盛夏時節顯得不合時宜。電梯門一開，氣味立刻迎面襲來。這味道必定來自蠟燭，因為整條陰暗的走廊上到處是蠟燭，點在左右兩邊鏡子前，看起來像是百萬道小小的火焰無垠延伸。他仔細檢視，這才發現那些是仿真蠟燭。合理，否則哪門子的消防法規會准人在地下室點這麼多蠟燭？

這到底是什麼樣的地方？

他沿著陳舊磨損的灰地毯走過走廊，拐了個彎，來到一個全世界最小的酒吧間。

裡頭空空如也。只有一張短短的吧檯，底下塞了五張椅凳。暖色燈映在天花板的黃銅貼磚上，使整個房間煥發偏黃的光芒。

吧檯上，一個支撐架上夾著一小張方形紙片，是菜單，最上頭寫著「泥狗魚訂製酒飲」，下頭列了許多名稱荒謬的酒。他盯著標價，猛眨眼睛，想確認自己沒看錯。他們不知道這些「酒飲」售價的一半就夠在超市買半打酒了嗎？他拉出一張吧檯椅坐下。

「叮噹」一聲，卡麥隆抬頭，只見一個女孩從吧檯後方的門走出來。她留著一頭亮綠色短髮，令卡麥隆聯想到壓扁的草皮。女孩兩手各端著一疊高球杯，眉毛流露出一絲驚訝神色，轉瞬即逝，接著她開始把玻璃杯放進下面調酒檯上某個看不見的架子。「我們八點才開門。」她頭也不抬地說。

「我來開會的。」卡麥隆清清喉嚨。「跟布林克斯先生。」

那頂著一頭青草的女孩抬頭看他，臉上半點表情也沒有，好像卡麥隆是她遇過最無聊的人事物。

「我是說真的。」他說。「蜜雪兒幫我約的。」希望直呼蜜雪兒的名字沒問題。

女孩聳肩。「好吧。」她邊說便走出去。「我去跟他說。」

賽門．布林克斯。

過去兩個月以來，卡麥隆在腦中唸了這個名字無數次，也研究過無數張他在廣告看板上頂著一頭完美髮型的放大照片，因此當眼前這位邋遢的仁兄帶著疲憊笑容從吧檯後面現身，卡麥隆簡直不敢相信那是他。

「你好。」卡麥隆說，他的聲音突然緊繃顫抖。「我是——」

「我知道你是誰，卡麥隆。」站在吧檯後方的賽門笑得更開了些。

「你知道我是誰？」卡麥隆的心怦怦跳，是因為緊張或是憤怒呢？不知為何，揍這傢伙或勒索他的想法似乎變得荒謬可笑。

「你覺得我為什麼提議在這地方？」賽門．布林克斯朝這狹小的室內揮了揮。「我相信你一定發現了，我有很多辦公室和房地產，但這個地方原本是為了黛芬妮弄的，跟你約在這裡再適合不過了。」

卡麥隆的脈搏怦怦直跳。為了黛芬妮？布林克斯即將招認自己這輩子是個失職父親嗎，就這樣承認了嗎？

賽門微笑。「你剛見過娜塔莉了。」他的頭朝吧檯後方的門點了點，剛剛那一頭青草的女孩進去的地方。「她知道整個故事。」

「整個故事。」卡麥隆勉強擠出這幾個字。

「嗯，當然囉，她是我女兒。」

女兒。他感到天旋地轉。有爸爸，還有……妹妹？他忍不住，視線已再次飄向吧檯後方的門口。那頭髮古怪的女孩真有可能是他同父異母的妹妹嗎？

賽門雙手一拍，身體靠著吧檯。「你的眼睛跟你媽媽一樣，你知道嗎。」

「我媽媽。」卡麥隆艱難地嚥下口水。

「黛芬妮的眼睛一直很美。」

卡麥隆深吸一口氣，急促得令人難爲情。她的眼睛確實很漂亮，不是嗎？他想知道賽門是在胡謅，或是眞的記得。

「先別說了。」布林克斯說著，略略聳肩，似乎要把對話帶往輕鬆一點的方向。「要不要我幫你倒點酒？」

「酒？」

「我做生意的方式很老派。」

「呃，啤酒就好，看你有什麼都可以。」卡麥隆脫口而出。他雙耳發燙。他幹麼在意？讓父親刮目相看是人類本能的傾向嗎？

布林克斯不發一語，彎腰去開檯面下方的冰箱，然後用手指抓著兩罐瓶裝啤酒站起身來。他砰地打開瓶蓋，啤酒嘶嘶作響。他舉起一瓶說：「敬你。」

「敬你。」卡麥隆附和。晚點他輪流跟艾芙莉和伊莉莎白說這整件事的時候，聽起來會有多怪呀？

布林克斯暢飲一大口啤酒，然後開口：「所以，你一定是要問關於你媽的事吧？」

卡麥隆挺起胸膛。別再窩囊了。他用平穩的語氣說：「我是要問關於你的事。」

「哦？」賽門頭一歪。「好吧，呃，大家都覺得我這個人像謎一樣，不過對你，我有問必答。」他微笑。「放馬過來吧。」

「你爲什麼……」卡麥隆嚥了口水，然後振作起來，再努力一次。「我是要說……你怎麼可以……」他喉頭哽咽。他怎麼沒先想想話說不出口時的備案呢？

「我怎麼可以怎樣?」賽門·布林克斯搔搔下巴。「讓她走嗎?呃,我很關心她啊。」

卡麥隆臉色一沉,語氣尖酸地脫口而出:「可是你沒關心過我。」

「你?我當然也關心你啊,你是她兒子。可是我又能怎麼辦,她後來都——」

「我也是你的兒子!」卡麥隆嚷到破音。

賽門·布林克斯往後退一步,回過神來。「對不起,卡麥隆,你不是。」他柔聲說。

「我是你的兒子。」卡麥隆又說一次。

布林克斯搖頭。「我跟黛芬妮之間不是那樣的。」

「怎麼可能。」令卡麥隆驚恐的是,他的下巴開始顫抖。他知道可能會有這種情況的,不是嗎?這整件事化爲泡影了。他已經做好心理準備,至少努力過。那爲什麼他現在感覺快失控了呢?

「我剛說了,我並不意外你來找我,卡麥隆,但——」

「那你爲什麼送她你的畢業戒指?」卡麥隆從口袋裡翻出那枚戒指,放到吧檯上。賽門拿起來端詳,臉上浮現淺淺的笑。但當他把戒指翻過來看內側,笑容消失了。

「這不是我的。」他輕聲說。

「噢,拜託,我看過那張照片。」

布林克斯小心地將戒指放回吧檯。「黛芬妮是我的好朋友。」他說。「聽著,我知道這聽起來像鬼扯,但我們倆眞的只是朋友,最好的朋友。」

卡麥隆準備反擊,然而他想起了珍阿姨總挖苦他和伊莉莎白的事。一股沉重的感覺宛若鉛球，在他體內下墜。跟兩個月前相比，他找爸爸的事仍毫無進展。

「你沒有，呃……跟她上床過嗎？」卡麥隆很討厭這問題聽起來有多白目。

「沒有，我沒有。」布林克斯咯咯笑了。接著他正色說：「聽著，如果你想，我可以驗DNA，這件事我可以百分之百肯定。」他拿起那枚畢業戒指，再次翻過面看了看，才放回吧檯上。「你等一下，我馬上回來。」

幾分鐘後他回來了，帶了本破爛不堪的精裝書冊，掌心裡還捧著個東西。冊子放到吧檯上，揚起灰塵。封面上寫著「索維爾灣高中一九八九年畢業紀念冊」。網路上那人掃描然後發布的那些照片，估計就來自這本紀念冊，包括賽門和黛芬妮在碼頭上拍的那張照。然後布林克斯攤開手掌。「這枚是我的，你看。」

卡麥隆拿起戒指，捧在左手上，然後用右手拿起自己帶來的那枚。重量感覺起來一模一樣。這麼接近，然而卻……大錯特錯。

布林克斯把頭往吧檯後方一點。「後面有一大塊還沒裝修的空間，我用來當儲藏間，但我想把所有高中的東西都收在這裡也滿恰當的吧，畢竟這裡本來就是我們倆的地方。」

「你們倆的地方？」這話到底什麼意思？卡麥隆把戒指翻面，以為會看到上頭刻著「EELS（鰻魚）」，卻訝然發現上頭刻的是「SOB（啜泣）」。

「SOB是什麼？」他問。

布林克斯咯咯發笑。「我名字的首字母。我的全名叫賽門・歐爾威爾・布林克斯（Simon Orville Brinks），不過呢，我不會到處去宣傳，因爲這名字根本就是給人開玩笑用的。我眞他媽走運，對吧？」

卡麥隆盯著吧檯上的兩枚金戒指。「你刻了你名字的首字母？所有人都這樣嗎？」

「大部分人都是吧，我猜。」布林克斯聳肩。「滿多人想在訂製刻字上耍一些花樣。一些青年團的人都刻了『GOD（上帝）』，還有我確定不只一個同學的戒指上刻的是『ASS（屁股）』。我也想過要刻『屁股』，不過我會被我老媽砍死。」

「那你記得這個名字嗎？」卡麥隆拿起「EELS（鰻魚）」的戒指。無論他是誰，他想必熱愛海洋生物，或是壽司。他刻了四個字母，要付差價嗎？

布林克斯搖頭。「我也想幫你，但我不知道。」

「你不認識這個『EELS』嗎？」

布林克斯柔聲補了一句：「我也不認識我的爸爸。」

「嗯，但你居然還可以變成億萬富翁。」卡麥隆的肩膀垮下來。

「我拚了命啊。」布林克斯說，而此刻他的語氣多了點尖刻。「聽著，我也出身索維爾灣。你知道我跟你媽怎麼認識？怎麼變成好朋友的嗎？」

「呃……不知道。」說真的，卡麥隆從沒想過這件事。即便以為他們兩個是一對的時候，他也假定他們是在學校認識的，大家不都是這樣嗎？

「我們以前住在同一棟爛公寓裡，我們高三高四的時候她在那裡住過一陣子。」布林克斯說。「在那個貧民區。」

「我都不知道索維爾灣以前有貧民區。」

布林克斯發出宏亮的笑聲。「這個嘛，現在全鎮都有點像貧民區了，不過也快逆轉囉。」他語氣一變，聊起了生意。「這幾年有很多開發，我現在在那裡就有個濱海大樓的案子，非常好的房子。」

卡麥隆點頭。有那麼個一秒，他想著布林克斯會不會僱他做那個案子。不過布林克斯八成會要求推薦人，而這個嘛，嗯……很困難，就算他是布林克斯以前好朋友的兒子。

「總之呢。」布林克斯往前靠，再次把手肘放到吧檯上。「我請你來這裡找我，沒約在我平常的辦公室，是因爲我覺得你看到這裡可能會覺得很有意思。」他拿起那份雞尾酒單，盯著說：「我剛說啦，我弄這地方是爲了她。」

卡麥隆環顧了點大的酒吧間，這下眞是大惑不解了。這小得荒謬的酒吧，在國會山一棟平凡公寓建築的地下室裡……這是爲了他媽媽而弄的？

「我們長大一點後就常聊到這件事，注意，那是一九八〇年代，那時地下酒吧還沒像現在一樣是文青的陳腔濫調。」布林克斯翻翻白眼。「我根本不知道兩個十幾歲的小孩子怎麼會有那種想法，但我們以前可以花幾個小時聊這件事。」他神色嚴肅起來。「當然，是在她……出狀況之前。」

「出狀況。」卡麥隆喃喃道。

布林克斯仍凝視著手裡的菜單。「就連這個地方的名字也是她取的，雖然這名字很奇怪。」他半笑著抬起頭。「泥狗魚，這是——」

「一種很小的魚，」卡麥隆插話，「住在河裡和其他淡水裡，可以在很糟的條件下存活，極端溫度啦，缺氧的水裡都可以，所以發生什麼鳥事的時候，這種魚通常撐得最久，牠們就像小魚世界裡的蟑螂，只是名字聽起來酷多了。」

布林克斯瞠目結舌。「你到底怎麼會知道這些？」

卡麥隆聳肩，解釋他曾經在某個地方讀過，一次。「我都記些有的沒的知識，有點控制不了。」

布林克斯笑出聲來。「你跟你媽一模一樣，你知道嗎。」

卡麥隆驚訝得張開嘴巴。「是嗎？」

「喔，完全就是。我們畢業後，她還想報名去上《危險邊緣》益智節目咧。」他清清喉嚨。「她的家人從來都不了解她，我想她應該對他們隱藏了自己眞實的一面，連對她姊姊也是。」

卡麥隆的眼角掛著豆大的熱淚，他能感覺到自己的嘴唇不由自主抿成了窘迫奇怪的樣子。

「她每次被討厭的事驚嚇到的時候，就是這個表情。」布林克斯說。

卡麥隆手握拳，按住自己噘起的嘴唇。「我想我一直以爲自己這種奇怪的照相式記憶力是從我爸爸那裡遺傳來的。」

「嗯，說不定也是從他那裡。」布林克斯說。「黛芬妮從沒告訴過我你的爸爸是誰。」

卡麥隆用鼻子輕哼一聲。「那我們兩個不寂寞。」

「黛芬妮這個人有時候神神祕祕的，我們感情好得不得了，但我知道她生活中有很多事是從沒跟我分享過的，這就是其中一件，我相信她有她的理由。」

「對啊，因為她那些**理由**，我從小無父無母，我相信她拋棄我一定也有很好的**理由**。」

「這點我絕對不懷疑。」布林克斯說，語氣不帶一絲諷刺。「她很愛你，卡麥隆，超過世界上的一切，我很清楚。她做的一切，出發點都是愛。」

一陣　唧聲隱約傳來，很可能是從吧檯後方的門內。那青草頭髮的女孩偷聽了這一切嗎？那女兒叫什麼名字？娜塔莉嗎？他胸中湧上一股噁心感。她知道整個故事。她爸爸的聰明死黨給人弄大了肚子，走偏了路，還有她那個某天可能找上門的兒子。一如往常，卡麥隆永遠是最後一個知情的人。

布林克斯嘆口氣。「真希望我能告訴你更多事，我覺得很抱歉，你從那麼遠的地方北上來這裡，期待著一件事，結果發現的卻是……另一件事。」

「你知道她在哪裡嗎？」卡麥隆雙手在腿上扭成一團。他居然問這件事？他真的想知道嗎？

但令他稍微鬆口氣的是，賽門只是搖了搖頭。「不知道，現在不知道，我好幾年沒看到她了。」

「那她之前是——我的意思是，她在哪裡——」

「那時她住在華盛頓州東部的一個地方，她來我家，說需要錢。我當然給她了。但她那時候很明顯還在掙扎，卡麥隆，她還在用藥。」他皺起眉頭。「也許我那時候不該給她錢？我不知道。我心裡有一部分想把她拖進我家，讓她在客房住下，扶她一把。但當時我照顧娜塔莉已經忙得不可開交，而且，嗯……如果一個人自己決心要變成一攤爛泥，別人是扶不起來的。」

「對啊，」卡麥隆假笑道，「我應該就是上梁不正下梁歪吧。」

「不要看扁自己了，卡麥隆。」

「我連把垃圾袋鋪好都不會。」

布林克斯投來困惑不解的眼神。

「在水族館。我在那裡工作一陣子了，剁魚、打掃，我鋪垃圾袋的時候——算了，當我沒說。」卡麥隆停止自己無意義的閒扯。賽門·布林克斯這個出身貧民區、白手起家還擁有自己地下酒吧的知名房地產大亨，才不會想聽清潔工的鳥事咧。

一陣漫長的沉默後，布林克斯開口：「黛芬妮會以你爲榮的，卡麥隆。」

「對啊，眞的咧。」卡麥隆把一張五美元鈔票啪的一聲放到吧檯上，希望這夠付一瓶泥狗魚啤酒的錢。總之也差不多吧。

布林克斯推開鈔票，但卡麥隆已經走向門口。

新路線

卡麥隆回到露營車駕駛座，往方向盤用力一拍。他拿出手機，期待收到艾芙莉的訊息，希望能有藉口回電給她，對一個能同情他的人傾訴過去這一個鐘頭發生的事件，然而什麼訊息也沒有。那現在要怎樣？他用手指敲著儀表板，看著國會山川流不息的人群。這些要去吃晚餐、拿乾洗衣物、逛街的人，所有人，都過著平凡幸福的生活。

去他們的。

他不知坐了多久，直到手機發出叮聲。手機響起時，他嚇了一跳。是訊息，但不是艾芙莉傳的，是布萊德。傳了一張照片，卡麥隆點開來看。是個好小的嬰兒，瞇眼看著他，紅通通的臉蛋裹著淺藍的毯子。看起來的確像隻外星生物，不過是很可愛的外星生物。照片中只見到伊莉莎白四分之一的臉，但卡麥隆看得出她在燦笑，而不是因爲難產而命在旦夕——這是二十一世紀的好處之一。

卡麥隆閉上眼，深呼吸。他回傳了訊息：兄弟，你當爸爸了！幾秒後布萊德回了個頭頂爆炸的表情符號。

他回訊息的同時，也邊打訊息給艾芙莉：哈囉，能聊一下嗎？他把訊息發向行動網路的虛無之中，然後換檔，把露營車駛出停車格。

離開西雅圖的交通狀況非常之糟，但卡麥隆說不出自己在車陣裡究竟是坐了十分鐘或三小時。露營車龜步前進，怠速的車輛如汪洋般，煞車燈交映，糊成一片紅光。他的手機在副駕駛座上叮咚直響，他趁車子停下時瞄了一眼，想著或許是艾芙莉，然而又是布萊德。更多的寶寶照片。他把手機塞到座椅上的速食袋子底下。眼不見，心不念。

但他的腦袋有別的想法，而且唸個沒完，不肯停下。有個聲音在大腦深處不斷刺著他。它叨唸著：**這些通通是假的，太美好了，不是眞的。這不是你的生活，這裡不是你的家。他不是你的父親。她不是你的女朋友**。

至少他有一份不討厭的工作。托娃向他保證了多少次，泰瑞絕對打算讓他轉正職？她還說這是他應得的。就連卡麥隆也得承認，他擦玻璃已經進步很多，他把那些爛玻璃擦得閃閃發亮。而且現在他花不到一小時就能把整條環形路線拖完，包括所有的畸零邊角。

那個刺人的聲音又插嘴了：**但爲什麼泰瑞還是沒說要給你正職？**尤其卡麥隆今天下午問到這件事的時候？

你沒有自己以爲的那麼好。那聲音嘲笑道。**連管理一家小鎭超市都不夠格**。

「閉嘴。」卡麥隆對自己嘟噥著，切到最左邊的車道，踩下油門。

總算，車陣散了。過了一陣子，油表燈亮起。卡麥隆眨眨眼看著油表燈。再三四十公里就到索維爾灣了，應該可以撐到那裡，冒個險好了。然而他在下一個出口把車開了出去，並找到一間加油站。

便利商店收銀員幫他的一包洋芋片和一罐汽水結帳，並對他投以友善的笑。這就是他的晚餐。卡麥隆沒有回笑，感覺就像他忘記該怎麼笑了。店員想找話題，問他今晚過得好嗎，他面無表情。

他忽略她的問題，只叫她再拿包菸。

汽油從加油槍汩汩流進露營車的同時，他滑著手機，但那只是純粹的反射動作，好像他的眼睛接收著捲動的文字和照片，但大腦並未將任何圖文載入。直到一張照片吸引了他的注意。是凱蒂。

她把他解除封鎖了嗎？他點了她的名字，果然，她的個人檔案跑了出來。就是她，帶著那高傲的笑容，彷彿她創造了世界，而他只是有幸能活在這個世界裡。

她今年夏天貼了一百萬張新照片。卡麥隆快速滑過她的動態。半數照片都有個混蛋用手摟著她。那傢伙都戴著蠢爆的環繞式太陽眼鏡，導致卡麥隆連他的蠢臉都看不到。

他已經搬進她的公寓了嗎？他八成會記得要把自己名字放進租約，八成在一間無聊的辦公室工作，開的是全新休旅車，而且連一次也沒用過四輪驅動，而且平常都用電動牙刷。他們週末的時候八成都會跟他爸媽一起吃晚餐。

這些過著正常、幸福生活的人，去他們的。那是卡麥隆永遠到不了的境界，無論他多努力。就算在華盛頓州這裡也沒辦法。

他打開地圖應用程式，輸入新路線。從索維爾灣到莫德斯托。十五個小時。

早到

星期三晚間托娃抵達時，大門抵著東西，敞開著。這時比平常略早，但泰瑞稍早在電話裡聽起來很緊張，因此她就擱著晚餐餐盤沒洗，倉促給「貓咪」倒了碗飼料，匆忙趕到水族館來。

是因爲門沒關嗎？她胃一緊，想起那次卡麥隆沒關後門、馬塞勒斯設法逃跑的事。然而片刻後，泰瑞慢悠悠地晃出來，笑容燦爛，朝她揮揮手。

「發生什麼事了？」她邊走近邊問。

「今天晚上很重要，而且我指的不只是因爲今天是妳在這裡的倒數第二天。」

托娃歪頭。

「今天要到貨了，」泰瑞繼續說，整個人飄飄然的。「我沒想過會在妳離開之前就送到，而且我打給妳，是因爲我覺得妳會想來看看牠。」他笑出聲。「**牠**，妳聽我說這什麼話！應該說這位**小姐**才對，我覺得妳會想見見這位**小姐**。」

這位「小姐」到底是誰？

托娃還來不及問，一輛卡車便轟隆駛入停車場，發出連串的高聲嗶響，朝大門口倒車過來。一個板著臉的男人從一只冷藏櫃裡搬出個木箱，放到推高機上。起初送貨員似乎很想直接把那大箱子放在那裡，但泰瑞說服他幫忙將東西運到室內。這兩個男人把巨大木箱送進敞開的大門內，走過弧狀走道，看上去似乎相當吃力，而托娃抓著手提包，跟在後頭。

他們把木箱搬到泵浦室，她隨他們進來。兩人將箱子慢慢挪到地板上，裡頭潑濺的水聲清晰可聞。轉眼間，送貨司機就開著堆高機消失在視線裡。

「托娃，妳可以幫我看著嗎？」泰瑞說。「我去簽個文件。」他小跑步離開，跟在那送貨員後面。

托娃端詳木箱。箱子的一側有大大的紅色模板字印著：**此面朝上**。另一側則印著：**活章魚**。

「看著？看著是什麼意思？」托娃透過馬塞勒斯水槽後方狹窄的玻璃望向裡面，問他一句。那只**活章魚**木箱就這麼端坐在泵浦室中央，一點動靜也沒有，令托娃懷疑裡面到底有沒有活著的東西。是什麼東西需要她看著呢？

馬塞勒斯揮動一隻觸腕。一個含糊的手勢。他也不曉得。

「我們等會兒就會知道了，對吧？」托娃尋思。「不管怎樣，看起來你要有新鄰居囉。」

馬塞勒斯再過去幾個水槽，有一個已經清空了，先前是太平洋黃金水母。那些水母去哪了？空無一物的水槽看起來太乾淨，水太清澈。托娃探頭看向泵浦室外面；泰瑞已經不見人影。她迅速拖出那把梯凳，掀開章魚水槽的上蓋。馬塞勒斯把一隻觸腕的尖端伸出水面，托娃便伸手下去。他的觸腕繞上她手腕，一種超越熟悉、近乎本能的姿態，仿若初生嬰孩抓住母親的手指。

但馬塞勒斯並非嬰孩。以章魚來說，他已垂垂老矣，而現在接替他的章魚來了。走道傳來腳步聲，托娃趕緊將手從水裡抽出，爬下來，再把梯凳塞到水槽底下。她用衣服下襬將手臂抹乾的同時，泰瑞已闊步走進來，手裡拿著一支鐵鎚。

「妳覺得呢？我們把這位小姐打開吧？」

「你的新章魚。」托娃向他確認。

「對！其實有點提早到了，不過她是被救出來的，她被困在螃蟹籠裡，想逃出來的時候受傷了，阿拉斯加的一個團體幫她做康復治療。我沒辦法拒絕這隻。」泰瑞用鐵鎚末端撬開木箱的一邊。

托娃兩手在胸前交叉。「提早？」

泰瑞嘆氣。「馬塞……呃，托娃，我相信妳也注意到了，以北太平洋巨型章魚來說，他已經很老了。」他用力抬起木箱蓋子，發出哼聲。「不過是個精力很充沛的老傢伙，對吧？決心要超越自己的壽命。但我和聖地牙哥醫師不確定他還能活多久。他今天早上的狀況很糟，說不定只剩幾個禮拜或幾天了。」

「了解。」托娃說。她望向馬塞勒斯的水槽，但他想必躲進巢穴裡了，因爲此時他已經不見蹤跡。

「他能活這麼久很驚人。」泰瑞饒富興味地看了托娃一眼。「你知道馬塞勒斯也是被救來的嗎？」

托娃驚訝地挑眉。「我不曉得。」

「當年我們收他的時候，他狀況很糟，少了一隻觸腕，全身被咬得亂七八糟，我還以為他撐不了一年，現在呢，都四年了……」泰瑞笑著搖搖頭。「他很乖，除了晚上會在館裡亂跑。」

托娃心跳加速。過了這麼久……現在她要爲縱容不良行爲的事被責罵了，因爲她扔掉了那枚糟糕的夾鉗。

泰瑞看到她的表情，開口說：「沒關係，托娃，說到底，我也不確定哪種防護措施會有效。」他再次搖搖頭。「新的這隻應該會比較有規矩，希望囉。」

木箱裡頭是個鋼桶，頂部封著細密的網格。裡面有東西在嘩啦啦地翻攪。

「嗯，我們來看看吧？眞希望我們可以幫她取名字，不過我答應把取名的任務交給艾蒂了，她昨天晚上一直腦力激盪想名單，想到半夜才睡。」提起女兒，泰瑞便咧嘴笑了。托娃知道艾蒂四歲時幫馬塞勒斯取了名字，因此她現在是八歲了，仍對幫章魚取名字這種事樂不可支，眞是挺可愛。

「我相信她絕對能想出很棒的名字。」托娃說。

鋼桶的上蓋輕易彈開，托娃不禁咯咯笑了。換作馬塞勒斯，絕不會乖乖在這樣不牢固的容器裡待完整趟沿海旅行的，他八成會在英屬哥倫比亞沿岸某處開溜。

「她在那裡。」泰瑞輕聲說。

托娃望向桶內。那隻章魚蜷縮在桶底，很合理，因爲桶子裡沒地方可藏身。這生物是鮭魚粉色的，托娃十分驚訝，因爲她跟馬塞勒斯那身鏽紅色截然不同。

「你現在要把她移到水槽裡了嗎？」

「今天不會，我要等聖地牙哥醫師，她明天一大早就會來。」

托娃看著那隻蜷縮成團的新章魚試探地伸出一隻觸腕，一秒後又抽了回去。

「你覺得她會喜歡這個新家嗎？」

「老實說，我不知道，托娃。」

她挑起眉毛，對他的坦率感到吃驚，畢竟她只是在找話題聊而已。

「別誤會我的意思，我們都會盡力，」泰瑞接著說，「但妳看看馬塞勒斯，我們收他是救他一命，但他被關在水槽裡從來沒快樂過。」

「他滿無聊的。」托娃附和。

泰瑞笑出聲。「在索維爾灣水族館的生活從來沒辦法滿足他。」

托娃往鄰近的椅子一靠，緩解背痛，然後歪頭望著木箱。「那我把箱子四周拖一拖吧？」

「泵浦室妳不需要掃，托娃，妳知道的。」泰瑞小心翼翼地將木箱上蓋蓋回去。

「我不介意，這樣有事可做啊。」

「好吧，卡麥隆可以幫妳，他應該快到了，他說他今天可能晚一點到。」泰瑞看看手錶。最後他在木箱蓋子上拍了一下，便離開了，還邊咕噥著關於水溫和酸鹼平衡的事。

托娃獨自待在泵浦室，與她為伴的只有兩隻章魚，以及一種有事情不對勁的奇怪感覺。

「嗯，」她拿起手提包，咕噥道：「我最好開始打掃地板了。」在走到工具櫃的路上，她往大門外面瞥，期待看到卡麥隆那輛破爛老舊的露營車停在她的掀背車旁。然而沒有露營車。

一小時後，托娃徘徊在泰瑞的辦公室門口，手指翻轉著她的門禁卡。他今天留很晚，她很高興還能碰到他。

「我們明天結束後，我把這個放在你桌上好嗎？」她舉起門禁卡說。

「好啊，很好。」泰瑞的手指頭在桌上直敲；他似乎仍然興奮得微微顫抖。「我剛跟聖地牙哥醫師通完電話，她明天要來看看我們的新成員，她覺得我們可能要讓她在桶子裡再待一段時間。」

「了解。」托娃說，並努力讓自己平板的語氣多些起伏。她如何能向泰瑞解釋，她並沒有特別在意這隻新章魚呢？該如何說明，對她來說，這世上永遠不會有另一個馬塞勒斯呢？

泰瑞接著說：「看來我們可能要直接讓她搬進馬塞勒斯本來的空間……嗯，等那裡空出來的時候。」

托娃嚥嚥口水。

「所以，卡麥隆今天晚上沒來嗎？」泰瑞站起身，開始收拾東西，把那凌亂桌上的文件翻來翻去。

「沒。」托娃語帶猶豫地說。

「奇怪，希望他沒事。」泰瑞拉上電腦包的拉鍊。「還有不好意思讓妳一個人掃完所有地方。」

「一點也不要緊，」托娃微笑道，「我永遠都會懷念打掃這裡的日子。」

泰瑞搖搖頭。「妳眞的是個很特別的人，托娃，還有我們會很想念妳。」

「眞感動，我也會想念你們大家。」

泰瑞已經走在走道上，托娃在他背後喊道：「泰瑞，還有一件事。謝謝你。」

泰瑞歪頭說：「謝我什麼？」

「謝謝你給我這份工作。」

「我那時候其實沒有選擇啊。」泰瑞說。

「什麼意思？」

「我僱用妳的時候，其實沒有選擇啊，我知道妳不接受拒絕的。」他咧嘴笑道。「妳是一個很強的女人，托娃，妳知道嗎？」

托娃凝視閃閃發亮的地磚。她挪動雙腳，運動鞋留下腳印，轉瞬即逝。「我知道，嗯，有事情忙很好呀。」

泰瑞看著她，臉上帶著一種表情。「我指的強，不只是因爲我從沒看過哪個人可以像妳那樣揮動拖把，當然這點也是眞的啦。」他又咧嘴笑了，這回笑意柔和些。「妳知道嗎，我小時候還在牙買加時，我曾祖母常說她『只是老，身體可還沒冷』，她活到近百歲。一直到生前最後一段時間，她都還待在廚房裡，爲我們這些孩子們烤葡萄乾餐包。她也很愛找事情忙。」

「聽起來她是個了不起的女人。」

「跟妳一樣。」泰瑞用他那大大的手輕拍一下托娃纖細的肩膀。「托娃，如果妳改變心意，要記得索維爾灣水族館永遠有位子留給妳。」

「我很感謝。」

泰瑞小心翼翼踩著剛拖過的地板，走了出去。

爛攤子

大門喀嗒一聲打開，這時托娃正將推車放回工具櫃。是不是泰瑞忘了東西，要回來拿？然而她在走道上遇到的是卡麥隆。他一臉煩憂，眉頭深鎖，正往休息室衝去。他看到托娃，急停下來，顯得很吃驚，臉上的陰霾也消退了片刻。他開口：「想不到妳還在這裡。」

托娃雙手扠腰。「你到哪去了？」

「這重要嗎？」

「對，重要啊，這是你的工作，而你幾個小時前就應該到了。」托娃噘起嘴。「這不只是『晚一點到』。而且你可能曉得，你錯過了滿重要的一個晚上，今天來了一隻新的章魚。」

卡麥隆沒回應。這男孩子的狀態讓托娃聯想到螺旋彈簧。那僵硬的肩膀，重踩的步伐，他不肯直視她的模樣。她伸出一手搭在他肩上。「你還好嗎？發生什麼事了嗎？」

他甩開她的手，開始踱步。「發生什麼事？好啊來說啊。伊森是個愛打聽的混蛋，完全沒辦法少管別人閒事，也完全不相信我的能力，這份情誼就這樣啦。我剩下的朋友呢？在莫德斯托那兩個，他們剛生了孩子，還有我的樂團也解散了。說到莫德斯托，我有提過我那個爛媽媽嗎？她拋棄了我，讓我這輩子都超慘。我阿姨努力當我的媽媽，她也盡力了，可是她不應該繼續像養小孩一樣對我。我以爲我在這裡交到了一個女朋友，但她完全搞失蹤了，我猜她是在氣我放她鴿子沒去約會，雖然我還親自跑去告訴她我沒辦法去，因爲有事發生，那件事差不多是我這段可悲人生中最重要的一次見面，或者應該說我以爲啦。」他停下，吸了口氣。「還有，我的行李，我飛來這裡帶的行李，都兩個月了，行李很顯然在義大利放長假，而我現在已經根本不需要那袋東西了。」

托娃發覺自己把背緊貼在後方的水槽上，彷彿這些話是一陣強風襲來。她站直了身子，拍拍頭髮，彷彿頭髮也給吹亂了似的。她其實聽不太懂，然而她點點頭，一副明白的樣子。

「而這些都還不是最棒的。」卡麥隆把手探進口袋，掏出一枚胖墩墩的戒指。看上去似乎是男生的畢業戒指，儘管托娃只是從戒指放在這男孩子掌心時瞄到一眼，隨後他又怒氣沖沖地握緊了。他又踱起步來，並接著說下去，嗓音滿是靜電般的尖銳。「最棒的是，這一切完完全全沒意義，根本不是他。」

「誰不是誰，親愛的？」托娃一手搭上他的肩膀，然而他再次閃開。

「他不是我爸。我來索維爾灣就是爲這個。我花那麼多時間追查的那個人，他只是我媽的老朋友，而且這個根本不是他的戒指。」

「那是誰的呢？」

「我應該永遠都不會知道了吧。」

托娃幾乎擠不出話。最後，她只說：「眞遺憾，卡麥隆。」

「我也眞遺憾。」他嚥了口水。「我的意思是，因爲這一切都是白費力氣。」

「失去一個人的時候，難過是正常的。」托娃輕聲說道。

卡麥隆咕噥說了些托娃聽不太清楚的話，便跺腳朝大門走去。她尾隨在後，努力跟上。他眞的要走了嗎？

出乎她意料的是，他沒有走出大門，卻進了泵浦室。她震驚地看著他繞過那個仍放在泵浦室正中央的活章魚木箱，用力掀開狼鰻水缸的上蓋，將那枚畢業戒指扔進去。戒指無聲地漂盪到水槽底部，消失在一團沙塵中。

「EELS。這東西屬於你們啦。」他憤怒地嘀咕。

托娃盯著水槽。到底怎麼回事？其中一尾狼鰻也盯著她瞧，那針般的尖牙在藍光中熒熒閃爍。

她清清喉嚨。「親愛的，要不要坐下來喝杯咖啡？顯然今天的工作我已經做完了，不過我們可以說說明天要做什麼，我的最後一天，要確保交接順利。」

「喝咖啡？」卡麥隆唸著，彷彿這是一句外語。這個片刻，他看起來筋疲力竭，彷彿一只扁掉的風向袋。他很快搖了搖頭，風暴再次席捲而來。「不用，我只是來拿放在休息室的帽T。」

他怒沖沖地走出泵浦室，托娃緊跟在後。「但明天怎麼辦？」

「沒有明天了啦，」他轉過頭來說，「泰瑞根本沒給我這份工作，我幹麼留下來？我是多沒用，才會連這種倒垃圾和拖地的工作都拿不到？我的意思是……我沒有冒犯的意思。」

「啊，這肯定是誤會，泰瑞這幾天滿心煩意亂的，那隻新章魚——」

「我受夠誤會了。」他鑽進休息室裡，片刻後又出來，腋下夾了他的運動衫。「反正我要走了。」

「什麼意思？」

「我要回加州。」卡麥隆不肯直視她的眼睛，臉上浮現悲傷諷刺的笑容。「該展開公路之旅了。」

「你現在要走了？」

「對，」卡麥隆用急促無禮的語氣說，「本來早就要走了，但我這白癡今天把大部分東西都留在伊森家裡，要洗的衣服啊，甚至我的吉他，所以我才回來拿。」他舉起帽T。「我想說順便來拿這個。」

「你要走了，而你還沒跟泰瑞說？」

「他自己會搞清楚。」

「那你覺得你明天沒來，會發生什麼事？」

「他會開除我嗎？」

「那誰要幫我們這些……朋友們準備伙食呢？」

「不干我的事，這又不是什麼特別難的事。」

托娃冷冷地盯著他。「這不是結束一個工作該有的做法。」

卡麥隆聳聳肩。「我怎麼會懂？我從來沒機會自己辭職，都是被炒掉的，這有點算我的強項了。」他踩著重步走進泰瑞的辦公室。她跟上去，看著他從印表機托盤抽了張紙，潦草寫了張字條，然後摺起來，扔到泰瑞桌上。

「好了，這樣可以了吧？」

她拿起字條，遞還給他。「沒有好好知會，留個爛攤子給老闆……你不是那種人。」

「不，我就是。」他顫抖著嗓音，將字條扔回桌上。「我就是那種人。」

被囚的第1361天

——欸，廢話少說了好嗎？有枚戒指等著我們去找回來。

對於狼鰻，人類可真愛評斷。假如每次聽到有人說牠們「恐怖」或「醜」或「像怪物」的時候我都能得到一枚蛤蜊，我早就變成一隻肥章魚了。

這些評價並沒有錯。客觀來說，狼鰻是很醜。牠們的水缸是少數我從未進入或探索過的，然而這無關牠們不幸的外表。

那是很久以前的事了，是在我被抓來囚禁之前。當時我年幼無知，正在汪洋大海中**找個地方借睡一晚**——套用你們人類的說法。岩石巢穴呼喚著我；那裡可以成為我的安樂窩。我不知道的是，裡頭早有房客。

我擁有偌大智慧，本應更審慎些。我才往岩石縫隙瞥了一眼，牠立刻攻擊我。狼鰻的尖牙和厚實的口部不只醜，而且相當有力。我為這個錯誤付出了三重的代價。

第一，我付出了自尊。

第二，我付出了一條觸腕。觸腕隔天就開始長回來，然而那時已經太遲了。

第三，我付出了自由。要不是我自己判斷錯誤，導致這樣的傷勢，或許我能逃過那所謂的救援。

我發揮偌大的耐心，等待托娃離開。這陣子，轉開泵浦外殼變得困難，但我費勁打開了外殼。我穿過那小縫隙一半時，已經開始感受「後果」。最近「後果」來得越來越早了。

我所剩的時間不多了。

我一邊進入狼鰻的水缸，一邊跟狼鰻們說些花言巧語。那隻大大的雄鰻瞪著我，牠俗豔的頭部徘徊在牠們巢穴洞口；片刻後，牠的雌性伴侶也加入行列。

「你們二位今天看起來都很可愛。」我緊挨著水槽另一邊的玻璃說。兩隻狼鰻眨眨眼。我的器官心臟怦怦直跳。

「我不會打擾太久。」我邊往水底沉邊允諾。

牠們的水槽底部鋪著細沙，而我的則是比較粗糙的礫石，我在沙子裡搜索打撈時訝異於那沙子柔軟的觸感。那對狼鰻注視著我；此時牠們已從巢穴裡又游出來了些，突出的下顎一如平常，像機器人似的開闔，纖薄的背鰭如緞帶般搖曳起伏，然而牠們並未游過來。

我在植物底部的沙子裡掃啊掃的，直到觸腕末端的吸盤擦過一個冰冷沉重的東西。我抓住那枚粗厚的戒指，捲在我觸腕粗壯多肉的部位，放在那裡會很安全。我瞥一眼狼鰻，牠們仍觀察著我的一舉一動。**「這個我拿走了，希望您二位別介意。」**

就連返回水槽的短暫路途也耗盡了我的氣力；我已經日益虛弱。我抓著那枚沉甸甸的戒指，溜進巢穴休息，因為我需要耐力來跑下一趟行程。最後一趟。

該死的天才

卡麥隆發現汽車的蛇形皮帶名副其實。皮帶在露營車的引擎蓋下彎曲纏繞，就像一尾長長的蛇。乾燥的空氣聞起來有灰塵和剎車片的焦味，而早晨的陽光毫不留情。公路上每隔幾秒，便會有一輛半聯結車呼嘯而來，伴隨強風颼颼撲面，彷彿一隊巨無霸甲蟲，它們那威嚇的格柵嘲笑著他，看他杵在路肩上，站在掀開的露營車引擎蓋前。他一手扯著斷裂的皮帶，另一手拿著從手套箱找出來的新皮帶。

「到底是怎樣啊。」他邊咕噥，邊瞪著車子內部。他認得出主要零件。引擎體、水箱、電池、機油尺，還有那個裝著清洗擋風玻璃的藍色液體的東西。

新皮帶一直都在，就在手套箱裡。爲什麼他之前不換呢？那樣尖銳的噪音。根本不可能自己消失。

當然在他開了十二小時的車的這段期間，也沒有自己消失。

好吧，其實不對。那尖銳噪音是消失了……連同動力輔助轉向系統一起掛掉，就在這條位於雷丁外圍的州際公路上鳥不生蛋的路段，在俄勒岡和加州邊界南方兩百多公里的地方。有什麼事是卡麥隆不會搞砸的嗎？他想逃離一場慘敗，但就連這趟逃離本身也是一場慘敗。

還眞是後設啊。

「好，我做得到。」他吐了口氣，把手機支撐在保險桿上，再次瞇起眼看影片。沒有其他選擇。假如他繼續開車，引擎很快會過熱，然後就會慘翻天。呃，影片裡不是這樣形容的啦，但……結果很不妙就是了。

再說，換皮帶不可能多難，而他，卡麥隆．凱斯摩爾，可是個該死的天才。該是他表現得像天才的時候了。

鰻魚戒指

星期四下午，托娃在職的最後一天，詹妮絲．金和芭芭拉．范德胡夫在她家門廊上現身，拎著個長方形盒子。

「快進來，」托娃說，「不好意思啊，房子這副德性，打包實在是……」她一隻手揮向周遭的凌亂。「我去煮咖啡。」這是一樣還沒打包的東西：咖啡壺。她會留到最後再處理。

她從詹妮絲手中接過盒子，以爲是砂鍋燉菜，但拿起來太輕了。她把盒子放在流理檯上，掀開上蓋，出現眼前的是一塊小巧的單層蛋糕，做成魚的形狀。蛋糕上的糖霜寫著：**榮退之喜**。

「妳們太費心了！」托娃笑出聲。「不過這句很精準，我是要退休了。」

「總算哪。」詹妮絲邊說，邊拿出一包紙盤和餐巾紙。

「我相信妳會說服恰特村僱用妳去幫他們擦踢腳板。」芭芭拉也補一句，一邊在廚房桌前坐下。

「呃，不排除這個可能。」托娃笑答。咖啡已在濾煮，咖啡壺嘶嘶作響，這時「貓咪」閒步走進廚房，托娃俯身，伸出一隻手撫摸貓咪的背。

詹妮絲用懷疑的眼神打量貓咪。「那這個小傢伙要怎麼辦？」

「呃，他不能跟我一起去，」托娃說，「我想他得回到整天待在外頭的生活了，除非妳們兩個有誰想養寵物？」

詹妮絲抬起雙手。「彼得對貓過敏喔，而且，我家『巧克力』怕死貓了。」

貓咪跳到芭芭腿上，貓掌輕巧地落下，身體往上伸展，用他那毛茸茸的頭抵著她的下巴，呼嚕嚕叫得極響。

「我是狗派喔。」芭芭說。她搔搔貓咪的耳後。「但是天哪，你好軟喔，對不對？我跟妳們說過安蒂的小孩去年撿到的那隻貓嗎？那隻貓現在在他們的臥室住下來了，跟他們一起睡床蓋被。我提醒安蒂，一定要幫那小傢伙除蚤，因爲誰知道動物會從外面帶回來什麼東西，對吧？反正呢，她就說——」

「妳看，芭芭，他多喜歡妳啊。」詹妮絲咯咯笑著說。貓咪這會兒正舔著芭芭的手背，彷彿在幫她理毛，而喉頭仍發出電動圓鋸似的呼嚕聲響。

「我已經幫牠除蚤囉。」托娃意有所指地說。芭芭把頭從詹妮絲那裡轉回來面對著托娃。

「但我是狗派！」

托娃笑出聲來。「人會改變啊，芭芭拉。」

「就算我們這樣的老人也是。」詹妮絲也補一句。

「啊，好啦，我會考慮。」芭芭一邊咕噥，卻一邊摸著貓咪的灰肚皮。牠一臉幸福地閉著眼。

托娃幫大家倒咖啡。「妳們都吃晚餐了嗎？我可以熱一些吃的……」

「啊，不用，」詹妮絲揮手打發她，「妳現在這麼多事要做。」

托娃嘴角上揚，調皮一笑。「我們就吃蛋糕當晚餐吧。」

這是托娃在水族館最後一次上班，她獨自打掃。最後一次拖那環狀走道的地板。最後一次擦拭每片玻璃。最後收尾時，她特別費心再次擦了海獅雕像的尾巴下方。誰曉得什麼時候才會再有人想到要清潔這裡呢？

妙的是，一開始做的時候，她最喜歡這工作的地方就是只有海生動物相伴。這讓她有事做，有事忙，又能獨處，不需要管別人的事。然而現在，獨自打掃清潔卻感覺很奇怪。卡麥隆絕對應該在這裡。這種斬釘截鐵的想法出乎她的意料。

但他現在八成已經到了加州。

掃完後，她最後一次走過這昏暗的走道。對著藍鰓太陽魚，她開口說：「再見，親愛的。」接著是日本蟹。「再會了，美人兒。」

「保重。」她對尖嘴石斑魚說。「朋友，再見。」這是對狼鰻說的。

在隔壁，馬塞勒斯的水缸似乎很平靜，毫無波瀾。托娃俯身審視那岩石巢穴，想尋找他出沒的跡象，但一無所獲。她整晚都沒看到他。

她走回泵浦室，但從後面也找不到他，從上面往下看也沒有。她把凳子放回原位，俯身在鋼桶上方，透過網柵，看到新來的章魚小姐仍蜷縮成團，而周圍散落著一些貽貝空殼。「妳看到了什麼嗎？他走了嗎？」她用手捂住嘴。「他是不是——」她哽咽抽泣，頓時無語。

新的章魚縮得更緊了。

托娃回到走道上，伸出一手，貼著馬塞勒斯水槽前方的冰涼玻璃。跟石頭和水說再見毫無意義。她眼睛流下一滴淚，滾落滿是皺紋的臉頰，從下巴滴到了剛拖過的地板上。

托娃進到泰瑞辦公室，準備依約歸還門禁卡，只見他的辦公桌上一團亂。她挫敗地聳聳肩，將塑膠卡片放在凌亂物品的最上面。

她穿過大廳，運動鞋踩在地板上吱嘎響。今晚結束後，她會把這雙運動鞋扔掉。在這裡打掃多年，這雙鞋已破爛不堪，即便是二手商店也不會想要的。

她快走到大門時，突然停住腳步。地上有一團褐色的東西，就在門前，彷彿要擋住她的去路。她在昏暗的藍光中瞇眼凝視。是紙袋嗎？她進來時怎麼可能沒注意到這東西？

一根觸腕閃現。

「馬塞勒斯！」托娃倒抽一口氣，趕忙衝到他身邊，跪到堅硬的磁磚地上，即便脊椎劈哩啪啦響，她也幾乎沒注意到。這隻衰老的章魚十分蒼白，就連眼珠子似乎也沒那麼晶亮了，好像一顆變霧的彈珠。她輕柔地伸出手，試探地碰觸他的外套膜，就像在摸病童的額頭一樣。他的皮膚乾而黏。他伸出一隻觸腕，纏繞上她的手腕，就在那個舊美元硬幣大小的疤痕上。這疤如今已褪色，只剩似有若無的一圈。他眨眨眼，虛弱地輕捏她一下。

「你在這裡做什麼？」她柔聲斥責。「來吧，我把你弄回水槽。」她把他的觸腕從她手腕上解開，然後站起身，努力想把他抬起來，沒想到卻扭到背部，她的脊椎下半部迸發一股不妙的痛楚。

「你待在這裡。」她命令道，然後以身體能承受的速度盡快走向工具櫃。過了幾分鐘，她推著那只黃色的拖地水桶回來了，桶子裡有好幾加侖的水在晃動潑濺，是托娃剛剛用她放在工具櫃裡的舊牛奶瓶，從他的水槽裡裝過來的。他眨眨眼，她全身頓時如釋重負。他還活著。她拿抹布吸了水槽水，擠在他身上，濕潤他的皮膚。他發出他那種類似人類的奇異嘆息。

他似乎稍微恢復，能動了。他吃力地舉起一隻觸腕。托娃將水桶拉到他旁邊，然後輕推他的屁股（應該說是她認爲等同他屁股的部位），他費勁攀上水桶的黃色塑膠邊，然後噗通掉進裡頭的冷水中。

「你跑出來做什麼？」她再次問道。然後，她看見了。

地板上有一枚厚實的金色玩意，閃閃發亮，就在剛剛馬塞勒斯癱倒的地方。她蹲下身子，撿起那東西。**索維爾灣高中一九八九年畢業班**。昨天卡麥隆莫名其妙將這東西扔進狼鰻水槽的時候，她就覺得這看起來像畢業戒指。

馬塞勒斯是怎麼把戒指拿出來的？又是爲什麼？

而且，索維爾灣高中，一九八九年屆？這是黛芬妮·凱斯摩爾的戒指嗎？但這是一枚男戒。卡麥隆之前以爲這是他爸爸的……

戒指躺在她手心上，冰涼涼，沉甸甸的。就像一個回憶。艾瑞克也有個一模一樣的戒指。那時她像所有父母一樣，對這戒指象徵的事物引以爲榮。她以爲他那晚也戴著這戒指。以爲戒指消失在海裡了。

她將戒指翻過來，瞇眼辨識刻在內側的字母。她耳膜裡開始傳來心臟跳動的聲音。她用襯衫下襬擦擦戒指，再看一次。

不可能。

但真的是。

E E L S。

艾瑞克・厄尼斯特・林格蘭・蘇利文（Erik Ernest Lindgren Sullivan）。

退潮

那些揭示真相的片段在她腦中漂動，相互碰撞，懇求著被串起來。

有個女孩子。

艾瑞克……和那個女孩子。

艾瑞克留下了一個孩子。

這個孩子在外地長大，無人知曉。她不敢相信自己沒從卡麥隆的許多習慣性動作看出來。沒從他左臉頰上的那個心形酒窩看出來。她一直都很愛看他的酒窩，儘管她說不出爲什麼。

「你早就知道了，對不對？」她對著桶子裡的馬塞勒斯說。「你當然知道。」她俯身，再次摸摸他的外套膜。「你比我們人類以爲的要有智慧多了。」

馬塞勒斯伸出一隻觸腕末端搭在她手背上。

托娃再次跪倒在地，這回將兩手手肘撐在桶子邊上。熱淚一旦開始泉湧，她便止不住了。她單薄的肩膀抽動著，淚珠打在水面上，隨著巨大的啜泣聲，益發淚如雨下。這裡沒有別人。沒人在看。她拋開謹愼，任由自己被悲痛沖刷。最後，淚水收成涓涓細流，伴隨著一聲聲的抽噎。她感覺眼球又熱又乾。

她維持這樣徹頭徹尾的悲痛狀態多久了？可能是幾分鐘，也可能是一個鐘頭。她終於抬起頭的時候，往前駝的雙肩已然發疼。

「沒有你，我該怎麼辦呢？」她說著，一邊壓下抽噎，而他眨眨那萬花筒般的眼睛，此刻他的眼珠子顯得前所未有地黏稠混濁。泰瑞說過：「他可能只剩下幾個禮拜或幾天了。」她坐起身，用手背抹掉眼淚。「再說呢，我該**拿你**怎麼辦才好？」

她站起來，挺直肩膀，擺脫背部的痠痛。「來吧，我的朋友，我帶你回家吧。」

假如當晚索維爾灣海濱有些零星出沒的釣魚客或趁傍晚散步的人，他們將目睹到驚人的景象：一個體重至多四十公斤的七旬老婦，用個黃色水桶，拖著一隻將近三十公斤的北太平洋巨型章魚，沿著木板路走向突堤。然而今晚唯一的目擊者只有幾隻海鷗，在托娃推著馬塞勒斯經過時，海鷗從垃圾桶往四處飛散，對著她發出憤慨的刺耳尖叫。這趟路程一點也稱不上快速，但馬塞勒斯伸出兩隻觸腕放在水桶兩側，彷彿他正搭著一輛車窗搖下的車在兜風。

托娃笑出聲來。「吹風很舒服，對吧？」

潮水退得老遠。托娃幾乎聽不到浪潮拍打在岩石上的聲音。海水退得那樣遠，感覺這條海濱小徑距離有一兩公里長。月光照耀著一百個淺水窪，彷若一枚枚散落在裸露海灘上的碩大銀幣。

「路程會很顛簸唷。」托娃提醒。

這突堤是大小石塊修築而成的防波堤，跨越光禿禿的海灘，最後延伸到海中，如芭蕾舞者的手臂般，彎成優雅的弧度。在夏日午後，這裡總有許多海濱尋寶客和富冒險精神的野餐人士，還有好些要找個最如詩如畫地點坐下來舔冰淇淋甜筒的人。但此時，突堤空無一人，只有一隻海鷗駐足在末端。

突堤平坦但礫石滿布，推著水桶走在上頭並不輕鬆，等一下她的背肯定會痛。但托娃和馬塞勒斯總算走到接近盡頭處，退潮的海水在岩石下方將近一公尺的地方。在突堤末端，那隻海鷗距他們大約一臂之遙，怒視著他倆，然後高聲發出惡劣的尖叫。

「啊，閉嘴，你這傢伙。」托娃喝道，海鷗便振翅飛走了。

她彎下身子，坐到一塊鹽水打濕的滑溜石頭上。她一手探入桶內，然後清清喉嚨，開始了一番簡短的演說；她走到海邊的這趟路程上一直在腦裡排練。

「我要謝謝你。」她開口，而他最後一次握住她的手臂。「泰瑞說你是被救來的，我猜你大概寧可沒被救吧，不過我很高興你來了。」

她眨眨眼，壓抑淚水。別又來了！

「你帶我找到他。我的孫子。」說到最後這句話，她的聲音變得猶豫，然而同時卻有一股暖流浸潤了全身。倘若威爾能在這裡見到他該有多好。倘若莫德斯托不在兩千公里之外該有多好。

「你偷拿他的駕照！你這個皮蛋。」她咯咯發笑，搖搖頭，而他用觸腕輕捏她的手。「你是想告訴我這件事，但我沒聽進去。」

在夜空高處，一架飛機巡航飛過，引擎遙遠的轟鳴聲迴盪在平靜的海灣上方。「你一輩子都被關在水槽裡真是太不公平了。還有我保證，馬塞勒斯，我會努力呵護那隻新來的章魚，還要讓她能好好發揮智慧……」

她被自己這番話的重量大大衝擊。她是不會去恰特村了。她不能去。

她深呼吸，繼續說下去。「我們要道別了，朋友，我很高興當年泰瑞拯救了你，因爲你拯救了我。」

她緩緩傾斜水桶，桶子距離水面大約一公尺。有那麼個片刻，這過程似乎延長了許久，在重力發揮作用之前，馬塞勒斯那像是來自異世界般奇特的身體懸在半空中，他那隻觸腕仍纏繞在她手上，而他的眼睛注視著她。就在她快要跟著他一起被拉下水的時候，他放手了，重重墜入黑茫茫的海中，水花飛濺。

一切的一切

「我的好孩子。」托娃坐在長椅上喃喃說道。她慣常坐在水族館旁邊碼頭的這張長椅上。月色銀白，水面波光粼粼。

過去兩小時發生的事幾乎不像眞的，更不用說過去兩個月發生的事了。馬塞勒斯不在了。卡麥隆不在了——她的孫子。而到明天，她的房子也差不多不在了。但她不會搬去恰特村。

托娃會一直在。

她該怎麼辦？她毫無頭緒，因此她坐在長椅上，凝視大海許久，時間彷彿沒有固定的形狀，不受世上一般法則束縛，就像一隻改變體型的巨大章魚，能鑽過極其微小的縫隙。在某個時刻，她看了看錶。現在必定很晚了。再十五分鐘就是午夜。

新的一天就快到來了。她當祖母的第一天。

艾瑞克不曉得自己當了父親。有個孩子即將出世，他又怎麼可能自我了結？不可能的。而且他也不是自我了結。她纖細的手指頭緊抓長椅，腦中緊抱著這個理論不放。當年絕對是意外。年輕人喝醉了。判斷力受損。

他會是個好爸爸。是，他那時才十八歲，但看看瑪麗・安的外孫女泰妲姆。她做得挺好。艾瑞克一定會愛死卡麥隆的。這一切——一切的一切，都會截然不同。

「不好意思！妳好！」一個女人的聲音迴盪在碼頭上，讓托娃從幻想中驚醒過來。這時間還有誰會到這裡來呢？

一個身穿運動熱褲和亮粉色運動衫的人正從碼頭另一端飛奔過來。托娃這才看出她是那個在木板路那頭開立槳衝浪店的年輕女人，房仲旁邊的那家店。

「妳好。」托娃擦擦眼睛，調整一下眼鏡，從長椅上站起身。「親愛的，妳還好嗎？現在出來慢跑挺晚了。」

年輕女人接近長椅時放慢了腳步，氣喘吁吁。「妳是托娃。」

「是呀。」

「我是艾芙莉。」她喘著氣說。「而且我不是出來慢跑。我剛剛在我店裡，在路的那頭，我做完文書工作，看到水族館的燈開著，想說可能有人在館內。」她的眼神透露著默默的焦急，這神情托娃一眼就看得出。這是一個想挺下去的人會有的表情。

她循著艾芙莉的視線望向水族館建築。燈確實還亮著。黃色拖把水桶已經放回工具櫃。托娃打算離開時再關燈鎖門，只是她還沒走。

艾芙莉嚥嚥口水。「總之，我還以爲是……」

「卡麥隆嗎？」

「對。」她露出如釋重負的表情。「他在嗎？」

「恐怕不在。」

「妳知道他人在哪嗎？我整個下午都在打電話給他，他都沒接。」

托娃搖搖頭。「他離開了，回加州了。」

「什麼？」艾芙莉張大了嘴。「爲什麼？」

「這問題相當複雜。」托娃拿捏著語氣。她坐回長椅上的原位，而艾芙莉在另一頭坐下，盤起光溜溜的雙腿。托娃繼續說下去：「我想，他腦裡，有太多誤會了。」

艾芙莉的眉毛緊緊皺在一起。「誤會？」

「他就是這麼說的。」她一邊眉毛挑起，望著這個年輕女子。「我滿肯定他以爲妳……啊，他是怎麼說的……在對他搞失蹤？」

「什麼？」艾芙莉一個箭步跳起來。「是他放我鴿子耶！然後傳訊息給我說他想談談，說這種話哪裡有什麼好事？」她倚著欄杆。「我才是該生氣的人吧，我過來只是因爲擔心他。」

托娃回想起卡麥隆在水族館走廊上的長篇抨擊，正準備跟艾芙莉說，但又遲疑了。她不該插手他的事。然而，呃……他是家人，幫家人出面不是應該的嗎？想到這裡，她幾乎要笑出聲來。這或許有違她的理智，但最後她開口了：「我覺得他有努力要告訴妳他沒辦法去唷。」

「哪有。」

「他說他跑去妳店裡。」托娃搖搖頭。「又是另一個誤會吧我想。」

艾芙莉靠著欄杆，握著拳，抵住額頭。她嘟噥道：「是馬可。」

「妳說什麼？」

「我兒子，他十五歲。我去跑銀行，讓我兒子顧店。我問他卡麥隆有沒有打電話或來過，他說沒有。我瞄到他一臉得意在冷笑，我應該要猜到哪裡不對勁的。」艾芙莉沮喪地拍了一下欄杆。「我已經盡了全力，但我向天發誓，我那孩子有時候眞是個小渾球。」

「所有孩子都有讓人頭疼的時候。」托娃站起身，站到年輕女子身旁。「或許妳兒子是想保護妳。」

「我不需要保護啊。」艾芙莉氣沖沖地說。「而且我應該要看出來的。」

「親愛的，不要責怪自己。養兒育女本來就考驗心靈。」

經過長時間的沉默後，艾芙莉開口：「所以卡麥隆回加州是因爲我。」

「呃，不只，還有一個大誤會，關於他那個所謂的爸爸。」

「啊，糟糕，他去找他……結果跟他期待的不一樣。」她再次呻吟。「我昨天應該打給他的。店裡很忙，而且我又在生氣……」她從短褲口袋裡掏出手機。「我要跟他談談。」

托娃看著艾芙莉撥電話。電話直接進了語音信箱。

「他眞的離開了，對吧？」艾芙莉輕聲說。

「或許吧。」

兩個女人靜默無言，望著沐浴在月光下的海面，似乎過了很長一段時間。最後，艾芙莉開口：「這裡好寧靜。我已經好久沒到碼頭這裡。」

「這是我最喜歡的地方。」托娃低聲說。

艾芙莉的視線落到遠方黝黑的海上。「我曾經把一個人從這道崖上勸下來，阻止她跳……妳知道的。」

「老天爺。」

艾芙莉用半哽咽的聲音繼續說：「是一個女的，就在這裡，就在這個地方，幾年前的時候。

那天我大清早就出來衝浪，她坐在欄杆上，不知道在跟誰說話，我猜在自言自語吧。她看起來氣色不太好，像有嗑藥的樣子。」

「了解。」托娃用微弱的聲音說。

「她一直提到一個可怕的夜晚，一場意外，說有轟隆一聲（A boom）。」

轟隆一聲（A boom）！

托娃微微點頭，講不出話來，艾芙莉繼續說下去。

「我一直以爲她可能上過戰場之類，可能是經歷爆炸後的創傷。」

轟隆一聲（A boom）?!

托娃閉上雙眼，想像那情況有多容易發生。船頭被東西打到，偏離航道，然後一股風吹動剛鬆開的船帆，錯的方向，錯的時機，張帆杆（boom）猛地一甩，擊中他的頭，把他撞進海裡去。

是意外。事情或許是這樣發生的，或是其他各種方式。他是划船隊隊長，技藝高超的水手，但那時候有偷來的啤酒，又有個女孩子。

「有時候我會想，她後來怎麼了，」艾芙莉說，「是不是還活著，我當初救她有沒有意義。」

托娃僵硬地吸了口氣，直視艾芙莉說：「當然有意義，我很高興妳救了她。」托娃說。她是眞心的。

昂貴的公路亡魂

在里程標誌一〇九七公里處，卡麥隆終於不再緊盯著水溫錶。成功了，他眞的修好了。露營車不會在州際公路前不著村後不著店的地方抛錨了。

在七四七號出口，他發出幼稚的偷笑。威德鎭（Weed，亦指「大麻」）！他打開故障警示燈，把車停到路肩，打算拍下路標的照片傳給布萊德，因爲加州有個大麻鎭就是超好笑。然而他的手機沒像平常放在杯架裡，怪了。會不會他把手機留在露營車後面了？他繼續往前開。

在里程標誌一二五五公里處，他知道爲什麼找不到手機了。他把手機留在前保險桿上，在他換皮帶的地方。他幾乎能看到手機躺在保險桿上的情景。這代表現在手機已經成爲昂貴的公路亡魂。他發出一聲狂野的笑。他已經快三十個小時沒睡了。

在羅格谷的卡車休息站，他做出明智的決定，停車睡了六個小時。醒來後，他到公廁用冷水洗洗臉，然後買了杯餐館的黑咖啡外帶。離開時，他把一盒幾近全滿的香菸扔進垃圾桶。

在一一九、一四二和二三八號出口，他一直想到自己愚蠢的辭職字條。在二九五號出口，他開始在腦中寫一封道歉信。

在跨越哥倫比亞河的大橋後，他再次進入華盛頓州。往北開，當然——他在往北開。回去把事情做對。

達拉木馬

這是最後一次，托娃在爐上燒水煮咖啡。上漆的爐面光可鑑人，酪梨綠的色澤襯著烏黑的電爐線圈，昨晚才擦亮，一塵不染。但難道有差嗎？這爐子幾乎肯定會被拆掉，換成優雅時髦的新爐具。沒人會想要一架幾十歲的電器，即使它仍是老當益壯。

托娃先前爭取了好幾個禮拜，讓恰特村核准盡快讓她入住，她下週就能搬進她的尊爵套房了。但今天她醒得荒謬地早，而且根本不確定自己到底有沒有睡著，整個晚上模模糊糊的。她一起床就留了電話留言給恰特村。他們還沒回電，不過八成只是因為辦公室還沒開。現在才七點出頭。

不管怎樣，托娃不想去恰特村了。

她忙了一整個早上。把所有踢腳板擦過一遍。擦了窗戶。將櫥櫃的五金配件擦亮，每個門把都刷過。她應該筋疲力竭才是，可是卻感覺自己前所未有的精力充沛。沒了窗簾和家具，她發出的聲響都在光禿禿的牆壁和地板上形成回音，就連噴霧瓶的嘶嘶聲都好像太吵了。但有事忙很好。她向來喜歡打掃，這樣有事可做。

她將何去何從呢？按規定，她要在中午前搬出這棟房子。搬家公司昨天搬走了多數家具，而她已經知會他們她要更改目的地；謝天謝地，他們有人在天剛亮時就接了電話。但新的目的地會是哪裡呢？或許找個自助倉儲空間？

至於她自己和她的個人物品，詹妮絲和芭芭拉家裡都有空房。等到方便打擾的時間，她會先打給詹妮絲。或許她會在她倆家裡輪流住，等到做好打算爲止。她那只印著花卉圖案的帆布行李箱是她跟威爾度蜜月時帶去的，此刻已經打包好，隨時能走。想到要在一張不屬於自己的床上過夜了，她先是激動，然後又感到害怕。

前門廊突然沙沙作響，她嚇了一跳，放下咖啡杯。

不可能是「貓咪」。芭芭昨晚傳了張「貓咪」的照片來。他過得挺好，儘管芭芭拉一開始試圖讓他全天留在家，卻導致他躁動不安；所以現在就放貓咪自由來去了。托娃現在還不知道在手機上收到照片該如何回應，但看到貓咪那長著鬍鬚的臉，他那黃眼珠微微鄙視的經典神情，她不禁微笑。

接著門鈴響了。

她打開大門，不敢相信眼前看到的。

卡麥隆緊張地眉頭深鎖，就像艾瑞克爲學校考試緊張時會有的表情。有那麼一瞬間，托娃懷念不已，喉頭一緊，想起自己曾多少次希望艾瑞克出現在家門前，就像這樣。她頓時淚水盈眶。

「嗨。」卡麥隆開口，侷促不安地挪動雙腳。

托娃只勉強擠出一句：「你好啊，親愛的。」

「呃，對不起，我前天晚上太混帳了，妳說的沒錯，我不應該走人。」卡麥隆把兩手插進口袋裡。「還有抱歉這麼早來，我應該先打電話，可是……呃，整件事講起來很怪啦。」

體。

「沒關係的。」托娃用手把門撐著，感覺整隻手像是別人的，彷彿她已經離開自己的身

「我知道妳完全不欠我什麼。」卡麥隆的聲音彷彿通電的電線，充滿電力。「但妳可以跟我說泰瑞通常幾點進水族館嗎？我需要找他談談，當面談。」

「十點左右，我沒記錯的話。」

「十點，好。」卡麥隆長長嘆了口氣。「妳覺得他現在有多氣我？」

「我很肯定他一點也不氣。」

卡麥隆一頭霧水地望著她。

托娃拖著腳穿過門廳，走到掛著手提包的地方，這排掛鉤現在除了皮包，已經空蕩蕩了。她從前面口袋裡拿出一張摺起來的紙遞給他，臉上漾起心照不宣的笑容。

「我的字條？」他下巴都要掉下來。「妳拿走了？」

她微微點頭。「先說了，我是不應該，但我拿走了。」

「可是……爲什麼？」

「可能我心裡有一部分，不相信你是自己說的那種會逃避工作的人吧。」

「那所以……泰瑞不知道我走了？」

「我相信他完全不曉得。」

卡麥隆雙頰通紅。「我不知道要怎麼謝謝妳，也不知道妳爲什麼這麼相信我，我覺得我不配……」

對了，還有另一樣東西她得讓他看，更重要千百倍的東西，還有她怎麼這麼沒禮貌呢？「請進。」她領他走進門廳。「我很想邀你進來坐，不過呢……」她一手往空無一物的休閒室揮了揮。

「哇，這房子好棒。」

托娃微笑。「很高興你覺得很棒。」她感到一陣痛惜。這男孩的曾祖父蓋了這棟房子，而這卻是他唯一一次能進到這屋裡。她接著說：「你等等，我有另一樣東西要給你。」然後趕忙走向臥室和她的行李箱。

片刻後，她回來了。她伸手把戒指拿到他眼前，放到他攤開的掌心上。他將那東西翻面，不解地皺眉。是那刻字，那令他困惑失措的刻字。這孩子竟以為那個字是鰻魚（eels），海裡的鰻魚；到底誰會在畢業戒指上刻什麼鰻魚呢？想到這裡，托娃忍住笑意。即便最聰明的腦袋有時也會弄錯。

「他的全名，」她開口，「叫艾瑞克・厄尼斯特・林格蘭・蘇利文（Erik Ernest Lindgren Sullivan）。」

卡麥隆張開嘴，沒有作聲。托娃等待著。她幾乎能看到他腦袋裡的齒輪在轆轆轉動。艾瑞克就像這樣，每當他腦中的齒輪嘎嘎轉，從他臉上就能一覽無遺。卡麥隆和艾瑞克有好多神似之處，但並非一切都像。眼睛就不像。他的眼睛想必來自他的媽媽。黛芬妮。

那是一對美麗的眼睛。

托娃從來不愛抱人，然而當卡麥隆的眼睛開始潰堤，她發現自己像磁鐵一樣被他吸了過去。他兩手摟住她的脖子，把她緊緊抱在懷裡。她將臉頰貼在他溫暖的胸骨上，靠著好長一段時間。她不禁注意到他的T恤上似乎有污漬，奇怪地散發著機油味。或許是故意弄的？托娃再也不要對T恤妄加臆斷了。

他後退一步，露出目瞪口呆的笑容。「我有奶奶了。」

「這個嘛，太好了。」她笑出聲來，感覺就像她體內有一道閥門給打開了。「我也有孫子了。」

「對，看來是。」

「那加州怎麼回事了？」

他聳聳肩。「我改變心意了。妳叫我不要辭職是對的，我不該是那種人。」他環顧休閒室，欣賞地點點頭。「這眞的是一間很酷的房子，這整個建築……」

「是你曾祖父親手蓋的。」

「太扯了吧！」卡麥隆一臉驚訝。他走到壁爐架前，那裡曾經成排擺放他父親的照片。他輕輕撫摸，近乎猶疑，彷彿在摸著一隻熟睡動物的側腹。

托娃跟著走過去。「我有幸能在這房子住了六十多年。」她抬起手腕，看看手錶。「還剩最後三個半小時。」

「媽呀，對耶，妳已經把房子賣了。」

「不要緊，我得放手，這裡太多幽魂了。」托娃不曉得自己是否眞的相信這說法，但至少她已經開始習慣這樣說。

卡麥隆盯著自己的運動鞋。「那，我就是，很高興還來得及見妳一面吧，趁妳還沒搬去養老院。」

「哦。」托娃說著，手一揮，彷彿將他的話揮開。「我不去了。」

「妳不去了？」

「老天爺，不去了。」

「那妳要去哪裡？」

托娃從胸臆間發出一聲無拘無束的笑。「你知道嗎？我不曉得。去芭芭拉家，或詹妮絲家吧，待一陣子，想清楚下一步。」

「好計畫，」卡麥隆說，「是說，這話竟然由一個住露營車的人來講。」他咧嘴笑，臉頰浮現心形酒窩，這一刻，他看起來十足是個頑皮的孫子。托娃低頭，想確認拖鞋仍踩在地板上，因為她感覺自己彷彿在空中，飄浮著，朝天花板伸展，帶著一種不經意的優雅，一如馬塞勒斯從前在水槽中的模樣。她的心注滿了氦氣，讓她飄向空中。

她咯咯發笑。「那我們兩個都無家可歸囉。」她指了指走廊。「你想看看你爸爸長大的地方嗎？」

艾瑞克以前的臥房是最難打掃的地方。三十年來，這房間一直空著。多年來，她定期掃這個房間，甚至偶爾還更換床被單，然而二手商店的人把家具搬走後，她發現自己並不願意清掉牆角年代久遠的成團灰塵，彷彿裡頭仍保存著他的部分碎片。

艾瑞克以前鋪小塊地毯的地方，底下的硬木地板已經變了色。陽光從毫無遮掩的窗子斜射入屋。外頭一棵古老的扭葉松，在海風輕柔吹拂下擺動樹枝，日光則是在對牆投下朦朧影兒。某次，一個滿月的夜晚，年幼的艾瑞克忘記關窗簾，瞥見了那道影子，他狂奔過走廊，跑進托娃和威爾的房間，鑽進他倆被窩裡，堅信自己看到了鬼。托娃抱著他，直到他入睡，接著繼續抱著他一整晚。

卡麥隆掃視這房內的每一寸空間。或許他正設法將這房間銘記心田，就像詹妮絲・金的電腦一樣細細掃描。托娃正退出房間，想給他一點隱私時，他開口：「眞希望我可以認識他。」

她走回房裡，把手搭在他手肘上。「我也希望你可以認識他。」

「妳是怎麼，呃，怎麼往前走的？」他低頭看著她，用力嚥了口水。「我的意思是，他前一天還在，隔天就消失了，一個人遇到這種事是怎麼恢復的？」

托娃遲疑片刻。「不會恢復啊，沒辦法完全恢復。但確實會往前走，不得不的。」

卡麥隆凝視著艾瑞克以前的床所在的地板，若有所思地咬唇。突然，他穿過房間，用鞋尖戳戳其中一塊木地板。

「這裡怎麼了？」

托娃歪頭說：「什麼意思？」

「妳整間房子都是紅櫟木地板，但這一塊是白樺木。」

「我不懂你說什麼。」托娃走過去，調整了眼鏡，仔細檢視那塊木地板。似乎沒什麼特別的地方。

「妳看，紋理不同，還有表面的漆，非常像，但不完全一樣。」他從口袋裡拿出一串鑰匙，跪坐下來，設法把一個附有開瓶器的鑰匙圈插進木板縫隙裡。讓托娃震驚的是，沒過多久，地板便給撬起來，露出下方的空間。

「我就知道！」卡麥隆眯眼望向洞內。

「老天爺，這會是誰弄的？」

卡麥隆笑出聲。「哪個住過這裡的十幾歲男孩子都有可能？」

「可是他要藏什麼？」

「呃……我朋友布萊德以前常常偷他老爸的雜誌，就……」

「啊！」托娃臉紅了。「天哪。」

「不過我覺得這裡不是放那種東西。」卡麥隆取出一小包東西。他遞給托娃時，包裝袋嘎吱作響，托娃意會到裡頭是什麼後，趕緊鬆手讓東西掉到地上。是零食蛋糕。或者說曾經是零食蛋糕。現在已經堅硬灰黑，跟石頭一樣。

卡麥隆撿起包裝仔細看，開口說：「哇，『奶油派』，古早味耶。妳知道嗎，我看過一個科學頻道的節目，謠傳說這種蛋糕就算遇到核災都壞不了，不過其實那不是眞的，因爲這種蛋糕用二酸甘油酯當穩定劑，但二酸甘油酯其實……」

「卡麥隆。」托娃輕聲打斷他的話。「裡面還有東西。」

「這裡面嗎？」他把那已經石化的蛋糕拿起來，瞇眼打量。

「不是，那裡面。」她視線聚焦在那地板下的小空間。

那是托娃母親的舊刺繡茶巾，裡頭包著像一副撲克牌大小的東西。

卡麥隆將包裹拿出來，遞給托娃。她十指顫抖，解開茶巾。裡頭是一隻彩繪木馬。

「我的達拉木馬。」她低語，嗓音粗礪。她用一根手指撫過木雕光滑的背部。每塊碎木片都黏回了原位，完美無瑕，連漆都修過。

第六隻木馬。艾瑞克修好了。

卡麥隆湊過來，盯著這藝品看。「達拉木馬是什麼？」

托娃咂嘴。這孩子，雜七雜八對木地板紋理、零食蛋糕的穩定劑和莎士比亞都有涉獵，對他自己傳承的文化卻所知甚少。

她把木馬遞過去。

他接過木馬，她看著他打量那雕刻細緻的弧線。過了好一陣子，他抬起頭。「妳是怎麼拿到畢業戒指的？」

她微笑。「是馬塞勒斯。」

重獲自由的第1天

一開始，我沉入海中時，就像一團冷冰冰的肉，觸腕沒法動彈。我彷若船難時給拋入大海的漂浮物，朝著海底展開不省人事的旅程。

然後，我抽搐一下，觸腳甦醒了，我便這麼活了過來。

我說這些不是想給你錯誤的希望。我的死亡近在眼前，然而現在我還沒死，還有足夠的時間沉浸在浩瀚汪洋中，或許還有一兩天吧，能沉醉在黑暗中。一片黑，就像海底。

黑暗適合我。

我重獲自由後，便匆匆游離岩石，很快，地勢便下降，往下，往下，再往下，進入海洋深處，直至海的肚腹，直至光線無法到達的地方。到我年幼時找到一把鑰匙的地方。現在我回到此處，與如今已經不成人形多年的骨頭躺在一起；這曾是一個人深愛的親骨肉。

我老實說：我沒預期到我們共度的時光會有這樣的結局。我被囚禁近四年來，每一天都思忖著自己的死，我深信不疑，自己將在那四面玻璃牆圍住的水槽裡嚥下最後一口氣。我從未想過能再次嚐到大海的自由。

你問我，感覺如何？很舒服。感覺回到了家。我很幸運，我很感激。

但接替我的章魚會怎麼樣？泰瑞很快就會開始把我的水槽清理翻新，他不會對觀眾隱瞞這些活動；他會在玻璃上黏一張告示，寫著：**施工中：新展品即將登場！**

我離開時曾在她的桶子駐足，爬上去偷看她。她年紀很小，受了重傷，想當然，也很恐懼。但這隻新章魚將會有一個朋友，我一直到最後才交到的那位朋友。托娃會確保她過得快樂，而我願意用我的生命相信托娃。我確實曾把自己的生命交付給她，不只一次。一如我曾把自己的死亡交付給她。

人類啊。大多數情況下，你們愚笨糊塗。但有時候，你們也可能是異常聰明的生物。

結局

一個月後，翻修完成，一輛掛著德州車牌的搬家卡車緩緩穿越索維爾灣。托娃沒注意到。她正準備開戰。

「你完蛋了！」她喊著，邊攤開遊戲紙盤，把字母方塊撥散開來。屋外，一陣爽利的秋風劃過水面。這些白浪預告冬天的到來，浪在黯淡的海面奔騰，海跟灰濛濛的天融爲一體。

「拜託，我快贏妳了。」卡麥隆從托娃這間新公寓的豪華廚房走出來，端著一盤切片的切達起司和小圓餅乾。托娃皺眉。她一直在遊說他嚐嚐鹼漬魚配壓縮餅乾，像樣的瑞典人就該這麼吃。但卡麥隆解釋過了，小圓餅乾現在在愛買家有優惠，買一送一。這她可氣不了。

托娃知道泰瑞肯定很樂意讓卡麥隆繼續待在水族館，然而工作時間和待遇實在不夠好，但卡麥隆還是多留了一陣子訓練新人。現在，卡麥隆在艾瑞克的老同學亞當·萊特和珊蒂·休伊特的社區，一個承包商底下做事，每天工時長，工作累死人。他說到明年一月要到艾蘭德那裡的社區大學上課，上工程學的先修課程。他堅持自己付學費，儘管托娃反對；她會再努力說服他的。

「你先吧。」托娃邊說邊將她的字母方塊排整齊。

「不用，妳先，敬老尊賢嘛。」卡麥隆邊調侃，邊看著自己的字母方塊，同時心不在焉地把玩父親的畢業戒指。他現在把這枚戒指戴在右手上。

她假裝沉下臉。「我這裡頭可是儲存了五十年的每日填字遊戲。」她敲敲太陽穴。

卡麥隆咧嘴笑。「我根本什麼屁都不懂，但不知道爲什麼我就是很會。」

屁、**很會**。如今這些用詞織就她的日常生活，而要是拿其他生活跟她換，她也不要。她用「自助點唱機」（JUKEBOX）開了局，七十七分，籤運很好。卡麥隆則用這個字拼出了「果醬」（JAM），三十九分。

「我很高興你在這裡。」她輕聲說。

「開什麼玩笑？不然我要在哪裡？」

「跟你的珍阿姨一起呀。」

卡麥隆翻了個白眼。「相信我，她現在快活得不得了。我有沒有跟妳說過瓦利．帕金斯，還有他得了那個——」

托娃舉起一手阻止。「停，說過了。」

「這裡很棒，珍阿姨一定會來作客，她已經在說什麼要去華盛頓州東部找妹妹，我只能說，祝她好運——誰知道她會在那裡挖到什麼麻煩。」卡麥隆臉色一沉，但轉瞬即逝。「還有伊莉莎白已經在計畫春天要帶寶寶上來，嗯，當然布萊德也會來啦，不過我猜要帶小亨利搭飛機他很緊張——他怕細菌之類的。不過伊莉莎白會說服他，眞的需要的話，阿卡叔叔也會幫忙施壓。」他笑出聲。

托娃也笑了。家裡要有寶寶來。雖然她還不認識伊莉莎白和布萊德，但卡麥隆已經讓她相信她也是他們的奶奶。她望向窗外。這裡**確實**很棒。客廳的長邊上，從地板到穹頂天花板是一整面防風玻璃落地窗，中間只隔了一道法式玻璃門，門通往坐落在結實柱子上的陽臺。漲潮時，托娃喜歡到外面陽臺喝咖啡，聽海水拍打樓下的木頭甲板。

感恩節到來，托娃和卡麥隆布置了三人用餐的餐桌。

原本有四個人，但艾芙莉後來退出了，說她晚點再過來坐坐，會帶個派來。顯然，她決定感恩節立槳衝浪店要開店，但又不想叫員工來上班。誰會在一個佳節當天展開佳節購物之旅，多麼荒謬呀。但艾芙莉總說今年店裡生意很好，蒸蒸日上，跟索維爾灣現在一樣。她八成不想錯過一天的好業績。卡麥隆說他可以理解，反正他跟她成天見面。

今天艾芙莉可能會帶馬可一起來。卡麥隆向托娃說明這件事時，語氣低沉，非常認眞。他前幾天下班回家時買了顆綠色的 Nerf 美式足球。他說，馬可說不定會想在海邊玩球。說不定啦。如果他不玩也沒關係。

伊森入座了；他早了半小時到，來享用火雞晚餐。有時感覺他似乎所有空閒時間都窩在托娃的公寓。但托娃其實不介意。多數時間，他就是坐在她家客廳躺椅上，旁邊是那個小小的玻璃展示櫃，她把達拉木馬陳列在這裡。伊森很喜歡用威爾的舊黑膠唱盤聽唱片，他對這機器近乎膜拜。雖然托娃從來不想學習搖滾樂的知識，但她現在經常被迫聽講。有伊森陪伴挺好的。

伊森脫下外套，卡麥隆驚叫出聲。「你從哪裡弄來的？」

「哦，這件嗎？」伊森眼神發亮。他摸摸肚皮，那明顯有點小的 T 恤被他的肚子繃得緊緊的，而胸前的花哨字體寫著「蛾腸」。

老天爺，「蛾腸」是什麼？

卡麥隆的眼睛仍然瞪得跟牛鈴一樣大。「那是我的！我多久沒看到這件……屁，我的行李終於寄來了嗎？」

「你是說那個該死的綠色圓筒行李袋嗎？」伊森眨眨眼說，「我今早在門廊上看到那個行李袋，還以為是自己走運哩。」

「終於，」卡麥隆大笑說，「那個行李已經環遊世界一周了，我保證它有很多故事可以說。」

享用完火雞和肉醬後，伊森、卡麥隆和托娃將小山似的髒碗盤留在水槽裡，穿戴暖和，出門到海濱散步。在碼頭後方，普吉特海灣宛若一個巨大的灰色幽靈般哆嗦顫抖，而那個窗上有對角裂痕的舊售票亭形單影隻地坐在厚厚雲層下。

三人在水族館前停下，欣賞著那全新的裝置藝術。這是一尊有八隻觸腕、碩大外套膜的青銅雕像，頭部兩側各睜著一隻高深莫測的圓眼睛。

水族館原本對托娃的巨額捐款有所猶豫，但她堅持要捐，太多錢閒置在銀行帳戶裡沒用。現在，她每個禮拜都會經過這尊新雕像三次，因爲她會來當志工，發送小冊子，並站在北太平洋巨型章魚的水槽前，幫助訪客認識這種生物。「黏黏琵芭」現在仍相當害羞，大半的展出時間裡，她就是一隻吸附在水槽角落玻璃上的粉色團狀物。人如其名啊，托娃想。但沒關係的。館內冷清時，托娃便會跟她說說話，同時還偷偷擦掉玻璃上的零星指紋。她實在忍不住。

再過去幾個水槽，海參的數量如今十分穩定。琵芭似乎不願意漫遊走廊、收集遺落的手工藝品，這令泰瑞鬆了口氣。

托娃也暗自歡喜。這說明馬塞勒斯確實是隻與眾不同的章魚。

三人沿著海濱繼續往前，經過突堤。馬塞勒斯的突堤。這時是漲潮，潮水緊緊貼著防波堤，好像某人在寒冷冬夜裡將被子蓋到下巴。和緩的海浪和防波堤邊布滿蚌殼的大石頭玩著捉迷藏遊戲。卡麥隆和伊森半小時以來一直喋喋不休地聊著美式足球，因此托娃沒理他們。

如果他們繼續沿著海岸線走，最後會經過她坐落山坡上的舊家。有時，托娃會在黃昏時分散步到那裡。她經過那房子時，大大的閣樓窗戶經常在林葉後亮著金色的燈光。有一次，她確定自己看到窗戶上黏了一串紙娃娃。

她只回去過那房子一次。是個有德州口音的女人從伊森那裡問到她的手機號碼，打電話給她。似乎這位女士拿了一堆貓食罐頭到愛買家的櫃檯結帳，並說起有隻灰貓一直待在她家院子不肯走。現在，「貓咪」喜歡在退潮時到托娃家露臺下方的海灘獵捕黃道蟹。他偏好待在戶外，似乎無法完全信任這間新房子是他的家，托娃也不怪他。這是艱難的適應。然而隨著天氣漸冷，牠似乎越來越願意長時間待在公寓，縮在長沙發上，或坐到窗前，澄黃的眼睛盯著遨翔天際的海鷗。

三人繞一圈返回碼頭後，托娃悄悄溜開，獨自憑欄眺望。這陰鬱海灣帶走了他倆——一個備受鍾愛的人子，和一隻不凡的章魚。面對這海灣，她謎一般地呢喃：「我很想你們。你們兩個。」她在自己的心上輕拍。

然後她轉身，走回另外兩人身邊。他們該回公寓了。艾芙莉要來吃派。再說畢竟還有一場填字遊戲等著她贏呢。

致謝

以前我祖母喜歡蒐集貓頭鷹。她那鋪著紅色長毛地毯的飯廳裡有個瓷器櫃，裡頭放了滿滿的貓頭鷹，而我兒時在那塊地毯上度過許多時間。我們住在祖母家隔壁，我可以從兩家共用的後院自由通行，打開奶奶家的紗門進屋，在那裡，永遠有烤好的手工餅乾，而且沒人會阻止我穿著襪子在亞麻油地氈上溜冰。

當時是一九八〇年代，那些貓頭鷹很老派，不像現在裝飾產前派對的那種太可愛的粉嫩小鳥。我祖母那些貓頭鷹雕像個個倦眼尖喙，像真的貓頭鷹一樣，看不出什麼情緒。

我從不曉得她為何鍾愛貓頭鷹，但她在世時，我每年包裝禮物都用貓頭鷹胸針和茶巾來裝飾。從某些方面來看，我的祖母安娜就是托娃這個角色的原型。托娃的人生是虛構的，但她和我的祖母安娜同樣是堅毅內斂的瑞典人，泰然自若，永遠友善，但情緒不外露，容易緊攫孤枝，苦守枝頭，宛若貓頭鷹。出身這個文化的我，有時很難表達太感性的想法，但現在我要努力試試，因為這本書能讓你捧在手中，我有許多人要答謝。

首先，我想對任職於 Ecco 的 Helen Atsma 致上深似海的謝意，她是我的編輯。打從我們初次會面，你對這個故事的編輯眼光就非常到位。Helen，妳善於刪修薄弱環節，讓敘事煥發光芒，我好感謝有妳的指引。另外也萬分感謝 Miriam Parker、Sonya Cheuse、TJ Calhoun、Vivian Rowe、Rachel Sargent、Meghan Deans 和 Ecco 的所有同仁，感謝你們的才華、和善與耐心。

同樣的，我也想感謝 Bloomsbury UK 出版社的 Emma Herdman 及其團隊，你們的熱情深深激勵我，我何其有幸能與這支大西洋彼岸的優秀團隊合作。

我對經紀人 Kristin Nelson 的感激亦如湧泉。二〇二〇年秋天妳的那封電子郵件改變了我的人生。我們第一次視訊通話時，我的四歲兒子不斷出現在畫面裡，吵著要喝鋁箔包果汁，但妳幽默以對。至今我仍不敢相信我有幸能成爲妳的客戶。我也要感謝 Nelson Literary Agency 公司的所有同仁，尤其感謝 Maria Heater，當初她審閱我的詢問信，得知有個敘事者是章魚，她在頁邊空白處寫了一句：「這要不是高招就是發瘋了。」

我很開心有 Meyer Literary Agency 經紀公司的 Jenny Meyer 和 Heidi Gall 加入團隊，負責國際版權銷售。他們身手非凡，將這個故事帶給了全球讀者。

多年前，我寫下本書開場片段的初稿時，是因爲參加一個工作坊，要我們從意想不到的視角書寫。在那不久前，我看了一部 YouTube 影片，講一隻被關起來的章魚撬開一個裝了點心的上鎖盒子，我因爲想到那件事，便創造出這隻覺得人類無聊又討厭的怪脾氣章魚。我當時對章魚一無所知，到現在也不是專家，但我很肯定章魚是我們這星球上最令人著迷的生物。

影片裡的那隻章魚，謝謝你。世上所有的章魚，謝謝你們偶爾讓我們一窺章魚的世界。我要特別感謝賽．蒙哥馬利寫了美妙的非虛構作品《章魚的內心世界》一書，娓娓記述她引人入勝（且溫馨感人，還經常令人發噱）的旅程，寫出她在新英格蘭海洋生物館跟隨章魚飼養員的見習經驗。此外，我也感謝阿拉斯加海洋生命中心（Alaska Sealife Center）和第凡恩斯角動物園與海洋生物館（Point Defiance Zoo and Aquarium），謝謝你們回答我對頭足類動物的各種問題，更重要的是，謝謝你們的保育與救援工作。

我永遠感謝 Linda Clopton，前文所提到的工作坊就由她授課，我最初開始嘗試創意寫作也是經她悉心提點。她從這個故事才寫了幾個字的時候就大力支持。

我也因爲這個工作坊結識了一些寫作者，他們差不多就是我作品批評小組的主要成員，甚至直到今天都是。Deena Short、Jenny Ling、Brenda Lowder、Jill Cobb 和 Terra Weiss，你們的回饋是無價之寶，而定期在 Zoom 上跟你們見面也是生活中的一絲曙光，特別在疫情期間。

我尤其感謝 Terra，忍受我每天傳訊息給她，即便她自己生活繁忙，仍然每週擠出幾小時跟我通話進行作品評論。這些定期追蹤讓我得以不脫離軌道，寫完這本書。Terra，這個故事的每一頁都有妳的痕跡，我能完成此書，全因爲有妳秉持著無窮耐心，與我討論情節打結的地方，以及溫柔提醒我維持角色的一致性。

感謝我在網路上的寫作團體「突破寫作瓶頸」（Write Around the Block），特別是查詢支援小組，謝謝你們的回饋和支持：Becky Grenfell、Trey Dowell、Alex Otto、Haley Hwang、Jeremy Mitchell、Kim Hart、Mark Kramarzewski、Rachael Clarke、Janna Miller、Sean Fallon 和 Lydia Collins。Kirsten Baltz，感謝妳傾囊相授海洋生物學的專業知識。Jayne Hunter、Roni Schienvar 和 Lin Morris，謝謝你們一路上的扶持。

感謝杜佩奇學院（College of DuPage）寫作工作坊的大家，以及指導老師 Mardelle Fortier，能與你們討論本書的部分內容是一大樂事。感謝 Grace Wynter 針對我早期前幾章內容的悉心回饋，以及 Gwynne Jackson 協助我修補情節漏洞。感謝我的好朋友 Gesina Pedersen 和

Diana Moroney，謝謝你們總是在我需要的時候傾聽我，並扶我一把。

最重要的是，感謝我的家人。

感謝我媽媽 Meridith Ellis，她讓我知道一個人可以多麼強韌。她柔情似水，又強悍至極，現在跟她比臥推或一英里賽跑她八成還是可以輕鬆擊敗我，但我也知道，她永遠會陪在我身邊，給我溫暖的擁抱，或與我喝杯酒促膝長談。

感謝我爸爸 Dan Johnson，他在我唸幼兒園時就教我認字，我對書的熱愛得歸功於他。他一直是我最大的支持者，我好感激他。

感謝我最棒的兒女 Annika 和 Axel，他們年紀太小，八成記不得那奇怪的一年了，那年我們因爲全球疫情而受困家中，媽媽卻莫名其妙決定就要在那年寫完小說。感謝你們在我需要戴上耳機工作時和平地一起玩（多數時候啦）。感謝你們的傻氣搞笑和瘋狂想像力，在沉重生活中帶來美好的輕鬆時光。感謝 Netflix，以及二〇二〇年被拋到門外的 3C 產品使用時間限制。感謝零食，超多的零食。感謝鋁箔包果汁！

最後，感謝我先生 Drew，在這段把寫作從嗜好變成事業的旅程中，他日日支持我、鼓勵我。他是我最嚴格的測試讀者，而且是最好的那種嚴格，他永遠願意看我寫的所有奇怪東西，並提供見解。全世界我只想與你一起共度這趟旅程。我愛你。

國家圖書館出版品預行編目資料

明亮燦爛的你 / 雪比・范・裴特（Shelby Van Pelt）著；汪芃譯. -- 初版. -- 臺北市：寂寞出版股份有限公司, 2024.02
400 面；14.8×20.8 公分（Soul；52）
譯自：Remarkably bright creatures.
ISBN 978-626-97541-8-2（平裝）

874.57 112021570

Eurasian Publishing Group 圓神出版事業機構 用心與你對話・視野無限寬廣 寂寞出版社 Solo Press

www.booklife.com.tw reader@mail.eurasian.com.tw

Soul 052

明亮燦爛的你

作　　者／雪比・范・裴特 Shelby Van Pelt
封面插畫／薇薇安・L・洛威 Vivian Lopez Rowe
譯　　者／汪芃
發 行 人／簡志忠
出 版 者／寂寞出版股份有限公司
地　　址／臺北市南京東路四段50號6樓之1
電　　話／（02）2579-6600・2579-8800・2570-3939
傳　　真／（02）2579-0338・2577-3220・2570-3636
副 社 長／陳秋月
資深主編／李宛蓁
責任編輯／朱玉立
校　　對／李宛蓁・朱玉立
美術編輯／金益健
行銷企畫／陳禹伶・朱智琳
印務統籌／劉鳳剛・高榮祥
監　　印／高榮祥
排　　版／莊寶鈴
經 銷 商／叩應股份有限公司
郵撥帳號／18707239
法律顧問／圓神出版事業機構法律顧問　蕭雄淋律師
印　　刷／祥峯印刷廠
2024年2月　初版

定價480元 ISBN 978-626-97541-8-2